Gérard GIANNI

La convergence
des âmes assassines

Avertissement.

Ceci est une œuvre de fiction. L'action se passe au printemps 2010. Certains évènements évoqués sont historiquement réels, les autres, dans leur grande majorité, purement inventés.

Il est fait aussi allusion à des personnages publics. Que ceux-ci veuillent bien excuser l'auteur, cela n'est dû qu'à son esprit facétieux.

PROLOGUE

Nimu attendait que le vieil homme sorte du musée Fesch. Personne ne remarquait Nimu. Nimu n'était qu'une ombre qui se fondait dans l'ombre. Nimu se fondait aussi dans le soleil. Et la nuit, Nimu devenait invisible. Nimu voulait dire Personne en langue Corse. C'était son nom de code. On payait juste Nimu pour éliminer. Pour tuer s'il le fallait. Même parfois pour assassiner. Mais le plus proprement possible.

Nimu nota que deux femmes d'une quarantaine d'années fumaient devant la grande grille de la cour de l'édifice en parlant fort avec de multiples moulinets des mains. Enfin un septuagénaire sortit. Il resta quelques secondes à contempler la cour du musée Fesch puis voulut descendre la rue vers la place des palmiers mais au bout de quelques pas, il s'arrêta pour contempler la petite église San Rucchellu au crépi jaune. Il entreprit de gravir le peu de marches pour s'arrêter devant le portail fermé. Malgré son insistance celui-ci resta clos. C'est à ce moment-là que quelque chose attira l'attention de Nimu. Un mouvement tout près. Un homme dans la quarantaine qui semblait chercher un disque dans les bacs extérieurs d'un magasin de musique s'arrêta net en remarquant le vieil homme. Il remit promptement le disque qu'il contemplait dans le bac puis se dirigea d'un pas rapide vers le vieillard. Nimu se fondit encore plus dans l'ombre d'un porche. Le vieil homme parut surpris par l'apparition du quadragénaire. Ils semblaient se connaître, et le vieil homme en paraissait contrarié. Le plus jeune parlait beaucoup et le vieux semblait de plus en plus sur la défensive. Dans les yeux de celui-ci se lisaient la colère et la haine. Cela ne plaisait pas du tout à Nimu. Nimu n'aimait pas ce changement imprévu. Nimu aurait donné cher pour savoir ce que se disaient les deux hommes, mais ils se trouvaient trop loin et il aurait été

1

très dangereux de quitter sa cachette et de se découvrir. Nimu prit son appareil photo professionnel pour ses archives. Peut-être que cela pourrait toujours être utile. Une grande explication avait lieu entre les deux hommes et il était visible que le ton montait, non pas en puissance mais en intensité retenue. Ils échangèrent encore quelques phrases agressives puis l'intrus fit demi-tour en plantant là le vieil homme qui semblait anéanti. Il passa à deux mètres de Nimu qui enregistra son visage dans sa mémoire sans limite.

Nimu décida d'agir vite. Très vite. Ne plus quitter le septuagénaire des yeux. Celui-ci retourna rapidement à l'hôtel du Golfe. Toutefois il attendit pour y entrer qu'il n'y ait plus personne à l'accueil. L'attente ne dura pas plus de quatre minutes. Il s'engouffra alors dans le hall comme un voleur et disparut derrière un pilier. Nimu alla s'asseoir à la terrasse du bar voisin et commanda une Orezza en prenant soin de régler tout de suite l'addition. Le vieil homme sortit discrètement au bout de vingt minutes en traînant sa valise à roulettes. Vêtu d'un jean et d'un polo d'une marque célèbre, il traversa d'une traite la Place des Palmiers pour s'engager rue Bonaparte et à droite, dans la rue Saint Charles. Nimu laissait une bonne distance entre eux et évitait d'être trop près de lui. La rue, peu large, était déserte et Nimu allait se rapprocher naturellement du vieil homme quand une bande de gamins sortit d'un porche telle une nuée d'oiseaux gueulards juste derrière lui. Puis un groupe de touristes sortit d'un des petits magasins, suivi d'un jeune couple. La rue étroite devenait d'un coup surpeuplée. Avant d'arriver au bout de la ruelle, le vieux s'arrêta un moment devant la dernière porte qu'il sembla caresser. Il fit tourner la poignée et constatant qu'elle était ouverte, repartit pour tourner à droite de la cathédrale d'Ajaccio et s'installa sur la terrasse d'un petit bar près de l'édifice religieux. Nimu réalisa que le lieu était très exposé pour rester à une courte distance et décida d'aller s'asseoir de l'autre côté de l'avenue Macchini. Heureusement Ajaccio ne manquait pas de débits de boissons avec des terrasses fréquentées. Le temps passa lentement. Dix-huit heures, dix-neuf heures trente. Après avoir bu trois Orezza, Nimu décida de changer de lieu afin de ne pas se faire remarquer et traversa le boulevard Rossini pour s'asseoir sur un banc à l'ombre d'un palmier le long de la mer et sortit un livre de son sac pour donner le change. Le vieil homme, bien qu'un peu plus éloigné, était toujours dans sa ligne de mire.

A vingt-et-une heures, alors que les cloches de la cathédrale commençaient à sonner, le vieil homme se leva enfin et se dirigea vers la rue Saint Charles. Il s'arrêta de nouveau devant la porte qui jouxtait l'arrière de la cathédrale. Nimu dut faire quelques pas pour mieux appréhender ce qui se passait. L'homme entra après un moment d'hésitation en traînant sa valise.

Les trois premières minutes passèrent lentement. Un groupe de jeunes anglais déboucha devant Nimu en chantant un air inconnu qui agressa ses oreilles et prit la rue Saint Charles. Il y eut une bousculade au niveau de la porte de la cathédrale ce qui empêcha Nimu de bien apprécier les événements. Il y eut encore un grand chahut ponctué de olas de la part des jeunes anglais. Les cafés avaient leurs terrasses bondées d'ajacciens, de touristes et l'air était devenu plus doux, presque frais avec la tombée de la nuit.

Nimu attendit dix minutes sans que rien ne se passe puis décida d'agir. Voilà plus d'une dizaine de minutes que l'homme était entré par cette porte jouxtant la cathédrale.

Ses armes de prédilection dans son sac de touriste : le fil d'acier pour étrangler, la Vendetta et le Walther PPK avec silencieux, Nimu se dirigea tranquillement vers la porte de la rue Saint Charles. Elle n'était pas fermée à clef et Nimu entra silencieusement dans la bâtisse. Un petit couloir menait vers une pièce dont la lumière filtrait à travers la porte entrouverte. Aucun son n'en provenait. Nimu l'ouvrit doucement et se retrouva dans la sacristie. Tout était silence. Rien ne venait troubler la quiétude du lieu. Nimu continua son incursion à pas de loup et poussa légèrement la porte qui donnait sur le transept gauche de la Cathédrale éclairé faiblement par quelques bougies et l'éclairage de sécurité.

Nimu avança dans le transept sombre et se dirigea lentement vers le pilier le plus proche. Toujours aucun son pour se diriger et retrouver sa proie. Ses yeux s'étaient habitués à la pénombre et faisaient des va-et-vient dans le décor religieux. Soudain son regard s'arrêta net : à même le sol, le vieil homme en habit de cardinal semblait inerte, face contre terre devant les escaliers de l'autel. Nimu prit alors tout doucement son Walther PPK armé de son silencieux.

PREMIER CHAPITRE — DIMANCHE 28 MAI

AJACCIO – 6 heures 30.
Cathédrale Notre-Dame de l'Assomption

Il y a des jours comme ça, qui commencent très mal. Et parfois même de très bonne heure. On sait qu'on a mis les pieds dans la merde et pour un bon moment, mais inexorablement, on continue d'avancer.

Le soleil se levait lentement au-dessus du Monte Aragnascu, là-bas vers l'est. Il projetait mon ombre sur le Bd Charles Bonaparte qui longeait le port de commerce. Déjà malgré l'heure matinale, il faisait chaud. Je pris le Bd du Roi de Sicile désert, la place des Palmiers où le marché commençait son installation. Je conduisais ma BMW K 1300 comme un fou dans les rues désertes.

C'était la voix de mon rédacteur en chef de Via Stella, le FR3 local, qui m'avait réveillé sans un mot aimable et bienveillant pour un dimanche matin. Sonnerie de téléphone portable agressive, style Walkyries, Voix pâteuse. Putain, j'avais eu tant de mal à m'endormir ! Dix minutes après je quittais mon voilier, mon havre de paix, que j'avais appelé sans trop d'originalité « Éole », pour aller connement bosser par ce beau matin dominical de printemps alors que j'avais prévu de faire une belle balade en mer jusqu'aux îles Sanguinaires. L'information n'attend pas m'avait-on dit au téléphone. Oui, chef. Bien sûr chef !

Je sortis en trombe de la Place des Palmiers et pris l'Avenue du Premier Consul pour déboucher sur le Cours Napoléon, à la hauteur de la Place Charles de Gaulle, dite Place du Diamant, qui avait faussement l'air déserte. Seulement l'air. Tout semblait mort, figé dans ce foutu matin. Même pas l'ombre d'un SDF n'ayant pas su où coincer son cul pour la nuit qui fut déjà trop chaude pour cette fin de mois de mai. Rien. Pas âme qui vive non plus à ce niveau de l'avenue Macchini. Juste le soleil qui se levait lentement dans mon dos et projetait sur la ville impériale, en plein réveil matinal, des ombres déformantes et rasantes jusqu'à la place du Diamant...

A cent mètres de là, cinq voitures de police avec gyrophares clignotant hystériquement, empêchaient toute approche hypothétique de la cathédrale Notre-Dame de l'Assomption.

Cette cathédrale que j'avais fréquentée très longtemps quand j'étais gosse et dont je connaissais les moindres recoins. En garant ma moto, j'ai pensé : « Allez, le cirque commence ! ». J'ai attrapé ma caméra Panasonic HD qui ne quittait pas ma sacoche arrière malgré l'opposition des syndicats de techniciens qui ne voulaient pas que les journalistes enlèvent du travail à leurs syndiqués. Arrivé au ruban de protection de la police, j'ai montré rapidement ma carte de presse au brigadier en faction :   « Le commissaire Orsini m'attend... ». Le policier, me reconnaissant, souleva le ruban de plastique jaune avec un petit sourire pour me laisser passer. Je ne le lui rendis pas, j'étais bougon. En face de la place, certains habitants de l'immeuble Macchini, des femmes en robe de chambre et même en nuisette, des hommes en pyjama ou caleçon, s'étaient installés à leur fenêtre pour ne rien perdre du spectacle. Les portes de la cathédrale étaient grandes ouvertes comme un vagin béant, impudique. Je fis rapidement trois ou quatre plans à l'épaule, plan général avec la cathédrale au fond et les voitures de police en amorce, un gyrophare, une fliquette qui prend des notes, les portes de la cathédrale faisant un grand trou noir, et hop, je me suis dépêché de sauter dedans. J'appréhendais ce qui m'attendait.

À l'intérieur, je respirai un grand coup d'air frais, comme on boit la première gorgée d'anisette certains midis de juillet quand il commence à faire trop chaud. Il y faisait d'abord très sombre. Seul au bout de la travée centrale, juste devant l'autel, un éclairage halogène puissant faisait une brûlure vive dans le ventre sanctuarisé. Là, dans la lumière crue, un petit gros s'agitait dans tous les sens en s'épongeant le front avec un mouchoir en papier. Je m'approchai rapidement de lui, sans avoir fait le moindre signe de croix. Mon ami d'enfance, de près de quarante ans, le commissaire Pierre-Charles Orsini transpirait à grosses gouttes face à un groupe d'hommes parmi lesquels je reconnus, bien qu'ils fussent de dos, le procureur, le préfet, un représentant de l'évêché et bien sûr le bon curé de la cathédrale, le père Batiano. A mon arrivée, cet aréopage ajaccien se retourna vers moi, d'un seul mouvement, l'air désespéré pour me serrer la main comme à un enterrement, et par la même occasion, me faire découvrir la cause de tout ce remue ménage matinal : les légistes s'affairaient, près des deux marches montant vers l'Autel, autour du corps d'un prélat, qui gisait, face contre terre vers le chœur de la cathédrale, le bras gauche replié vers la tête qui baignait dans une grande flaque de sang, ce qui lui faisait une sorte d'auréole post mortem : ainsi était mort ce qui paraissait être un ecclésiastique de haut rang, vu sa tenue. Paix à son âme.

Il portait son vêtement de chœur, la soutane écarlate, rappelant le sang versé du Christ, et le surplis blanc, taché par son propre sang. Sa calotte rouge avait valdingué à trois mètres de lui et son corps semblait vouloir pénétrer les dalles de marbre.

J'ai regardé le cadavre du vieillard sans vouloir montrer la moindre émotion. Je retins des prémices de hauts le cœur. Ce qui était sûr pour tout le monde, c'est que ce n'était pas l'Évêque d'Ajaccio. Orsini tout agité qu'il était face au gros emmerdement qui venait lui pourrir la vie de ce dimanche matin, et certainement pour un bon moment, me tira tout de suite par le bras : « Dis-moi Julien, j'ai besoin d'urgence de ton aide, de ta collaboration et celle de la télé. Il paraît que c'est un cardinal d'après le curé, mais ça va être difficile de l'identifier, il a le visage tout éclaté. Un tir à bout portant en pleine mâchoire avec un gros calibre. Pas de papiers sur lui ! Rien, pas de téléphone portable non plus... Bien sûr il n'est fiché nulle part. Ses empreintes sont inconnues. On va faire la une de tous les média. Ça change des règlements de comptes insulaires »

Je pris l'air étonné, presque lointain. Le plus lointain possible. Je refusais de voir ce que je voyais. Putain de bordel de merde.

7

— Tu attends quoi de moi ? Dis-je, détaché.

— C'est dimanche, et toi je te connais et je sais que je peux te faire confiance. Les scientifiques te donneront la photo retouchée de la victime dès que possible. Diffuse là dans l'édition du journal télévisé de midi, il y aura peut-être quelques personnes qui l'ont croisé hier... Un cardinal d'environ 75 ans, au dire des légistes, qui vient se faire assassiner en ville, automatiquement ça va faire des vagues, et tu sais, ici, on n'aime pas ce genre de mise en scène. Le préfet fera une conférence de presse vu les événements. C'est une très belle exécution faite par un professionnel.

— Attends-toi à être à la une de tous les journaux ! Dis-je en plaisantant. Tu vas devoir mouiller ta chemise, mon petit père ! Je t'interviewerai plus tard si tu veux. Tâche de te faire beau !

Je lui souris avec un léger frisson. Il écarte les bras en signe d'impuissance comme si l'innommable lui était tombé sur les épaules.

— Comme si j'avais besoin de ça ! Tu parles d'une tuile. On commence à interroger le voisinage de la cathédrale... Dire que c'est à deux pas du commissariat et la brigade de nuit n'a rien entendu ! Pas l'ombre d'une piste, ni même une intuition. Le curé et le type de l'évêché ne le reconnaissent même pas ! C'est Madame Fulioni, une veuve de soixante et quelques années, qui l'a trouvé en venant apporter des fleurs et faire un peu de ménage comme tous les dimanches... Pour la messe ! Olivier, mon adjoint est parti l'interroger dans nos locaux. Il me faut un peu de temps. La merde quoi ! Putain de merde.

— Eh, tu es dans une église, fais gaffe à ton langage, pauvre pêcheur, le seigneur te regarde et t'entend !

Les scènes de crimes déteignent sur les morts. Elles nous disent mille choses infimes qu'il faut saisir dans un bref instant, fugace, dans un éclair. Le cadavre d'un cardinal dans une cathédrale, ça tenait de l'humour noir. Mais cela avait aussi une signification. L'enquête risquait d'être longue.

Le préfet s'approcha de moi en me frôlant doucement le bras : «Nous comptons sur vous, mon cher Valinco, mes services vous donneront tous les renseignements que vous désirez. Moi-même je reste à votre disposition. Je ferai une conférence de presse vers 10 heures. Ça vous laissera le temps pour votre sujet de midi...» J'acquiesçai d'un signe de tête puis me retournai vers Orsini : « Dis-moi, elles sont où ses fringues ?

— Mystère... Il n'y a rien dans la sacristie.

— Parce que tu crois qu'il est venu vêtu comme ça dans les rues d'Ajaccio ? On a dû le remarquer alors, on n'est pas carnaval...

— On n'a pas de valise, pas de papiers, pas de téléphone portable. Il serait tout nu ça serait pareil.

Je souris presque à l'évocation de ce cardinal se baladant à poil dans les rues d'Ajaccio. Un jour, j'ai eu mauvais esprit avec la chose sacrée. La foi m'avait quitté.

Les légistes se relevèrent, donnant le signal que les observations et prélèvements étaient terminés. Le médecin légiste en chef s'arrêta près d'Orsini en lui montrant une balle dans un sachet réservé aux indices : « Le calibre : du 7,65 tiré à bout portant. Votre curé a de la poudre sur sa main et manche gauche, il s'est peut-être débattu. Peut-être même a-t-il tenu l'arme en main. Il y a l'auréole de poudre brûlée sur la peau du visage, enfin de ce qu'il en reste. Il connaissait sûrement son assassin. Vous aurez mon rapport demain matin au plus tard ». Puis il s'éloigna. Je fis quelques plans d'ensemble à l'arrache. On mit le corps du cardinal prestement sur un brancard qu'on prit soin de recouvrir immédiatement. Mais au passage je pus voir alors furtivement que la tête du malheureux avait explosé. Fin peu habituelle pour un dignitaire religieux.

ROME — 6 heures 30.
Aéroport Léonard de Vinci

Le soleil était déjà haut au-dessus de l'horizon quand le cargo Dreamlifter Boeing s'éleva dans les airs tel un gros cygne blanc. Giovanni, la trentaine bronzée, le regarda

9

satisfait de voir disparaître ce monstre volant dans l'air limpide du ciel romain. Il devait poser son gros ventre sur le petit aéroport de Bangui, capitale de la Centrafrique, dans cinq heures si tout se passait bien et ainsi les tonnes de denrées alimentaires pourraient être déchargées pour les réfugiés du Darfour. Ce transport aérien avait été affrété par une ONG proche du Vatican dans la plus grande discrétion à l'attention de l'évêché de
Bangui.

Le patron de Giovanni, que ses employés surnommaient la « Baleina » vu son tour de taille imposant, l'avait à la bonne. C'était un jeune loup diplômé d'Oxford, qui était promis à un avenir brillant sachant aussi bien faire marcher ses neurones que ses muscles quand il le fallait. Heureusement que le boss ne savait pas qu'il sortait avec Fiona, la plus jeune de ses filles. Elle aimait en lui ce mélange d'intellectuel et d'homme d'action qui n'hésitait pas à escalader le mur de la villa paternelle pour la rejoindre dans sa chambre et lui faire voir toutes les couleurs de l'arc-en-ciel de l'orgasme. Elle fermait les yeux et il lui bâillonnait la bouche avec sa petite culotte pour que ses gémissements ne percent pas les volumes spacieux de la demeure familiale. Giovanni aimait jouer avec le feu, mais cette gamine de dix-sept ans lui faisait bouillir le sang et les sens.

Il regagna sa belle Audi A4 pour retourner chez lui avant de gagner son bureau de la société Strada Libera Cie tout proche.

Tout semblait se dérouler parfaitement.

AJACCIO — 6 heures 30.
Pénombre dans un salon.

Rien ne gazait ce matin. Déjà sept heures et pas le coup de fil qu'il attendait. Encore un petit boulot sans danger qui foutait le camp, qui lui passait sous le nez. La mouise quoi. Pourtant il avait besoin de ce fric. Cette situation ne pouvait plus durer longtemps. C'était pourtant un job à la cool. Rien de plus simple que de conduire un semi-remorque Volvo

10

frigorifique sur le continent, jusqu'à la société Orbi SA à Roissy, dans la banlieue de Paris. Du coup, il restait là comme un con dans la pénombre du salon, affalé sur le canapé à regarder un dessin animé américain. Cela lui faisait passer le temps et il aimait bien regarder les dessins animés du dimanche matin.

Ça l'empêchait de trop réfléchir. A son travail par exemple, ou plutôt à son manque de travail. Il avait encore droit à deux mois de chômage, mais qu'est-ce que c'était deux mois ? Après ça serait sûrement le RSA s'il se débrouillait bien. Mais le mieux serait de refaire de la route. Retourner sur le continent pour s'échapper de l'île, pour respirer et pourquoi pas draguer quelques minettes. Mais pour l'instant il était coincé comme un coq dans un poulailler sans poule. Ou presque. Une vieille bigote qu'il fallait câliner comme une jeune dévergondée.

Trois jours avant, il avait reçu un appel d'un 'Monsieur' qu'il ne connaissait pas. Pas le type de mec qu'il fréquentait habituellement.

— Bonjour... Vous êtes bien Jean-Baptiste ? Lui avait demandé l'autre.

— Oui, c'est moi !

— Vous êtes bien routier ?

— Oui, toujours...

— J'ai un travail pour vous. Pour dimanche prochain, le 28 mai. Conduire un semi-remorque frigorifique de fruits et de légumes d'Ajaccio jusqu'à la zone de fret de Roissy. Il parait que vous êtes l'homme de la situation.

— Pas de problème, j'ai mon permis en règle et tous mes points.

— Je sais, fit l'inconnu. Je vous appellerai le dimanche 28 à l'aube vers 5 heures, pour vous dire où prendre le camion et embarquer sur le cargo de 7 heures 30 qui va à Marseille. Le billet sera dans le camion. Il y aura peut-être un passager. Vous toucherez mille euros plus les frais. A dimanche.

Clic. Plus de son. Fin de la conversation. L'autre avait raccroché sans plus de détails. Sans savoir pourquoi, il n'en avait parlé à personne. Il ne disait d'ailleurs jamais rien,

11

préférant garder tout pour lui. Il avait appris que moins on en disait, mieux c'était. Maintenant, il était sept heures et n'avait pas eu l'appel téléphonique attendu.

Sur l'écran de télé, un genre de martien courait après un genre d'ours en peluche. Au moins, là, il y avait de l'action.

AJACCIO — 6 heures 30.
Port Commercial

6 heures 30. Une dizaine de semi-remorques s'étalant sur deux files, avaient commencé leur entrée dans le ventre du cargo pour le continent. « Zittu », le silencieux en corse, un gamin de vingt ans, plutôt chétif, attendait, un paquet de petites viennoiseries à la main, que le Danielle Casanova quitte le port. Il scrutait chaque camion en mordant dans ses croissants frais du matin et force était de constater que celui qu'il espérait voir n'était pas encore dans les files d'attente.

Ce camion, il le connaissait bien. Il l'avait conduit lui-même la veille à l'abri des regards indiscrets dans un grand terrain caché par d'immenses eucalyptus.

Le personnel du port avait commencé l'embarquement des poids lourds depuis longtemps. Il attendit angoissé que le dernier véhicule embarque. Quand le pont du garage du gros ferry fut fermé, il vit, la mort dans l'âme, le largage des amarres. Le cargo fit souffler ses trompes qui retentirent dans le petit matin. Et lentement le monstre maritime se détacha du quai.

Avec rage Zittu courut à la première cabine téléphonique encore en ordre de marche pour appeler un portable et atterrir directement sur une boîte vocale où il laissa un message désespéré, puis un autre numéro en Italie où il répéta son message en corse en espérant que l'italien comprendrait son message.

12

AJACCIO — 8 heures.
Port de l'Amirauté, Panne A

Ébranlé par ce début de matinée surprenant, je revins à mon douze mètres, qui était amarré au port de l'Amirauté au bout de la panne A et sur lequel je vivais depuis cinq ans comme quelques célibataires ou divorcés de la ville. Certains étaient enseignants, d'autres avaient des «activités» diverses et variées, respectant tous, bien sûr, la légalité. Tout ce petit monde formait une jolie tribu dont la première règle était de boire le Casanis ensemble sans jamais tomber dans les indiscrétions. Même certains soirs bien arrosés, tous se conformaient ainsi aux coutumes légendaires et ancestrales de l'île : l'omerta. J'allais jusqu'au bout de l'appontement et je sautais sur le pont arrière de mon voilier. Depuis mon départ de la cathédrale, je repassais en boucle les événements et je me demandais comment j'allais présenter la chose aux téléspectateurs du journal régional de France 3 de midi. Il ne fallait pas traîner pour vendre ma salade. Malgré l'heure relativement matinale, il était certain que beaucoup de personnes avaient pu voir les voitures et la fourgonnette de la police, et il n'y a pas à dire, une armada de voitures de flics fait désordre devant la cathédrale un dimanche matin et ça allait faire causer.

Aussitôt après avoir installé mon Macbook sur le pont, j'ai attrapé mon téléphone portable pour appeler le fameux Olivier, l'adjoint d'Orsini, qui montrait quelques dispositions parfois plus créatives que son patron. D'après ma mémoire, j'ai toujours connu Orsini. Nous étions tous les deux du quartier des Salines, et notre première rencontre datait de l'école maternelle. Depuis, impossible de se quitter. Ecole primaire, collège, lycée Fesch, la faculté à Marseille, études de droit pour lui et de psycho pour moi, avec beaucoup de plage à partir des mois de mai et de nuits blanches l'été au Rialto d'Ajaccio. A l'époque, c'était un lieu de rendez-vous d'homosexuels mais où les hétéros avaient toute leur place et la possibilité de faire des rencontres amoureuses avec le sexe opposé. Étant plus séduisant et dragueur que mon ami

13

Orsini, je faisais souvent quelques conquêtes que je lui présentais avec un mot d'introduction, au sens classique du terme. Depuis il lui restait une certaine reconnaissance de ce temps-là, bien qu'il fût resté malgré tout, après un mariage raté, un vieux garçon. Tout comme moi.

Olivier me répondit au bout de quatre sonneries

— Salut Olivier, c'est Valinco. Tu sais pourquoi j'appelle… je te dérange ?

— Non, je viens juste de terminer avec Madame veuve Fulioni qu'on ramène chez elle, elle en est toute retournée.

— Et ?

— Nada. Elle est arrivée à 6 heures, est entrée par la sacristie et a allumé les lumières. La porte donnant sur l'extérieur n'était pas fermée. Elle a pris ses trois bouquets de fleurs et là, face à l'autel, elle a découvert un cardinal en grande tenue, face contre terre, la tête dans une mare de sang. Il paraît qu'elle a crié « Doux Jésus » mais personne n'était là pour en témoigner, hein. Puis elle s'en est retournée à la sacristie et a appelé la police. Point barre. Elle s'est assise sur une chaise en attendant notre venue. Comme on est à côté, ça n'a pas traîné.

— Et le curé ? Comment a-t-il réagi quand il est arrivé ?

— Il s'est signé trois fois et a presque tourné de l'œil. Le médecin légiste en chef a dû intervenir. Il était plus choqué que Madame Fulioni. Il nous a juré qu'il ne savait pas qui c'était et par quel mauvais sort il était là ! Le curé dit qu'il était monté au village, à Vico, hier soir et qu'il en était redescendu vers quatre heures du mat. On a déjà vérifié et on a eu confirmation. En ce moment il se trouve au Centre Hospitalier de la Miséricorde sous sédatifs.

Par conscience professionnelle, je lui demandai s'il voulait bien me communiquer l'adresse du témoin Fulioni, ce qu'il fit volontiers. Je le remerciai évidemment de ces renseignements qui me paraissaient quand même bien minces. Je devrai certainement enjoliver l'histoire pour les téléspectateurs. J'ai toujours aimé écrire et raconter des histoires, même si je n'étais pas un as de la littérature. J'avais commis un bouquin, sans prétention, sur les 20 meurtres en Corse en 2008 et cela m'avait procuré quelques droits d'auteur confortables.

En fait ma situation à France 3 Via Stella me donnait tous les plaisirs que je souhaitais. M'occupant spécialement des faits divers et des « petits » meurtres de l'île, j'avais assez de travail varié et intéressant sur les us et coutumes et les aspects psychologiques de la criminalité insulaire.

C'était comme un puzzle avec des pièces minuscules qui se mettaient en place petit à petit. Et parfois, deux puzzles différents étaient mélangés et les pièces sortaient au petit bonheur la chance d'un grand chapeau. J'agrémentais les faits de quelques réflexions spontanées, racontés comme des romans feuilletons du XIXème siècle, et qui fidélisaient les braves téléspectateurs. Ainsi j'aimais beaucoup me plonger dans ces horribles côtés de la société, en faisant découvrir les aspects irrationnels de nos contemporains, parfois de nos propres voisins avec des rebondissements souvent surprenants ou complètement machiavéliques.

Ce goût-là venait de mon plus jeune âge. Dès ma sixième je dévorais les Conan Doyle et les Agatha Christie à la chaîne. Passant allègrement de l'un à l'autre, laissant Sherlock Holmes pour Hercule Poirot, Miss Marple pour Arsène Lupin et ainsi de suite.

J'en étais à la page blanche de mon traitement de texte, quand mon portable vibra doucement. J'ai toujours eu horreur des sonneries agressives, sauf pour celle annonçant mon rédac-chef, histoire de le taquiner, ou du commissaire Orsini. La discrétion était ce qu'il y avait de mieux, pas besoin d'emmerder son entourage avec du hard rock ou bien même du Beethoven qui pourtant avait fait ses preuves comme musicien. Mais avoir la cinquième symphonie comme sonnerie, laissait présager une communication catastrophique. Bref, mon vibreur vibra. C'était Ludovic Sampieri, le présentateur du week-end des infos de la région.

— Salut Ludo…

— Salut, tu es au courant du curé mort à Notre-Dame de l'Assomption ?

— Ben oui, pourquoi ? J'y suis même passé ce matin alors que tu étais encore au lit, et j'ai pris quelques plans.

— Il parait que le préfet va faire une déclaration à 10 heures et je voulais en savoir un peu plus.

— Savoir quoi par exemple ?

— Plutôt savoir qui…

— C'est un cardinal. En habit de cardinal.

— Un cardinal ? Ici ? Personne ne nous a prévenus ! Et on sait qui c'est ?

— T'inquiète pas bonhomme, on va savoir...

Ludo était comme ça, toujours nerveux, la peur chevillée au ventre d'avoir manqué un scoop. Je repris :

— Non, personne ne le connaît, ni le curé, ni l'évêché… Il est arrivé là par les mystères du Saint Esprit. Le ministère de l'intérieur va certainement faire des prières à Rome pour qu'ils nous envoient un nonce ou un mec comme ça. Mais il a bien fallu que quelqu'un lui ouvre la porte de la cathédrale, tout cardinal qu'il fut !

Voilà l'attaque du reportage, me dis-je mal à l'aise tout en parlant. Ludo me tira vite fait de mes pensées.

— Tu veux intervenir dans le reportage ?

— Je ferai peut-être une courte introduction in situ et on demandera à Orsini quelques commentaires, il se fera une joie de répondre, je resterai en voix off sur le reste du reportage. Écoute on va filmer la conférence du préfet en totalité, plus des plans d'illustration et s'il manque quelque chose tu finiras par une petite intervention en plateau. A prestu…

Après avoir raccroché, je revins devant la page blanche de mon traitement de texte, perplexe. Puis d'un coup, j'attaquai avec un titre bateau : « Bain de sang dominical pour un cardinal à la cathédrale d'Ajaccio »

AJACCIO — 9 heures.
Hôtel de Police

C'était le branle bas de combat à l'Hôtel de Police. Orsini avait réuni ses troupes avant la réunion à la préfecture dans la grande salle de la taule aux murs ternes et délavés.

— Les gars, un gros paquet de merde vient de nous tomber sur la gueule. Il semblerait qu'un grand prélat, dont nous ne connaissons pas encore l'identité et la nationalité, soit venu se faire buter dans notre belle ville impériale. Bien que je ne pense pas que ce meurtre soit en quelques liaisons avec le grand banditisme corse, nous allons commencer par secouer cette branche là. Nous verrons bien quels corbeaux en tombent. Alors les gars je ne vous demande qu'une chose : Foncez ! Allez me réveiller tous ceux que vous connaissez, indics, dealers, porte flingues, pour voir ce qu'ils ont à dire et voir leurs alibis... s'ils en ont, ce qui ne veut pas dire qu'ils soient blanc bleu. Ensuite, je veux trois groupes. Le premier s'occupe de l'exploitation des enregistrements caméra sur toute l'ile, le second sur l'enquête de proximité autour de la cathédrale, et le troisième sur le recoupement des témoignages et des alibis. Je veux que ça carbure, la France va nous regarder et je ne veux pas que nous passions pour des ringards de troisième zone ! allez !

CORSE – 10 heures.
Commune de Peri.

Le vieux ouvrit la porte, d'un coup. Et le soleil inonda la grande table du repas. Il y avait là Émile, Albert, Lucia et le cousin Pierre. Ils avaient encore leur bol de café chaud devant eux. Le vieux n'entra pas. Il resta planté dans le cadre de la porte. Il dit : « Le camion est toujours là ! ». Les autres ne bougèrent pas. Dehors le silence était pesant.
— Pourquoi ? Demanda faiblement l'Émile.
— Mysteru, répondit le vieux.
— Ce n'est pas ce qui était prévu, fit Albert.
— C'est bon ou mauvais ? demanda le cousin Pierre.
— Faut voir, répondit le vieux.
Le vieil homme prit son téléphone à carte prépayée et composa un numéro. Il tomba sur un répondeur : « Monsieur, le conducteur n'est pas venu, le camion est toujours là ! », laissa t-il simplement comme message.

ROME – 10 heures.
La Cité du Vatican dit le Saint Siège.

Monseigneur Van Elfen tournait et tournait en rond dans son grand bureau du Vatican avec, à la main, la photo du mystérieux cardinal transmise par la police française via internet. Il s'arrêta quelques secondes pour admirer les grandes fresques murales Et hop, il fit encore un petit tour, puis s'arrêta brusquement face au père François Martrois. « Je suis sûr que c'est Monseigneur Le Feucheur... Je ne vois que lui !

Martrois se tortilla mal à l'aise.

— Je ne savais pas qu'il devait aller en Corse officiellement.

— Officiellement ? Rugit le cardinal. Qu'est-ce que cela veut dire ? À ma connaissance, il devait être à Bangui. Vous devez le savoir mieux que moi, vous l'assistez depuis deux ans et vous savez que depuis plus de dix ans, il ne sort que très peu de la cité papale sinon pour se rendre en Afrique.

— J'ai demandé aux différentes compagnies aériennes les noms des ecclésiastiques qui se sont rendus en Corse ces derniers jours. J'aurai la réponse dans deux heures Monseigneur.

Monseigneur Van Elfen montra quelque agacement malgré son flegme nordique en tournant trois fois sur lui même. Puis il hocha seulement la tête.

PARIS – 10 heures.
Appartement cossu.

Ce n'était pas un dimanche matin comme les autres, Eric Détricher s'était réveillé tôt, un peu stressé et restait tendu, le regard rivé sur son portable. Si jusqu'ici l'opération commencée dans les Balkans deux jours auparavant, s'était bien déroulée, il savait pourtant que quelque chose avait raté ce matin, il le sentait. Le coup de téléphone qu'il attendait n'était pas arrivé. Il ferma les yeux pour mieux s'isoler et penser aux implications multiples de l'opération. Ses jeunes enfants étaient déjà réveillés, et le chahut de leurs jeux venait troubler légèrement ses réflexions. Soudain le téléphone sonna.

« Buongiorno. L'operazione è sospesa per oggi. Il conducente non si è presentato. Ma il machjna è ancora in Corsica. Aspettiamo le vostre istruzioni. » Eric raccrocha et appela le ministre des Affaires étrangères.

AJACCIO – 10 heures.
La préfecture

J'avais réussi à écrire quelques phrases où je racontais sommairement la découverte du corps affreusement abattu d'un homme non identifié qui semblait être un cardinal. Je n'en avais pas changé l'introduction. Ce n'était pas glorieux, mais j'avais fait ce que je pouvais, en invitant les citoyens l'ayant croisé à se faire connaître pour respecter le deal passé avec Orsini et le préfet. Je l'avais mailé à la rédaction de l'édition du journal de midi en y joignant la photo retouchée de la victime que les services du préfet avaient envoyée sur ma messagerie, et en leur demandant de la passer au banc titre en début du sujet. Puis je partis vers la préfecture en moto pour écouter la bonne parole du préfet. Si jamais je glanais quelques nouvelles informations, j'aurais tout le loisir de modifier mon commentaire plus tard à l'enregistrement sonore du sujet.

Arrivé dans le hall, je saluai l'hôtesse de la préfecture qui me tendit le communiqué de presse succinct et dans lequel je n'appris rien de nouveau. Elle me dit de rejoindre le jardin où se tiendrait la conférence de presse. On y avait dressé rapidement le pupitre de la préfecture sous un chapiteau pour abriter les orateurs du soleil qui devenait chaud. Tout le microcosme de l'information locale se bousculait comme des manchots sur la banquise. Les rats des chaînes en continu n'avaient pas encore débarqué, mais les radios et la presse écrite de l'Ile avaient investi l'espace. France 3 Via Stella avec mon équipe technique habituelle avait la meilleure place, nous étions certains que le sujet serait relayé après sur le plan national et consécration suprême sur France 2 voir TF1 au journal de

19

20 heures et bien sûr les chaînes d'information en continu qui n'avaient pas pu débarquer à temps. J'embrassai avec un grand sourire Louisa, une blonde superbe d'une quarantaine d'années, journaliste sur Radio Corsica qui m'avait, un lointain soir, attiré dans ses filets de sirène et avec qui j'avais entretenu un bon mois, des ébats amoureux pleins de fougue et de passion sage. Je me suis assis naturellement à côté d'elle.

Au bout de quelques minutes, le Préfet et le Procureur de la République suivis d'Orsini et d'Olivier firent leur entrée dans le jardin ensoleillé. Le représentant de l'État se cala solennellement derrière son pupitre. La messe allait commencer. La déclaration fut courte étant donné qu'il n'y avait pas grand-chose à dire. Le mort était inconnu, et méconnaissable vu qu'il était défiguré, mais l'image du visage que les équipes de la préfecture avaient pu bricoler rapidement par ordinateur fut projetée sur un écran où il était difficile de distinguer quoi que ce soit. D'ailleurs, était-il réellement cardinal se demandait-on en haut lieu ? On attendait une réponse de l'épiscopat, mais l'évêché d'Ajaccio ne le connaissait pas ou ne le reconnaissait pas, et surtout n'était pas informé d'une quelconque venue d'une telle personnalité dans la ville. Le curé lui-même l'avait découvert, surpris, quelques minutes après que la police l'ait appelé. Que faisait-il là ? Qui lui avait ouvert la cathédrale ? Un nouveau mystère pour l'Église !

Bref le message du préfet pouvait se résumer ainsi : nous ne savons rien et nous ne vous dirons rien. Le préfet se trouvait dans une situation difficile, mais droit dans ses bottes, vaille que vaille, il ne s'écartait pas de la version officielle, nous informant juste que l'heure de la mort se situait entre 22 heures et une heure du matin. L'enquête de voisinage avait commencé, et les habitants du grand immeuble de l'avenue Eugène Macchini, situé juste en face de la cathédrale et ceux des rues Conti, Notre Dame et Saint Charles avaient entendu ce qui semblait un coup de feu dans la soirée. Mais personne n'avait eu la présence d'esprit de se mettre à la fenêtre pour en savoir plus.

Surtout pas. Cela pouvait être aussi une mobylette qui passait par là.

À la fin de l'intervention préfectorale, Je rejoignis l'équipe technique pour nous précipiter vers le préfet. Je lui ai posé les questions habituelles sans le mettre dans l'embarras. Nous fîmes de même avec l'ami Orsini. Je demandai à l'équipe de faire quelques plans de coupe, ça pouvait toujours servir. A l'extérieur, je fis mon intro pour le journal comme convenu puis je m'éclipsai à la faveur du brouhaha et de la bousculade des confrères et muni de l'adresse de la veuve Fulioni, je quittai en catimini la préfecture. Elle habitait avenue de Verdun, et j'en avais à peine pour cinq minutes en moto. L'avenue qui se situait plutôt dans le haut de la ville, dominant le Caton, formait un serpent de barres d'immeubles. Mais quelle ne fut pas ma surprise de découvrir l'exception : la villa du témoin. Une des rares villas du coin. Elle se situait au milieu de l'avenue, récemment rénovée, au crépi bien rose tout neuf, avec un jardinet fleuri bien entretenu donnant sur la rue. Je sonnai à la grille du jardin, et un malabar d'une quarantaine d'années ouvrit brutalement la porte de la maison. « Qu'est-ce que c'est ? » Je souris bêtement.

— Vous n'avez rien à craindre, je suis journaliste à la télé, France 3, notre conversation restera privée, et j'aimerais juste poser à Madame Fulioni deux trois questions auxquelles je n'ai pas eu de réponse de la part de la police. Je suis désolé…

Il se retourna vers l'intérieur de la maison : « Maman, y a un journaliste de la télé qui veut te poser deux trois questions.» Attente. Puis se retournant vers moi: « Entrez, mais faites vite ! Elle en est toute retournée, elle a eu un choc !

— Je m'en doute, fis-je par empathie, moi-même qui ai vu le corps, j'en suis encore tout malade, dis-je en mentant. Je comprends votre mère.

Sans rien dire, il me laissa entrer dans le salon aussi bien ordonné et propre que le jardin. Pas une faute de goût dans l'ameublement assez homogène et de bonne qualité. J'étudiai la pièce, cherchant à bien définir la personnalité de sa propriétaire, ce que l'endroit m'évoquait, ce qu'il me disait. Je me retournai vers monsieur muscle et le remerciai d'un grand sourire. Malgré ça, il ne put s'empêcher de me dire : « Restez debout puisque vous ne restez pas ! » Cela ne ressemblait pas à la courtoisie et l'hospitalité corse, mais je fis preuve de compréhension. Madame Fulioni, encore une belle femme près de la soixantaine, habillée avec goût mais d'un style plus jeune qu'elle ne paraissait, donnait à l'ensemble du tableau une harmonie de sérénité.

« Madame, commençai-je, je serai bref sachant que vous avez subi un grand traumatisme ce matin, et je voulais encore vous renouveler tout notre soutien.» Un petit coup de violon ne faisait jamais de mal aux braves gens.

— D'ailleurs la police dispose d'une cellule psychologique comme vous le savez, au cas où vous en auriez besoin. Le père Batiano, lui-même est sous surveillance médicale, ajoutai-je sans scrupule.

Elle me fit un signe, genre « va bè » et dans le mouvement, de m'asseoir. Ce que je fis en jetant un regard en direction du sosie de Schwarzenegger qui ne broncha pas. Je sortis un calepin pour faire pro. Depuis quelque temps, il y avait intérêt à coller à ce que les gens voyaient tous les jours dans les séries à la télé, sinon vous étiez vite catalogué comme usurpateur. Il faut presque s'attendre à ce qu'ils vous disent : « Comment, vous ne prenez pas de notes ? »

— Bon, repris-je, quand vous êtes entrée, la porte de la sacristie était fermée à clé comme vous l'avez déclaré, mais savez-vous qui d'autre que vous et le père Batiano avait les clés ?

Elle leva la main dans un signe d'impuissance.

— Je l'ai déjà dit aux flics... Autrement, j'ai les clés de la sacristie depuis cinq ans pour changer les fleurs le matin. C'est des fleurs de mon jardin, vous savez !

— Avant vous, savez-vous qui avait les clés ? Continuai-je sans prêter attention aux fleurs du jardin.

Elle leva encore la main faisant quelques volutes aériennes.

— Je ne sais pas. Le père Batiano ne m'en a jamais parlé.

— Dites-moi Madame Fulioni, vous qui connaissez bien les lieux, comment l'homme que vous avez trouvé, a pu entrer dans la cathédrale, à votre avis ? Vous avez bien un avis ? Les enfants de chœur ?

J'avais espéré une réponse positive, mais elle leva une nouvelle fois la main et accompagna cette fois-ci son geste d'un haussement de regard. Je tournais en rond sans obtenir les réponses que je souhaitais. Il était temps de mettre un coup d'accélérateur et je sortis ma carte maîtresse, la photo retouchée du cardinal, que j'avais pris soin d'imprimer.

— Madame Fulioni, avant de vous laisser, je voudrais vous montrer la photo de l'homme que vous avez découvert ce matin, l'avez-vous déjà vu ?

Et là, je lui mis sous le nez la photo couleur de l'assassiné, bien propre, traficotée par le labo de la police. Elle écarquilla les yeux, une lueur y passa furtivement et je sentis la main du fiston se poser sur mon épaule. Je compris qu'il devenait indélicat d'insister.

— Merci Madame, je ne veux plus vous embêter pour aujourd'hui, vous nous avez été d'une aide précieuse, mentis-je en me levant. Puis me retournant vers son fils : prenez bien soin de votre mère, monsieur, elle le mérite.
Je sentis 'monsieur muscles' se raidir. En me raccompagnant à la porte, il me confia : « Vous savez, c'est ma fiancée, ce n'est pas ma mère !

Mon œil dut pétiller à mon insu ce qui le renfrogna.

— On s'aime, vous savez !

Il y a des jours qui commencent par un beau soleil avec une petite brise de mer, histoire d'être au frais sous le soleil. Et puis doucement, les événements dérapent vers le chaos et le dérèglement de la logique. Aujourd'hui ressemblait à ces jours-là, où tout déconnait. Je rejoignis rapidement l'immeuble de France 3 pour préparer l'édition du journal de midi. Je n'avais qu'une heure pour réaliser mon sujet, mais j'avais déjà travaillé dans des situations plus tendues. Jo, un assistant, avait mis tous les plans utiles sur la time line de l'ordinateur. Je pouvais commencer le montage. Comme prévu, on inséra en début de sujet la photo retouchée du cardinal inconnu. Tout le reportage appuyait sur le fait que la police faisait appel à des témoignages de la population. Ludo, le journaliste plateau, put ajouter qu'on attendait un émissaire pontifical pour éclaircir le mystère et insista en faisant un nouvel appel à témoin. Que faisait ce cardinal là, ici dans notre bonne ville, pour se faire assassiner comme un mafioso ? Mine de rien le mot était lâché. On mettait la mafia à toutes les sauces, mêmes papales.

Je dus attendre treize heures trente pour quitter le plateau de France 3. Comme nous l'avions prévu, la direction de France Télévision avait demandé que j'intervienne dans les journaux nationaux de France 3 et pour finir de France 2 si cela était nécessaire.
Ce qui ne me faisait pas forcément plaisir.

AJACCIO — 11 heures 30.
Hôtel de Police

De retour à son bureau Olivier s'était mis immédiatement au visionnage des caméras d'Ajaccio. Il espérait recevoir rapidement les enregistrements de la ville de Bastia ainsi que ceux des établissements bancaires, des ports et aéroports.

C'était lui qui avait décidé de se coller à ce boulot ingrat et fatigant. Il préférait le silence et la concentration à la chasse aux informations et indices sur le terrain. Peut-être que cela venait de la timidité de son enfance qu'il avait réussi petit à petit à surmonter. Le fait est qu'il préférait le travail en solitaire et plus intellectuel que ses collègues.
Il commença par caler les enregistrements des caméras les plus proches de la cathédrale vers 20 heures.

ROME — Midi
Cité du Vatican

Monseigneur Baldini savait que cela ne serait pas long. Juste trois minutes à passer avec sa Sainteté allemande qui ne comprenait pas grand-chose à la géopolitique et à la chose politique tout simplement. Son esprit était vacillant et c'était mieux ainsi, moins il en saurait mieux la curie se porterait. Diminué par les événements de la fin mars orchestrés par les étudiants de l'Opus Deï, le Saint Père s'était réfugié dans la prière.

En arrivant dans les antichambres du bureau papal, il fut intercepté par le cardinal Angelo Bagnasco qui l'accueillit avec un large sourire.

— Mon cher frère, comment vous portez-vous ?

— Une terrible nouvelle mon cher frère, il semblerait que notre frère et ami, le cardinal Le Feucheur ait été assassiné en Corse.

Bagnasco, protecteur, prit le cardinal Baldini par l'épaule.

— Allez en paix mon frère, nous savons la terrible nouvelle et j'en ai moi même informé le Saint Père. Dans une heure, il n'y pensera plus.

ROME – 13 heures 30.
Centre-Ville.

Giovanni courait comme un dératé, slalomant entre les mobylettes et les vespas derniers modèles dans les ruelles étroites de la ville. Il transpirait comme un crétin à courir comme ça. Sa chemise propre et bien repassée commençait déjà à être un véritable chiffon. De grandes auréoles apparaissaient sous ses aisselles. Le patron, 'la Baleina', allait exploser et lui mettrait tout sur le dos, le traiter de branleur et de bon à rien, peut-être le foutre à la porte. Il était le responsable d'une opération qui avait l'air de foirer. Il traversa les jambes à son cou la Piazza Navona, bousculant les touristes béats devant les beautés de la ville éternelle et la magie du lieu.

Tout le plan mis au point par le boss s'écroulait. Un grain de sable, surgi de nulle part, avait foutu un gigantesque bordel. Quelques centaines de millions d'Euros venaient de disparaître dans la nature. Il avait vu la photo du mort de la cathédrale corse sur la RAI Uno. C'était celle du type onctueux qui avait fait un deal avec son patron.

Pourquoi avait-on assassiné ce cardinal si c'en était un ?

C'est sûr, la fille du boss allait le larguer, dire qu'il était nul, et non pas un véritable mec qui en avait. D'un côté, c'était mieux ainsi, c'était la fille du boss et le boss lui faisait peur. La Baleina était coincé derrière son bureau en loupe d'orme où trois feuilles de papier traînaient ainsi qu'un iPhone dernier cri avec une multitude d'options dont il ne savait pas se servir.

Giovanni n'eut même pas le temps de dire « bonjour » comme il est d'usage, il articula juste : « On a perdu le camion. »

AJACCIO – 13 heures 45.
Cathédrale Notre-Dame de l'Assomption.

J'avais décidé de retourner sur la scène de crime. Je voulais comprendre. Dès que je pus quitter les studios de télé, je fonçai vers la cathédrale. En arrivant j'ai vite vu que je n'étais pas le seul. Tout le coin grouillait de policiers et de journalistes. Les scientifiques s'échinaient sur la porte de la sacristie pour y relever quelques indices ou empreintes. Olivier et Orsini inspectaient le devant de l'autel. En m'apercevant, Orsini fit un geste pour m'inviter à le rejoindre. Il me prit à part en baissant la voix : « Le chef de la sécurité des Gardes Suisses du Vatican va débouler de Rome en fin de journée avec deux ou trois hommes à lui. Il est même question que le ministre de l'Intérieur descende aussi… Le père Bationi reste prostré, la mère Fulioni ne sait rien. Rien ! ». Je lui tapais doucement sur le bras : « Le curé s'appelle Batiano, pas Bationi. Mécréant ! Tu vas trouver, ne t'inquiète pas ! Si j'ai un tuyau qui peut t'aider…

— Ah ? Tu as une idée ?

Bien sûr que j'avais une idée, mais je la gardai pour moi.

— Creuser ! Il faut creuser ! Un, savoir qui c'est très rapidement. Voir ce que va dire la sécurité du Vatican, s'ils nous disent la vérité... Deux, savoir ce qu'il venait faire ici, du moins à Ajaccio. Et quand on saura ce qu'il venait faire, on tirera sur le bout de laine... A défaut de présumé coupable...

Je fis une pause. Les questions étaient inévitables : Qui avait-t-on comme coupables potentiels ? Comment ce cardinal se retrouvait là ? Cela ferait penser immanquablement au « Mystère de la chambre jaune » avec l'emblématique journaliste Rouletabille. Orsini me tira de ma réflexion littéraire.

— Ce n'est pas le curé, il était à Vico jusqu'à quatre heures du mat... On a vérifié son alibi !

Et là, un petit déclic fit un petit clac dans mon cerveau.

— Mais Madame Fulioni ? Hasardai-je.

— Non, non tu es fou, il est vraiment mort à trois heures dix. Et puis elle est trop vieille pour un truc pareil.

— Tu devrais peut-être voir son gigolo...

Il me dévisagea, incrédule.

— Elle a un gigolo ? Madame Fulioni ?

— Oui, qu'il appelle Maman... Je suis passé chez elle après la conférence de presse. Un type genre Musclor ! C'est lui qui m'a ouvert la porte.

— Eh... Ce n'est pas un crime...

— Sûrement pas, mais quand je leur ai montré la photo du visage reconstitué du défunt, maintenant que j'y pense, un ange est passé. Mais un gros ange, bien gras. Et on m'a fait comprendre que je ne devais pas insister.

— Ah ??? On va fouiller de ce côté là, je te remercie.

C'est là que son portable sonna.

CORSE – 14 heures.
Commune de Peri.

Le vieux accompagné de l'Émile et du cousin Pierre faisait le tour du camion semi-remorque. Il était planqué au fond d'une propriété généreuse en arbustes du maquis, sous des eucalyptus feuillus, accessible par un petit chemin

27

terreux, à flanc de montagne, juste assez large pour le passage du camion. Invisible du chemin de terre qui passait devant le terrain clos.

— On fait quoi, maintenant ? demanda Émile.

— On réfléchit, dit le vieux.

— Qu'est-ce qu'il y a dedans ? dit le cousin.

— Quelques millions d'euros, il parait. On va voir ça ! répliqua le vieux.

Et il sortit les clés et les papiers du semi-remorque de sa vareuse. Il fit tourner la clé dans la serrure de la porte arrière qu'il ouvrit avec difficulté. Pourquoi le pinzutu qui devait prendre livraison du camion ne s'était pas pointé à l'heure ? Maintenant il était trop tard. On lui avait bien spécifié : le camion devait être parti à 5 heures du matin pour être à quai à Ajaccio à 6 heures et embarquer pour Marseille par le cargo de 7 heures 30.

Il ouvrit la porte à deux battants. Il y avait des caisses de raisin Italien. Des scooters Piaggio, des caisses de vinaigre balsamique contrefait. Rien qui puisse justifier une telle valeur et la mise en place d'une telle organisation. Le vieux se dit qu'avant de partir à l'aventure d'un quelconque inventaire exhaustif, il était urgent d'attendre la suite des événements. Il referma donc le camion et remit les clés et les papiers dans sa vareuse.

— C'est tout ? dit le cousin Pierre.

— C'est tout pour l'instant ! dit le vieux.

AJACCIO – 14 heures 30.
Grand Café Napoléon

L'appel reçu par Orsini venait du patron de l'Hôtel du Golfe. Il me demanda de rester dans le coin pour me tenir informé. Je quittai donc le lieu du crime, pour aller m'attabler à la terrasse du Grand Café Napoléon qui faisait face à la préfecture sur le cours Napoléon et y grignoter une assiette de charcuterie. La messe du matin avait dû être transférée à l'église Saint Roch et célébrée par un curé de Colmar qui passait ses vacances dans l'île de beauté avec un groupe de seniors alsaciens. Cela avait perturbé le rituel dominical des ajacciens, mais la messe fut dite quand même comme il se devait, même si l'accent n'y était pas. Tout en buvant une gorgée de rosé de Fiumiccicolu, je regardais passer les piétons et les voitures, quand je reconnus celle du Conseiller Territorial nationaliste qui avait l'air de se rendre à la préfecture. Je n'avais pas imaginé une seconde qu'on ait pu mêler les nationalistes à cette histoire, mais cela me parut assez correspondre à la logique administrative. Je voyais mal les autonomistes et autres groupes indépendantistes venir exécuter un prélat inconnu en plein choeur de l'église. Ces gens-là, avaient aussi le sens des valeurs. J'en étais à mes réflexions quand je sortis mon petit calepin et commençai à noter inconsciemment les personnes pouvant avoir les clés de la cathédrale. A mon avis il y en avait un certain nombre. De mon temps, quand j'étais enfant de choeur, il y en avait une bonne dizaine dans la nature. Je m'étonnai qu'Orsini n'ait pas ramené au commissariat tous les détenteurs de clés. Surtout qu'il devait se douter, à bien regarder la serrure, qu'il y avait longtemps qu'elle n'avait pas été changée, et que des jeux de clés avaient dû se multiplier comme des petits pains au fil des ans.

Cependant, il me vint une idée en repensant à la visite de l'élu local au préfet. Je notai de le joindre rapidement par téléphone. En attendant, je pris mon iPhone pour appeler Dominique. Dumè était aussi un vieil ami qui militait dans les rangs nationalistes et avait une chaise dans le premier cercle. Rien ne se passait sans qu'il en soit informé. Bien que partageant certaines idées sur la Corse, nous nous opposions, en toute fraternité, sur l'essentiel. La Corse peut-elle vivre sans être rattachée à un État ? Comment garder un tissu économique déjà trop faible, entretenu par les nombreux fonctionnaires et les quelques subventions nationales ou européennes ? Je faisais le parallèle avec Saint-Domingue et la misère qui y régnait à côté de l'impudeur de quelques riches internationaux, une île montrée pourtant parfois comme exemple. Je ne désirais pas que mon Ile devienne seulement un paradis pour les fortunés, mais qu'elle puisse aussi rester un paradis pour ses enfants.

Il décrocha dès la première sonnerie.

— Eh Dumè, tu fais la sieste sur ton téléphone ? Salute, cume stai ?

— Stupidu ! Comment faire la sieste avec tout ce bordel ? On a une réunion dans une heure !

— Justement je t'appelle pour cette affaire. Vous allez faire une déclaration officielle ?

— Oui, on a juste à se mettre d'accord sur les termes choisis.

— Mais en gros, vous allez dire quoi, si tu peux m'en parler ?

— On va dire qu'on trouve ça scandaleux, que nous ferons tout notre possible pour que le ou les responsables soient arrêtés le plus tôt possible quitte à collaborer avec l'État Français. La religion est sacrée pour tout le monde.

— Attends, je me pince ! Tu n'es plus communiste ?

— Tu es toujours aussi « chjichja » ! Bon, si tu veux des renseignements tout frais, tu me rappelles plus tard, après ma réunion ! A prestu fratellu !

Je restai un moment en flottement intellectuel, me disant que j'aurais dû enregistrer les propos de Dumè pour être sûr de les avoir bien entendus. Voila une situation nouvelle dans le paysage corse. Je décidai d'attendre sagement le communiqué de presse de l'organisation avant d'en parler officiellement. A moins que je n'arrive à obtenir une déclaration directe du chef de file des indépendantistes.

AJACCIO – 14 heures 45.
L'Hôtel du Golfe

Aude s'était couchée tard la veille. Après son service comme réceptionniste à l'hôtel du Golfe à 17 heures, elle était rentrée chez sa tante par alliance, femme du propriétaire de l'hôtel, pour prendre une douche et se changer. Le samedi soir a toujours été un bon soir pour faire la fête, et la fête, elle était décidée à bien la faire. Venant d'Ozoir la Ferrière, en Seine et Marne, elle venait aider sa tante à l'hôtel pour se faire un peu d'argent avant les vacances. Les vraies. Car il y avait plus d'un an qu'elle ne faisait plus rien, ni études, ni boulot, même petit. La veille, elle était allée danser avec une bande de copains et s'était faite draguée par un homme marié de quarante ans. Elle rentra tôt et se réveilla tard. Aussi quand elle vit la photo d'un mort à treize heures à la télé, elle le reconnut tout de suite. Elle se dépêcha de retrouver sa tante et de tout lui raconter.

« Bon Dieu ! » fit la tante. Et on se dépêcha d'aller voir l'oncle qui téléphona immédiatement à la police. Puis ils attendirent tous prudemment.

Le commissaire Orsini accompagné de son adjoint et de quatre gardiens de la paix déboulèrent en cinq minutes de la cathédrale. On se réfugia dans la salle des petits déjeuners qui était vide à cette heure-là. Elle ne savait pas ce qu'était un interrogatoire la petite Aude. Même si le commissaire Orsini était un bon bougre, ce n'était pas la journée. Il était à cran depuis ce matin et se demandait s'il allait tomber sur quelques indices. Et là, enfin les indices étaient là. Alors tout bon bougre qu'il était, il fit sa tronche de flic sévère. La petite Aude comprit qu'elle n'était pas dans une série télé et qu'elle n'allait pas rigoler.

L'adjoint du commissaire, Olivier Vuccino, sortit une photo de sa poche et elle put revoir le visage de l'homme vu à la télé à midi et l'avant-veille, devant elle, bien vivant.

— C'est lui ? Demanda l'adjoint en lui montrant une photo.
Elle fit signe de la tête terrorisée.
— Quand est-il arrivé ?
— Hier, vers 15 heures 30.
— Exactement ?
— … Sais pas… 15 heures 30… peut-être moins… Peut-être plus... Je faisais des mots croisés sur Télé Z.

Elle vit tout de suite que ses réponses imprécises ne plaisaient pas au commissaire.
— Ensuite ? dit-il brusquement.
— Il était tout seul, avec une petite valise noire à roulettes et un sac plastique.
— Quelle taille ?

31

— 1 mètre 70 ou 75...

— Non pas lui, la valise !

Elle écarquilla les yeux comme si on venait de lui demander la racine carrée de 5 329. Après un petit moment de flottement, elle écarta les mains l'une de l'autre d'un mètre. Comprenant que ses réponses n'aidaient pas la police, elle rajouta : « Elle avait l'air pleine à craquer »

— Ensuite ?

Elle raconta qu'elle avait donné la chambre 311 et que l'homme avait tenu à régler immédiatement une nuit, qu'il avait payé en espèces et qu'il était monté par l'ascenseur au troisième. « On peut voir la chambre ? » demanda dans un aboiement le commissaire.

Le patron prit la clé au tableau et la tendit. « Vous êtes entré dans la chambre ? » Continua Orsini. Le patron fit non de la tête en disant : « La femme de chambre sûrement !

— Appelez-la !

La femme de chambre descendit des étages en courant pour déclarer qu'elle avait juste ouvert la porte de la chambre. Constatant que rien n'avait bougé et que le lit était toujours fait, elle avait refermé la porte,

— Sa valise est toujours là ? demanda Orsini.

— Non Monsieur.

— Sous quel nom s'est-il inscrit ?

Le patron chercha dans le livre des réservations.

— Bonel.... Pierre Bonel.

Orsini demanda au patron de l'accompagner jusqu'à la chambre. Son adjoint ouvrit la porte. Rien. Une chambre assez grande, confortable, bien propre. Il demanda à son adjoint d'appeler l'identité judiciaire.

Pas de valise. Pas de sac plastique. Pas d'habits. Rien.

Il n'imaginait pas le cardinal déambulant en habits ecclésiastiques dans les rues ajacciennes.

Décidément il n'y avait rien dans cette chambre.

Juste une mouche qui bourdonnait entre le rideau et la fenêtre.

Redescendu dans la salle du déjeuner, il se planta devant la jeune réceptionniste pour demander si elle l'avait vu sortir. « Non », il posa au patron et à sa femme la même question. « Non ». Il demanda pour finir qu'on relève l'identité de tout le monde et qu'il les convoquerait s'il avait des questions complémentaires à leur poser.

Le commissaire, son adjoint et les uniformes s'en allèrent et tout le monde respira mieux.

Europe de la Méditerranée.
Le camion (Flash back.)

Luiggi trimbalait ce camion de merde depuis trop longtemps. Les freins ne répondaient presque plus et la clim sentait le caoutchouc brûlé. Ce Volvo FM500 de 1992 avec plus de neuf cent cinquante mille kilomètres au compteur, il l'avait trimbalé poussivement jusqu'en Serbie, dans un quartier de hangars miteux de Belgrade, pour un chargement nocturne et mystérieux, pendant qu'il dormait tranquillement chez l'habitant, une petite piaule sommaire mais propre, avec toutes les commodités attendues.

A l'aube, Il avait reprit le Volvo pour se rendre à Split et reprendre le ferry pour Ancône en Italie. Les routes serbes étaient encore en piteux état, mal entretenues, avec de nombreux nids de poules, souvenirs de la guerre de 1992, transformés au fil du temps en véritables cratères rebouchés hâtivement avec du mauvais ciment qu'il évitait en zigzagant maladroitement. Il devait négocier chaque virage avec prudence, ce qui n'était pourtant pas sa vertu première.

Luiggi maudissait son boulot. La route... Il en avait plein le cul. Il aurait donné cher pour se trouver un petit travail dans sa Toscane natale. Il avait maintenant trente-neuf ans et il voulait poser ses valises. Pas de famille réellement, pas de femme, juste des nanas faciles pour un coup vite fait. Il ne supportait plus cette vie de misère. Après cette mission, il prendrait de longs mois de congé. Il savait que son patron gueulerait comme si on lui tirait une balle dans le genou, mais Luiggi était convaincu qu'il fallait mettre un terme à ce boulot qu'il considérait comme opaque. Tout était sujet au secret. Il savait qu'il devait la fermer. Il la fermait.

Arrivé à Rome, il conduisit son engin déglingué directement à la société de transport qui l'employait, la Strada Libera Cie. Son patron était un énorme type de cinquante-cinq ans et de cent vingt kilos, très satisfait de lui-même, possédant une Audi, une Mercedes et un 4x4 ainsi qu'une femme de vingt ans de moins que lui. Son fils d'un premier mariage était destiné à reprendre l'affaire en main, enfin, c'est ce qui se disait dans l'entreprise, mais il avait engagé un jeune type ayant fait des études internationales et qui était certainement plus malin que le rejeton.

Matéo, le chef de quai de déchargement l'attendait et prit tout de suite Luiggi par le bras et l'entraîna dans son bureau. En maillot de corps, Matéo, déjà en sueur s'essuyait sans cesse le front du dos de la main. Il se cala au fond de son fauteuil, derrière son bureau encombré de paperasse maculée par des doigts gras. Il sortit d'un des tiroirs de gauche une belle liasse de billets de cinquante euros : « Il y en a vingt, tu peux vérifier ! ». Luiggi attrapa les billets et se mit à les compter. Il y en avait bien vingt. Mille euros pour quatre jours, c'était bien payé pour une semaine de boulot. Il ne savait pas que l'enfer était si bien payé. Il les mit dans sa poche quand Matéo sortit une nouvelle liasse du même volume : « Tiens, sa sœur jumelle... » Dit-il les biftons en l'air.

— Pour... ?

— Tu reprends la route, tu pars pour Mezzavia, en Corse, dans la banlieue d'Ajaccio. Tu embarques à Livourne direction Bastia. Après tu en as pour trois heures pour Ajaccio.

Luiggi hésita. Il était crevé et voulait respirer un peu. Retourner vite en Toscane pour vivre enfin. Matéo remarqua son hésitation.

— Bien, si tu ne veux pas le faire, ce n'est pas grave, on trouvera quelqu'un d'autre. Des mecs qui cherchent du travail cool bien payé, il y en a plein les rues, mais ce n'est plus la peine de te repointer ici pour un job. C'est terminé pour toi !

Luiggi prit la deuxième liasse avec lassitude: « Bon ça va, je prends...

— En plus, tu as de la chance, tu vas laisser ton bahut aux français… Tu ne leur dis pas d'où tu viens, d'ailleurs ils ne te poseront pas de questions. On vient de changer les plaques d'immatriculation. Elles sont françaises avec en prime la tête de maure des Corses. Tu déposeras le camion à cette adresse, dit-il en lui tendant dans un grand sourire, les clés, les nouveaux papiers du camion et un ordre de mission en bonne et due forme. Après tu prends l'avion pour rentrer à Rome. Tu pars demain matin, ici à trois heures. Tu as le temps de te reposer un peu. Je te donnerai ton billet de retour quand tu prendras le camion. En chemin tu devras t'arrêter à la boulangerie de Bocognano pour y déposer un « petit colis ».

Luiggi fut au rendez-vous à l'heure dite. Il avait eu le temps de dormir assez longtemps, de prendre une douche et de se changer. Il resta bouche bée quand il vit le camion, nickel. Il avait été nettoyé et relooké avec des dessins colorés évoquant les fruits et légumes, immatriculé en France avec le pictogramme de la Corse. Il grimpa dans la cabine, qui n'était pas plus fraîche, ni spacieuse, ni confortable qu'avant.

Luiggi rejoignit Livourne en écoutant des chansons de Paolo Conte sur son lecteur CD tout en traversant les paysages toscans qui défilaient dans un fantasme ensoleillé. Bientôt il serait de retour dans sa terre natale.
Soudain la vie lui semblait belle. Un dernier petit tour en Corse à mille euros et après les vacances ! Il embarqua à Livourne comme prévu à huit heures. La traversée se fit aussi comme prévu. Il débarqua à Bastia, bien sûr, comme prévu. Il prit la route d'Ajaccio, montagneuse et magnifique en chantant à tue tête.

En amont de Bocognano il dut sortir de la nationale pour entrer dans le village. Il gara le camion sur une petite place à une centaine de mètres de la boulangerie et alla déposer son paquet. Il prit le temps d'échanger quelques mots avec le boulanger qui le remercia chaleureusement. Il reprit son camion et arriva à Mezzavia dans les temps. C'était un 27 mai comme il y en a aussi en Toscane, juste de l'autre côté de la mer, ensoleillé et chaud. Il donna les clés et les papiers du semi remorque refait à neuf à un jeune type sympathique qui l'attendait et qui lui offrit une Piètra, la bière corse aux châtaignes. La bière à peine bue, il monta dans un 4x4 qui l'emmena en dix minutes à l'aéroport. Et Ciao.

Son avion ne partant que deux heures plus tard, il décida de dîner légèrement, n'ayant rien avalé depuis la traversée. Il attendit au bar pour prendre une pizza et une nouvelle Piètra. Demain, il sera à San Casciano, sa ville natale proche des vignobles qui donnent ce vin réputé de Chianti.

Dès que Luiggi fut parti pour l'aéroport, on s'agita à Mezzavia. Il fallait être à l'heure au rendez-vous fixé par le client inconnu. Entre vingt heures et vingt heures trente, avait-il été convenu. Le garçon de vingt ans que ses copains appelaient « Zittu », monta rapidement dans le Volvo et prit la route pour Peri, un village situé à quinze kilomètres sur la route de Corte. Il fallait qu'il soit sur place dans une heure. Sur la nationale, il s'engagea à droite, sur une petite route sinueuse, suivant le lit de la rivière aux eaux claires, puis au bout de six cents mètres, il prit lentement un chemin de pierrailles et de terre sur trois kilomètres. Un feu avait détruit la végétation à cet endroit-là et les flancs de la montagne en portaient encore les stigmates noircis en arbres calcinés, dressant leurs branches tordues vers le ciel comme dans une ultime prière. Puis lentement la nature reprit ses droits en foisonnements verdoyants, la générosité du maquis et les multiples essences arborées faisant oublier les blessures infligées par les hommes. Plus loin, après un virage étroit, entre deux châtaigniers trapus, un vieil homme, le visage buriné par les années et le soleil, l'attendait debout. Il ouvrit une vague barrière faite de planches, rafistolée au fil des années et fit signe au camion de le suivre lentement dans le terrain. Le vieil homme marchait devant et le jeune conducteur le suivait prudemment en appuyant avec légèreté sur l'accélérateur. Soudain le vieillard leva la main signifiant la fin du trajet et montra à droite une clairière protégée par d'immenses eucalyptus.

Quand le camion fut caché par les grands arbres feuillus, le jeune homme mit les clés et les papiers dans une pochette de la compagnie maritime qu'il glissa sous l'essieu gauche de la remorque.

« Demain matin avant l'aube, le camion sera parti. »

Ils s'en allèrent ensemble dans la voiture du vieil homme. Ils ne se parlèrent plus. Arrivés à l'embranchement de Mezzavia, le jeune homme tendit une enveloppe au vieux et descendit tout simplement « Plus de contact entre nous, je ne te connais pas, tu ne me connais pas ! »

A l'aéroport, Luiggi sirotait tranquillement sa deuxième Pietra quand il sentit une main s'abattre sur son épaule. En se retournant, il reconnut avec surprise le fils de son patron.

— Eh Luiggi, ça va ?

C'était un bellâtre sans envergure, un second couteau dans l'entreprise que tous méprisaient en le surnommant Junior. Tout le monde savait que celui qui reprendrait l'affaire était Giovanni.

Sans attendre sa réponse Junior se pencha vers lui pour murmurer ; « J'ai une mallette à te remettre pour mon père à Rome. Viens, elle est à mon hôtel, on en a pour vingt minutes, tu ne seras pas en retard. » Il l'entraîna vers le parking extérieur et le fit monter dans une voiture de frimeur. Il démarra sur les chapeaux de roues, dans un crissement de pneus.

Luiggi n'embarqua pas sur le vol de Rome et ne revit jamais sa toscane natale sous le soleil flamboyant d'un soir d'été. C'est bien simple, on n'entendit plus parler de Luiggi pendant un certain temps.

CENTRAFRIQUE – 15 heures.
BANGUI

L'archevêque Nathanael Kouvouama, fier de son ethnie Kara, habillé à l'européenne, tournait en rond dans l'espace VIP de l'aéroport Mpoko situé à l'est de la ville. L'avion qu'il attendait avait du retard. Beaucoup de retard. On lui avait annoncé que le cargo avait dû faire un détour pour éviter une zone orageuse ce qui désorganisait son planning. Ses fidèles et partisans attendaient près de la piste, pour assurer le déchargement et mettre à l'abri les denrées alimentaires. Il faudrait attendre demain pour les transférer dans un autre avion plus petit pouvant atterrir sur l'aéroport de Biroa de la province de Vakaga au nord, où devait se tenir en Août la grande journée de la Réconciliation Ethnique. Et puis il y avait cette deuxième livraison pour laquelle il n'avait eu qu'un coup de téléphone laconique de la part de son correspondant romain qui lui annonçait qu'elle aurait du retard, personne ne pouvant savoir où elle se trouvait. En attendant l'atterrissage de l'avion italien, il alla s'isoler dans un petit salon pour prier. Tant d'énergie et de finances avaient été dépensées qu'il ne fallait pas que cette opération humanitaire capote. Mais en s'agenouillant il n'avait pas en tête ses pieuses pensées mais une colère froide et déterminée.

AJACCIO – 15 heures.
Grand Café Napoléon

Orsini arriva enfin. J'avais eu le temps d'appeler la rédaction de France 3 pour apprendre que je devais être à l'aéroport à 16 heures pour l'arrivée du ministre de l'Intérieur et de mes confrères parisiens. Notre profession a toujours aimé l'odeur du sang, toujours pour de bonnes raisons : l'information brutale, l'information spectacle.

Orsini me raconta l'épisode de l'hôtel du Golfe en avouant que ça ne faisait pas avancer l'enquête mais ajoutait un nouveau mystère : celui de la valise. Le prélat avait pris une chambre pour s'évanouir dans la nuit sans avoir touché à rien.

Je lui offris une Pietra avant de partir à l'aéroport où il devait se rendre également. Il m'apprit qu'après le ministre, des émissaires du Vatican allaient atterrir aussi sur les pistes ajacciennes. Avant de rejoindre l'aéroport nous allâmes pisser ensemble. Les vicissitudes de la vie.

AJACCIO – 16 heures.
Aéroport Napoléon Bonaparte

Ce fut un vrai ballet de jets privés sur le tarmac en cette fin d'après midi. Heureusement que la saison touristique n'était pas encore franchement commencée ce qui, alors, aurait donné un joli bordel. Il y eut d'abord l'avion du ministre de l'Intérieur accompagné d'une cohorte de hauts fonctionnaires, d'un commissaire principal très galonné, d'un juge antiterroriste, de trois légistes, d'une flopée d'agents des renseignements généraux et de quatre représentants des autorités ecclésiastiques françaises.

La route de l'aéroport qui longe la plage du Ricantu avait été partiellement fermée par une dizaine de voitures de police gyrophares allumés.

L'Airbus de 15 heures venant d'Orly, avait débarqué un grand nombre de confrères de Paris. Tout le monde courait donc dans tous les sens pour avoir cinq phrases du ministre, trois des ecclésiastiques et un mot du juge. Je fis comme les autres, suivi de mes deux techniciens.

L'avion privé du Vatican devait se poser quelque trente minutes plus tard amenant son lot de saintetés apostoliques, catholiques et romaines.

AJACCIO — 17 heures.
Préfecture

En dix minutes, la grande salle de la préfecture dont les motifs muraux exaspéraient le préfet, fut envahie par une myriade de hauts fonctionnaires et de policiers gradés de toutes les directions du ministère de l'intérieur. Le Préfet, le procureur ainsi que le commissaire Orsini firent un exposé complet de la situation et des pistes à explorer. Le ministre toujours délicat, en profita pour faire des commentaires acerbes et peu diplomates fustigeant les maladresses commises par les incapables locaux. L'ambiance commençait déjà à fraîchir considérablement quand le commissaire continental prit la parole afin de replacer la réunion dans un esprit constructif de collaboration. Après quelques questions convenues on remercia le commissaire, puis le procureur. Le ministre, son chef de cabinet et le capitaine Franju, spécialiste des religions et sectes à la DCRI, se retirèrent dans le bureau du préfet pour une réunion privée.

AJACCIO — 18 heures.
Hôtel de Police

Le commissaire Orsini avait décidé de faire le point avec son équipe. Olivier n'avait rien trouvé sur les enregistrements des caméras de la ville. Après les informations fournies par la réceptionniste de l'hôtel du Golfe, il s'était appliqué d'abord à analyser les enregistrements autour de la cathédrale, de la mairie et de la place du marché. Il se cala sur les enregistrements de la veille aux alentours de 15 heures. Comme il n'y avait pas de caméra de surveillance dirigée sur l'hôtel, il se cala sur les plus proches. Il en trouva deux. La première sur l'office du tourisme, la seconde dirigée sur la place de la mairie. Il se concentra sur cette dernière en espérant que le cardinal serait passé devant. Mais arrivé à 17 heures, il n'avait encore rien vu de probant. Rien de louche non plus. Le cardinal était peut-être passé hors du champ des caméras de surveillance, tout simplement. Ses collègues n'étaient guère plus chanceux. A 17 heures aucune piste n'avait été découverte. Juste le passage furtif du cardinal sur les caméras entre l'hôtel et la cathédrale.

AJACCIO — 19 heures.
France 3 Via Stella

Orsini était venu à ma demande dans les locaux de France 3, pour nous dire quelques mots sur le plateau en direct. Il me faisait un peu la gueule car il avait horreur de cet exercice, mais le préfet était retenu par le ministre et quelque part, le fait d'intervenir en direct flattait son ego. En fait ce qui lui faisait peur était de dire des conneries. Avec

Anna Rosa, l'assistante du JT, je fis tout pour le mettre à l'aise pendant le maquillage. Je lui expliquai globalement ce que j'allais lui demander en direct : On n'insisterait pas sur la venue des grosses têtes continentales. On avait décidé de passer le court sujet sur leur arrivée de cet après midi juste avant le direct, ainsi nous resterions centrés sur l'affaire du Cardinal. Pourtant l'actualité fut chaude dans la région ce jour-là. Dans l'ordre, les gendarmes étaient intervenus dans une discothèque de Porticcio où deux hommes armés de carabines avaient tiré sept coups de feu à cinq heures du matin; un dealer avait été interpellé avec un kilo sept d'héroïne, à midi trente, et une maison secondaire avait failli sauter à dix-sept heures dix-sept. Au moins on savait quoi dire aux infos.

L'intervention d'Orsini se passa bien, il fut pédagogue, clair et fit son appel à témoins avec finesse, connaissant les réticences ataviques des Corses à donner des informations à la police.

PARIS – 20 heures 30.
Quai d'Orsay

Eric Détricher éteignit le téléviseur et se retourna vers le ministre des Affaires étrangères. Ils avaient pu regarder l'édition régionale de France 3 Corse puis les infos nationales. Cela les avait plongés dans la plus grande des perplexités. La mort mystérieuse du cardinal arrivait en ouverture de tous les journaux. La police n'avait pas l'air d'avancer sur l'affaire, mais ils savaient tous deux que l'identité du mort serait certainement vite découverte, malgré toutes les précautions prises en amont. Mais restait l'énigme du crime. Tant que l'opération était dirigée par le cardinal Le Feucheur tout allait bien, maintenant il allait falloir prendre les décisions à sa place. Avec la plus grande prudence, le ministre interrogea son chef de cabinet pour savoir s'il connaissait quelqu'un qui pourrait suivre et prendre en main la suite des événements. Devant l'aveu d'ignorance d'Eric Détricher, agacé, le ministre prit le téléphone et sécurisa la ligne pour appeler le Vatican.

CORSE – Minuit
Commune de Peri

Minuit venait de sonner sur la vieille pendule familiale. Ses douze coups résonnaient, lugubres, dans la pièce principale. La vieille maison n'avait pas eu de transformation ni de rénovation depuis plus de vingt ans. Bien sûr il y avait tout le confort et toutes les nouvelles innovations dernier cri dignes d'un trader international. Il ne manquait rien, du four à micro-ondes à l'ordinateur MAC et bien sûr l'écran de télévision plat grand format. Ils étaient tous là, en rang d'oignons autour du vieux : Émile, Albert, Lucia et le cousin Pierre en train de regarder la fin de l'émission de Via Stella, « Par un dettu ». Au générique de fin de l'émission, le vieux dit : « Il faut aller au camion et s'en débarrasser ».

— Je croyais que ça valait un paquet de fric ? répondit Émile

— Ca vaut surtout un paquet d'emmerdes ! Coupa sec le vieux. Et je ne peux joindre personne ! Les mecs qui ont monté l'affaire sont tellement paranos qu'ils ne m'ont pas donné de plan B, ils m'ont contacté avec un portable prépayé. On va le laisser sur le parking de la station service de la gare de Mezzana sur la nationale d'Ajaccio. Toi Émile, tu conduiras le camion en suivant mon 4x4. Faut surtout éviter les caméras même si je pense qu'elles ne marchent pas !

Émile voulut répondre que c'était une grave erreur de laisser dans la nature un camion valant tant d'argent, mais le vieillard se leva raide, signifiant qu'il avait pris sa décision et qu'elle était sans appel.
Émile se leva donc et sortit en le suivant

DEUXIEME CHAPITRE – LUNDI 29 MAI

AJACCIO — 5 heures.
Port de l'Amirauté

Que dire de ma nuit ? Il y avait bien longtemps que je n'avais pas fait de rêves métaphysiques. J'avais dû y croiser, ma caméra sur l'épaule, un banc de bonnes soeurs, la vierge Marie assise sur un chameau quelque part dans une ville du Moyen-Orient, un ninja qui crachait du feu jouant à cache-cache avec des touristes transpirant à grosses gouttes pour enfin arriver aux pieds du Pape. Oui, oui, il n'y a pas l'ombre d'un doute, c'était bien lui qui m'attendait, bienveillant, pouvait-il en être autrement, au fond d'un café ou peut-être d'un lupanar, car maintenant que j'évoque cet épisode, c'est bien une demi-douzaine de jeunes femmes nues à peine voilées de tulle de mille couleurs qui l'encerclaient lascivement, et là, mystère du sommeil, je me suis réveillé. Pas de chance diront certains. Effectivement, je ne saurai jamais ce que le Bon Père voulait me dire !

Je me suis levé pour monter sur le pont et respirer l'air frais. La nuit était calme dans son immensité étoilée. Seul le clapotis des vaguelettes venant caresser la coque du bateau émettait comme une douce mélopée. Bien sûr au loin, il y avait bien un crétin qui faisait pétarader sa mobylette dans la nuit, histoire de montrer qu'il existait lui aussi.

Je repensai au message que m'avait laissé Dumè qui était sorti tard de sa réunion indépendantiste. Ils se rangeaient du côté de l'ordre public. Des fois les miracles arrivent. Il termina son message par un « A dumane, fratellu mu ! », ce qui me fit penser à notre réunion du lundi soir. Je n'avais pas eu de nouvelles d'Orsini depuis notre séparation après l'émission. Dormait-il mal, lui aussi ? Ou bien était-il encore en grande réunion avec les « experts » du continent ?

43

AJACCIO — 5 heures 30.
Appartement d'Orsini

Orsini était un flic qui ne dormait pas. Orsini avait passé une nuit comme beaucoup d'autres : blanche. Une nuit de merde. Sans sommeil. Avec des images allant se télescoper contre les murs de son inconscience. Le cadavre du cardinal se multipliant à l'infini. Clac, clac, clac. Le sang éclaboussant les ornements sacrés. Plash, plash, plash. Coup de feu. Pan ! Jet de sang. Lui qui avait été élevé dans la pure tradition communiste, il fallait qu'il cauchemarde sur un cureton. Putain de cathos. Il voyait les spectres de tous les saints du paradis venir le pointer de l'index comme un coupable de crime contre l'humanité. Qu'avait-il fait pour mériter tout ça !

Il avait horreur de tout ce qui touchait aux religions. Il était d'accord avec ceux qui disaient que ce n'était que des sectes qui avaient réussi. Il avait lu la Bible, la Tora et le Coran dans ses années universitaires en versions expliquées par des érudits de chaque religion. Du coup il rangea le communisme dans le rayon « Domination des masses ». La seule religion qu'il acceptait était le respect des êtres humains et qu'on ne vienne pas l'emmerder. Il était assez grand pour juger par lui-même avec ses valeurs à lui. Il envoya même balader son copain journaliste qui voulait le faire initier chez les Francs-maçons. Il refusa gentiment en lui faisant savoir que pour lui il n'y avait qu'un Grand Architecte : Antoni Gaudi.

SARROLA — 6 heures.
Station service de Mezzana, Nationale 193.

Il était six heures du matin quand le pompiste de jour vint remplacer son collègue qui faisait la nuit. Il remarqua le semi-remorque frigorifique sur le minuscule parking aménagé près de la station pour la gare de Mezzana et une aire d'arrêt rapide réservée aux clients de la boucherie et de la boulangerie voisines et non pas d'aire de repos pour poids lourds.

— Le gros cul Volvo, il est là depuis longtemps ? Demanda t-il en entrant dans la boutique.

— Sais pas ! répondit l'autre qui avait les yeux gonflés de sommeil.

— Il va falloir qu'il dégage vite, sinon on va avoir des plaintes ! Cogne-le en partant pour le réveiller et qu'il se tire, c'est pas marqué hôtel Mercure, ici !

Le gars de la nuit sortit, fit quelques pas pour s'arrêter devant le bahut et frappa sur la porte de la cabine. Attente. Pas de réponse ... Il frappa de nouveau et plus fort sans plus de succès. Alors il se hissa sur le marche pied et tenta un regard a l'intérieur de cabine. Elle était vide ou du moins c'est ce qu'il pensa. Il se retourna vers son collègue et fit un signe de négation. « Ok, j'appellerai la gendarmerie si dans une heure il n'a pas dégagé ! »

CENTRAFRIQUE — 6 heures 30.
Biroa – Région de Vakaga près de la frontière Soudanaise

Le soleil brûlait déjà les herbes maigrichonnes de la brousse désertique. Seuls quelques arbres peu feuillus semblaient garder l'entrée du camp d'inspiration militaire installé à l'est de la ville de Biroa, près du terrain d'aviation. Un homme avait veillé toute la nuit sous sa tente. Il avait pu y faire installer toute la technologie moderne dont il avait besoin impérativement pour son projet. Sur un plateau posé sur des tréteaux étaient alignés deux écrans de télévision, deux ordinateurs portables Sony et deux téléphones cellulaires. Il sortit, après une nuit éveillée, déployant sa haute silhouette pour scruter le ciel immaculé et se signa. Ce camp, c'était le sien. Son visage sombre et glabre ne laissa rien transparaître de ses tourments. Ses ancêtres du peuple des Mandjas lui avaient enseigné très jeune, l'art de la guerre et de la sorcellerie et le père Le Feucheur lui avait ouvert de son côté les mystères de la foi chrétienne et l'avait baptisé Ange Gabriel. Ayant pu faire des études grâce à la clairvoyance de ce prêtre blanc, il avait quand même gardé au plus profond de son âme la croyance en la magie. Malgré des efforts quotidiens de méditation et de prières, il n'avait pas pu faire fuir de son esprit, en se tournant vers la foi catholique, les oracles et les appels aux génies protecteurs pratiqués par ses aïeux. Il était convaincu que des forces supérieures à l'homme dirigeaient l'univers.

Il tourna le visage vers le nord-est. Là-bas, à une centaine de kilomètres, dans un désert d'herbes broussailleuses, brûlées par le soleil, se trouvait Kerkklock, et plus loin la frontière soudanaise signalée par un antique tronc d'arbre blanchi par les brûlures du soleil où avait été accroché un vieil essieu rouillé sur la seule branche squelettique. Après, la piste s'enfonçait dans les terres arides du Soudan où se trouvait un des plus grands camps de réfugiés du Darfour, Gereida. Alors il se mit à genoux et commença à prier. Ses hommes l'appelaient le Moine Soldat. Il était le bras armé de l'Opus Deï dans la région.

SOUDAN — 6 heures 30.
Camp de Gereida.

Jérémy connaissait l'enfer, celui-là comme celui de Bosnie, du Kosovo, du Liban ou de la Tchétchénie. Mais Jeremy n'en pouvait plus des enfers de Kalma puis de Gereida qui était devenu pour lui le terminus de l'horreur. De loin, le lieu pouvait scintiller comme un diamant au cœur de la plaine desséchée. Mais à l'intérieur c'était un véritable labyrinthe de bâches colorées, de lés de plastique, de fagots de paillis et de tôles ondulées. Depuis 2009 la chasse aux sorcières au sein des ONG orchestrée par Khartoum avait fait ses ravages. Rester ici dans ce cloaque relevait de l'abnégation. Combien étaient-ils maintenant ces malheureux ? Cent mille ? Deux cent mille ? D'autres disaient qu'ils n'étaient plus que cinquante mille. Jeremy ne savait plus, habillé comme un des nombreux réfugiés, il se fondait dans la masse et se faisait le plus discret possible. Ce matin Il attendait un appel téléphonique via satellite qui n'est jamais venu. Peut-être aurait-t-il plus de chance ce soir.

En attendant il devait impérativement trouver son collègue Khalil, un des Zaghawa très actif venu du Tchad voisin en mai 2008. Grand et fort mentalement, Khalil ne s'était jamais découragé pendant les deux ans passés au camp, il avait même été son principal soutien psychologique.

Jérémy allait doucement, sans bruit en se jouant des dédales. Ses sandales ne laissant que des traces furtives sur son passage, il priait pour devenir invisible, le plus léger possible. Il naviguait comme il le pouvait entre les nattes et les tapis posés à même le sol, tout en évitant de bousculer les réfugiés apathiques avec leur bol de maigres aliments. Le silence pesait malgré les milliers d'êtres humains entassés sur ces kilomètres carrés de sable rouge. Même les enfants n'avaient plus de force pour pleurer, ni même jouer pour les plus vaillants. Il prit soin d'enrouler son cheich terreux autour de son visage non seulement pour se fondre encore plus dans la masse mais aussi se prémunir contre la puanteur du lieu. L'urine et les immondices stagnaient sur le sol si sec que rien ne le pénétrait. Il arriva derrière un grand pick-up à la bâche baissée qu'il souleva discrètement, rien à l'intérieur, à part de vieux ballots sales et des sacs poussiéreux. Depuis deux ans presque plus rien n'entrait dans le camp et on craignait l'apparition de nouvelles épidémies et l'irruption de la malaria. Les armes de destruction massive se nommaient ici famine, soif et maladie. Les soins médicaux s'étiolaient lentement, l'essence pour les pompes à eau s'évaporait rapidement. Il fallait faire sauter immédiatement le verrou posé par le pouvoir de Khartoum, préparer le retour des ONG qui fournissaient l'aide alimentaire et sanitaire quotidienne. Les files des réfugiés s'allongeaient déjà à perte de vue, attendant les maigres rations que les volontaires humanitaires étaient venus leur distribuer.

Prés d'un magasin de paillis qui n'offrait rien a vendre, il vit Khalil en grande palabre avec deux hommes, dont l'un ressemblait au chef suprême des insurgés, le rebelle Abdoul Wahid El-Nour accompagné du dissident principal au président Centrafricain Bozizé: Michel Am-Nondokro

Djotodia qui devait en principe se trouver officiellement à Cotonou.

SARROLA — 7 heures.
Station service de Mezzana, Nationale 193.

Les gendarmes étaient descendus de leur caserne située sur la nationale à quelques kilomètres plus haut.

A sept heures tapantes, le gérant de la station service avait attrapé son téléphone, agacé par la présence de ce camion incongru sur son parking, et avait interrompu un petit déjeuner à la gendarmerie réunie pour fêter l'arrivée du lieutenant Jean Noël Fiori qui était de la région. Il avait exprimé le souhait de finir sa carrière en Corse et par une erreur ou un miracle administratif, cela lui avait été accordé.

Quatre gendarmes dont le capitaine Fiori se retrouvèrent donc devant ce camion mal garé. Ils pensèrent que la meilleure des choses était d'abord de prendre la déposition du gérant qui répondait au nom de Patrick Cerbère. Il leur raconta ce qu'il avait vu et dit, et ça ne faisait pas grand-chose à mettre dans le rapport. Aussitôt on appela le service des immatriculations qui malgré l'heure matinale put leur donner une réponse, une mauvaise réponse: cette immatriculation n'existait pas. C'était le genre de réponse qui ne plaisait pas, car annonciatrice de complications. Le capitaine Fiori, étant le plus gradé des quatre gendarmes, informa son commandant, patron du Service de Recherches, qui était déjà à la préfecture en vue d'une réunion imminente avec le ministre. Il prit la décision de demander au génie de venir sur les lieux pour vérifier si le camion n'était pas piégé et fit mettre un cordon de protection autour du périmètre du parking de la station service, de la boulangerie et de la boucherie au grand mécontentement des uns et des autres. Il demanda aussi au gérant les bandes vidéo des caméras de sécurité. Pas la peine, le circuit vidéo était en panne depuis plus de cinq mois. Le lieutenant pensa que sa prise de fonctions commençait bien mal. Le génie arriva toutes sirènes hurlantes. Comme tout génie.

AJACCIO — 7 heures.
Port de l'Amirauté

Je m'étais réveillé avec un sentiment étrange blotti au fond de mon esprit encore embrumé dans un demi-sommeil. Ma nuit n'avait pas été un long fleuve tranquille et des bribes de mes rêves émergeaient comme des épaves sorties de flots noirs. J'avais pourtant goûté une pause éveillée sous un ciel étoilé, mais rien ne gommait cette impression chaotique. Mes émergences du sommeil étaient souvent empreintes d'idées noires, indéfinissables. Je n'arrivais pas à savoir quels vieux démons venaient me gratter l'inconscient. Ma vie passée, je l'avais remisée dans un placard nommé « pertes et profits ». Je n'avais peut-être pas réussi tout ce que j'avais espéré. Si mon travail me satisfaisait presque pleinement, il était le résultat d'un subtil dosage de réalisations et de frustrations. Une de mes ex m'avait expliqué que je n'essayais pas d'aller au bout de mes envies et de mes rêves. Peut-être, mais ma vie comme elle était, était peut-être la plus proche de mes aspirations. Bien sûr, je n'avais pas reçu de très grands prix pour mon travail, juste des prix qui prouvaient quand même que je n'étais pas si mauvais que ça, un bon professionnel à défaut d'être le meilleur dans ma catégorie. Je n'avais pas écrit de grands livres, juste quelques essais qui me permettaient de toucher quelques droits d'auteurs.
Ma vie personnelle était faite d'événements impromptus que je ne cherchais plus à contrôler. Elle était à l'image des vagues venant jouer sur le sable, j'avance, je recule, je reviens en force et me retire doucement. Carpe Diem était devenue ma devise.

Je décidai d'appeler Orsini, mais je n'eus comme réponse que celle enregistrée sur son répondeur. Je lui demandai de me rappeler à son tour, dès que possible.

J'appelai ensuite la rédaction de Via Stella : «... Salut,

Quoi de neuf... Calme ? Un camion abandonné ? Bof ... Mais tu me tiens informé quand même ... Ciao ! »

Je me fis un café bien fort à réveiller un mort pour mieux penser. En fait ce n'est pas tant le show du ministre et de ses figurants qui m'intéressait, car c'était, dans ce type d'événement, un exercice convenu. Non, ce qui m'intéressait, c'était les hommes de l'ombre, ceux du Vatican, débarqués on ne sait pas quand exactement et ce qu'ils avaient fait et dit. Si bien entendu, ils étaient disposés à parler.

Après ma tasse de café, je montai à l'un de mes repères favoris, au Grand Café Napoléon. Attablé à la terrasse je commandai un nouveau café serré avec deux croissants. J'en étais à mon jeu de meccano intellectuel quand je sentis un parfum et une présence s'immiscer dans mon espace le plus proche. Louisa tirait la chaise voisine de la mienne pour s'asseoir. « Ça va chéri ? » me dit-elle en m'embrassant.

— Comme toi, j'attends. Et j'ai mal dormi !

Je ne me sentais pas d'humeur loquace, mais avec Louisa je décidai de faire des efforts. Elle avait un sourire Rouge Guerlain qui lui faisait une bouche glamour à qui on ne pouvait rien refuser, une robe légère tout en voile et fluidité. Décidément, je ne me sentais pas la force de la snober. Je lui proposai de lui offrir un café, un thé ou un coca ou les trois à la fois. Elle rit et prit un thé. J'entamai mes croissants avec gourmandise quand mon portable vibra. C'était la rédaction de France 3.

Le camion abandonné sur la route de Bastia contenait outre une seule rangée de caisses de raisins et des légumes de Croatie, une seconde de scooters Piaggio, alignés consciencieusement, et les trois quarts de la cargaison restants, assez d'armes pour faire la révolution en Corée du Nord : Des caisses de Kalachnikovs avec leurs munitions ainsi que des Uzis, des AK-47, des lance-roquettes, des grenades de toutes origines, mais en majorité russes, bref de quoi mettre toute la Corse à feu et à sang.

AJACCIO — 8 heures.
Préfecture

La consternation se lisait sur tous les visages des participants à la réunion de crise convoquée par le ministre de l'Intérieur. Le commandant des Gardes Suisses du Vatican et le père François Martrois venaient de confirmer l'identité du cardinal : c'était bien monseigneur Le Feucheur, membre du Conseil Général et dit-on un ancien proche de Mgr Javier Echevarria, le prélat de l'Opus Dei auprès du Pape. Bien sûr tout le monde était convaincu que le Vatican avait reconnu le cardinal la veille même, mais tous ceux qui se trouvaient autour de la table jugeaient bon de ne rien faire paraître ou d'émettre une seule remarque. Dans ce silence gêné, une porte grinça et un attaché à la sécurité du ministre entra pour se pencher à l'oreille de celui-ci et lui annoncer la découverte inattendue d'une cargaison d'armes lourdes près d'Ajaccio. Le ministre, déjà légèrement blafard, devint encore plus livide pour faire place rapidement à un rougeoiement écarlate. Il se leva d'un bond: « Mais bordel, qu'est-ce qui se passe ici ? ». Sursauts, tremblements, regards surpris et interrogateurs. Et tous les téléphones portables sonnèrent en même temps.

Le commissaire Orsini et son collègue le commandant de gendarmerie de Pontivy, patron de la Section de Recherche, sortirent précipitamment. Au pas de charge. Le ministre un peu perdu, but un verre de jus d'orange pour se redonner du tonus et demanda au préfet de regagner son bureau accompagné de leurs conseillers. Seuls les émissaires du Vatican restèrent assis dignement, attendant religieusement que le sérieux l'emporte sur l'émotion.

Du Grand Café Napoléon, mon poste d'observation, je vis soudain, des motards qui quittaient à toute allure le parking de la préfecture, suivis d'une myriade de voitures officielles toutes sirènes hurlantes.

Je compris rapidement ce qui devait se passer. Je laissai un billet de vingt euros sur la table du café, enfilai mon casque et je partis enfourcher ma moto quand je sentis deux bras m'enserrer le torse et deux jambes fines se caler sur mes fesses. Direction Mezzavia.

SARROLA — 9 heures.
Station service de Mezzana, Nationale 193.

Là, franchement, c'était n'importe quoi. Voitures officielles enchevêtrées, policiers et gendarmes se croisant sans échanger d'informations, se regardant avec condescendance et si possible en se cachant mutuellement des informations. Toute la complexité française, toute l'exception administrative de la nation, éclatante, s'étalait sur ces quelques mètres carré le long de la nationale Ajaccio / Bastia. Ce qu'on appelle vulgairement : le bordel ! Le ministre, à la peau fragile, rougeoyait et transpirait, ses attachés ministériels ne sachant quoi penser, ni que faire ! Une pagaille organisée autour du camion qui cachait un lot d'armes lourdes, et qui avait été posé là, comme un cadeau empoisonné. Tout le monde serrait les fesses et même certains athées et apostats commençaient à prier pour que le Président en personne ne descende pas de son piédestal parisien pour en rajouter une couche histoire d'atomiser l'espace citoyen.

J'arrivai en pleine effervescence policière et sécuritaire avec Louisa en équipière. Heureusement, Via Stella avait pensé, à juste titre, que mon équipe pouvait y être utile. On tourna. Tout et n'importe quoi comme dans tous ces moments-là. Impossible d'interviewer le ministre qui n'était pas maquillé et qui ressemblait plus à un lampion qu'à un haut responsable de l'État.

Mon téléphone sonna et la rédaction m'avertit qu'une fusillade avait eu lieu en plein marché de Sartène, et une autre en plein centre de Porto Vecchio. La vie continuait agréablement suivant les us et coutumes de mon île. Par contre, fait rarissime dans l'île, on insistait sur la disparition depuis le 27 mai d'un garçon de 8 ans du côté de Bocognano. Mon collègue, Antoine Casanova, avait déjà réalisé un reportage sur place sans rapporter d'informations exceptionnelles. Je me suis dit que j'allais certainement aussi enquêter là-dessus avec une autre approche.

Orsini se précipita vers moi pour me glisser l'identité du prélat in patres et son CV original. Je le regardai même pas surpris : « Le Feucheur ??? Voilà, il me semblait bien que cette tête là me disait quelque chose... Mais il a beaucoup changé » Dis-je de mauvaise foi. Orsini ouvrit de grands yeux ronds.

— Comment ça, tu le connaissais ? Tu aurais pu me le dire plus tôt !

— Excuse-moi mais quand tu me l'as présenté, il était bien abîmé, il n'avait plus de visage !... Il était directeur des jeunesses catho et c'est à ce moment-là que je l'ai croisé quand j'étais scout... Eh, j'avais treize ans. Tu vois, ce n'est pas récent ! Mais c'est vrai que tu es un mécréant, sans éducation religieuse !

Orsini haussa les épaules « Excuse-moi, mes parents étaient communistes, alors les curetons... Mais il faudra que tu me parles du bonhomme ! ». Puis il rejoignit le cercle qui s'était formé autour du ministre.

L'équipe technique étant là, je me devais bien de me fendre d'une ou deux interviews. Je n'étais pas à une compromission près, ayant eu l'habitude d'enregistrer des kilomètres de langues de bois. Je me précipitai vers le préfet, qui était plutôt un homme avenant, et qui surfait allègrement entre les réalités et les vérités. On l'interviewa. Blablabla. Il n'en sortit rien d'intéressant. Le gérant de la station au moins put nous raconter son histoire. Ainsi je ne repartais pas bredouille. Les hommes du génie prirent les commandes du camion après avoir vérifié qu'il n'était pas piégé et après moult photos, et relevés d'empreintes ils l'emmenèrent à la base d'Aspretto.

Je rejoignis Louisa qui avait la chance de ne pas avoir de caméra et pouvait ainsi approcher le ministre qui alla de son refrain récurrent sur la sécurité. Il lui annonça qu'il allait mettre tous les gros moyens de l'État pour résoudre cette énigme, qui d'après lui sentait un acte terroriste imminent. Il allait demander le renfort de la brigade antigang, de la DCRI ainsi que d'Interpol. Ça ferait beaucoup de monde d'un coup, et ça faisait beaucoup de lignes et de signes pour l'article de Louisa et quelques infos toutes chaudes pour moi.

AJACCIO — 9 heures.
Hôtel de Police

Ça grouillait de monde à l'accueil. Des mecs mal rasés, des loques aux yeux cernés, des rouleurs de mécanique, deux faux imams et quatre nanas douteuses engluaient le rez-de-chaussée dans un silence religieux. Certains d'entre eux fréquentaient l'hôtel de police assidûment, d'autres y venaient pour la première fois. Les bleus de l'accueil, dépassés par les événements, ne savaient même plus quoi faire, ni quoi dire. Ils attendaient patiemment que les inspecteurs auditionnent leurs clients un par un.

Dans leurs bureaux, les inspecteurs ne faisaient pas dans la dentelle. Questions courtes appelant des réponses précises. Alibi ? Pas d'alibi ? Les uns ressortaient rapidement, les autres avaient le droit d'attendre dans les cages de l'hôtel de Police.

PARIS — 9 heures 30.
Ministère des Affaires étrangères.

Le ministre avait les yeux fixés au plafond pas assez austère à son goût.

Son directeur de cabinet, Eric Détricher était lui-même dans de profondes réflexions en attendant patiemment que son patron redescende sur terre. Il n'avait pas réussi à joindre le père Martrois, le secrétaire privé du cardinal Le Feucheur. Il pensa qu'il fallait mettre un terme à tout cela. Cette opération allait sombrer dans le ridicule et personne n'en sortirait grandi. Si la chose venait à être découverte on pourrait rajouter un scandale de plus sur le tableau déjà bien rempli de la cinquième république. Le ministre de l'Intérieur étant un ami intime du Président de la

République, il obtiendrait rapidement la tête du ministre des Affaires étrangères et la sienne en prime. On parlerait d'égarement, d'aveuglement... Il entrevit sa vie foutue, une séparation avec sa femme qui s'arrangerait pour avoir la garde exclusive des enfants pour leur éviter la fréquentation d'un père crédule et illuminé. Il toussota afin de faire revenir le ministre aux réalités. Celui-ci le regarda, les yeux tristes. Il sentit que le ministre se voyait tomber dans le même abîme que lui. Il hasarda : « Et si nous mettions fin à toute l'opération ?

— Mais vous n'y pensez pas mon cher Eric, ce n'est plus possible... La DCRI est déjà partie pour la Corse par avion spécial tôt ce matin. Il est trop tard, on est foutus. Je vais remettre ma démission au Premier ministre.

— Non Monsieur, il y a une autre solution. Être plus rapide que la police et la DCRI... Faire disparaître les protagonistes de l'affaire.

— Ah oui et comment ça ?

— Je m'en débrouille, si vous acceptez de m'en donnez l'autorisation, avec nos correspondants romains. Moins vous en saurez, mieux ça sera...

Le ministre repartit vers son plafond décidément trop chargé. Puis d'une main lasse et impuissante, fit comprendre à son Directeur de Cabinet de se débrouiller comme il l'entendait.

— Faites, mon cher Eric... Faites donc, je m'en remets à vous... Mais je ne sais rien !

Eric Détricher rejoignit son bureau qui faisait face à celui du ministre et se précipita sur le téléphone tout en le mettant en mode sécurisé pour appeler le patron de Strada Libera Cie. Il savait que le gros italien avait les ressources nécessaires pour sortir son ministre et lui-même du fiasco de l'opération du cardinal.

ROME — 9 heures 30.
Strada Libera Cie

La Baleina était coincée dans son fauteuil, les accoudoirs l'empêchant de tout mouvement brusque, et vue la conjoncture, ce n'était pas si mal que ça. Rouge, il ne l'était pas, carmin, cramoisi peut-être. Qui était le « cornuto » qui avait eu cette somptueuse idée paranoïaque de tout cloisonner. Personne ne se connaissait, ni en amont, ni en aval, ce qui donnait comme résultat qu'un camion semi-remorque bourré d'armes de guerre était aux mains de la police française. Il ne voulait même pas aligner mentalement les euros que cela représentait car, ayant été payé d'avance, il s'en foutait. Mais le résultat était là, Il pensa aux destinataires qui allaient se réveiller et demander des comptes. Et surtout, dirigeant une des grandes entreprises import/export de Rome avec des clients prestigieux tel que le Vatican, il n'entendait pas tomber par dommage collatéral, même s'il savait que cette opération était top secret et donc border line. Il avait fait une bonne affaire, mais pour rien au monde il ne voulait se trouver mêlé à une sombre histoire de contrebande d'armes et de terrorisme, ce qui semblait pourtant être le cas.

Giovanni, les jambes croisées, les bras croisés, les fesses serrées attendait l'ouragan qui allait dévaster le bureau en loupe d'orme. La Baleina leva les yeux sur lui et murmura seulement: « Je veux tous les détails de l'opération ! »

Giovanni savait qu'il ne servait à rien de dire quoi que ce soit. Il suffisait d'exécuter les ordres. Il sortit de l'antre du patron en reculant et bafouillant quelques mots inaudibles et alla se réfugier rapidement dans son bureau pour faire le point. Il commença par noter sur un bloc le déroulement de l'opération.

Tout avait commencé le 24 mai quand la Baleina l'appela dans son bureau: « Voila, on va faire un chargement délicat en Serbie. A Belgrade. Il me faudra un chauffeur pas trop malin et obéissant ! On ne connaît pas le client mais il est recommandé par les plus hautes autorités ecclésiastiques. Il faut partir demain matin, tu pourras me trouver l'homme de confiance ? » Giovanni fit oui de la tête, le boss continua « Ouvre l'ordinateur et va sur le compte HSBC en Suisse. L'opération démarre dès que le million d'euros est déposé sur le compte. » Giovanni avait alors ouvert la connexion avec HSBC, entré les quatre mots de passe, et constaté que la somme venant d'un compte UBS d'une ONG proche du Vatican avait été versée. Il avait regardé son patron pour confirmer le dépôt. La Baleina se tapa ' dans les mains :

— Ok, début de l'opération !

— Et après ? Risqua Giovanni.

— Quand le gars a chargé à Belgrade, il revient ici, on change les plaques pour en mettre des françaises et on l'envoie chez un correspondant corse, les Taviano. Il demandera Zittu. A partir de ce moment-là, on ne sait plus rien, la balle est de l'autre coté, fin de notre mission. Le camionneur revient par avion. Et on n'entend plus parler de lui... Tu as trouvé un nom ? »

— Luiggi bien fera l'affaire ! Mais vous savez qui est le client ?

— Pas de nom ! le Marquis de l'Opus Deï, l'homme de l'ombre. Mon fils, Gianni s'occupera de Luiggi.

Ayant pu se renseigner discrètement auprès d'un ami dans la police, Giovanni savait très bien que le Marquis était le cardinal Le Feucheur.

[NOTES DE GIOVANNI]

Le 25 mai Luiggi quitte Rome à cinq heures du matin pour Belgrade. A onze heures, il téléphone pour informer qu'il embarque à Ancône pour Zadar, le port de Split, en Croatie. Six heures plus tard il envoie un texto pour avertir qu'il débarque et reprend la route. Il est dix sept heures.

A dix-neuf heures il atteint la frontière bosniaque sans difficulté.

A vingt-trois heures il passe la frontière serbe. Il y a beaucoup de trafic et les douaniers serbes font du zèle. Mais pas de problème, le camion est vide et il passe sans peine. Une heure trente du matin le 26, il arrive dans la zone industrielle de Kontejner Romantike u Beogradu. Il y laisse son camion et Martin Sidgreaves l'emmène chez une cousine a Kneza Milosha située à quatre kilomètres de là. Il prend sa douche, se rase, boit un coca et se couche. Il peut dormir deux bonnes heures.

Le 26 mai à quatre heures dix le matin, Martin revient le chercher. Le camion est chargé. A Krusevac, le Chef de quai lui remet une grosse enveloppe et lui dit en mauvais italien que les papiers sont pour les douaniers et que tout se passera bien.

Cinq heures, Luiggi refait la route inverse aussi tranquillement qu'à l'aller. Il arrive à Rome à dix-neuf heures.

Le 27 mai à trois heures du matin, Luiggi vient prendre le semi-remorque avec ses nouvelles plaques d'immatriculation françaises.

Livourne, huit heures, il embarque sur l'Aliso par temps calme. A midi cinq, le camion roule sur le quai de Bastia. La livraison sera faite le soir même.

Il s'arrête à la boulangerie de Bocognano à 14 heures 25.

A 15 heures 40, il arrive à Mezzavia et téléphone à Giovanni pour lui dire que la livraison a bien eu lieu et qu'on allait le déposer à l'aéroport. A partir de cet instant, Luiggi s'évapore dans la nature.

Le 28 au matin le Boeing chargé de denrées de première nécessité s'envole de Rome pour Bangui. De passage chez moi pour me changer, j'apprends en regardant RAI UNO qu'un cardinal était retrouvé assassiné dans la cathédrale d'Ajaccio, et ce cardinal ressemblait énormément au client, responsable de l'opération du chargement fait à Belgrade dans le plus grand secret.

Ce matin même, le 29 mai, la RAI UNO informe qu'un camion bourré d'armes de guerre et d'explosifs est retrouvé sur le parking d'une station service près d'Ajaccio en Corse.]

Toute cette histoire sentait le pourri, un fiasco énorme dont Giovanni se sentait lointainement responsable.

Il fallait remonter toute la piste à partir d'Ajaccio, à Mezzavia, où le camion avait été laissé par Luiggi. Effacer toute trace, tout indice avait dit le boss.

AJACCIO — 10 heures.
France 3 Via Stella

En rentrant de la station service qui n'était pas très loin des locaux de la télévision, je me suis assis, maussade derrière mon ordinateur pour donner le temps à l'équipe technique de transférer les prises de vue sur le disque dur de la régie de montage. Je regardais la page corse de l'AFP quand j'aperçus que les locaux de l'EDF de Cargèse avaient été détruits par une explosion. Je me suis dit qu'il y avait longtemps que le feu n'avait pas autant bouilli sous la marmite insulaire. Est-ce que tous ces événements avaient un lien entre eux, ou était-ce un joli concours de circonstances ? Parfois des micros secondes de découragement me traversaient l'esprit. Et si tout ça était fait pour embrouiller les pistes de l'assassinat du cardinal Le Feucheur, un des plus hauts dignitaires de l'Opus Dei ? Mais au fond de moi, tout au fond, j'étais convaincu que ce n'était pas lié.

Je me sortis de mon fauteuil pour aller à la salle de montage. Les stations AVID étaient alignées et crachaient leurs images englouties par l'ogre de l'information. Il fallait que je réalise quelque chose qui puisse tenir debout pour les téléspectateurs. Les seules images intéressantes étaient celles des équipes fouillant la remorque du camion, passant les détecteurs sous le châssis et le gérant de la station service qui racontait son histoire en boucle. On monta le sujet à l'arrache, je fis un commentaire pas trop dramatique, mettant en perspective le professionnalisme des divers corps de sécurité. Pourtant le chapelet des nouvelles plaies ajacciennes de ces deux derniers jours me faisait gamberger. Je n'ai jamais aimé regarder uniquement la surface des choses. Rien ne collait réellement dans cet inventaire à la 'Prévert' et pourtant rien n'était là par hasard alors que nous venions de vivre plus de six mois de tranquillité. Une idée bizarre et insidieuse m'accaparait les neurones. Je mettais de côté les actions des indépendantistes, qui n'avaient pas ce genre de pratiques fantaisistes, mise à part l'explosion du centre EDF de

Cargèse, qui là, sentait bon la Corse traditionnelle. La fusillade de Sartène ? Elle tenait plus d'un différent inamical ou familial que d'un sombre complot et celle de Porto Vecchio un règlement de comptes plutôt mafieux vu les prix des terrains qui tutoyaient ceux de New York ou de Tokyo. Mais le camion surchargé d'armes de guerre, laissé à la bonne volonté des habitants du coin ne correspondait pas du tout aux us et traditions de la région. Il y avait bien là dedans un fusil mitrailleur pour chaque Bastiais et Ajaccien. Dans le reportage, j'alternais interviews et prises de vue in situ: les caisses d'armes qui s'entassaient régulièrement. Une fois le commentaire calé dans lequel j'avais glissé quelques réflexions qui sûrement agaceraient le ministre, je me surpris à téléphoner à Louisa pour l'inviter à déjeuner... En tout bien tout honneur.

AJACCIO — 11 heures.
Préfecture.

De retour de la station service de Mezzana, tous étaient réunis de nouveau autour de la table du Grand Salon. Le ministre, le préfet, le directeur de la police, le commandant de la gendarmerie et les émissaires du Vatican. Le ministre encore stressé par la vision des armes transportées dans le semi-remorque hasarda : « Pouvez-vous nous expliquer ce que faisait Monseigneur Le Feucheur ici ? »

— En principe, il ne devait pas se trouver ici, dit le père Martrois, mais en République Centrafricaine pour développer une action humanitaire près de la frontière soudanaise. Il aurait dû être actuellement à Bangui avec l'archevêque Nathanael Kouvouama. »

Le préfet se gratta la tête en regardant le tissu mural fleuri à outrance du salon qu'il ne supportait plus. Le directeur de la police regarda le jardin ensoleillé de la préfecture par les portes fenêtres et le ministre se gratta les couilles nerveusement sous la table. Il hasarda: « Le Cardinal avait-il été menacé par des groupes islamistes ?

— Pas à notre connaissance, répondit Martrois sûr de lui.

— De quelle manière réunissiez-vous les fonds ? demanda le préfet.

— L'Église est une grande famille et l'Opus Dei en est le cœur vivant qui réunit les plus désintéressés et sensibles d'entre nous à la misère humaine. Nous avons parmi nous de grands noms de la finance et de la politique. Vous n'êtes pas non plus sans savoir que notre Conseil Général a une certaine latitude dans ses actions. Monseigneur Le Feucheur avait eu carte blanche pour développer son action en Afrique centrale.

AJACCIO — midi.
Le Grand Café Napoléon.

Décidément, j'allais louer une table au mois dans cette brasserie si toute cette histoire devait durer encore longtemps. Louisa était devant moi toute pimpante.

— En tout bien, tout honneur ! Insistai-je encore, pas le temps de rêver a un câlin coquin !

Elle eut une moue sexy, mais le tempo de la journée était plus musclé que lascif. Elle prit une flûte de champagne et moi un verre de Patrimonio, rouge bien sûr, et en le faisant tourner dans mon verre, je pensai soudain au cardinal de l'Opus Dei dansant comme une ballerine avant de s'affaler sur le sol de la cathédrale, le visage emporté par le tir meurtrier. La robe tournoyant, sûrement. ..

C'est alors qu'une ombre épaisse vint ternir la lumière radieuse de ce déjeuner : Orsini. C'est à ce moment-là que mon portable se mit à sonner. La rédaction de Paris me demanda de réaliser l'interview des hommes du Vatican et bien entendu, j'acceptai. Je fis signe à Orsini de s'asseoir. Il refusa poliment...

« Bois un coup, mon vieux, ça te remettra de tes émotions du matin. Le nonce Sergio Ventura et le père Martrois qui viennent de sortir de réunion, voudraient me rencontrer au couvent Saint François à Vico pour être interviewés.

— Vico ? Tiens, tiens... Vico, ça ne te dit rien ? Le père Batiano y était la nuit du meurtre.

— La vie est faite de coïncidences ... N'ayant aucune incidence sur le cours tranquille des événements ...

— Toujours philosophe à la petite semaine !

— J'allais t'offrir une petite bouffe, mais si tu le prends ainsi.

— Non merci, je ne voulais pas vous déranger. .. Et le ministre nous invite à une petite collation...Ça va être lugubre!

Ainsi il s'en retourna lentement vers la préfecture. Je préférais de loin les regards brillants de Louisa aux yeux de poisson mort du ministre. « Pace e salute » Ai-je fait en levant mon verre à l'attention d'Orsini qui s'en allait à regret d'un pas nonchalant. Je pris mon portable pour appeler l'équipe vidéo et leur donner rendez-vous à quinze heures au couvent Saint-François de Vico.

Le déjeuner fut plein de rires et de sous-entendus à la limite de l'intimité. J'aimais cette douce complicité où les mots n'avaient plus de frontière.

C'est à ce moment-là qu'une grosse voiture noire sortit de la préfecture pour remonter le cours Napoléon à vive allure.

PARIS — 13 heures.
Ministère des Affaires étrangères.

L'opération « sauvetage » avait débuté. Rome avait confirmé que les prélats de l'Opus Deï prenaient les choses en main. L'heure était sombre et les événements survenus depuis ces vingt quatre heures devenaient un merdier sans nom, dixit le ministre qui était d'un anticléricalisme primaire. Monseigneur Le Feucheur avait fait en sorte de ne pas pouvoir relier tous les protagonistes impliqués dans cette histoire.

A Rome, ils avaient trouvé la personne de confiance pouvant démêler cet écheveau de mystères. Le ministre n'avait pas insisté pour connaître les moindres détails, il était trop occupé par une visite protocolaire d'une délégation roumaine, Il ne fit plus aucune allusion à cet évènement.

Eric Détricher dut se débrouiller tout seul avec la demande du juge d'instruction d'Ajaccio sur les activités du cardinal Le Feucheur.

CENTRAFRIQUE — 13 heures.
Bangui, Cathédrale

L'archevêque Nathanael Kouvouama au volant de sa Hunday suivait la rue du Languedoc mal bitumée pour virer à droite sur la rue Bokassa encore plus défoncée. Derrière l'arc de triomphe dédié à l'ex-dictateur, se dressait la cathédrale toute rose dans le plus pur style anglican. « Mauvais jour, oui c'est un mauvais jour ! » murmura L'archevêque. Il avait bien reçu le chargement venu de Rome, mais aucune nouvelle de France et de son ami Le Feucheur, juste un message laconique du Quai d'Orsay à Paris pour dire qu'il y avait un léger problème et que les choses reviendraient vite dans l'ordre. Il trouvait les Français plus jésuites que les jésuites. Presque insultants. Il avait lu sur Internet que le cardinal Le Feucheur avait été assassiné à Ajaccio. Il freina brusquement devant la cathédrale et sortit bouillonnant de sa voiture pour faire une entrée fracassante dans la maison de Dieu. L'archevêque était de très mauvaise humeur.

Village de VICO — 14 heures.
Couvent Saint François

J'avais laissé Louisa devant son café, à regret bien sûr, pour foncer vers Vico. J'aimais bien cette route sinueuse à travers l'arrière pays ajaccien, aride.

A Sagone, je pris la route d'Évisa qui menait à Vico. Vico ressemblait à ces vieilles villes de l'intérieur, avec de hautes maisons de pierres aux fenêtres étroites. La route montait zigzagant entre les grands arbres de la forêt et un peu avant le panneau de la ville, je pris à droite vers le couvent Saint François. Il se dressait au centre d'une grande clairière, majestueux. Ce couvent se voulait un lieu de réflexion spirituel au milieu de grands châtaigniers. Un tel espace d'architecture franciscaine italienne semblait un précieux havre de paix au centre d'une nature généreuse. La voiture de France 3 était déjà sur le terre-plein devant l'édifice, et je me rendis rapidement à l'intérieur du couvent.

Il était le lieu d'accueil et de recueillement des Oblats de Marie Immaculée. Les frères qui demeuraient sur place, souffrant parfois de solitude, avaient eu l'idée d'ouvrir leur porte à des voyageurs et d'organiser quelques concerts ou animations culturelles sans être cultuelles. Il était très compréhensible que le nonce apostolique et la délégation du Vatican aient posé leurs valises et secrets dans ce lieu magnifique mais isolé. Je m'annonçai à l'un des pères qui me fit signe de le suivre le long d'une galerie aux voûtes romanes. Nos pas résonnaient sur la pierre comme un glas glacial. D'un coup, il s'arrêta face à une porte qu'il ouvrit sans précaution particulière, presque brutalement. Dans une large pièce, les deux hôtes religieux assis comme deux saints en attente de paradis baignaient dans le halo lumineux des kinofloods aux lumières douces que le chef opérateur avait déjà installés avec quelques gélatines oranges pour réchauffer l'atmosphère. Je me dirigeai vers eux et m'inclinai gauchement ne sachant que faire avec ce type de personnages: Jamais il me serait venu à l'idée de baiser l'anneau de qui que ce soit. Je m'inclinai légèrement :

« Excusez-moi, j'ai été prévenu un peu tard par ma rédaction ! »

Le nonce leva la main dans une absolution toute relative. Je jetai un coup d'oeil au cameraman et à l'ingénieur du son pour savoir s'ils étaient prêts. En un battement de paupières je sus que je pouvais commencer. Je pris une chaise pour m'asseoir face aux ecclésiastiques. « C'est pour avoir votre regard bien droit, regardez-moi dans les yeux quand vous me répondrez... s'il vous plait, hasardai-je, ne voulant pas les nommer par leurs titres pompeux. Pour commencer pouvez-vous me dire quel homme était le cardinal Le Feucheur ?

64

— C'était un homme exceptionnel qui fut remarqué assez tôt par sa sainteté Jean-Paul II pour son humanisme éclairé, sans préjugés. Un saint homme qui diffusait largement la parole divine.

— Ce qui cadre mal avec son assassinat ? Comment l'expliquez-vous ? Avait-il des ennemis ?

— Les activités menées de façon personnelle par les fidèles de l'Opus Dei n'engagent qu'eux-mêmes et n'impliquent en rien la Prélature de l'Opus Dei, répondit le père Martrois, En revanche, l'Opus Dei a pris l'initiative d'encourager certaines actions à caractère social ou éducatif, voire humanitaire. Sa mission consiste à diffuser l'idée que le travail et les circonstances ordinaires sont une occasion de rencontrer Dieu, de servir les autres et de contribuer à l'amélioration de la société. Monseigneur Le Feucheur avait une vision fraternelle du monde, et n'intervenait que sur les lieux de la planète les plus vulnérables. Il ne pouvait pas avoir d'ennemis !

— Vous savez, on dit beaucoup de contre vérités sur cette organisation, ajouta le nonce, mais ce sont les croisés d'aujourd'hui, qui sans armes font en sorte que le monde soit plus humain, plus vivable et plus sûr pour les générations futures.

— Que venait faire Monseigneur Le Feucheur en Corse à votre avis ?

Tous les deux écartèrent les mains en signe d'ignorance et d'impuissance.

— Nous ne le savons pas, hélas. Nous l'ignorons. Il avait sa propre autonomie au sein de l'organisation.

— Auriez-vous au moins une petite idée du mobile de son assassinat ? Insistai-je.

Mêmes mains ouvertes face au ciel.

— Sûrement une terrible méprise ...

— Oui, c'est possible, ironisai-je, il n'y a rien qui ressemble plus à un malfrat qu'un prélat en habit sacerdotal dans une cathédrale. La méprise est possible, vos saintetés ....

Je me levai, fis un petit salut de remerciement, fis signe aux techniciens de plier le matériel, et je partis respirer l'air doux de la galerie du monastère Saint-François en souriant malgré moi. Une belle bande d'hypocrites venait de me jouer une pièce florentine. Le Feucheur, un homme admirable ? Ils ne savaient pas que j'avais connu l'individu.

ITALIE — 16 heures.
Fiumicino — Le port

Giovanni avait tout de suite eu la bénédiction de la Baleina pour réaliser son idée. Sur le papier, seuls trois ou quatre petits morceaux de puzzle formaient la séquence serbo-italienne du contrat. Même si la société de la Baleina avait tenu son rôle, et même correctement, sans rien avoir à se reprocher, les zones d'ombres étaient trop nombreuses pour en rester là. Automatiquement, des éléments allaient ressurgir des profondeurs boueuses, et dans la nasse qui allait remonter le tout, le nom de Strada Libera SA tiendrait une place de choix. Aussi, même si le patron ne tenait pas spécialement à connaître les motivations des véritables clients de l'opération, il n'était pas souhaitable de faire l'autruche, mettre la tête dans le sable et le cul à l'air. Giovanni avait marqué des points et au moment de dire au revoir à la fille de la Baleina, il avait lu dans ses yeux de l'admiration. Après des adieux un peu brûlants, il s'était fait accompagner au port voisin de Rome, à Fiumicino, sur la rive droite du Tibre, face au port d'Ostia. Carmelo, propriétaire d'un Bertram 800 de 2007 qui pouvait faire rapidement la traversée des 240 kilomètres les séparant de Porto Vecchio en Corse, lui ferait faire la traversée. Il espérait arriver vers les trois heures du matin, la police maritime étant occupée à cette heure-là dans les bouches de Bonifacio. Il retrouva Carmelo dans une petite trattoria via della Fossa Traiana.

Giovanni n'avait que peu de bagages, un sac de sport et une lourde valise de métal. L'après midi était encore plein de soleil. Ils burent une bière allemande en attendant que le moment propice arrive. Au bout d'une heure, ils embarquèrent, et la 'Maria del salute' quitta le môle et suivit le canal de Fiumicino. Quelques pêcheurs qui persévéraient à vouloir prendre quelques loups ou encore mieux un denti pour les ramener fièrement chez eux, leur firent quelques signes de la main. Ils passèrent devant le fanal alors que le soleil disparaissait derrière quelques nuages d'altitude.

AJACCIO — 16 heures.
Hôtel de Police

Il courait le bruit qu'une nouvelle équipe de la DCRI était arrivée du continent et avait élu domicile à la préfecture, la cellule locale de l'agence de renseignements qui expédiait les affaires courantes, situées au-dessus du commissariat, étant surpeuplée. Orsini, derrière son ordinateur, concentré sur son logiciel de recoupements des faits, des pièces à conviction et des alibis, fit celui qui n'était pas concerné par cette nouvelle arrivée. Il trouva que ça faisait beaucoup de monde dans le paysage étroit de la préfecture: un ministre, un super flic, des légistes, les émissaires du Vatican et Interpol, plus Maria Martinetti qui venait d'être nommée par le procureur, juge d'instruction de l'affaire. Au lieu que tout le monde avance dans le même sens, Orsini sentait que chacun allait tirer la couverture à soi.

De son côté, Olivier avait convoqué madame Fulioni et son gigolo. Tous deux installés dans un bureau séparé. Olivier avait décidé d'abord de s'occuper de la dame et de laisser mariner monsieur muscle un peu plus loin, dans une salle plutôt délabrée, histoire de le mettre en condition. La vieille qui voulait paraître plus jeune restait zen malgré le lieu peu hospitalier. Olivier lui fit un grand sourire, avenant, pour lui montrer qu'il ne lui voulait que du bien.

— Alors madame Fulioni, vous êtes une cachottière !

Surprise, la dame fit un bon, indignée.

— Cachottière ? Comment ça ?

— Le jeune homme qui vit chez vous, on voudrait que vous nous parliez de lui... Un peu, vous l'avez oublié dans vos déclarations ?

— Je suis un peu sa mère de substitution, il a beaucoup souffert dans sa jeunesse. Je l'ai pris sous mon aile. Je suis bonne chrétienne, moi monsieur. Et il me le rend bien !

Olivier ne put s'empêcher de sourire en pensant que 'l'aile' de la veuve n'était en réalité qu'une cuisse légère.

— Je n'en doute pas ...Vous l'avez connu quand il avait quel âge, ce petit oiseau ?

— Vingt-huit ans, je crois.

Olivier ouvrit un dossier verdâtre, consulta quelques feuillets, puis releva les yeux.

— Oui, je vois… A sa sortie de prison !

— C'était une erreur de jeunesse, il avait fait un peu de trafic ... Pas de drogue, hein, juste des cigarettes italiennes.

— Oui nous savons ça, des Marlborough qui sont plutôt américaines, un peu de pastis aussi qui est censé être français .... Il était camionneur, non ?

— Oui, mais il ne travaillait pas souvent, vous connaissez les jeunes, ils préfèrent rester au lit ! Parfois il me rend aussi des petits services, il fait les courses, le jardin, un peu de ménage, il me fait aussi des massages, parfois.

— Oui, vous avez raison, ça à tout l'air d'être un bon garçon dévoué. Gardez le longtemps, c'est plus sain et moins dangereux, surtout quand on est choyé comme vous l'êtes !

Olivier sortit la photo du cardinal Le Feucheur, la vraie celle-ci, donnée par le Vatican. « Vous connaissez ce monsieur ?

— Je sais que c'est le cardinal qui a été assassiné à la cathédrale. J'ai déjà vu sa photo.

— Vous l'aviez rencontré auparavant ?

— Jamais, je ne fréquente pas ces gens-là !

Olivier prit sa déposition sur son ordinateur portable, l'imprima, la fit signer et referma le dossier.

« C'est tout ? » demanda la veuve Fulioni. « Oui madame, vous ne pensez pas que nous allions vous mettre en prison pour vous occuper d'un ex-détenu dévoué au troisième âge.»

Olivier laissa sortir la veuve Fulioni et se dirigea vers la pièce décatie où se trouvait le protégé de la petite dame.

— Alors Jeff, ça va ? C'est bien Jeff ton petit nom ? ...
En fait c'est Jean-Baptiste Zanetti, dit Jeff ?

L'autre haussa les épaules, l'air de s'en foutre.

— Comme tu voudras, je viens de quitter « Maman »...
Pourquoi tu ne l'appelles pas chérie ? Tu as honte ?

— Par pudeur. .. Je la respecte, c'est une dame.

— ah, oui ! Une dame que tu cajoles comme une petite
cochonne !

— Dites donc !

— Je connais tes antécédents tu sais ... J'ouvre ton
dossier et je vois quoi ? Dis donc ! Accro à la sodomie en
taule ! Tu aurais perdu tes réflexes ?

— Je ne parlerai pas de ça, c'est privé ...

— Ok je ne voudrais pas paraître intrusif, mais j'aurais
besoin de tes empreintes digitales... Tu sais pour t'éliminer
de la liste des suspects...

Jeff qui ne comprenait pas toutes les subtilités s'exécuta
en s'appliquant à laisser ses empreintes sur le formulaire.

— Bon, on va causer boulot maintenant. .. Dis donc, il
parait que tu connais ce type-là, dit-il en lui fourrant sous les
yeux le même portrait du cardinal.

Jeff leva les yeux. Il essayait de faire tourner son
cerveau rapidement mais le créateur avait oublié de lui
mettre le turbo. Il ne sut quoi répondre.

— Ah, tu vois tu le connais !

— Oui je l'ai rencontré il y a trois mois à-peu-près.

— Ah, tu m'en diras tant, et c'était en confession ?

— Non, par hasard, à Rome, j'y avais fait un petit boulot.

— Pour la Mafia ?

— Non pour les curés du Vatican. Je livrais des bibles
pour le Kosovo.

— Dis donc, et ce mec t'a aidé à charger ton camion ?

— Non, non il était là par hasard.

— Où ça ?

— À l'église Santa Maria de je ne sais pas quoi ...
comme un truc qu'on met autour du cou.

— Un collier ?

— Non, non pour tenir le cou ...

— Ah oui, une minerve ! Santa Maria de la Minerve ? Et c'est dans Rome ça ?

Jeff fit oui de la tête. « Juste derrière le Panthéon !

— Et tu as une fiche de paie pour prouver ça ?

— Non, c'était de la main à la main, c'était pour une association catho. J'ai pas voulu faire d'histoires !

— Tu es un bon chrétien toi ! Et le cardinal était là ?

— Oui, mais en civil, je ne savais même pas qu'il était cardinal. Il était normal. Il m'a remercié pour ce que je faisais, simplement.

— Mouais ! Et depuis tu ne l'as plus revu ? Avant-hier soir par hasard ?

— Non j'étais avec Maman, elle se lève tôt le dimanche matin. Elle est partie que j'étais encore au lit. Et la veille au soir, on s'était couché tôt. On a regardé un DVD au lit.

— Ah oui, le salaire de la peur ?

— Non maman n'aime pas les films d'épouvante, c'était juste ...

— Qui ? Quoi ?

— C'était plutôt historique ...

— Ah oui, dis donc tu es un intellectuel. .. Lequel ?

— Les nuits très chaudes de Cléopâtre.

Ca existe ça ?

— Oui ! C'est chaud !

A peine Olivier en avait terminé avec les interrogatoires qu'Orsini reçut les conclusions du légiste qui ne révélaient rien de nouveau par rapport aux observations faites sur la scène de crime. Une balle de 7,65 provenant d'un Walther avait bien transpercé le crâne du cardinal Le Feucheur. On avait aussi relevé des traces de poudre en quantité sur sa main gauche et la manche de son surplis.

AJACCIO — 18 heures.
France 3 Via Stella

Le reportage était en boîte, vieille expression qui date du temps où la pellicule était le seul support de l'image animée. Maintenant, ce n'était que des fichiers informatiques AVI ou MOV; tout dépendait des logiciels de montage. J'y avais mis toute mon énergie, mon cynisme et mon professionnalisme. Avec le sentiment du devoir accompli mais assailli de mille questions, je me préparai pour ma réunion. Je pris mon sac de voyage :

« Ce soir mon portable restera éteint » dis-je à la cantonade et je partis saluant tout le monde.

En sortant de Via Stella, une jeune femme m'aborda. La trentaine, blonde, plutôt sexy, habillée cependant avec goût mais sans ostentation, elle s'excusa d'abord puis certaine que j'étais bien celui qu'elle cherchait, elle se présenta et me tendit sa carte.

— Je suis Marie-Agnès Juliani, journaliste, et j'écris des romans policiers. J'ai vu que vous suiviez l'assassinat du cardinal Le Feucheur, est-ce que vous seriez d'accord pour m'en parler, j'aimerais écrire un livre sur ce sujet et je cherche des témoignages.

Je lui répondis que j'étais pressé et que j'allais réfléchir à la question. Ayant pris sa carte je lui promis de l'appeler prochainement.

AJACCIO — 20 heures.
La Loge La Paix

Le lundi soir, c'était la tenue régulière des fils de la veuve. En attendant l'ouverture des travaux, les frères parlaient bas. Les derniers événements les avaient fortement interpellés. Si l'ordre de la réunion était strict et serait scrupuleusement suivi, les agapes fourniraient sûrement de longs débats et élucubrations de toutes sortes. « Faire avancer concrètement la société » était notre devise à côté de « Liberté - Égalité - Fraternité ». Notre loge maçonnique était une des plus anciennes, installée officiellement le 3 mai 1804, nous oeuvrions ainsi pour que les « Affaires Corses » se stabilisent et disparaissent du décor local petit à petit sans oublier nos travaux purement symboliques. La Corse est une terre maçonnique depuis bien longtemps, et Pascal Paoli fut l'un des initiés les plus emblématiques du pays.

Dans notre loge, on y retrouvait toute la diversité des composantes insulaires, mais l'écoute, l'ouverture d'esprit et l'empathie conduisaient à des rapprochements souvent pleins de valeurs humaines oeuvrant dans le sens du progrès et de la paix. Pourtant j'étais entré en Franc-Maçonnerie malgré moi. Presque à reculons. Un de mes amis qui portait le tablier de Vénérable depuis quelques lustres m'avait harcelé plusieurs années pour que je le rejoigne chez les Frères. Issu d'une vieille famille corse communiste, il avait créé son entreprise de maisons individuelles pour gravir l'échelle sociale. Et en Corse ce business-là, était, sans jeu de mots, en pleine explosion. Plus il alignait de parpaings, disait-il, plus il avait des couilles qui ressemblaient à des pépites d'or.

Au bout de cinq ans, il avait réussi à me convaincre et à me faire initier pour entrer en loge.

Malgré cette initiation très décevante proche de l'amateurisme, malgré un rite qui ne convenait guère à mon esprit libertaire, je devins apprenti puis compagnon et enfin Maître au fil du temps, sans vraiment faire preuve de grandes ambitions. Grâce à cela, je pus avoir des informations de sources les plus diverses, voire antagonistes, m'évitant ainsi bien des erreurs et m'enrichissant de secrets inestimables.

L'heure de la tenue allait sonner. Nous étions tous habillés comme nous le devions, certains mauvais esprits disaient en « loufiat » à cause de nos costumes noirs, nos nœuds papillon ou cravate noire et nos petits tabliers.

Ce soir-là, il était prévu d'écouter la planche d'un jeune compagnon sur le bandeau. Ce choix me semblait judicieux par rapport aux événements qui brouillaient notre vision. Il nous fallait nous dépouiller de tous nos préjugés pour ne voir qu'avec le cœur et la raison.

Les apprentis avaient disposé les différents éléments sous le regard vigilant du Maître Expert. Ainsi tout devait être rigoureusement exposé pour l'ouverture des travaux : l'emplacement des plateaux des officiers, la couleur des draps les recouvrant, la place des trois grands chandeliers du Pavé de Mosaïque, la présence de la Bible, de l'Equerre et du Compas et les autres outils sans lesquels la cérémonie serait non conforme. Ainsi les portes de la loge « La Paix » purent être ouvertes. Les participants à leur place, le Maître de Cérémonie en tête, suivi des Surveillants et du Vénérable Maître entrèrent. Les portes refermées le temple fut déclaré « couvert ».

Les travaux de la loge furent conduits rituellement par le Vénérable jusqu'aux derniers instants où nous nous réunîmes dans un dernier « Ce n'est qu'un au revoir ». Derrière ces mots un sentiment fort et fraternel nous réunissait tous.

A la sortie, après les embrassades rituelles, chacun se mit à revenir dans le monde profane. C'est à ce moment-là que Dumè s'approcha de moi « Il y a ton parrain qui veut te voir ... » me glissa-t-il dans l'oreille. Je m'approchai de Gilbert qui me prit à part: « Je ne peux pas rester aux agapes, mais je voulais, bien que tu le saches, te transmettre le message des plus hautes instances des Natios : « Il n'y a pas d'informations, pas de consignes non plus !!! »

Puis il continua.

— Tu sais bien qu'on reproche à cette loge maçonne de faciliter des rencontres entre les représentants politiques et les nationalistes corses dans un souci de faciliter le retour à la paix, sans que le gouvernement perde la face en négociant lui-même. On est bien peu reconnaissant envers ceux qui se mouillent et se salissent pour préserver l'image de fermeté d'une République qui ne « s'abaisse pas à négocier ». Ne tombe pas dans les pièges grossiers des ambitieux. Tu pourras compter sur Dumè pour tous les problèmes ordinaires et extraordinaires.

Il me prit dans ses bras pour le baiser fraternel et s'en alla tranquillement en sortant du temple.

Nous descendîmes tous au restaurant voisin pour les agapes. Il y avait une salle en sous-sol qui nous était réservée et où nous pouvions librement prendre la parole. Après les libations d'usage, chacun put s'asseoir et commencer à commenter l'actualité brûlante. Dumè et moi avions pris la peine de nous asseoir côte à côte afin de discuter librement et de confronter nos idées. « Rien ne sera dit officiellement, mais le mouvement veut que tu saches que nous ferons tout pour vous aider dans la mesure de nos moyens. Ce que nous te dirons personnellement, tu pourras le répéter à ton copain Orsini ou en haut lieu. J'ai dit ! » Ces derniers mots valaient signature au bas d'un contrat. Puis nous passâmes en revue les dernières nouvelles de notre bonne vieille île. Apres avoir embrassé Dumè et les frères restés à discuter, je sortis du restaurant et alors que je descendais vers le port une silhouette féminine vint à ma rencontre. Arrivé à cinq mètres d'elle, je la reconnus : Madame le juge d'instruction Maria Martinetti. Elle avançait vers moi dans une robe bleue assez décolletée, les talons de ses chaussures claquant imperceptiblement sur les pavés de la ruelle.

— Vous savez que c'est l'heure où les jeunes filles doivent être couchées ... Lui dis-je en souriant. Ne me dites pas que vous vouliez me voir par hasard ?

— Exactement, mon frère ....

Elle dut voir la surprise dans mon regard et se mit à rire.

— Pas d'inquiétude, je suis aussi une frangine. Je me suis assez bien renseignée sur vous !

— Vous êtes à la GLLF ?

— Non pas du tout, j'ai été initiée dès le début au Droit Humain.

— Votre nomination pour suivre cette affaire est-elle due au hasard ou à la nécessité ?

— Au hasard, mais il fait bien les choses ... Nous voilà en face de l'Opus Dei si j'ai bien compris ? Il est de notre devoir de traiter ce dossier avec la plus grande vigilance et sans partialité.

— N'est-ce pas notre devoir ?... Faire de l'équilibre entre le noir et le blanc, suivre les lignes du pavé de mosaïque ? La taquinai-je

— Je ne vois pas les humanistes philosophes du Grand Architecte de l'Univers traquer les armées dogmatiques de Dieu Tout Puissant... Y aurait-il des planches là-dessus ?

— Sur la partialité et la laïcité ?... Ça doit foisonner. La révélation du secret doit rester entre nous, sinon les coups de bâtons de part et d'autre vont pleuvoir.

— Pourtant je suis convaincue que tout le microcosme corse, politique, religieux et clanique doit être informé sur ton appartenance, même si j'ai appris que tu étais du genre atypique... Prends garde à toi et redouble d'attention. Maintenant je vais te laisser, il est tard... Je pense que nous nous reverrons bientôt !

Et elle me fit l'accolade comme il est de coutume de faire et nous nous quittâmes dans la douceur de la nuit.

En rentrant sur mon bateau, je me mis à repenser à cette assemblée fraternelle mais hétéroclite qu'était la Franc-Maçonnerie. Mes sentiments étaient parfois très partagés. D'abord j'avais longtemps refusé de faire partie de ce cénacle qui était l'objet de mille rumeurs et d'autant de superstitions infondées. Je pensais pourtant que cette façon de cultiver le secret qui entourait nos réunions était plus nuisible que positive. Mais il en était ainsi.

N'ayant nulle envie d'obtenir un plateau ni de gravir plus avant la hiérarchie maçonnique, j'étais un frangin mou des genoux et surtout avec une motivation toute relative dans les travaux qui nous réunissaient. Étant gosse, enfant de chœur, je me moquais déjà du rituel liturgique, et comme je n'étais pas du genre à quitter une chapelle pour une autre, je regardais toute cette symbolique avec beaucoup de recul. J'avais porté mon année d'apprentis comme une grosse croix agnostique, et l'évocation du Grand Architecte de l'Univers ne me faisait pas plus vibrer que celle du Dieu tout puissant de mon enfance. Je n'étais pas loin de partager les arguments de mon copain Orsini, sauf que je n'avais jamais considéré la FM comme une secte. Si je continuais à fréquenter la loge c'était pour garder ce sentiment fort qui nous unissait les uns aux autres. Seules les relations humaines et fraternelles me faisaient retenir mon envie de mettre quelques distances avec l'obédience. Et puis cela facilitait aussi des rapports humains tolérants, la communication entre les êtres et la circulation des idées sans préjugés. Mauvais maçon, j'étais loin des gloses sur le pavé de mosaïque dont j'appréciais la symbolique mais qui ne méritait pas à mes yeux tant de réflexions convenues.

En revanche, j'appréciais le sens de l'écoute que nous nous devions. Défendre ses idées sans interrompre celui qui pouvait en développer d'autres, complètement opposées, voilà qui correspondait à l'idée que je me faisais du respect de chacun.

TROISIEME CHAPITRE — MARDI 30 MAI

CORSE — 4 heures.
Pinarellu, Le port.

La lune éclairait à peine les vaguelettes de la baie de Pinarellu qui scintillaient comme les paillettes d'une robe en lamé. Le Bertram s'approcha lentement et silencieusement du ponton de la petite station balnéaire au nord de Porto Vecchio. Quatre heures du matin sonnaient quelque part dans le lointain. Giovanni et Carmelo descendirent doucement les bagages et rejoignirent une Toyota Land Cruiser les feux de position allumés. Un homme vêtu tout en noir vint vers eux et donna les clefs et les papiers du véhicule à Giovanni en l'informant que le plein était fait. Puis il disparut dans la nuit étoilée. Carmelo le salua à son tour et repartit sur son bateau dans la lumière lunaire. Giovanni mit son sac à dos et sa valise métallique dans le coffre de la voiture et démarra doucement.

CORSE — 6 heures 15.
Route de Sartène à Ajaccio

Le soleil se levait juste derrière la montagne et les ombres des arbres balayaient la route comme des géants sombres aux aguets et Giovanni appuyait avec agressivité sur l'accélérateur. Les routes corses étaient depuis quelques années bien entretenues, mais les virages, mêmes relevés, étaient toujours dangereux. Il avait laissé la vitre avant de la Toyota ouverte pour profiter de l'air frais. Il avait déjà traversé Propriano en dix minutes, la route étant encore déserte. Il avait pu rejoindre rapidement Olmeto accroché à la montagne et dominant le Golfe de Valinco. Maintenant la route de montagne faisait des lacets de couleurs mordorées, la chaussée éclatait parfois sous les rayons rasants du soleil ou disparaissait comme dans un grand puits noir pour en ressortir dans une trouée incandescente et aveuglante.

Dès le départ, il avait pris la sage précaution d'indiquer sur son GPS de son portable l'emplacement de la société de ses « amis » de Mezzavia. D'après ses calculs, il pensait pouvoir être à destination bien avant huit heures et bénéficier de l'effet de surprise. Grosseto Prugna n'était plus qu'à deux kilomètres avec une belle ligne droite pour y accéder. Il n'avait pas remarqué qu'après l'embranchement sur sa droite pour arriver directement à Prugna, se trouvait à cinq cents mètres, face au cimetière, un genre de vieille bergerie derrière laquelle attendaient paisiblement quatre gendarmes désœuvrés avec un radar tout neuf. Rouler à 120 kilomètres heures là où 90 étaient impératifs n'en fallait pas plus pour mettre en marche la mission de la force publique. Un des gendarmes, sifflet à la bouche et doigt pointé vers le bolide en excès de vitesse, pensait mettre fin à la balade véloce de Giovanni, mais contrairement à ce qui était attendu, le conducteur appuya de plus belle sur l'accélérateur ce qui fit faire un bond en avant à la voiture et renversa le gendarme dans un choc brutal. Il vit son corps voltiger dans les airs et retomber derrière le 4x4. Le temps de la stupeur passé, le temps de vérifier l'état de santé de leur collègue renversé, le temps d'appeler les secours et le temps d'appeler le PC pour indiquer le matricule de la voiture, Giovanni était déjà sorti du centre-ville et virait brusquement vers sa gauche, quittant la route d'Ajaccio en prenant la direction incertaine d'Albitreccia. Il pensa qu'il y aurait bien un refuge dans le maquis pour prendre le temps de trouver un plan B à son expédition.

A l'entrée du petit village, face à l'église, il trouva sur sa droite un chemin qui pénétrait dans le maquis. Il s'y engagea doucement, évitant de faire des nuages de terre, de sable et de poussière qui pourraient révéler sa présence. Il s'enfonça doucement sous la frondaison des oliviers pour être a l'abri des voitures de gendarmerie et des quelques véhicules qui pouvaient passer par là.

Il étudia Google Earth sur son iPhone, pour examiner à quel endroit il pouvait s'installer quelques heures pour remettre ses idées en place. Il fallait qu'il atteigne Mezzavia rapidement pour tirer au clair cette histoire de camion compromettant offert gracieusement à la police française.

AJACCIO — 7 heures.
Hôtel de Police

Mon téléphone sonna alors que j'étais encore vaseux au fond de ma couchette dans la cabine arrière. Le tangage du bateau m'avait entraîné dans le rêve d'un tango sensuel avec Maria Martinetti. « Je veux te voir tout de suite pour une petite déclaration. » C'était la voix d'Orsini.
— Ah bon ? Si tôt ?
— J'ai du nouveau !
Je sortis de ma torpeur avec difficulté, pris une douche rapide me disant que mon copain commissaire m'offrirait bien un petit café. Je m'habillai en tâtonnant et courus jusqu'à ma moto pour rejoindre l'Hôtel de Police sans perdre de temps. Les flics de garde me laissèrent monter jusqu'au bureau d'Orsini. Il avait installé un vieux paperboard derrière lui où les différents événements étaient inscrits, avec ici un point d'interrogation, là quelques flèches reliant différents noms. .
— Alors le destin se montre généreux ? Lui lançai-je, en saluant de la main Olivier. C'est quoi « ce nouveau » ?
— Plus les heures passent, plus il y a des pièces au puzzle.
— Tu voudrais faire une petite interview ? Que j'appelle le caméraman ?
— Je préfère que nous gardions ça entre toi et moi pour le moment. Le ministre est parti hier soir avec toute sa clique, je ne tiens pas à le revoir rapidement.
— Justement j'ai rencontré par hasard Maria Martinetti qui suit l'affaire côté justice, tu t'entends comment avec elle ?
— Plutôt bien, c'est une jeune femme ouverte qui ne fonce pas tête baissée sur le premier chiffon rouge qu'on agite. Mais je voulais te faire part de quelques faits nouveaux. On a retrouvé beaucoup de poudre sur les mains et la manche du cardinal.
Il dût voir mon étonnement et continua ses révélations

79

— Ce qui veut dire qu'il n'a pas été tué par surprise et qu'il a dû se débattre et qu'il tenait la main de l'assassin lorsque le coup de feu s'est produit. Il s'agit d'un calibre 7,65 d'après les experts. Ensuite, par hasard nous avons appris par un informateur anonyme de Porto Vecchio qu'un bateau italien immatriculé à Fiumicino,a débarqué en pleine nuit du côté de Pinarellu un passager qui a pris immédiatement la route d'Ajaccio. Mais bon, ce n'est pas ça qui est le plus inquiétant, le plus inquiétant c'est qu'il a forcé un barrage de gendarmerie en écrasant un des hommes à Grosseto Prugna et s'est ensuite évaporé dans la nature. Il était à bord d'une voiture volée à Porto Vecchio il y a plus d'une semaine, une Toyota Land Cruiser. Bon je pense qu'on va savoir rapidement à qui appartient ce bateau italien !

— Ce qui veut dire ?

— Ce qui veut dire que j'ai l'impression que nos amis italiens prennent notre territoire comme champ de manœuvre en ce moment. Comme par hasard, le camion de la station service vient de Serbie d'après son numéro de châssis. Comme le cardinal ! Surprenant, non ? Y a-t-il un lien entre tous ces éléments ? Plusieurs pistes peuvent aboutir à la même route… Mais je pense que l'affaire du camion et le meurtre du Cardinal sont peut-être liés. Les événements de ce matin sont peut-être une autre affaire.

— Le puzzle, mon très cher commissaire, ou plusieurs puzzles indépendants ?

Je ne voulais pas trop en dire, mais dans le puzzle du cardinal, il manquait quelque chose que personne n'avait gratté, ou n'avait pas envie de gratter. Était-ce l'aura du Vatican qui avait bloqué cette piste-là ?

— Sais-tu enfin depuis combien de temps le cardinal était dans l'île ?

— Nous avons interrogé tous les ports, les aérodromes et les loueurs de voitures, rien ! Aucune piste ! Pas d'infos de ce côté-là !

— Et si le cardinal était entré comme ton italien de cette nuit ?

Orsini fit un signe mou d'approbation de la tête.

— Je peux émettre cette hypothèse dans mon reportage de midi ?

— Comme tu veux, plus on émet d'hypothèses dans ce cas-ci, plus on a de chance de faire bouger les choses.

— On déjeune ensemble après l'édition du journal de midi ? Demandai-je à Orsini.

— Appelle moi quand tu as fini, on va essayer d'analyser tout ça tranquillement. Il faut que je passe voir le préfet !

— Ok, j'aurai peut-être du nouveau de mon côté ! Enfin je l'espère...

A ce moment-là, son téléphone sonna.

« Oui ?.... – Long moment de silence – Merci ».

Il raccrocha. « Il y a trop d'empreintes sur et dans le camion... par contre le volant et le levier de vitesse ainsi que le frein à main, sont comme au premier jour de la création... Vierges !

— Amen... dis-je voulant être rigolo.

CENTRAFRIQUE — 7 heures.
Biroa — Près de fa frontière Soudanaise

Ange Gabriel Cabongo, le moine soldat, s'était réveillé irrité par l'inactivité et acheva sa prière plus rapidement qu'à l'accoutumée. Son sang lui brûlait les veines. A cet instant il se sentait inutile. La chaleur devenait de plus en plus insupportable et ses hommes inactifs, pourtant bons chrétiens, commençaient à se laisser aller à une certaine morosité et à montrer des signes d'impatience, voir de nervosité. Il prit la décision de les haranguer plus tard, avant le repas de la mi-journée.

Inquiet, il commença par téléphoner à Bangui pour avoir des informations sur ce qui se passait. Pour connaître les raisons de ce silence pesant. Mais l'archevêque Nathanael Kouvouama lui-même se trouvait dans la plus grande confusion, choqué par ce qu'il venait d'apprendre. Le quai d'Orsay à Paris lui avait confirmé que c'était bien le cadavre du Cardinal Le Feucheur qui avait été trouvé dans la cathédrale d'Ajaccio. L'archevêque se demandait s'il y avait eu des fuites, par qui, comment et pourquoi. D'après ce qu'on lui avait expliqué, il avait probablement été abattu par un proche et s'était défendu en vain. Maintenant la livraison vitale et urgente qu'il attendait pour apporter l'aide humanitaire au camp de Gereida était aux mains de la police française et certainement perdue à jamais. Il ne doutait pas qu'il fallait à son grand regret suspendre l'opération rapidement. Le moine soldat et l'archevêque raccrochèrent en même temps avec des sentiments partagés. L'archevêque se mit à prier de toute sa foi. Y avait-il un traître dans l'organisation de Dieu ?

Le moine soldat ôta sa robe de bure, enfila un treillis et appela son aide de camp pour lui demander de le conduire avec le 4x4 jusqu'à la frontière soudanaise pour une reconnaissance. Sa mission était de défendre la frontière contre le cancer islamiste venant des profondeurs de l'Afrique. Quarante-quatre kilomètres de piste l'attendaient pour le mettre face au destin que Dieu lui avait planifié.

Le conducteur accéléra autant qu'il pouvait le long de la piste de sable de la savane pour enfin suivre une rivière qui coulait le long d'un plateau en irrigant sur sa rive basse une épaisse forêt.

La vitesse du Cruiser vint troubler la tranquillité des maigres villages qui s'étiraient le long du fleuve et de la piste à la grande surprise des paysans. Enfin ils dépassèrent Am Dafok à dix kilomètres de la frontière. Ange Gabriel savait qu'une grosse bourgade se trouvait juste derrière cette frontière presque virtuelle. Sa troupe devrait passer plus au sud pour ne pas éveiller l'attention des habitants de la localité où il était certain que quelques espions islamistes résidaient. Il demanda à son chauffeur de prendre lentement vers le sud pour explorer la frontière du Soudan septentrional.

Ils roulèrent doucement dans une brousse épaisse pour examiner le terrain quand, arrivés sur une hauteur ils découvrirent en contrebas un camp de nomades, marchands d'esclaves. Ils descendirent de voiture pour s'approcher du territoire occupé par les tentes alignées. Ils se trouvaient maintenant à une centaine de mètres du camp, tapis derrière une végétation un peu plus dense qu'ailleurs quand une paire de bottes vint se planter à trois mètres de leur cachette. Ils retinrent leur respiration, enfouissant leur visage dans leur écharpe saharienne.

Un homme armé, habillé comme les mercenaires du nord, faisait sa ronde, l'attention ailleurs. Il faisait partie de ces hordes sanguinaires venant violer et piller les populations du sud et vendre les survivants comme esclaves. Sachant qu'ici, en ce lieu perdu du monde personne ne viendrait le surprendre, il en profita pour fumer un vieux mégot. Il remonta son chemin broussailleux sans voir les deux hommes à terre, cachés par le bouquet d'épineux, et qui demeuraient complètement immobiles. Soudain le garde s'arrêta net, comme si une inspiration divine venait de l'envahir. Il se tourna et se retourna cherchant dans le désert d'herbes sèches quelque chose. Les deux hommes comprirent vite que c'était l'heure de la prière et qu'il cherchait le point où pouvait se trouver La Mecque. Il déplia son ghutrah blanc pour s'agenouiller dessus et se préparer à la prière. Le Moine Soldat sortit un grand couteau qui pendait le long de son treillis poussiéreux et d'un saut ceintura le garde et l'égorgea.

Il resta immobile, réalisant l'absurdité de son geste. Il avait tué un innocent dans un geste incontrôlé et il savait qu'il devrait répondre de cet acte devant Dieu. Aidé de son conducteur ils déplacèrent le corps dans le Cruiser. Il fallait que celui-ci disparaisse, que la terre même la moins fertile ne se souvienne plus de sa présence, de son ombre et qu'il retrouve ses sept mille vierges au fin fond de son Paradis. Les hommes du camp allaient vite s'apercevoir de sa disparition et partir à sa recherche. Ils comprendraient rapidement ce qui s'était passé. Le Moine soldat leva les yeux vers le camp lointain où tous devaient être en train de prier. Il leva les yeux vers l'horizon plus au nord et se frappa la poitrine régulièrement en signe de contrition. Maintenant, il se savait condamné à l'enfer pour l'éternité.

De retour à son camp avancé de Biroa, Ange Gabriel demanda à ses hommes de le rejoindre près de sa tente. Là, il commença un discours symbolique, une sorte de harangue, qui ne semblait pas s'adresser directement à ses auditeurs mais plutôt à exprimer ses pensées les plus personnelles et profondes à haute voix. Mettre de la clarté dans son esprit et leur permettre de sortir de la réalité morose du moment, pour prendre de la hauteur. Voilà ce qu'il appelait « ossianiser » les troupes. Lui qui était noir comme l'ébène, il emmenait ses hommes au-delà des contingences quotidiennes grâce à la légende d'un barde irlandais du XXIIème siècle.

CORSE — 7 heures 30.
Albitreccia.

Giovanni en examinant la carte IGN qu'il avait pris soin d'emporter avec son GPS, vit qu'il pouvait rejoindre Mezzavia à travers la montagne par une petite route puis la départementale 302. En homme d'action il avait prévu d'emmener dans ses bagages un équipement de guérilleros. Il sortit de son sac à dos des rangers ainsi que sa tenue kaki de camouflage qu'il enfila rapidement et se mit en marche vers le centre du village qui était encore paisiblement endormi. A peine eut-il fait quelques centaines de mètres, il comprit qu'il ne pourrait pas aller bien vite et bien loin avec la valise métallique qui l'encombrait et le ralentissait dans sa marche. Aussi, prit-il la décision de trouver rapidement une voiture. Il trouva devant une vieille maison de pierre aux volets clos, une Fiat Uno immatriculée 75 qu'il ouvrit sans difficulté en espérant que ses propriétaires n'en auraient pas l'utilité dans l'heure suivante. Il fit quelques kilomètres et s'arrêta dans une clairière pour extraire de sa valise d'armes deux pistolets automatiques, un Glock 17 avec son silencieux et un Beretta qui venait d'un vol de dépôt d'armes de la gendarmerie nationale française. Il compléta son armement par une belle quantité de munitions de 9 mm, car il ne voulait surtout pas être démuni si les événements finissaient en canardage généralisé.

Sur sa carte détaillée de la région, il vit qu'à cinq cents mètres se trouvait la départementale qui semblait merdique mais qui le ramènerait sur la nationale au lieu-dit Pisciatellu en évitant Grosseto Prugna et Cauro. Là, il serait pratiquement arrivé à destination.

AJACCIO — 8 heures 30.
France 3 Via Stella

Le rédacteur en chef voulait à tout prix relier l'enquête sur la mort du cardinal à cette histoire de camion découvert sur le parking de la station service. Je repris tout par le début. Le cardinal Le Feucheur assassiné dans la cathédrale ne devait pas se trouver en Corse, mais comme nous l'avaient appris les émissaires du Vatican, à Bangui en Centrafrique avec son homologue l'archevêque Kouvouama. Je notai cette remarque sur mon carnet qui ne me quittait jamais. Je passai au problème du camion. Que faisait-il là, à cet endroit-là ? J'alignai cinq points d'interrogation derrière ma question. Mais je remarquai que mes deux questions posaient la même énigme : Que faisaient ces deux éléments incongrus dans des lieux où ils n'auraient pas dû se trouver ?

Il était temps de prendre les choses à l'envers et de mettre en œuvre l'idée que j'avais eue lors de ma discussion avec Orsini. Je pouvais peut-être obtenir une réponse à ma première question. Je demandai alors à l'une des assistantes de bien vouloir me mettre en contact avec l'archevêché de Bangui. Ce ne fut pas simple. On me passa une communication avec le secrétariat de l'archevêché de Bangui vingt minutes avant midi. Le prélat était injoignable mais je pus parler à l'un de ses assistants qui me confirma qu'ils attendaient le cardinal Le Feucheur pour une mission humanitaire à la frontière du Soudan. Avec quel soutien international ? Mystère. Avec ces maigres renseignements je dus m'arranger pour rester dans de vagues hypothèses avec des questions sans réponses. Ce qui était certain, c'est qu'il devait être à Bangui au lieu de se trouver en Corse. C'est alors qu'une petite lumière s'alluma au fond de mon subconscient. Je me souvins d'avoir passé trois jours à Marseille lors d'une rencontre internationale sur l'information télévisuelle et j'y avais connu un journaliste soudanais opposant au pouvoir. Je me précipitai sur mon ordinateur pour relire mes notes d'alors et retrouver le nom et les coordonnées de ce journaliste. Il s'agissait d' Abdelrahman Adam, journaliste à Radio Dabanga qui diffusait depuis la Hollande. Je l'appelai tout de suite sur son portable mais je tombai immédiatement sur sa boîte vocale où je lui laissai un message urgent. Aussitôt le message terminé, j'appelai le standard de Radio Dabanga où l'on m'informa qu'il avait été arrêté par les autorités soudanaises depuis plusieurs mois. Encore une impasse. Dans mon reportage je serai obligé de faire un petit commentaire vaseux ouvrant sur l'inconnu, agrémenté des nouvelles informations vérifiables que je possédais.

AJACCIO — 9 heures 30.
Hôtel de Police

Le commissaire Orsini avait troqué son paperboard archaïque contre un grand tableau blanc où il commença à coller les photos des différents événements et des suspects. Il fallait sortir de là rapidement, donner des réponses aux mystères qui commençaient à le stresser. Le préfet lui avait fait comprendre qu'en haut lieu on attendait des résultats rapides. Il imagina le visage rougeaud du ministre de l'Intérieur derrière son téléphone en train de s'époumoner sur le préfet. Bien sûr la théorie de la cascade avait joué et le préfet s'était vengé sur lui. Qu'est-ce qui reliait l'assassinat d'un cardinal, un camion laissé à l'abandon, bourré d'armes, un fou du volant renversant un gendarme sur la route de Grosseto Prugna. Pas grand-chose. Mais ce dernier élément étant plus commun pour la région que les deux premiers, il le classa à part. C'était sa conviction, tout ne reliait pas tout, surtout dans cette île indomptée. Une petite voix au fond de lui murmurait que le Vatican lui cachait certainement des informations capitales au sujet du cardinal… Lors de leur venue, les émissaires du Saint Siège étaient restés très discrets sur les missions du cardinal et le tralala de l'Opus Dei lui était aussi familier que le langage Ouzbek. Il en était à ses réflexions toutes personnelles quand quelqu'un frappa à sa porte. Grognon, il dit d'entrer. Alors j'entrai.

Je lui fis part de mes réflexions, il me fit part des siennes et des informations peu probantes qu'il commençait à collecter.

AJACCIO — midi quinze.
Le Grand Café Napoléon

Il était l'heure de prendre du recul devant un déjeuner réparateur. Nous étions attablés avec Orsini sur la terrasse profitant ainsi du beau temps de cette fin mai et nous avions déjà passé notre commande quand Maria Martinetti vint nous rejoindre. Nous levâmes les yeux vers elle dans un parfait ensemble.

— Je peux m'asseoir ? demanda t'elle

Nous hochâmes tous les deux la tête dans le même tempo et je dégageai rapidement la chaise voisine pour qu'elle puisse s'asseoir.

— Si vous ne nous coupez pas l'appétit, hasarda Orsini, par de nouvelles informations catastrophiques... C'est volontiers !

— Non, bien sûr que non, rassurez-vous, c'est purement amical, répondit-elle en riant. Mais racontez-moi quand même les dernières évolutions. Qu'en est-il exactement ?

— Comme vous avez pu le comprendre, commençai-je, l'archevêque Kouvouama semble être aux abonnés absents... Mais c'est compréhensible, s'il devait monter une opération humanitaire avec Le Feucheur, il doit se trouver pour le moins déstabilisé. J'ai bien essayé une source journalistique soudanaise, mais hélas, il est incarcéré à Khartoum...

Orsini et Maria se regardèrent.

— Il faut absolument qu'on puisse déboucher sur une piste ! dit Maria.

— Qui pense que l'assassinat du cardinal et l'apparition du camion sont liés ? Demandai-je.

— C'est mon avis, marmonna Orsini en mâchouillant un morceau d'aubergine au Bruccio. Surtout qu'il connaissait le gigolo de la veuve Fulioni qui est aussi chauffeur routier. Ils se sont rencontrés à Rome... Rome... Le fameux camion ne vient-il pas de Rome aussi ? Tout nous relie à Rome et tourne autour de Monseigneur Le Feucheur.

— J'ai pensé tout de suite à demander au Quai d'Orsay des informations sur les activités du cardinal, dit la juge Martinetti Au minimum, Ils doivent être informés de l'opération de Centrafrique.

— Ou bien la DGSE, dit benoîtement Orsini. Il y a déjà la DCRI qui en plus de squatter l'étage supérieur, s'est installée à la préfecture... Plus on est de fous...

Maria hocha la tête.

— Je m'en occupe dès que je rentre au palais de justice.

Nous continuâmes notre déjeuner tranquillement en évoquant toutes les hypothèses imaginables quant aux différentes pistes qui se présentaient à nous.

MEZZAVIA — 16 heures.
Les Transporteurs Kaliste.

Giovanni transpirait comme un vieux chien à bout de souffle. La voiture qu'il avait volée n'était pas du tout confortable et il regrettait d'avoir dû abandonner le luxueux 4x4 dans ce village paumé. Il arrivait enfin sur la nationale qui reliait Ajaccio à Bastia, Mezzavia se trouvant tout de suite sur une route adjacente. Ce n'était pas trop tôt ! Il commençait à suer à grosses gouttes, la clim de la voiture, cerise sur le gâteau, ne fonctionnait pas, et il en avait plein le dos de cette petite balade qui aurait dû être beaucoup plus simple. Son GPS lui indiqua qu'il ne restait plus que trois cent mètres pour arriver à sa destination et il en fut soulagé. Il prit le premier embranchement à gauche et commença à pénétrer dans la zone industrielle de Baleone qui ressemblait aux mêmes zones industrielles italiennes. Il ralentit la vitesse quand il commença à voir les différentes bâtisses abritant les sociétés de Mezzavia. Le GPS lui indiqua que « Les Transporteurs Kaliste » se trouvaient à vingt-cinq mètres à droite. Il mit son clignotant et entra sur une petite voie qui accédait au parking du transporteur. Il descendit de la voiture sans que personne puisse le remarquer et se dirigea vers le bureau d'accueil. Il ouvrit la porte rapidement. L'homme qui lisait l'Équipe leva les yeux vers lui, surpris de cette entrée brutale. Giovanni pensa qu'il fallait faire vite et discrètement. Il dit simplement avec son fort accent italien : « Je viens au sujet du camion... Celui que les flics ont retrouvé près d'ici !

— Ah ? fit l'autre surpris en devenant blafard d'un seul coup.

— Qui a suivi l'affaire ici ?

— C'est le petit, Zittu... Mais on a fait notre travail.

Giovanni sortit le Glock très visiblement et très lentement.

— Appelle ton petit Zittu alors !

L'homme prit un talkie et appela. Trois minutes passèrent dans le plus grand silence et la porte s'ouvrit. Entra « Zittu ». Le jeune homme fut surpris de voir l'italien qui le fixait tranquillement, un pistolet à la main tout en sachant intimement pourquoi il était là.

— N'aie pas peur, Je veux juste les détails !

— J'ai fait ce qui était prévu, répondit le gamin en reprenant un peu d'assurance.

Giovanni rangea ostensiblement son arme pour bien montrer que ses intentions étaient moins belliqueuses que ce qu'elles pouvaient paraître. Il montra un fauteuil vieilli prématurément et usé par le nombre d'individus qui s'y étaient assis.

— Pose toi là... Je t'écoute.

— Bah , il était prévu d'emmener le camion à côté de Peri et d'y être entre vingt heures et vingt heures trente, qu'un homme m'y attendrait. J'étais à l'heure, le bonhomme aussi. J'ai mis le camion comme prévu au fond d'un champ sous des grands arbres. Le vieux m'a raccompagné à l'entrée de la ville, je lui ai donné son fric et je suis parti. Le lendemain matin j'étais sur le quai pour voir le camion embarquer dans le bateau et il n'y était pas... J'ai essayé de téléphoner au numéro de portable qu'on m'avait donné et je n'ai eu personne, j'ai laissé un message.

— Quel numéro de portable ?

— Celui que nous avait donné le client !

— Putta de putta ! Pourquoi je ne l'ai pas, moi, ce numéro, hé ? Et tu sais qui était l'homme qui t'attendait au terrain ?

Zittu fit non de la tête.

— Tu te souviens où tu as laissé le camion au moins ?

Zittu haussa les épaules comme si la réponse allait de soi.

— Eh, je ne suis pas stupide ! Bien sûr que je sais où j'ai laissé ce putain de camion !

— Alors on y va tout de suite ! Viens !

Ils sortirent tous les deux de la salle d'accueil, laissant l'homme assis derrière son bureau légèrement secoué. Ne sachant pas trop quoi faire, il ne fit rien.

Arrivés dehors, l'italien montra la voiture qu'il avait empruntée le matin dans le village endormi : « Il faudra la faire disparaître, celle-là ! Tu as une voiture ?

— Oui, j'ai une voiture, dit le gamin en montrant une Golf noire.

A peine furent-ils arrivés au premier rond point qu'ils furent arrêtés par un barrage de police. Papiers de la voiture, assurance, permis de conduire. Le flic se pencha vers l'intérieur. Le gamin resta très calme. Giovanni regarda le policier bien dans les yeux en lui faisant un petit salut de la tête. Le policier se releva et fit signe de circuler.

Zittu démarra en silence et ils restèrent sans prononcer un mot jusqu'au moment où la voiture s'arrêta devant la vieille barrière du terrain perdu sur la commune de Peri.

— C'est là, dit le jeune corse en désignant les cinq bouts de bois qui barraient l'entrée du champ.

Le soleil était encore bien haut en cette fin mai et les deux hommes prirent en pleine figure le souffle chaud de l'après midi que la climatisation de la voiture avait réussi à faire oublier.

— Puta, Che caldo ! Fit Giovanni en marquant le coup.

Mais le jeune homme ne prit pas le temps de l'écouter et se mit à ouvrir la barrière déglinguée sans état d'âme.

Giovanni le rattrapa en courant avant qu'il n'arrive au bosquet formé par les grands eucalyptus. Zittu s'arrêta et montra les marques des roues du semi-remorque qui balafraient le sol meuble.

— J'avais garé le camion ici, sous les arbres, et laissé les clés et les papiers comme il était prévu.

Giovanni se baissa et regarda l'empreinte encore fraîche des pneus sur la terre, hocha la tête, et crut le jeune homme. C'était bien les traces de pneus du camion. Il regarda calmement Zittu qui semblait attendre tranquillement la suite des événements.

— Va bene... Je te crois petit! Comment savoir à qui appartient le champ ?

— A la mairie de Peri je pense !

Giovanni fit un clin d'œil à Zittu.

AJACCIO — 16 heures.
Hôtel de Police

Orsini convoqua ses hommes dans la salle de réunion. Il avait installé son tableau d'enquête où étaient affichés des portraits : victime, suspects, témoins. Déjà le tableau présentait une belle galerie d'individus. Trônant tout en haut, le cardinal le Feucheur, puis la veuve Fulioni et JB Zanetti, Aude, la gamine de l'hôtel du Golfe... Un peu plus loin, sur une autre colonne, Mgr N Kouvouama. Puis à l'extrême droite, le camion de la station service.

Orsini posa ses fesses sur le coin d'une table de travail.

— Bon, avons-nous de nouveaux éléments ?

Silence dans la salle, aucune agitation. Orsini se tourna vers son adjoint le capitaine Olivier Vuccino.

— Bien, qu'est-ce que vous avez ramassé dans les enquêtes de voisinage ?

Olivier se racla la gorge.

— Rien chef !

— Super ! Ponctua Orsini. Et le visionnage des quelques bandes vidéo de la ville ?

Une petite nana, le major Julie Finot, qu'Orsini appelait la sauterelle fit la grimace : « Il n'apparaît ni sur les caméras de l'aéroport ni sur celles du port. Ni sur celles des autres ports et aéroports.

— Tu voudrais suggérer qu'il est arrivé par la grâce du Saint Esprit ? Et si nous considérions l'hypothèse de notre ami de Via Stella ? Qu'il soit rentré par une petite porte bien discrète ? Comme le fou furieux arrivé à Porto Vecchio ?

BOCOGNANO — 18 heures.
Corse du Sud

La mère, pâle, livide, n'arrivait plus à retenir ses larmes. Un grand vide lui vrillait les entrailles et sa raison de vivre avait disparu dans un grand trou noir. Elle ne comprenait pas ce qui avait pu arriver. Le père, raide comme une statue et digne comme l'empereur, était tout en retenue mais à l'intérieur de son crâne un ouragan dévastateur emportait tout sur son passage en imaginant le pire. Il tournait à 8000 tours, pesant toutes les options qui avaient pu se produire, cherchait ses ennemis potentiels et échafaudait les vengeances possibles. Qu'on lui désigne un coupable et sur le champ il se saisirait de sa carabine à verrou Remington qu'il utilisait pour la chasse au sanglier.

Enzo était un enfant de six ans, calme, plutôt timide, jamais il ne s'éloignait de la maison située à 200 mètres du village sans raison. Il devait juste porter un peu de bruccio chez Julia, une amie de la mère qui habite seule en haut du village. Il était passé délivrer le pot de fromage en ce début d'après midi ensoleillé. Enzo connaissait bien le chemin pour l'avoir parcouru une multitude de fois avec sa mère ou bien seul quand ses parents devaient se rendre en ville. Il était prudent et méfiant envers les étrangers.

Ici tout le monde se connaît et on connaît tout le monde, tous étant presque de la même famille. Enzo connaissait les dangers de la route, les pièges du maquis et les escarpements dangereux qu'il redoutait quand il s'en allait avec son père ramasser du bois pour les nuits d'hiver ou des champignons certains jours d'automne. Jamais il ne se serait aventuré bien loin de son environnement habituel, jamais il n'aurait suivi un inconnu.

Quelques habitants avaient accepté de témoigner face à la caméra d'Antoine sans cacher leur peine et leur désarroi. Des battues dans le maquis avaient été organisées par les habitants et les gendarmes, mais sans rien donner... Rien... Enzo s'était évaporé.

Comme le rédac chef désirait un nouveau point sur la situation et l'évolution des recherches avec une nouvelle approche, je m'étais porté volontaire pour accompagner Antoine Casanova, qui avait fait le premier reportage. Il avait interviewé parents et résidents qui tous voyaient un acte odieux de kidnapping. Mais en cette saison peu de continentaux traînaient leurs savates jusqu'ici surtout depuis qu'une déviation avait été aménagée en contrebas du village pour relier Ajaccio à Bastia.

J'avais eu le temps d'interroger Orsini pendant le déjeuner pour connaître l'opinion de la police, mais l'enquête était aux mains des gendarmes de Bocognano et bien entendu un mur s'était dressé entre les deux corps du ministère de l'Intérieur. Rien ne filtrait. La seule certitude, c'est que « l'Alerte Enlèvement » diffusée dès le premier jour, n'avait rien donné.

La route montait inexorablement vers le village de Bocognano situé au-dessous du col de Vizzavona. Mille pensées me traversaient l'esprit. Je voulais les questionner de nouveau, car bien qu'il n'y eût rien à redire sur le travail de mon collègue, je voulais avoir les renseignements de leur bouche, sentir leurs propres mots, palper leur émotion, entrer dans leur cauchemar.

En arrivant à Bocognano, on voyait que la vie s'était arrêtée. Le soleil devenait plus chaud, l'air plus lourd. Le village semblait enseveli dans un bain de torpeur et de recueillement. Le Monte d'Oro semblait veiller sur les maisons ancestrales et leurs habitants. Lentement le soleil couchant illuminait les pentes des montagnes grises qui prenaient en cette occasion un rougeoiement menaçant.

La première chose que nous fîmes, c'est de nous arrêter au bar-restaurant « A Funtanella ». J'avais connu le patron dix ans auparavant pour une histoire de horde de sangliers dévastatrice de châtaigneraies. Il avait abattu deux mâles particulièrement dangereux. Je savais, en poussant la porte, que je ne me ferais pas jeter comme un paria vampirisant.

Dès qu'il nous vit entrer dans son bar il comprit tout de suite la raison de notre venue. C'était un personnage jovial et malgré les circonstances, il nous accueillit avec un franc sourire de bienvenue. Dans la salle les hommes attablés, discutaient plus qu'ils ne buvaient.

Ici, à l'heure de l'apéritif, les langues se déliaient et allaient bon train en conjectures.

Nous ne recueillîmes aucune nouvelle information digne d'intérêt. Plus tard auprès des gendarmes, nous n'eûmes pas plus de chance. Le lieutenant qui dirigeait les opérations ne put que nous détailler le processus des recherches. Talus par talus, ravin par ravin, tout avait été explorés jusqu'à la Gravone, rien n'avait été laissé au hasard. Aucune trace d'Enzo.

Nous étions en train de prendre congé des gendarmes quand soudain des cris percèrent le silence de cette fin de journée. Tous d'un même mouvement nous nous retournâmes dans la direction des hurlements. Une femme âgée descendait la route vers nous, d'un pas rapide en agitant de la main une chaussure de petite taille, blanche, genre Nike.

Andréa Albertini, veuve depuis cinq ans, montait d'Ajaccio à Bocognano avec sa Fiat Punto tous les 30 mai, date anniversaire de la mort de son époux pour se recueillir dans le cimetière où le brave homme était enterré. Ils avaient vécu heureux près de cinquante ans dans ce village et régulièrement elle venait fleurir sa tombe près de l'église Sainte-Lucie.

Le rituel était immuable depuis quatre ans… Elle garait sa voiture sur le terre-plein de l'église, en sortait les bouquets de fleurs de saison, puis se dirigeait vers la tombe.

Ce jour-là, rien ne vint troubler l'ordonnancement de ce rituel.

Jusqu'au moment où Andréa Albertini découvrit le long du chemin menant à la tombe de son défunt époux une basket blanche de petite taille.

AJACCIO -18 heures 30.
Commissariat de Police

Il faisait encore chaud malgré la fin de journée et comme d'habitude la clim donnait des signes de fatigue. Orsini, auréoles sous les bras, et son groupe faisaient le point pour la troisième fois de la journée sur les indices et les différentes pistes concernant l'assassinat du cardinal.

Pour l'instant aucun témoin ne s'était présenté mise à part la jeune fille de l'hôtel... c'est vrai qu'en civil, le cardinal n'avait rien de spécial pour attirer l'attention. Il y avait aussi ce foutu camion plein d'armes. Soudain le brave commissaire se sentit envahi par un énorme sentiment d'impuissance. Il regarda le tableau retraçant le crime où la photo du cardinal occupait le centre et toutes celles des autres protagonistes et témoins qui formaient la carapace d'un escargot. Mme veuve Fulioni et son petit chéri, le bon curé Batiano, la réceptionniste de l'hôtel, et même les pompistes de la station service qui avaient découvert le camion d'armes.

Rien là dedans ne lui chantait la douce chanson d'une piste qui s'ouvrait. Un téléphone sonna.
Olivier qui était le plus proche décrocha puis passa le combiné au commissaire.
« .....Patron, ce sont les RG...Pardon la DCRI...
— Orsini à l'appareil.... Ah ?... Oui... Déjà ?... Où ça ?... Ok on arrive ! »
Avec une lueur dans les yeux, il regarda ses hommes qui étaient restés figés pendant la conversation. « On a une interpellation à faire, en piste ! ».

AJACCIO — 19 heures.
Quartier des Cannes.

Didier, dit le fakir, se la jouait « l'Emir d'Ajaccio » et se faisait appeler Youssef. Le Fakir, c'étaient ses potes du quartier des Cannes qui l'avaient surnommé comme ça... Un peu pour se moquer de lui, mais Didier ne décryptait pas les seconds degrés. Quand il avait fumé un joint de trop il voyait des tapis volants partir en charter vers la Mecque et un sourire béat illuminait ses lèvres. Ça ne durait jamais très longtemps, juste assez pour faire marrer ses potes.

Didier était à moitié black par son père d'origine sénégalaise mais français de cœur. Celui-ci, ingénieur en pétrochimie, avait pu faire une belle carrière professionnelle et avait été nommé au poste de Directeur des Opérations des nouvelles exploitations d'une grande firme pétrolière internationale.

Par un soir d'hiver trente-cinq ans plus tôt, il avait rencontré la jeune femme qui allait devenir la mère de Didier à la chorale de Saint Pierre de Montmartre. Celle-ci suivait des études de sociologie à la Sorbonne avec la conviction des cathos de gauche élevés au biberon beatnik. « Peace and love » était sa devise qu'elle déclinait dans toutes les langues et ethnies si bien que certains de ses intimes l'appelaient presse bonbons, ce qui n'avait rien à voir avec la confiserie. Lors des surprises parties, qu'elle fréquentait de façon boulimique, elle avait mis au point un stratagème pour ne pas avoir à rentrer seule la nuit. Pendant les slows, qu'elle affectionnait par dessus tout, elle avait l'habitude de laisser tomber un de ses bras nonchalamment le long du corps, la main presque inerte, entre les cuisses de son partenaire qu'elle collait au maximum. Le rythme de la musique faisant le reste, la main inerte ne le restait pas longtemps. Bon nombre de ses condisciples furent satisfaits de ses prestations et ainsi elle ne rentrait jamais seule de ses sauteries dansantes. C'est ainsi qu'elle connut Alloune Touré, le père de son futur enfant, Didier, né le 3 août 1975. Ce fut d'abord un enfant assez doué bien qu'il ne marchât pas plus tôt que les autres enfants de son âge, ni ne parlât plus rapidement et malgré le teint de sa peau, il sut toujours s'intégrer.

Il fut élevé dans la tradition catholique sans toutefois être obligé d'en suivre les préceptes et tous les cérémoniaux qui étaient offerts avec. A vingt-quatre ans, après des études d'architecte ratées et une peur viscérale des femmes, alors qu'il s'était déchiré la tête avec des mauvaises substances, il crut voir Mahomet l'accueillir comme l'un de ses enfants. Il abandonna Jésus pour Allah.

Il avait atterri en terre Corse en 2002 pour fuir le FBI qu'il croyait à ses trousses après les événements tragiques du 11 septembre. Avant cette date Didier/Youssef fréquentait la mosquée du 18ème arrondissement depuis cinq ans et s'était investi pour les causes palestiniennes. C'est ainsi qu'il s'était mis à contribuer à quelques forums radicaux sur internet pour combattre l'occident et les infidèles. Au hasard des événements et de ses humeurs, il rédigeait quelques notes insipides, plus proches de la logorrhée haineuse que de véritables analyses qu'il publiait sur le site. Voilà qui il était.

Didier décida, pour finir en beauté cette fin de journée, d'allumer son quinzième joint. Les corbeaux noirs volaient déjà depuis quelques heures autour du lustre Conforama qu'il avait eu pour son dernier anniversaire. Il regarda rapidement au-dessus de son armoire, mais il fut rassuré: le vautour avait disparu. Il avait espéré que le vilain volatile choppe un de ces connards de corbeaux comme cela arrivait parfois, mais ce n'était pas tous les jours que le charognard s'invitait à ses délires. Il n'avait pas levé son cul du canapé depuis longtemps déjà et il ne voyait aucune raison pour que cela change. Sauf que la sonnette retentit dans le silence du soir. « Merde, se dit-il, encore ce connard de Charly qui est en manque ».

Pourtant, il se leva péniblement quand même heureux de recevoir la visite d'un plus paumé que lui, même si celui-ci venait le taxer d'une barrette. Au deuxième coup de sonnette il avait déjà la main sur la poignée, et il ouvrit la porte avant le troisième coup, ce qui pour lui était un exploit.

Mais il se retrouva nez à nez avec une compagnie de CRS casqués et armés, et un certain nombre de flics en civil qu'il n'arrivait pas réellement à compter.

AJACCIO — 20 heures 30.
La Citadelle, QG temporaire de la DCRI

Le soir commençait doucement à s'installer et Didier planait. Il ne savait pas trop ce qui lui était arrivé, juste cette impression que ces corbeaux l'avaient attaqué durement et que le vautour était resté planqué. Vu le nombre de volatiles, il ne s'était pas débattu se disant qu'il y avait plus de coups à prendre qu'autre chose. Puis rapidement ils l'avaient emmené dans ce coin sombre et dégueulasse. Putain de shit !

La porte s'ouvrit brusquement et un type apparut. Ce qui le rassura. Puis un second plutôt rondouillard. Il se sentit libéré et se leva.

— Merci les mecs, vous me sauvez de ce merdier !

— T'es pas sorti, le merdier commence maintenant et si tu veux que ça finisse vite, tu as intérêt à te mettre à table rapidement ! Je suis le capitaine Franju de la DCRI et voici le commissaire Orsini d'Ajaccio. Tu peux te rasseoir !

— Et les mecs, j'ai rien fait ! Juste un peu de fumette.

Le petit gros lui disait quelque chose mais ça faisait un bail qu'il n'avait pas vu de flics et il ne s'en portait pas plus mal.

Le capitaine sortit la caméra et la mit entre eux.

— Parle-nous plutôt du Cardinal !

Didier sortit de sa torpeur pour bafouiller quelques mots incompréhensibles. Le mot cardinal avait soudain allumé une lumière rouge brûlante au fond de son esprit avachi.

— Quel cardinal ?

— Celui que tu as buté petit malin…

— Ah oui celui-là…

— Parce que tu en as d'autres ?

— Non, non, mais c'est une erreur… Je n'ai jamais buté quelqu'un !

Le capitaine prit son téléphone et échangea trois mots avec l'extérieur. Dix secondes plus tard un flic entra avec un ordinateur portable que Didier reconnut comme le sien et un tas de dossiers.

— Ce n'est pas ce que tu dis dans les réseaux sociaux... Comment crois-tu que nous ayons pu remonter jusqu'à toi ?

— Je ne sais pas moi... Une balance ?

— Une balance ? Qui donc ?

Le capitaine ouvrit le premier dossier et sortit une liasse de feuilles imprimées.

— Tiens voilà la copie de tes mails et tes messages dans les réseaux sociaux islamistes... Dans cette autre pile, tu as tous tes tweets et tes textos... Tu veux que je te rafraîchisse la mémoire ?

— Non, non ce n'est pas la peine, elle est déjà prête à exploser.

Didier se redressa retrouvant petit à petit ses moyens, fouetté par la fragilité de sa situation.

— Tiens un message du 28 mai, hier donc, c'est pas vieux : « Enfin Dieu a guidé ma main, il m'a montré cet ignoble vieillard, dévot mécréant et usurpateur catho, que j'ai exécuté avec plaisir d'une seule balle... »

— Non, non... C'est faux !

— Tu n'as pas écrit ça ? Le coupa le capitaine en ouvrant l'ordinateur portable. Tu as fait la connerie de garder tous tes échanges avec les groupes d'AQMI, particulièrement avec Nabil Abou Alqama et avec la Séléka en la personne de Abakar Sabone en Centrafrique !

Cette dernière phrase terrassa Didier qui ferma les yeux. Il essaya de ramener lentement la logique et la raison dans son esprit embrouillé. Putain d'herbe !

— Je vais vous expliquer... Enfin non je ne peux pas, c'est trop compliqué... Il me manque des mots. C'est le merdier dans ma tête ! Je veux un médecin et un avocat !

— Tu ne te rends pas bien compte Didier, tu n'es pas ici comme un droit commun mais comme un terroriste. Tu sais ce que ça veut dire ! Ce ne sont pas les mêmes règles du jeu. Pas de médecin, pas d'avocat !

— Mais je suis défoncé, ça ce voit pas ?

— Tu sais, je vais être sympa, je vais te laisser te reposer cette nuit et demain je veux des réponses claires !

Le capitaine referma l'ordinateur, rangea les dossiers, fit signe au policier qui les avait amenés de les remporter, puis se leva et sortit suivi du commissaire Orsini qui n'avait rien dit.

« Ce n'est pas lui, c'est un paumé ! », dit simplement le commissaire quand ils furent sortis de l'interrogatoire.

— Peut-être, répondit le capitaine. Mais il a certainement des choses à nous apprendre. Il est en rapport avec les islamistes de la Centrafrique ! Il nous cache des choses. On a ses mails qui sont quand même à charge !

Orsini hocha la tête sans conviction. « Ça n'empêche, c'est un paumé. On le connaît, Il passe son temps à fumer des mauvaises herbes ! La seule chose qu'il puisse faire, c'est dealer ».

QUATRIÈME CHAPITRE – MERCREDI 31 MAI

AJACCIO – 5 heures 30.
Hôtel de Police.

Le commissaire se leva tôt. Non par plaisir, ni par une quelconque obligation, mais par une impétueuse nécessité de bouger, de se plonger dans l'action. Il prit une douche en pensant à l'interrogatoire de la veille, but un café fadasse en essayant d'ordonner sa pensée, puis se rendit à pied comme tous les jours à l'Hôtel de Police.

Arrivé dans son bureau, il contempla le tableau où étaient collées les photos des éléments de l'enquête. Seul le camion de la station service était à l'écart du patchwork photographique. Il alla chercher un café noir au distributeur, meilleur que celui englouti chez lui, et s'installa devant le puzzle improbable dans lequel il chercha une piste, des réponses, au moins un signe.

Le portrait de Didier Touré avait été ajouté à la guirlande des tronches de suspects éventuels et des témoins. Ainsi il suivait par ordre d'apparition le beau gigolo de la veuve Fulioni, Jean-Baptiste.

Assis avec un bloc de papier sur les genoux, le commissaire commença à dessiner des liens entre les noms qu'il avait notés ainsi que la chronologie des faits. Puis soudain il barra le tout et prit une nouvelle page sur laquelle il inscrivit le nom du cardinal Le Feucheur. C'est lui qui était mort. Plutôt que de chercher « qui », il lui semblait important et urgent de savoir pourquoi. Il prit soudain conscience que l'emballement médiatique autour de cette affaire avait occulté les bonnes pratiques de son métier et que la venue du ministre et des émissaires du Vatican avait, comme il l'avait pressenti, plutôt embrouillé les choses. Tout cardinal qu'il était, Le Feucheur n'avait pas été assassiné pour rien. Il se rendit compte que cela chagrinerait ses collègues de la DCRI mais il lui sembla inévitable de reprendre les choses en main même s'il allait se faire taper sur les doigts par sa hiérarchie.

Il prit le temps de réfléchir trente secondes puis décrocha son téléphone.

AJACCIO – 7 heures.
Port de l'Amirauté, Panne A

Putain que je dormais bien. Et puis coup de tonnerre dans le carré. Hurlement de sirènes.

Je mis un moment pour comprendre que le commissaire Orsini jouait les réveils matin.

Je pris le téléphone à tâtons sans ouvrir les yeux. Je ne fus pas aimable.

— Quoi ?

— Dis-moi, toi qui es bien informé, tu sais quoi sur le cardinal que tu as connu ?

— Ça te prend souvent de réveiller les gens en pleine nuit pour des questions à la con ?

— En pleine nuit ? Il est presque sept heures !

J'ouvris alors un œil pour vérifier. La pendule marquait 6 heures 58.

— Bon et alors ? Tu me prends pour un de tes boys ?

— Je suis sûr que tu peux me faire gagner une journée. Sois sympa.

— Je ne suis pas un auxiliaire de police. Et je ne suis pas sympa !

— Aller, je t'invite à prendre un petit dej. au grand café pour la peine.

J'ouvris alors les deux yeux et me levai péniblement.

Machinalement j'allumai la télévision sur une chaîne d'actualités en direct.

J'ai eu le droit d'abord à l'Alerte Enlèvement du garçon de Bocognano.

AJACCIO — 7 heures 15.
La Citadelle.

Le commissaire Orsini pénétra enfin dans le cœur de la citadelle après avoir passé plusieurs check points et retrouva le capitaine Franju dans son bureau improvisé et temporaire. En effet, il avait préféré s'installer dans la vieille citadelle désaffectée. Le salut fut sans chaleur excessive.

— Capitaine !

— Commissaire.

— Vous avez revu notre suspect ?

— Oui, il a enfin atterri et nous a fourni un alibi.

— Crédible ?

— Il était en plein dégrisement chez nos collègues de la gendarmerie de Sarrola. Il s'était écroulé dans une superette du coin complètement bourré...

Le capitaine plongea son regard sur un papier. « Samedi, à 18 heures 30. Le gérant qui venait juste d'arriver pour faire les caisses et fermer a dû appeler les gendarmes. Il est resté en cellule de dégrisement jusqu'au 28 à midi. Nous avons eu confirmation. »

Le commissaire Orsini ne répondit rien. Laissa le silence s'installer un peu, puis voyant que le Capitaine ne levait pas le regard, fit trois pas en arrière.

— Je retourne à la pêche... aux informations !

Il regretta de ne pas avoir téléphoné avant de s'être déplacé, il aurait gagné du temps.

AJACCIO — 8 heures.
Grand Café Napoléon.

Orsini était déjà en terrasse à mon arrivée. Il attaqua tout de suite.

— Je reprends tout à zéro. Le ministre veut que l'histoire soit bouclée rapidement et c'est tout juste si les Renseignements ne tirent pas des suspects d'un chapeau de magicien.

— Et ?

— Pour moi il faut fouiller la personnalité du Cardinal. Tu penses quoi de sa présence ici ? Toi qui l'a connu, quel homme était-il ?

— Le bonhomme paraissait comment dire... ? Habité ! Ce que j'en pense ? Bangui, Opus Deï, armes... Guerres de religions.

— Guerre sainte des chrétiens contre les musulmans ?
En Centrafrique ?

— Un truc comme ça. Peut-être en moins schématique,
quoique là où la religion fait son nid, les positions
deviennent soudain binaires. Il a commencé par œuvrer au
Tchad il y a au moins une dizaine d'années. Purement pour
des raisons humanitaires.

Orsini prit son bloc-notes et le consulta. « Le semi-
remorque bourré d'armes ferait donc partie du jeu ?

— À mon avis, sûrement. Vous avez récupéré les vidéos
de la station service ?

— La vidéo était en panne. On n'a rien de ce côté-là !
Nous avons arrêté Didier Touré hier soir, il y avait sur son
ordinateur des mails l'incriminant, enfin pas explicitement,
mais dans un faisceau de présomptions.

Je ne pus m'empêcher de rire à la pensée de voir Didier
Touré transformé en assassin. Tout le monde connaissait le
paumé que même ses copains appelaient le « fakir » en
signe de dérision.

— C'est une farce ?

— Non la DCRI a sorti le mec de son chapeau à la suite
des écoutes et des échanges internet.

— Je lève mon café en l'honneur de la DCRI.

— Tu n'y crois pas ?

— Ah Orsini, caru ingenu... Dis donc; si tu es si bien
avec les mecs de la DCRI, ils doivent avoir un dossier sur le
cardinal. Demande-le !

— Tu crois qu'ils le gardent sous le coude ?

— Un peu mon neveu, oui ! Je suis même sûr qu'ils l'ont
appris par cœur.

ROME — 8 heures.
Cité du Vatican.

Ils étaient tous là. Ceux qui voulaient sauver l'Afrique
Chrétienne. Le père François Martrois avait bien fait les
choses en réservant une des plus belles salles du Campo
Santo Teutonico situé dans l'enceinte du Vatican. Ainsi la
réunion pouvait se dérouler loin des bruits de la ville et des

oreilles indiscrètes. Malgré l'heure matinale, tous étaient présents. L'Opus Deï savait convoquer ses affidés. Il ne manquait que l'archevêque Nathanael Kouvouama qui n'avait pu se déplacer à temps mais en revanche le président François Bozizé en personne était parmi les invités et le Conseiller Spécial des Affaires Africaines, Eric Détricher, représentait le ministre des Affaires Étrangères français qui pour des raisons d'agenda et de discrétion n'avait pas pu ou voulu réellement participer à cette réunion secrète. Les grands argentiers de l'Opus Deï étaient en nombre conséquent.

Bien que le président Bozizé ne soit pas franchement catholique, il savait que Rome préférait son Pentecôtisme du « Christianisme Céleste » aux hordes islamiques qui s'apprêtaient à fondre sur son pays et que tout serait mis en place pour éviter sa chute. Il fallait réunir les fonds pour sa réélection de janvier mais il était prudent aussi que l'armée puisse disposer d'armes plus modernes pour faire rempart aux milices de la CPJP, la Convention des Patriotes pour la Justice et la Paix. Immanquablement on allait évoquer la perte du camion d'armes trouvé par les forces de l'ordre en Corse. Camion que les troupes secrètes de l'Opus Deï attendaient impatiemment à Bangui.

Enfin, celui qu'on nommait La Baleina venait d'entrer dans la salle de réunion et prit place en s'asseyant bruyamment sans cérémonie et sans élégance. Il savait ce que tous lui devaient.

Il lança plus qu'il ne posa un gros dossier sur la portion de table face à lui.

— Messieurs, allons-y !

Les gardes Suisses fermèrent doucement la porte, la réunion allait commencer en grand secret.

AJACCIO — 9 heures 15.
Hôtel de Police.

Orsini ferma les yeux pour se concentrer. Les événements se bousculaient et la pression du préfet n'arrangeait pas la réflexion. Qui avait intérêt à supprimer le cardinal ? Creuser la piste religieuse comme l'avait émis son ami journaliste ? C'était la meilleure option pour le moment, mais il n'arrivait pas à comprendre pourquoi cet assassinat s'était produit ici, dans la Cathédrale !

Il se déplaça dans l'open space du service où se trouvait le bureau d'Olivier et dressa avec lui un certain nombre de renseignements qu'il fallait recueillir rapidement.

D'abord étudier l'agenda du cardinal, quitte à relancer le Vatican. Ensuite examiner à la loupe ce qui motivait son déplacement en Centrafrique en passant par la Corse. Puis fouiller encore plus cette histoire de camion laissé à la discrétion de la République Française. Ce qui impliquait de se rapprocher de la police italienne et d'Interpol.

Ils finissaient leur short liste quand le téléphone sonna. Olivier décrocha. Il y avait deux dames à l'accueil qui avaient des renseignements au sujet du cardinal.

Le visage d'Orsini se fendit d'un grand sourire.

— Enfin ! Faites-les monter et qu'on les accompagne avec un café !

A peine Olivier eut-il raccroché le téléphone que celui-ci sonna de nouveau. « Allo ?... Oui bien sûr, et ? Quand ça ? Je n'y crois pas ! Il a fallu trois jours pour savoir ça ? Mais qu'est-ce que vous foutez à Bastia, merde ! »

Il raccrocha le combiné furieux. « Ces cons de Bastia ont enfin découvert quand le camion est arrivé ! Le 27 ! Par un bateau venant de Livourne ! Je leur ai demandé de nous faire parvenir la vidéo du débarquement du bahut ». Orsini croisa les doigts. « Pourvou que ça doure ! » Et il eut une pensée pour Lætitia Bonaparte.

Olivier s'empressa de noter l'information sur son carnet et sur le tableau sous la photo du camion.
C'est à ce moment-là qu'un brigadier fit entrer deux quadragénaires habillées et maquillées pour une soirée.

— Entrez mesdames, dit le commissaire Orsini en s'empressant de disposer deux fauteuils devant la table ronde du service qui servait aux réunions informelles, tandis qu'Olivier allumait son ordinateur portable.

Le commissaire ouvrit les bras avec un large sourire digne d'un vendeur de voitures d'occasion.

— Alors mesdames... Qu'avez-vous à nous raconter ?

Il désigna celle qui semblait la plus âgée.

— Madame ?

— Madame Renucci... Je travaille au musée Fesch. Avec mon amie Véronique qui faisait des courses dans le quartier, nous étions en train de fumer dans la rue quand on a vu le cardinal, enfin on croit.

Orsini se retourna vers l'autre femme.

— Il était quelle heure Madame... ?

— Euh, Véronique Bardi... Il devait être 16 h 30 environ. Je l'ai vu sortir du musée.

— Et que faisait-il ? demanda Orsini se retournant vers Madame Renucci. Il a visité le musée ?

— Je ne l'ai pas vu, pas remarqué spécialement. Il y avait du monde en fin de journée.

— Était-il seul ?

Véronique reprit la parole.

— Oui, en sortant il a admiré la cour puis il est sorti dans la rue Fesch et s'est dirigé vers l'église San Rucchellu. Il a monté les marches et a essayé d'entrer mais les portes étaient fermées, comme souvent.

— Et après ?

— Ben, il a dû redescendre mais comme je ne l'observais pas particulièrement...Mais je sais que dix minutes plus tard il était toujours dans la rue en train de discuter avec un homme. L'homme était de dos, je n'y ai pas fait attention. En fait je l'ai remarqué parce que derrière votre cardinal, quelqu'un semblait nous photographier et je l'ai dit à mon amie. J'ai dit ; « Tourne-toi et souris, il y a quelqu'un qui nous tire le portrait ».

Orsini survolait la scène, en imaginant l'action. Madame Renucci le fit atterrir dans le bureau.

— Et bien sûr, comme Véronique me disait qu'on nous photographiait, je me suis retournée rapidement et j'ai vu !

— Quoi ?

— Le cardinal qui parlait à un autre homme et derrière lui quelqu'un qui prenait des photos.

Le cerveau d'Orsini tournait en surchauffe. Des débuts de pistes commençaient à prendre forme.

— Qui prenait donc des photos ? Si nous pouvions les récupérer…

— Je ne sais pas, j'ai juste vu une forme avec un appareil photos… Ou plutôt l'objectif, je n'ai vu que ça, l'objectif ! Un gros !

— Et vous chère madame, vous avez eu le temps de voir mieux ?

— Non pas du tout, le temps que je regarde de nouveau je n'ai plus rien vu, juste rapidement l'autre homme qui faisait demi tour. Faut dire qu'il y avait du monde, peut-être des touristes, et c'est ce que je me suis dit.

Orsini sortit la photo de Jean-Baptiste Zanetti et la glissa sous les yeux des deux femmes.

— Était-ce cet homme qui parlait avec le cardinal ?

Les deux femmes secouèrent la tête négativement dans un bel ensemble.

— Était-il plus jeune ?

— Non, plus vieux, il me semble.

— Merci mesdames de vous être manifestées. Si jamais d'autres questions nous viennent à l'esprit, nous ne manquerons pas de vous rappeler. En attendant nous vous demanderons de bien vouloir nous aider à dresser un portrait robot de l'homme qui discutait avec le cardinal. Même si nous savons que c'est très approximatif.

Olivier resta encore trente minutes avec les deux femmes pour créer le portrait robot puis leur fit signer leur déposition qu'il avait scrupuleusement enregistrée sur son ordinateur portable. Et les dames s'en allèrent heureuses d'avoir rempli leur devoir de citoyennes.

CORSE — 10 heures.
Commune de Peri.

Émile alluma sa troisième cigarette du matin. Assis sur le muret de pierres sèches, à l'ombre d'un grand figuier, il regardait ses moutons brouter les herbes du maquis. Son chien, Paréo, une brave bête trouvée errant quatre ans plus tôt, s'étirait à ses pieds. Il aimait ce coin tranquille loin de la route, entouré des montagnes dominant la vallée de la Gravone. Le vieux et les autres étaient restés au village. La vie était paisible, douce et calme pour Émile. Il n'avait aucun besoin, aucun projet qui sollicitait son esprit. La contemplation de la nature en ce printemps lui suffisait. Pace e salute et va bene.

Le claquement d'une portière interrompit sa rêverie et le fit sursauter. En se retournant, il eut le temps de voir une silhouette venir vers lui le visant avec une arme de poing.

— Putain, t'es qui toi ?

— Celui qui a perdu un camion.

BIROA — 10 heures.
République de Centrafrique.

Déjà l'air devenait chaud et moite. Jérémy était parti très tôt du camp de Gereda. Sa vieille Toyota avait suivi les trois cents kilomètres de pistes de terre sableuse et poussiéreuse. Il avait mis la climatisation défaillante à fond pour rester presque sec. Deux armes automatiques étaient posées sur le siège passager et deux grenades reposaient dans la boite à gants. Jérémy était prévoyant et savait qu'il ne rencontrerait pas que des amis en route. Mais par chance il ne croisa aucune voiture suspecte ni de caravane hostile. Plus de six heures de tape-cul lui avaient tassé les reins. Il avait traversé la ville de Biroa et enfin il arrivait à la piste d'atterrissage de la ville. Il fallait aimer l'Afrique pour vivre ici et faire ce qu'il faisait. Tout était en déshérence, à l'abandon, sans entretien. La route de terre longeait la piste d'atterrissage en terre aussi. Il arrêta sa voiture au pied du mirador rudimentaire fait de branches et de planches, plus proche des cabanes d'enfants ou des abris de chasse aux canards de sa Picardie natale que d'une bâtisse bourrée d'électronique. Il arriva un peu en avance sur l'heure de rendez-vous, mais ici les heures de rendez-vous sont un concept européen qui n'a rien de formel.

Jérémy attendit donc avec philosophie en sortant de sa poche un vieux roman d'Alexandre Dumas en format de poche.

A peine eut-il lu deux chapitres qu'un nuage de poussière s'éleva au bout de la piste, qui s'approchait lentement de lui. Il remit son livre dans sa saharienne et sortit de la voiture, surpris de l'arrivée de ses correspondants.

Trois jeeps arrivèrent de front vers lui.

Le moine soldat déplia rapidement son immense carcasse en bondissant hors du premier véhicule et vint le saluer.

— Que Dieu te bénisse mon frère ! dit le grand noir.

— Que Dieu te bénisse aussi, répondit Jérémy.

Et le grand noir alla rejoindre ses hommes qui l'avaient accompagné.

AJACCIO — 10 heures 15.
France3 Via Stella

Avant d'aller saluer le rédacteur en chef, je me suis arrêté au distributeur de boissons pour y prendre un café en échangeant quelques mots avec Stéphanie, une stagiaire qui avait la chance d'être la fille d'un conseiller général autonomiste. Puis mon gobelet à la main j'ai regagné mon bureau. Une grande enveloppe blanche était posée bien en évidence pour que je ne puisse pas la louper. Je la pris entre le pouce et l'index, circonspect. Dessus, juste mon nom imprimé en gros, gras et souligné. Des fois que je la manque, que je ne la vois pas... Elle était épaisse et semblait contenir plusieurs feuilles. Je l'ouvris à l'aide d'un vieux coupe-papier en acacia que j'avais hérité de ma grand-mère. Elle se déchira bien nettement. Il y avait une liasse de feuilles épaisses que je tirais avec précaution. Le format A4 sortit à moitié de l'enveloppe, c'était des copies de photos. Je reconnus la rue Fesch. Deux hommes discutaient bien au milieu de la rue. L'un de dos, l'autre de face. L'autre, c'était moi. Je levai la tête instinctivement pour voir si mes collègues me regardaient, mais ils semblaient tous absorbés, derrière leur écran, à ce qu'ils faisaient. Je regardai la seconde photo, même angle de prise de vue, mais en plan rapproché, l'homme de dos y avait le visage de 3/4 et ressemblait au Cardinal Le Feucheur. Je ne pris pas la peine de regarder les autres épreuves, je remis le tout dans l'enveloppe. Je la refermai en la scotchant trois fois, redoutant certainement qu'elles en sortent comme un diable de sa boite. Temps mort. Abîmes profonds.

CORSE — 10 heures 15.
Commune de Peri.

La pièce était plongée dans la pénombre. Ils étaient tous là, assis autour de la table. Le vieux présidait. Giovanni se taisait. « Povero stronzo, on devait en faire quoi de ton camion ? dit le vieux en haussant le ton. Il ne devait plus être dans mon champ le matin ! Impossible de contacter qui que ce soit ! Ton client avait tout verrouillé. »
Giovanni ne répondit rien. Il devait à tout prix trouver une solution. Prendre le temps de réfléchir, ne jamais agir dans la précipitation.
— Bene, je vous remercie pour votre franchise.
Il se leva doucement et se dirigea vers la porte. Puis il se retourna vers la famille restée sagement assise « Je ne sais pas si nous aurons l'occasion de nous revoir » dit-il d'un ton neutre. Et il sortit calmement du bas de son dos une arme de poing agrémentée d'un silencieux. Ploc ploc ploc ploc ploc.

AJACCIO — 11 heures.
Hôtel de Police.

J'avais pris la courageuse résolution de tout dire à Orsini. Le seul problème qui me hantait, c'était de savoir comment lui dire. C'est toujours extrêmement douloureux d'être pris en flagrant délit de mensonge. De passer pour un dissimulateur. Je m'en voulais beaucoup d'avoir caché la vérité à Orsini. Je savais pourtant depuis longtemps que tout finissait par se savoir. Bien sûr d'avoir vu le cardinal dans sa mare de sang m'avait complètement pris au dépourvu. Je m'attendais à beaucoup de choses de sa part, mais pas de le voir assassiné. Il était de plus en plus urgent de savoir la vérité sur son meurtre. Qui avait eu intérêt à le supprimer et surtout que venais-je faire dans la boucle ? Qui voulait me déstabiliser ? Me mettre la pression et pourquoi. Était-ce l'assassin ou un simple témoin ?

Je me sentais bien démuni et fragilisé par cette menace et je ne voulais pas m'enfoncer encore plus dans l'omission. Aussi je frappai avec fermeté à la porte du bureau d'Orsini et j'entrai.

Il était derrière son bureau en train de finir une conversation au téléphone. Il leva le regard dans ma direction et me fit un clin d'œil. J'attendis gentiment qu'il raccroche. Il me semblait qu'il mettait un malin plaisir à terminer sa communication. Quand on se sent coupable, on interprète n'importe quelle attitude ou parole comme un sous-entendu. Il raccrocha enfin et me dit : « J'ai enfin de bonnes nouvelles ! Un début de piste ! » Je dus me liquéfier, blanchir. Aucun son ne put sortir de ma bouche.

— C'est tout l'effet que ça te fait ? Cache ta joie !

— Super, génial, réussis-je à articuler péniblement. Deux syllabes pas plus.

— Figure-toi que des témoins ont sans doute aperçu le tueur.

— Vrai ? Répondis-je la voix blanche, presque éteinte.

— Vrai ! Notre cardinal avait rendez-vous juste devant le musée Fesch, la veille en fin d'après midi !

— Comment sais-tu ça ? Dis-je surpris de la révélation. En un éclair je compris qu'il avait aussi reçu son lot de photos.

— Deux femmes témoins, dont l'une travaille au musée.

Je restai un moment immobile, absent, anéanti. Putain de merde, il savait ! Il employait sa méthode de flic pour me faire craquer. Je n'aurai même pas eu le temps de m'expliquer…

Il continua.

— Bon, elles ont bien vu le cardinal parler avec un autre homme, plus jeune semble-t-il, mais on ne sait pas qui !

— Comment ça ?

— Le cardinal était face à elles et, hélas, son interlocuteur de dos.

— Merde ! Dis-je hypocrite.

— Oui mais... Mais il y a quelqu'un qui a photographié la rencontre.

Plus de sang dans les veines, le reflux complet. Plus d'idées claires, un trou noir béant. Le photographe ! Qui pouvait-il être ? Que voulait-il ?

— Et ?

— Et ? Tu crois que ce n'est pas déjà un pas en avant ?

Je serrai très fort mon sac reporter dans lequel se trouvaient les photos.

— Si bien sûr...

— Nous allons diffuser un appel à témoin pour savoir qui a fait ces photos... Ce soir j'interviendrai aux infos de Via Stella. Remarque, c'est peut-être un touriste qui est reparti.

— Je ne sais pas si c'est une bonne idée, dis-je sur la défensive. Tu vas recevoir une centaine d'informations invérifiables... Ou pas !

— On va quand même tenter. Il faut toujours secouer le châtaigner.

— Le cocotier...

— Puriste va ! Au fait tu venais pour quoi ?

Je décidai de parler d'autre chose voulant remettre mes idées en place.

RÉPUBLIQUE DE CENTRAFRIQUE — 11 heures 15. Biroa.

Voilà plus d'une heure que Jérémy attendait ce foutu hélicoptère qui n'arrivait pas. Ce n'était pas la conversation du grand africain et des autres soldats qui pouvait occuper son esprit. L'archevêque de Bangui s'était arrangé pour trouver un hélicoptère afin de lui éviter des heures pénibles de conduite par des pistes à peine praticables et non sans danger. Pour passer le temps il avait repris sa lecture tandis que son escorte restait immobile au soleil, dans un profond recueillement. Après de longues minutes son esprit se mit à vagabonder.

Il avait l'impression de respirer enfin. Etre loin du camp de réfugiés était comme un couvercle ôté d'une cocotte minute. Il savait que c'était un des pires endroits de la planète. Même au Kosovo, à l'époque, il n'avait pas eu ce sentiment d'abandon de l'humanité quand il parcourait Srebrenica sous les rafales des armes russes largement distribuées aux serbes. Il se demanda un instant si son esprit critique, ses émotions n'avaient pas été émoussées au fil du temps et des missions. Ils avaient disparu dans le gouffre sans fin de la souffrance humaine. Il n'éprouvait plus aucune joie, qu'une désespérance infinie qui s'étendait comme un océan noir.

Plus de peur réelle, plus de plaisir non plus. Un désert émotionnel. Son cœur et son âme étaient envahis par le goût amer de la guerre et de ses effets dévastateurs.

Enfin un bruit sourd très lointain monta lentement dans le ciel. Jérémy ferma son livre avec soulagement. L'hélico arrivait. Le grondement s'approcha de plus en plus et enfin il put distinguer un point noir au-dessus des cimes des arbres. La masse sombre s'approcha assez rapidement puis entreprit de descendre de quelques paliers pour enfin se poser doucement à quelques dizaines de mètres du groupe d'hommes. C'était un de ces vieux hélicos que Jérémy avait pu voir dans des films de guerres américains sur leur aventure vietnamienne. Même au Kosovo, les troupes US avaient des machines plus récentes.

Accompagné des soldats, il s'approcha du Bell UH1 Huey où un vieux baroudeur style Lee Marvin l'aida à monter en se présentant : « Colonel Jeunon pour vous servir.

— Jérémy Larigaud.

Ne sentant aucune présence derrière lui, il se retourna. Ses Baby-sitters et leur géant de chef restaient aux pieds de l'hélicoptère.

— Vous ne venez pas ? Leur demanda Jérémy.

— Non mais nous serons là pour votre retour mon frère.

Jérémy le remercia et s'installa dans le monstre volant.

— Asseyez-vous et sanglez-vous, on décolle, dit le colonel. On nous attend !

Doucement l'oiseau gris s'éleva dans un bruit assourdissant, fit demi-tour et fila vers le sud, en direction de Bangui.

Jérémy vit le terrain qui servait d'aéroport diminuer, puis les grands arbres de la forêt devenir des nains verts et sombres.

Ah... Revoir Paris un jour... Et la terre ferme !

Le colonel Jeunon avait mis son casque et avait mis le cap au sud sans se soucier de son passager.

AJACCIO — 11 heures 30.
FR3 Via Stella.

Je retournai à Via Stella assez énervé. Assis derrière mon bureau, j'ouvris le dernier tiroir, celui du bas qui contenait de vieux dossiers empilés de façon chronologique et je glissai l'enveloppe empoisonnée au milieu de la pile. Une question m'obsédait : qui avait pris ces photos et pourquoi me les avoir transmises ?

Qu'est-ce que cela voulait dire ? Était-ce un avertissement ? Une intimidation ? Un début de chantage ? Les minutes qui suivirent me parurent longues. Très longues. Plutôt que de rester dans mon bureau à tordre le problème dans tous les sens, je décidai d'aller trouver ces fameux témoins du musée Fesch. Avec un peu de chance, le musée ne serait pas fermé à l'heure du déjeuner.

AJACCIO — 11 heures 45.
Musée Fesch.

L'heure délicate du déjeuner approchait... Après avoir traversé la cour du palais, j'entrai dans le hall du musée. Deux femmes discutaient derrière le comptoir. Assurément l'une d'elle était un des témoins de mon ami le commissaire. Je me mis bien en vue pour voir les réactions de l'une et de l'autre. Après un petit moment d'hésitation l'une d'elle sortit de derrière son comptoir et vint à ma rencontre.

« Bonjour, fit-elle. Vous êtes un journaliste de Via Stella ?

— Oui, un parmi quelques autres. Je venais voir une dame ayant déclaré à la police avoir vu le cardinal le dernier soir. Est-ce vous ?

Elle hocha la tête.

— C'est le commissaire Orsini qui m'a parlé de vous... Est-ce que je peux vous poser quelques questions.

Voyant son air inquiet, je rajoutai aussitôt :

— Rassurez-vous, tout ça restera anonyme, entre nous... Le commissaire m'a dit que vous aviez vu le cardinal discuter avec un autre homme devant le musée... Vous pourriez le décrire ? Je sais que vous l'avez mal vu mais vous rappelez-vous au moins sa silhouette ?

Elle écarta les bras en signe d'impuissance. Elle avait beau faire tous les efforts du monde, son souvenir lui renvoya qu'une vague forme humaine.

— Quel âge avait-il à votre avis ? Avait-il l'air vieux ? De l'âge du cardinal ? Jeune, entre 25 et 30 ans ?

Le brouillard s'épaississait, mais elle voulait faire plaisir au journaliste, lui dire quelque chose. Alors elle dit :

— Jeune ! Oui jeune et sportif !

— Et vous souvenez-vous comment cette personne était habillée ?

— holala... Comme tout le monde, jean baskets !

Je notais scrupuleusement les réponses de la dame en buvant du petit lait.

— Et donc, la personne qui prenait des photos, vous en souvenez-vous ?

— Pas du tout ! Mais alors pas du tout ! Elle était trop loin. En fait j'ai cru dans ma tête, comme ça, que c'était un enfant... ou plutôt un adolescent.

— Un enfant ? Un ado ?

— Mais réflexion faite je pense que l'enfant était à côté... Quand je ferme les yeux et me rappelle ce moment, j'imagine un jeune homme. Mais je ne suis certaine de rien.

Je ne voyais plus grand-chose à lui demander, étant rassuré qu'elle n'ait pas reconnu l'interlocuteur du cardinal et frustré de ne pas avoir plus de détails concrets sur le photographe. J'avais beau faire un effort de mémoire, je ne me souvenais pas avoir vu d'enfant, ni d'ado, ni de jeune homme cet après midi là. Je l'ai remerciée avec chaleur puis je me suis éloigné dans la cour jusqu'à la statue du Cardinal Fesch.

Je regardai autour de moi, mais la cour était vide et derrière les grilles, dans la rue, rien n'attira mon regard. Pas l'ombre d'un promeneur suspect ou d'un appareil photo miroitant au soleil.

Si rien ne bouge, il faut bouger soi-même pour que de nouveaux événements surgissent. Je décidai de téléphoner à Orsini pour lui proposer de faire bouger les lignes. Il fallait agir rapidement pour l'édition du soir.

Nous avons alors convenu de diffuser un appel à témoin le soir même aux infos régionales.

AJACCIO — midi quinze.
Préfecture.

Orsini arriva en retard à la réunion préfectorale. Tous les responsables de l'enquête étaient déjà assis autour de la grande table de réunion du bureau du Préfet. Le procureur, Maria Martinetti et ce crétin de Franju qui se croyait supérieur à tous. Le Préfet d'habitude si charmant était d'une humeur massacrante, le procureur, égal à lui-même, était proche de l'explosion, Maria restait calme et Franju avait l'air de jubiler.

Dès qu'Orsini fut assis en s'étant excusé du retard, le procureur ouvrit les hostilités et tous furent un moment ou un autre l'objet de sa colère. Des mots comme incapables, bons à rien, touristes, furent lâchés en salve. Maria resta stoïque, Franju blêmit et Orsini attendit sereinement la fin de la diatribe.

Quand le procureur eut fini son réquisitoire, Orsini commença à ronronner comme un chat.

— Monsieur le procureur si la situation était telle que celle que vous dessinez, je ne pourrais que partager votre avis. Seulement...

Il prit bien soin de laisser les points de suspension en l'air pour ménager son effet.

— Seulement nous avons de nouveaux éléments sortis ce matin que nous allons pouvoir exploiter rapidement. Contrairement à ce que vous pourriez laisser croire, nous n'attendons pas derrière nos bureaux que l'affaire se dénoue toute seule ! Je m'étonne qu'un homme comme vous, au fait des réalités du terrain, pense que nous nous la coulons douce. Nous avons des témoins qui ont vu le cardinal, le soir de sa mort, en grande discussion avec un homme rue Fesch. Les témoins ont aperçu l'homme de dos, mais il semblerait qu'une personne ait pris des photos de la rue à ce moment-là.

Silence. Orsini ménagea son effet.

— Nous allons donc diffuser, avec votre accord Monsieur le procureur, un appel à témoin que je ferai en direct ce soir sur FR3 Via Stella. Je vous en remercie par avance.

Puis se tournant vers le capitaine Franju : « Dites donc Capitaine, ça serait bien que vous me communiquiez le dossier du cardinal Le Feucheur que vous devez avoir dans vos archives si vous ne l'avez pas déjà sur votre bureau. Je vous en remercie ».

CORSE – 12 heures 30.
Le village de Peri.

Les trois véhicules de la gendarmerie s'arrêtèrent devant la vieille maison de pierre à la sortie du village. Le lieutenant Fiori avait sa tête des mauvais jours. Il sortit de la voiture bleue en claquant la porte, se demandant s'il avait eu raison de revenir au pays pour la fin de sa carrière. Les enquêtes sensibles suivaient leur cours avec difficulté, il n'avait pas besoin qu'une nouvelle affaire vienne lui pourrir la vie ainsi que celle de ses hommes. Il monta les quelques marches de pierres usées par le temps, le vent, les intempéries et les pas de ses habitants. Il salua machinalement le jeune bleu qui montait la garde devant la porte séculaire en châtaigner et entra. Déjà une odeur légère mais caractéristique de mort commençait à envahir doucement la pièce restée dans l'obscurité. Ne rien bouger, ne toucher à rien avant l'arrivée des légistes et des scientifiques.

Il retourna sur le pas de la porte et demanda au bleu où se trouvait la factrice qui avait découvert les corps à midi. Il désigna la voiture de la poste en ponctuant sa réponse d'un retentissant « Mon Lieutenant ».

Deux gendarmes interrogeaient la jeune femme qui paraissait choquée et ne pouvait répondre que par monosyllabes. Il alla la saluer et ses hommes l'informèrent que la déposition allait bientôt être terminée. Il leur demanda de mettre fin à son supplice et de la raccompagner chez elle dès que cela serait terminé.

L'équipe des scientifiques arriva enfin et disparut en quelques secondes dans la maison telle une procession d'astronautes chargés de matériel. Il attendit patiemment que la scène de crime fut sécurisée et quand cela fut fait, demanda à ses enquêteurs de commencer l'examen des lieux.

Cinq corps assis autour d'une grande table semblaient assoupis dans des mares de sang. Des flashs trouèrent la pénombre d'éclairs métalliques, immortalisant la scène obscène de l'assassinat. Le lieutenant ressortit rapidement pour s'asseoir sur une marche et regarda le paysage. Le soleil était à son zénith et projetait une lumière crue sur la nature. Il regarda le mont Gozzi inondé du soleil de midi avec une certaine nostalgie.

Enfant, il avait l'habitude par les matins clairs du printemps, de faire le chemin entre Appieto et le sommet du Gozzi d'où il pouvait embrasser du regard le golfe d'Ajaccio et sa magnificence. Il aurait voulu s'élancer de là-haut pour planer au-dessus de cette grande plaine de la Gravone.

Pendant un moment il fut milan royal tournoyant entre Ajaccio, Bastellicaccia, Afa et Sarrola observant la vie de fourmi des humains, imaginant les différents drames personnels que chacun portait dans son cœur. Il imaginait une voiture grimpant vers Bocognano qu'il suivait comme une proie dans les vents ascendants.

Le brigadier Demine le sortit de sa rêverie.

— Mon lieutenant, nous avons trouvé ces documents cachés sous une pile d'assiettes.

Le lieutenant les prit. Il reconnut les papiers du camion trouvé à la station service ainsi que des billets de traversée pour Toulon pour le camion et deux passagers à la date du 28 mai dont un au nom de Pierre Bonel et l'autre à celui de Jean-Baptiste Zanetti. Un passeport au nom de Pierre Bonel y était joint. La photo était celle du cardinal Le Feucheur. Il prit quelques minutes pour remettre de l'ordre dans ses idées puis se leva et retourna à sa voiture. Assis, il appela son commandant pour l'informer du dernier rebondissement puis comme à regret, le portable du commissaire Orsini qui devait certainement commencer son déjeuner.

AJACCIO — 12 heures 45.
Préfecture.

Orsini sortait de la préfecture et traversait le jardin du Palais Lantivy qui débouchait sur le Cours Napoléon, en compagnie de la juge Martinetti quand son portable émit la sonnerie attribuée au lieutenant Fiori. Ce dernier, en phrases courtes, claires, concises et rapides, l'informa de la dernière découverte macabre.

Comme seul commentaire Orsini lâcha : « ok j'arrive tout de suite ! » puis se il se retourna vers la juge d'instruction : « On a du nouveau : une tuerie dans la commune de Peri qui semblerait liée au meurtre du cardinal et du camion transportant les armes. C'est le procureur qui va être content. Vous voulez venir, je vous emmène ? Je suis sûr que le lieutenant Fiori va prévenir le proc et ce charmant Franju. »

Ils regagnèrent rapidement la voiture du commissaire garée dans la rue du Général Fiorella juste devant le commissariat tandis que le major Julie Finot dite « la

Sauterelle » sortait des locaux avec trois hommes en uniforme. Ils partirent tous en faisant hurler les sirènes des voitures en descendant le cours Napoléon.

AJACCIO — 13 heures.
Entre ville et village.

Alors que j'étais sur la route pour rejoindre Via Stella, j'attendais sagement à l'arrêt au dernier feu sur le boulevard Charles Bonaparte quand j'entendis le cri de sirènes hurlantes. En me retournant je reconnus tout de suite la voiture d'Orsini en tête de file suivie de trois autres véhicules et aussitôt la dernière voiture passée je les suivis sans me poser de questions. L'adrénaline était montée d'un coup et je me promis de régler l'appel à témoin un peu plus tard.

Putain, ils ne rigolaient pas. Sur la rocade on était proche des 150 km/heures alors que la vitesse est limitée à 90. Une des rares voies de circulation où l'on puisse rouler à cette vitesse. L'instant devait être grave et impérieux.
Nous avons ignoré la route de l'aéroport et continué vers la rive sud pour bifurquer sur la route de Bastia. A cette heure-là les routes étaient peu encombrées car les ajacciens qui respectent scrupuleusement l'heure du déjeuner entre midi et 14 heures étaient en train de se restaurer. Au bout d'une vingtaine de minutes nous sommes arrivés aux environs de Péri. Déjà plusieurs voitures de gendarmes faisaient tourner leur gyrophare et les képis entraient et sortaient d'une vieille maison corse comme des abeilles autour d'une ruche. Je n'eus que le temps de descendre de ma bécane et m'approcher d'Orsini et de miss Martinetti pour voir débouler le préfet et le procureur. Drôle d'endroit pour une réunion.

Je courus vers Orsini pour lui crier : « Que se passe-t-il ici ? » avant qu'il fut englouti dans la maison aux vieilles pierres. On me fit comprendre, sans égard, que je n'étais pas invité à la fête, ni forcément le bien venu.

Je me fis une raison et j'attendis sagement la suite des événements en m'asseyant sur un muret. Après une quinzaine de minutes, tous ressortirent avec la mine défaite. Le préfet se dirigea vers moi.

— C'est affreux vous savez, l'assassinat de toute une famille... Vous pouvez juste donner l'information, mais rien d'autre pour l'instant. Nous voulons réfléchir et étudier les nouveaux éléments.

Je fis donc des plans d'illustration au petit bonheur la chance, sans savoir de quoi il retournait, mais en pensant que l'ami Orsini me donnerait bien un petit os à ronger.

AJACCIO — 14 heures 20.
Avenue de Verdun

Olivier accompagné de deux bleus sonna sèchement chez madame veuve Fulioni.
Il avait quitté rapidement le village de Peri dès que les cartes d'embarquement furent trouvées. Son client préféré faisait partie du voyage... Jean-Baptiste Zanetti, il connaissait.
S'impatientant, il sonna de nouveau. Une quinzaine de secondes passèrent. Il sonna encore en tambourinant à la porte. Madame Fulioni à peine habillée ouvrit.

— Excusez-moi de vous réveiller, je voudrais voir le sieur Zanetti.

— Qu'est-ce que vous lui voulez encore ?

Olivier sortit sa plaque.

— Vous vous souvenez de nous : Police ! On va l'emmener faire un petit tour.

La brave veuve devint blême.

— Qu'est-ce qu'il a fait ?

— On se dépêche ou je vais le chercher ?

— Oui, oui, ça va ! Chéri, la police t'attend, cria-t-elle.

— Merde, font chier ! fit Zanetti à l'étage.

— Excusez-le monsieur le commissaire, il est devenu très nerveux depuis dimanche.

— On a l'habitude !

Jean-Baptiste Zanetti déboula enfin les escaliers en ajustant sa ceinture.

— C'est pour quoi encore ?

122

— Surprise ! Vous avez deux options, vous nous suivez ou on vous met les pinces ?

Il maugréa puis il sortit sagement sans faire d'histoire.

BANGUI — 15 heures 35.
La cathédrale

Après avoir survolé Bangui et l'arc de Bokassa, l'hélicoptère se posa sur la place de la Cathédrale dans un vacarme métallique en soulevant la poussière qui recouvrait le mauvais bitume brûlé par les années de soleil. Le colonel Jeunon arrêta les moteurs au grand soulagement de Jérémy.

— L'archevêque vous attend, je reste ici jusqu'à votre retour.

Jérémy descendit en transpirant à grosses gouttes. Il espérait trouver un peu plus de fraîcheur à l'intérieur de la cathédrale au crépi brique, flanquée de ses deux tours qui lui donnaient des allures très anglicanes dans cette ancienne colonie française.

Il grimpa les marches qui menaient à l'entrée de la cathédrale. La blancheur virginale de l'intérieur donnait un sentiment d'apaisement mais ne procurait pas réellement la fraîcheur que Jérémy espérait tant. Il remonta la grande allée centrale jusqu'au chœur où l'archevêque, à genoux, priait. Il se retourna et se releva en entendant les pas de Jérémy.

Il écarta les bras, souriant, en signe de bienvenue.

— Merci d'être venu, mon fils. Allons dans mon bureau, nous y serons plus à l'aise.

Au moins le bureau était climatisé. L'archevêque invita Jérémy à s'asseoir dans un vaste fauteuil. L'homme d'église éructa comme un charretier.

— C'est la merde ! Le bordel ! Une catastrophe ! Nous sommes impuissants devant l'inéluctable. Devant les hordes barbaresques qui vont débouler chez nous !

Jérémy, surpris par le langage peu châtier, hocha la tête.

— Je sais. Surtout que les forces islamiques ont l'air de bouger au Soudan.

— Déjà ici, il y a des odeurs de coup d'État. Ça mijote ! Les dissidents Séléka s'arment discrètement dans le nord. Il faut reprendre la main ! Vous avez des amis à la curie romaine, en tant que représentant du secours catholique, j'aimerais que vous alliez à Rome voir le père Martrois. Ce dernier connaissait l'opération, peut-être peut-il actionner les membres de l'Opus Deï.

Jérémy fit la grimace à l'évocation des prélats du Vatican pour lesquels il n'avait pas une grande sympathie. Mais il vit aussi le bon côté de l'opération en faisant un séjour en Europe. Il ne refusa donc pas la proposition.

— Quand faudrait-il partir ?

— Le plus tôt possible, si vous partez maintenant vous aurez un vol avec escale à Yaoundé. Je vous ai préparé un pécule pour vos frais de voyage et de garde-robe.
Il se leva pour aller chercher une enveloppe avec une liasse d'euros qu'il lui tendit.

— Très bien, je préviens juste mon antenne de mon départ, répondit Jérémy.

Dès qu'il vit sortir Jérémy de la cathédrale, le colonel Jeunon mit le moteur de l'hélicoptère en marche.

— Changement total de programme. On va à l'aéroport, cria Jérémy.

— Je sais, dit le pilote

CORSE – 15 heures 45.
Le village de Peri

Enfin Orsini semblait plus disponible. Je lui un fis signe de la main pour lui signaler que j'aimerais lui parler. Il s'approcha sans enthousiasme.

— Je t'emmerde ? Je tombe mal ? Lui demandai-je.

— Je ne sais pas quoi dire ! J'aimerais pour l'instant que rien ne transpire.

— Le proc m'a dit que c'était l'assassinat d'une famille entière... C'est du lourd mais c'est assez dans la vieille tradition insulaire.

— Il n'y a pas que ça !

— Ah... Dis donc, je m'en doutais un peu...

— Mais ça ne doit pas sortir. Promis ?

— Juré !

— On a retrouvé les papiers du camion transportant les armes et, en prime, les papiers d'un suspect et mieux encore, des faux papiers pour Le Feucheur.

J'ai dû prendre un air idiot malgré moi... Mais il me ramena à la réalité rapidement.

— D'où l'importance de faire mon annonce ce soir à la télé.

— J'espère que tu ne seras pas déçu, dis-je en pensant tout le contraire.

— Je préfère qu'on donne juste l'information de ce drame. Sec. Sans rien d'autre !

— Ok, promis... C'est promis.

AJACCI O — 16 heures 40.
Hôtel de Police

Quand Orsini arriva accompagné du procureur et de Maria Martinetti, Jean-Baptiste Zanetti attendait déjà en salle d'interrogatoire. Il avait été convenu que les deux magistrats suivraient l'interrogatoire derrière les moniteurs vidéo de la salle d'observation.

Zanetti sursauta quand il vit la porte de la pièce s'ouvrir brutalement. Le commissaire et son adjoint s'assirent sans rien dire, menaçants. Le commissaire ouvrit le feu.

— Tu nous as bien dit que tu ne connaissais pas le cardinal ?

— Je ne l'ai croisé qu'une fois...

— Alors raconte nous pourquoi tu devais partir avec lui dimanche matin ?

— Je ne le savais pas ! On m'avait juste dit que j'aurais à conduire un camion à Roissy ou à Orly. Je ne savais rien d'autre.

— Tu sais ce que contenait ce camion ?

— Comment je saurais ça ? Je n'en sais rien moi ! Je n'ai pas bougé ce matin-là ! Je veux voir mon avocat !

— Pourquoi, tu as besoin d'un avocat ? Pour répondre à de simples questions ? Tu n'es pas en garde à vue. Mais on te garde ici encore un peu au chaud comme témoin.

Olivier tira d'une enveloppe quelques photos qu'il glissa sous les yeux de Zanetti.

— Tu connais ces gens-là ?

Zanetti regarda les photos avec application. Il put ainsi découvrir le vieux et toute sa famille.

— Non pas du tout. Jamais vu ! C'est qui ceux-là ?

Olivier glissa alors la carte d'embarquement à son nom.

— Alors pourquoi ils avaient ça chez eux ? Une carte d'embarquement à ton nom. Il y en avait une autre pour le cardinal.

Il les regarda ahuri.

— Ah bon, ils avaient ça ?

Les deux flics se regardèrent.

— On revient, dit Orsini.

Ils se levèrent et sortirent pour rejoindre les magistrats.

— Pour ma part c'est un lampiste, il ne sait rien, regretta Orsini. Juste un pauvre type embringué dans cette histoire.

— Oui, peut-être, céda le procureur. Mais surveillez-le quand même.

Zanetti fut relâché.

De retour dans son bureau, Orsini laissa éclater sa colère et réclama tous ses hommes.

Ils étaient tous là, entassés dans la petite salle de réunion mal éclairée. Même le capitaine Franju qui s'était invité.

— Nous avons maintenant la certitude que le meurtre du cardinal et le camion de Mezzana sont liés. Nous en avions formulé les hypothèses, mais maintenant c'est sûr ! Maintenant il faut remonter les pistes, détricoter le déroulement des événements. Le cardinal d'abord. Il n'a pas atterri ici en parachute en pleine nuit... Ni arrivé à la nage. Pas de Pierre Bonel non plus. Inconnu ! Le camion ensuite. J'écoute.

Chaque chef de groupe alla de son petit couplet. Peu de renseignements nouveaux et concordants. Personne ne savait pour l'instant depuis combien de temps le prélat était sur le sol insulaire. Personne ne savait non plus comment il était arrivé. Le Vatican lui-même ne savait pas exactement ce qu'il avait fait. Ou bien ne voulait pas le dire. C'était un électron libre. L'hypothèse qui fut retenue était qu'il était entré clandestinement en Corse. Les caméras de la rue Fesch ne donnaient aucune information précise. On le distinguait seulement à son arrivée et à la sortie du musée et quinze minutes plus tard disparaître dans la rue Saint Roch. Entre temps, on savait maintenant qu'il avait parlé à un homme le jour même de son meurtre. Mais le connaissait-il réellement ou n'était-ce qu'un inconnu avec qui il avait eu une discussion désagréable ? Pas d'images de caméra montraient cette rencontre. Puis ensuite on le retrouvait devant l'office du tourisme, près de son hôtel, à dix-sept heures vingt-deux en train de tirer une valise. Il traversait la place de la mairie trois minutes plus tard pour s'engouffrer rue Bonaparte. Puis plus rien. Le commissaire espérait beaucoup que son intervention télévisuelle du début de soirée produirait des effets. Que la mémoire reviendrait à des témoins. Qu'ils allaient se manifester. Il fallait l'espérer.

Le médecin légiste répéta ce que tout le monde savait: le cardinal avait été abattu à bout portant avec un 7,65, certainement un Walther dont nous ne connaissions pas la provenance. Il avait dû se débattre car des traces de poudre apparaissaient sur ses manches et ses mains.

— Maintenant le camion, relança Orsini. D'ou vient-il ?

— De Serbie, chef, répondit le lieutenant Baracé. Mais il a été déclaré volé il y a deux ans !

— Super ! Et ?

— Volé en Italie ! Près de Monte Cassino, Commissaire...

— Un coup de la Camorra ?

— Ça y ressemblerait, chef !

— De mieux en mieux ! Quel merdier !

— L'acheteur serbe du camion était une entreprise de bâtiment fermée il y a un an. Elle était domiciliée à Belgrade. Nous avons pu remonter jusqu'à eux grâce à Volvo. Depuis le vol, le camion avait disparu des radars. Jusqu'au 27 mai où il débarque à Bastia. Le conducteur est un certain Luiggi Forzati de Cascina pas loin de Florence.

— Ok merci. Ce qui veut dire qu'il est venu d'Italie ? Il me faut une commission internationale... Marie-Jo pouvez-vous vous en occuper ?

Une petite blonde d'une quarantaine d'années, bien en chair, acquiesça.

— Et maintenant une famille décimée à Péri, les Busachi. Je veux tout savoir sur ces citoyens-là ! Tout ce qu'on sait à l'heure qu'il est, c'est que l'arme du tueur était un 9mm. Certainement un Beretta…

Une jeune femme prit la parole.

— Je suis allée à la mairie de Péri qui n'était pas encore ouverte...

Quelques rires montèrent de l'assistance. Orsini, lui—même ne put s'empêcher de sourire.

— Vous venez d'intégrer le service, vous saurez qu'en début d'après midi, ça n'a rien de surprenant. Et c'est tout ?

— Non, j'ai pu quand même trouver la secrétaire de la mairie. Les victimes sont toutes nées ici ou dans la région, mais il semblerait que la famille soit d'origine sarde. Mais ça remonte à loin ! C'est tout ce que j'ai sur eux pour l'instant. Mais....

Elle marqua un temps. Un léger silence. D'un seul coup, tous lui portèrent beaucoup plus d'intention.

— ...Figurez-vous qu'un Italien est passé à la mairie hier en fin d'après midi pour savoir à qui appartenait un terrain où broutent une quinzaine de moutons, perdus dans le maquis. Eh bien ce terrain appartient à la famille Busachi.

— Bravo pour votre obstination et votre motivation. Dès demain matin je veux que deux d'entre vous se pointent à la mairie de Péri pour en savoir un peu plus. Bon creusez ! Fouillez ! Déterrez ! Je veux tout savoir ! Ce qu'ils font, de

128

quoi ils vivent, leurs histoires de famille... bref je veux une autopsie psychologique de tout ce beau monde !

Il marqua un temps pour réfléchir.

— Qu'est-ce qui nous reste de positif ? Qu'est-ce qu'on ne voit pas ?

— Il nous reste votre appel à témoin de ce soir, la piste serbe, la piste Monte Cassino, répondit flegmatiquement Olivier. Plus le linge sale du Vatican.

— Oui et qui s'y colle ? Qui veut voyager chez nos amis italiens ?

La nouvelle arrivée leva le doigt.

— Je suis catholique, chef et je parle italien et anglais.

— Ok je veux un rapport au minimum tous les jours s'il n'y a rien, et s'il y a quelque chose, je veux être informé immédiatement. Notez tous que la lieutenant Marie-Annick Baracé est responsable de la piste italienne. Marie-Annick vous passerez au bureau administratif pour votre ordre de mission et tout ce qui va avec. Marie-Jo vous fera ça très bien. Croisons les doigts pour ce soir.

C'est à ce moment-là qu'un agent en uniforme lui apporta un dossier scellé. Celui de la DCRI sur le cardinal Le Feucheur qu'il laissa sur son bureau sans l'ouvrir.

Avant de rejoindre les locaux de Via Stella, il prit soin de prendre avec lui la photo du cardinal pour la passer au banc titre.

AJACCIO — 17 heures 30.
France 3 Via Stella

Aussitôt arrivé à Via Stella, je me précipitai sur une station de montage vidéo. Le rédacteur en chef désirant passer le sujet des meurtres de Péri avant l'intervention d'Orsini, j'avais décidé de réaliser le montage d'une minute en ne donnant pas trop de détails.

Orsini arriva bien avant l'heure pour préparer son intervention. Il savait ce qu'il voulait dire, mais encore fallait-il bien le dire. Il salua d'abord Aurélie Augereau qui allait présenter le journal de la soirée. Ils échangèrent quelques mots et il alla rejoindre la maquilleuse. Il ferma les yeux pendant qu'elle le poudrait. Il essaya de faire le point mais les questions s'entrechoquaient trop pour qu'il puisse en tirer des conclusions. Il se laissa donc aller tranquillement au fond du siège et s'endormit. Dix minutes avant le début de l'émission, une assistante vint le réveiller pour qu'il gagne sa place sur le plateau.

C'est à ce moment-là que je pénétrai dans la salle de régie. Je fis un salut général, mais j'embrassai quand même tout le monde, puis je pris un siège et m'assis.

Je voulais être aux premières loges pour voir et entendre Orsini. Mais je me trouvais bien masochiste d'être là.

Après le générique, Aurélie annonça les gros titres de l'édition nationale, puis les régionales en annonçant la présence du commissaire Orsini sur le plateau. Le premier sujet évoqué fut le sport avec les résultats décevant de l'équipe de foot de l'ACA et des états d'âmes du Président et de l'entraîneur. Avec un titre comme ça, il n'y avait pas de quoi galvaniser les supporters. Le deuxième sujet détaillait un accident de car de touristes normands entre Porto et Evisa qui était entré en collision avec un troupeau de chèvres vagabondes. Enfin arriva celui des assassinats de Peri et l'intervention du commissaire. On envoya mon petit reportage qui restait bien vague et après trois mots d'Orsini à ce sujet il prit la parole pour faire son appel à témoins. Blablabla: Si vous avez vu un homme quadragénaire discuter rue Fesch avec le cardinal Le Feucheur... On montra la photo du mort... sans plus attendre téléphonez à la police... on envoya le numéro vert... et bonsoir à tous. Fin du communiqué.

Je partis de la régie pour attendre la sortie d'Orsini du plateau. Il semblait peu satisfait de lui. Il se gratta la tête et me dit :

— J'espère que ça va marcher car on piétine. On piétine ! Putain ce qu'on piétine. Tu n'as pas une idée toi, qui en as toujours une ?

Je fis non de la tête, la gorge nouée. J'avais l'impression d'être happé par l'horreur de la duplicité. Tout va se savoir. Tout se sait.

Hypocritement je lui ai tapoté l'épaule de la main droite pour le réconforter. De la gauche je me suis surpris à croiser les doigts dans le dos.

AJACCIO — 20 heures.
Port de l'Amirauté

Arrivé sur « Éole », j'ai décidé de rester sur le pont pour boire un verre afin éloigner les mauvaises pensées. L'air était doux, il n'y avait pas de vent sur le golfe et les rayons de soleil tintaient les montagnes d'un rougeoiement apaisant.

Je me suis assis sur une des banquettes du cockpit pour profiter d'un moment de calme. Mais trop de pensées désagréables m'encombraient l'esprit. Pour évacuer le stress je m'étais servi un verre de Pastis que je buvais à petites gorgées quand mon portable se mit à sonner avec la musique du film d'Hitchcock « L'Inconnu du Nord Express » qui correspondait bien entendu aux numéros inconnus. D'habitude je ne répondais pas. Mais pour une fois je fis exception.

— Allo... Allo

— Bonsoir Monsieur Valinco fit une voix nasillarde.

D'abord je crus à une blague. Je reconnus la voix d'ET. Je ne répondis pas tout de suite. Hésitant, j'attendis un moment avant de répondre

— Qui est-ce ?

— Ah vous êtes là ! On m'appelle Nimu... Mais ce n'est pas important.

Silence de ma part ne sachant quel parti prendre. La voix nasillarde reprit.

— Vous êtes là ?

Je compris que cette voix était déformée grâce à un appareil ou un logiciel. On s'en servait parfois en montage pour rendre complètement méconnaissables les voix des témoins qui voulaient garder leur anonymat.

— Oui, oui je suis là !

— Vous êtes suicidaire ?

— Non pourquoi ?

— Avec ce que vient de diffuser Via Stella ? C'est un appel à vous dénoncer ?

— Non, non... L'idée n'est pas de moi... C'est vous qui m'avez envoyé les photos ?

— Exactement... Mais je ne voulais pas vous effrayer... Ni vous menacer... Juste vous prévenir !

— Me prévenir de quoi ? Et que voulez-vous ?

— Moi, rien... Ne prenez pas trop de risques, c'est tout.

— J'ignorais que j'avais un ange gardien !

Mais je ne savais pas si mon correspondant avait entendu ma dernière phrase. Il avait raccroché.

Je ne sais pas combien de temps j'ai ruminé les derniers événements. Beaucoup de questions encombraient mon esprit. D'abord, combien de personnes m'avaient vu rue Fesch, et surtout, le plus important, combien m'avaient reconnu. Heureusement, le disquaire n'était pas sorti sur le pas de son magasin, car lui me connaissait bien. En face, la boutique de souvenirs était assaillie par un certain nombre de touristes étrangers et sa gérante était trop occupée à surveiller tout son petit monde et à répondre tant bien que mal aux questions des éventuels acheteurs. Les caméras ensuite... Je n'avais jamais remarqué où elles se situaient. Avais-je été filmé ? Avais-je été dans leur champ de vision ? Étaient-elles en panne ? Je décidai de me servir un verre de vin rouge et de manger un bout de tomme de chèvre pour chasser l'angoisse qui m'envahissait.

Je devais en être au troisième verre de vin quand le bateau gîta. La douce somnolence qui m'avait enveloppé disparut d'un coup. Je sursautai en distinguant une masse humaine qui se hissait à bord.

— Holà ! Qu'est-ce que c'est ?

J'entendis la voix d'Orsini me caresser les oreilles.

— Hé c'est moi ! Tu dormais déjà ?

— Quelle heure est il ?

— 22 heures et des poussières...

132

— Ah ? Et tu veux quoi ?

Il s'assit sur la banquette.

— Je suis ennuyé tu sais....

Aie. Je me voyais déjà repartir avec les menottes.

— Très ennuyé. Il y a de quoi se poser des questions.

Je me jetai à l'eau.

— Dis-moi tout, au lieu de tourner en rond.

— A peine rentré au bureau après mon passage à la télé, le numéro vert n'a pas arrêté de sonner. Je te passe les détails farfelus. Mon passage a déclenché près d'une centaine d'appels. Les uns ont vu leur voisin, d'autre le prof d'un de leurs enfants, ou un avocat ou même un flic. Bref ! Mais... mais trois personnes qui ont appelé le numéro vert ont vu quelqu'un qu'ils reconnaissaient...

— Vu qui ? Putain accouche !

— Elles ont toutes les trois dit la même chose.

Je commençais à perdre mon sang froid et j'avais hâte que cette comédie cesse au plutôt.

— Tu es venu me le dire ou c'est simplement pour jouer au Cluédo ?

— Ça ne va pas te faire plaisir, tu sais... Si je te dis que c'est un type de la télé ?

Je n'ai rien dit. Rester impassible était mon principal objectif.

Mais je devais avoir malgré moi un regard de coupable. Il me fixait au plus profond...

— Et alors ? Fis-je le plus naturellement possible ! Tu es venu m'arrêter ?

Il parut surpris par ma question, puis éclata de rire.

— Cretinu ! Pourquoi je viendrais t'arrêter ? Rigolo, vas ! Toujours à déconner. Non, je suis venu car je suis très ennuyé. Les trois personnes qui sont restées anonymes ont reconnu Ludo.

— Ludo ?

— Oui Ludovic Sampieri. Ton journaliste de plateau. Qui présente Corsica Sera le week end !

— Ludo ?

133

Je me demandais ce que venait faire Ludo dans cette histoire. Mon Ludo ! Par quel miracle il se trouvait mêlé à cet assassinat.

— Impossible, le week-end, Ludo est de service ! C'est lui qui officie à 19 heures. A l'heure où il a été soi-disant vu, il devait être en train de préparer l'émission dans les bureaux de la chaîne ... C'est n'importe quoi !

— Je me suis dit ça aussi. Alors pourquoi l'ont-ils reconnu tous les trois ?

— Mystère, mais surtout il ne faut pas que ça sorte de chez toi.

Orsini haussa les épaules.

— Bien sûr ! J'ai déjà demandé à ceux qui ont reçu les appels de se taire. Personne dans mon équipe ne parlera.

Il prit un temps.

— Tu es sûr de toi, qu'il n'y est pour rien ?

— Il n'a pas le don d'ubiquité ! Si tu te renseignes, tu verras qu'à cette heure-là, il bossait à Via Stella.

— C'est quand même pas banal, dit-il en se levant... Demain il fera plus clair. On va gratter quand même ! De toute façon on a convoqué les soi-disant témoins, on verra bien !!

Il partit comme il était venu. En disparaissant dans la nuit qui l'enveloppait lentement.

Je n'avais pas bougé, la tête levée dans les étoiles, le regard plongeant dans cette immensité, me laissant absorbé par la voûte céleste. Je m'endormis ainsi.

CINQUIÈME CHAPITRE — JEUDI 1er juin

AJACCIO – 6 heures 30.
Port de l'Amirauté.

Je me suis réveillé avec une petite gueule de bois sur la banquette de bâbord à moitié assis, à moitié allongé. Mon crâne tambourinait comme les basses d'une Rave Partie. Boum Boum Boum. Et malgré le soleil qui inondait déjà le golfe, c'est le visage de Ludo que je vis.

— Putain Ludo, qu'est-ce que tu fous là ???

Pas de réponse. J'ouvris les yeux en grand. Pas de Ludo ! Juste le ciel bleu et le soleil éclatant. La grande voile pliée sur la bôme qui oscillait imperceptiblement au gré d'une petite brise... pffiiit cloc a bâbord, pffiiit cloc à tribord.

Et soudain l'évidence s'imposa. Mais bon sang, mais bien sûr, personne n'avait vu Ludo dans la rue Fesch ! Évident mon cher Watson !

Les trois témoins qui m'avaient croisé rue Fesch et avaient appelé le numéro vert, ne s'étaient certainement pas dit : « Tiens, le type de la télé ». Non, ils s'étaient juste dit : « Je connais cette tête là ! »... Mais qui exactement ? La question restait ouverte. Ce n'est qu'en entendant Orsini sur France3 qu'ils avaient dû faire le rapprochement. Inconsciemment un déclic avait dû se produire : « C'est le gars des infos ! » Le seul qui leur était familier était Ludo qui présentait le journal tous les week-ends. Les autres dont je faisais partie n'étaient que de vagues silhouettes qui se fondaient dans l'identité de Ludo.

Mon pauvre Ludo, la notoriété a parfois des revers !

J'eus quand même une pensée attristée pour Orsini qui avait fondé beaucoup d'espoirs sur son appel à témoin. Mais je me suis senti plus serein. Presque léger.

Alors je me suis préparé un bon petit déjeuner pour réparer les affres de la nuit.

AJACCIO – 7 heures 30.
Hôtel de Police.

Orsini avait mal dormi. Il avait réalisé que c'était vraiment la première enquête de cette ampleur impliquant un État, même si c'était le Vatican, et pouvant avoir des répercussions insoupçonnables. Pourtant il avait eu à résoudre plusieurs dizaines de crimes de sang par armes blanches, par armes de poing et même par armes automatiques de guerre. Il avait vu des femmes violées, égorgées, des adolescents poignardés et même démembrés, des hommes le visage explosé, le ventre ouvert laissant les viscères au grand air. Il lui avait fallu, certaines fois, remonter des pistes jusqu'en Amérique du sud ou en Afrique. Souvent il avait travaillé tard, vu des nuits sans lune en planque dans le maquis, des matins ensoleillés à la morgue, assisté à des enterrements sous la pluie ou par 40 degrés au soleil. Souvent il avait dû, pendant de longs mois, remonter des pistes incertaines. Pourchasser des autonomistes criminels qu'il connaissait parfois depuis l'enfance. Bref il était rompu à ce genre d'exercices, aux longues enquêtes de terrain, à en baver, à en perdre le sommeil, mais jamais il n'avait eu à résoudre ce genre d'enquête. Il avait l'impression d'être englouti dans un autre monde. Obscur. Mystérieux. Alambiqué. La religion lui faisait peur. Toutes les religions.

— Et merde !!! Pourquoi avait-on buté un cardinal venu d'Italie, un des pontes du Vatican, dans la cathédrale impériale. Et où était passée cette putain de valise que le cardinal traînait et qui avait disparu !

Il ouvrit la porte de la salle de réunion. Une quinzaine de visages le fixa. Toute son équipe était réunie, sur le pied de guerre.
— Salut à tous ! J'espère que la nuit fut bonne !

136

Quand la voiture du ministre des Affaires étrangères entra dans la cour du ministère le nombre de voitures avec cocarde l'interpella. Il demanda à l'huissier qui lui avait ouvert sa portière quel était l'aréopage qui avait bien pu envahir son ministère.

— Monsieur le Ministre de l'Intérieur, monsieur le Ministre.

Il monta alors quatre à quatre les marches du perron du ministère en se demandant ce que venait faire ce con-là sur son territoire sans avoir pris rendez-vous ou s'être annoncé.

Il traversa le hall d'un pas rapide et entama les escaliers d'un pas décidé. Il ne salua aucune de ses collaboratrices qui lui faisaient de grands gestes, ignora les huissiers qu'il saluait pourtant individuellement chaque matin, ne s'arrêta ni dans le vestibule, ni dans l'antichambre et ouvrit avec théâtralité la double porte de son bureau.

Eric Détricher se faisait tout petit au fond d'un fauteuil empire. Il ne respirait presque plus. Ne regardait rien. Il priait peut-être.

— Monsieur le ministre de l'Intérieur, quelle surprise... Je ne savais pas que nous avions rendez-vous...

— Ça suffit Bernard... Ne jouez pas au plus malin avec moi...

— Je n'en ai pas la moindre intention, je vous l'assure, monsieur le Ministre. C'est quoi le problème ?

— La Corse. Ajaccio ! Ça vous parle ?

— Ma maison est du côté de Porto Vecchio au cas où vous ne le sauriez pas.

— Arrêtez de m'emmerder Bernard ! Je parlais du camion d'armes de contrebande. Je sais que vous avez la passion de vous occuper de ce qui ne vous regarde pas, que vous avez à tout propos le droit d'ingérence à la bouche, mais là ça dépasse les bornes !

— Ah bon, je ne comprends pas ! fit innocemment le ministre des Affaires étrangères. Qu'est-ce qui vous fait dire ça ?

— Vous savez quand même que la police existe là-bas ? J'ai même un agent de la DRSI sur place... Alors je vous pose la question une fois : est-ce vous qui avez fait buter le Cardinal Le Feucheur ?

— Vous plaisantez Brice... Jamais de la vie !!! Qu'est-ce qui vous fait dire ça ?

— Mon sixième sens... je pense que ça ne ferait pas reculer un ancien trotskiste comme vous de faire éliminer un prélat du Vatican... Surtout de l'Opus Dei.

— Vous allez un peu loin Brice... Nous pensons d'abord à la France. Mes opinions religieuses ne comptent pas.

— Ça va faire rigoler le président, ça ! J'ai un dossier épais comme les vingt et un tomes de l'Encyclopédie Universalis sur cette histoire de camion bourré d'armes de contrebande... lié au crime de la cathédrale impériale d'Ajaccio. Je sais que d'une façon ou d'une autre vous êtes mouillé là dedans ! Vous savez, vous allez sauter Bernard ! Vous allez sauter ! Boum !

CORSE – 7 heures 45.
Mairie de Peri.

Hélène Ceccaldi arriva à la mairie en avance comme tous les jours. Même si la veille, elle s'était couchée tard, ayant reçu à dîner son fils aîné et sa jeune femme. Son mari avait bougonné toute la soirée car ce repas familial lui faisait manquer son émission télévisée préférée et il n'avait pas daigné l'aider pour débarrasser la table, mettre les restes au réfrigérateur et les couverts au lave-vaisselle. Elle avait dû se débrouiller toute seule.

La mairie ouvrait à 9 heures et il n'était pas question d'ouvrir les portes ne serait-ce qu'une minute en retard. L'heure c'est l'heure! Monsieur le maire comptait sur elle, se reposait sur elle. Elle se considérait comme son bras droit. Elle s'installa derrière ce qu'elle appelait pompeusement son « desk » en remettant au passage la pile des prospectus du village qui n'étaient plus bien compactée.

Enfin elle put déplier le « Corse Matin » destiné au maire. Elle espérait savoir ce qui s'était passé la veille dans sa commune suite à la visite de la policière. Mais rien. Nulle information sur les Busachi. C'est quand elle replia le journal qu'elle vit entrer deux hommes qu'elle reconnut tout de suite comme étant des policiers.

AJACCIO – 8 heures.
Hôtel de Police.

Orsini regarda dubitativement la juge d'instruction Maria Martinetti. Assis devant les écrans témoins des deux salles d'interrogatoires, ils ne savaient plus quoi penser.

Les soi-disant témoins ayant cru voir Ludovic Sempieri avaient subi le flot des questions des adjoints du commissaire Orsini. Ils avaient eu droit à des identifications de photos comme au jeu du boneto.

— Est-ce celui-ci ? Ou celui-là ? Êtes-vous bien sûr de l'heure ? Vous y faisiez quoi ?

Lorsque les trois témoins ayant vu Ludovic Sempieri eurent signé leur déposition, Orsini et Maria Martinetti prirent le soin de faire une réunion avec tous les policiers. Il ressortait des auditions que les témoins étaient prêts à jurer sur la tête de leur gamin que c'était bien le journaliste présentateur des infos du week-end de Via Stella qu'ils avaient vu rue Fesch avec le cardinal. Orsini décida donc d'aller à France 3 Corse pour creuser un peu cette histoire et en avoir le cœur net.

Il allait partir du commissariat en compagnie d'Olivier quand le gardien de l'accueil l'interpella pour lui remettre une enveloppe format C4.

Orsini la regarda, elle venait de Paris. Il la retourna pour savoir si l'expéditeur s'était identifié, mais rien n'était écrit.

Le pli était bien à son nom et sa fonction y était indiquée. Voilà longtemps qu'il n'avait pas reçu de courrier de ce genre. Intrigué, il prit une paire de gants en latex dans sa poche tout en se disant que l'enveloppe devait déjà contenir une collection d'empreintes importantes et demanda un coupe-papier. Méticuleusement, il entreprit d'ouvrir de suite l'enveloppe et en tira délicatement une feuille A4 pliée en trois.

Il déplia la lettre avec précaution. Elle était écrite en manuscrit ce qui le surprit encore plus, et commença la lecture.

« Nous apprenons avec plaisir la mort du dit cardinal Le Feucheur. Bien qu'ayant fait partie un moment de ses enfants, nous ne le pleurerons pas.
L'univers a un ordre qu'il faut savoir respecter.
Un jour il faut payer ses fautes et celui qui nous gouverne a choisi ce jour-là. Qu'il en soit remercié. Sa main est généreuse.
Nous espérons sincèrement que l'âme du cardinal brûle en enfer pour des siècles et des siècles.
Amen.
Les Innocenti. »

Orsini se retourna vers Olivier qui vit une grosse ombre de perplexité dans les yeux de son patron.

— Ce n'est pas banal... Lui dit le commissaire. C'est quoi cette farce ?

Il lui montra la lettre et fit appeler l'un de ses hommes à qui il demanda de mettre précieusement la lettre et l'enveloppe à l'abri. Il décida de s'occuper de ces Innocenti plus tard.

AJACCIO – 8 heures 30.
France 3 / Via Stella.

Ce matin-là j'étais arrivé d'excellente humeur à la télé avec une pêche d'enfer et une confiance indestructible en la chance. Je me sentais l'humeur d'un condamné à mort à qui on avait ouvert la porte et les grilles de son cachot la veille de son exécution pour le libérer. Ensuite, il n'y avait pas trop de monde dans les bureaux. A cette heure-là il n'y avait que le personnel nécessaire et Via Stella diffusait des dessins animés plus débiles les uns que les autres. Quand je voyais ça, j'étais au comble de la joie de ne pas avoir d'enfant. J'avais bataillé longtemps pour que l'on diffuse des programmes certes distractifs mais aussi éducatifs. Ouvrir les chères têtes brunes, blondes et rousses à la culture de base n'aurait fait que du bien. De façon ludique certes, mais en profiter aussi pour donner des bases classiques. Inutile de dire que je n'avais pas eu gain de cause au sein de la direction et que l'on continuait à diffuser ces horribles cartoons faits de cris et de bêtises. J'étais donc dans cet état de sérénité quand je me suis assis dans mon fauteuil. Une lettre à mon nom trônait au-dessus d'un tas de différentes paperasses. Celle-là ne ressemblait à aucune autre car l'enveloppe était manuscrite. Il n'y avait que la famille qui le faisait encore ou quelques amis, mais jamais le courrier n'arrivait à mon bureau. Je la retournai pour savoir d'où elle venait. J'en fus pour mes frais, aucun expéditeur n'était mentionné. J'avais pensé un moment que c'était peut-être une demande de stage qui m'était envoyée, cela s'était produit une fois, une seule fois. Après ouverture, je dépliai une feuille A4 manuscrite elle aussi.

« *Nous apprenons avec plaisir la mort du dit cardinal Le Feucheur. Bien qu'ayant fait partie un moment de ses enfants, nous ne le pleurerons pas.*
L'univers a un ordre qu'il faut savoir respecter.
Un jour il faut payer ses fautes et celui qui nous gouverne a choisi ce jour-là. Qu'il en soit remercié. Sa main est généreuse.
Nous espérons sincèrement que l'âme du cardinal brûle en enfer pour des siècles et des siècles.
Amen.
Les Innocenti. »

J'en restai dubitatif, surpris, complètement interrogatif. Qui était derrière cette lettre anonyme ? Qui pouvait vouloir attirer mon attention avec ce pli ? J'étais dans un abîme de perplexités, tournant et retournant mille suppositions.

Machinalement mes yeux se posèrent sur une photocopie avec un post-it émanant de la direction. Même lettre manuscrite. Même écriture. Le post-it disait que c'était arrivé à la direction et concernait certainement l'affaire du « Cardinal ». J'aurais donné ma main à couper que tous les médias de France avaient reçu le même message. Les Innocenti n'avaient certainement pas lésiné sur les frais de timbres à l'heure des mails et des réseaux sociaux.

J'en étais à ces remarques puériles quand déboula Orsini flanqué d'Olivier.

— Alors bien dormi ? Demanda Orsini

— Oui ça va... C'est quoi cette descente ?

— On enquête...

— Tu perds ton temps !

A ce moment-là, Orsini remarqua la lettre que je tenais.

— Je peux la voir ?

— Tu as un mandat ?

Voyant sa mine plus que contrariée, j'ai pris soin de finir ma phrase.

— ... Je déconne... tiens tu peux la lire.

Il n'y jeta qu'un coup d'oeil.

— J'ai reçu la même ce matin, mâchonna-t-il.

Et sans autre commentaire, il disparut dans le couloir, toujours flanqué d'Olivier me laissant seul avec mes interrogations.

Dès qu'ils eurent disparus, la sonnerie du standard sonna.

— Julien, il y a ici une dame qui voudrait te voir.

— Qui ?

— Marie-Agnès Juliani. Elle dit qu'elle te connaît.

Je fis appel à ma mémoire pour savoir qui était cette Marie-Agnès Juliani. J'allais demander au standard qui elle était exactement, quand soudain je me suis rappelé cette fille qui m'avait abordé avant ma réunion chez les frangins. J'avais d'autres préoccupations en tête, mais je décidai de la recevoir malgré tout.

— Fais-la venir !

Trois minutes après une jolie fausse blonde dans une robe d'été rouge très ajustée fit son entrée dans l'open space.

Je me suis levé de mon siège avec un large sourire qui se voulait accueillant pour aller à sa rencontre.

— Vous ne m'avez pas rappelée, dit-elle tout suite. Je vous avais pourtant laissé ma carte.

— Je suis désolé, mais ces derniers temps j'étais un peu débordé....

— C'est dommage... Je pourrais peut être vous être d'un grand secours.

Bon, une chieuse qui veut s'incruster, pensai-je. C'est bien ma veine.

Elle s'assit avant que je ne lui aie proposé.

— J'ai pu suivre les activités du cardinal Le Feucheur depuis quelque temps. Instructif... Je suis sûre que j'en connais plus que vous...

J'ai souri d'abord benoîtement ne sachant pas, pour une fois, répondre devant un tel aplomb.

— Et vous seriez prête à me livrer quelques secrets ? Dis-je avec une pointe d'ironie.

— Bien sûr, si c'est donnant-donnant...

— Et que pourrais-je vous donner ?

— Me laisser vous suivre, vous voir travailler sur l'enquête et m'autoriser à écrire un livre. Vous en seriez le personnage central.

Une sonnerie d'alarme tinta au fond de mon esprit. Par instinct, je me méfiais des mariées trop belles et de la brosse à reluire.

J'allais ouvrir la bouche pour décliner cette aimable proposition quand réapparut Orsini toujours suivi d'Olivier. Il se planta derrière ma visiteuse.

— Tu avais raison...

Marie-Agnès Juliani, surprise par la voix du commissaire, se retourna d'un bond. Orsini qui ne l'avait pas vue, fut tout aussi surpris qu'elle et resta muet.

— Je vous présente le commissaire Orsini, dis-je, au cas où vous ne le connaîtriez pas, et son adjoint le capitaine Olivier...

— ...Vuccino, dit ce dernier, voyant que j'hésitais.

— Et je vous présente Marie-Agnès Juliani, une consœur qui s'intéresse aussi à notre cardinal.

Orsini s'inclina presque pour la saluer. Olivier se contenta d'un sourire.

— J'avais donc raison ? Dis-je pour rompre le silence.

— Oui, oui, ce n'est pas lui, je t'expliquerai. Il faudra que tu passes au commissariat pour parler de la lettre de ce matin, et rapidement...

Il salua Mademoiselle Juliani, me fit un signe de la main et partit toujours suivi d'Olivier Vuccino.

Je me suis mis à répéter mentalement le nom de Vuccino trois fois afin de ne pas l'oublier la prochaine fois.

— Que pensez-vous de l'assassinat du cardinal ? Demandai-je soudainement à ma visiteuse.

Elle ne prit pas beaucoup de temps pour répondre.

— Dans les histoires de trafic d'armes tout est possible, vous savez !

ROME — 9 heures 30.
Commissariat Central.

L'hélicoptère de la gendarmerie d'Ajaccio avait déposé Marie-Annick Baracé, plus tôt dans la matinée, sur l'héliport de la polyclinique Gemelli de Rome où l'attendait l'inspecteur Colona du commissariat central de Rome.

Au nom d'un accord signé lors du traité d'Amsterdam en 1997 puis de celui du traité de Lisbonne en 2007, il était devenu de plus en plus fréquent que les polices des différents États membres de l'UE coopèrent de façon efficace pour résoudre les affaires criminelles où la notion de territoire national s'était élargi à la notion d'espace européen.

Les formalités d'accréditation de Marie-Annick furent donc rapidement transmises à Rome sans que cela pose de problèmes.

Le voyage en voiture entre l'héliport et le commissariat central fut assez rapide. Marie-Annick en profita pour instruire l'inspecteur sur l'affaire qui l'amenait à enquêter à

Rome. En entendant prononcer plusieurs fois le nom du Vatican dans l'exposé, l'inspecteur se sentait très mal à l'aise et devenait de moins en moins chaleureux vis-à-vis de sa collègue française, si bien qu'arrivé à destination l'inspecteur ne répondait plus que par oui ou non.

Son patron l'avait désigné pour être le binôme de la française, et il avait accueilli cette mission avec entrain et détermination. Il avait déjà participé à des enquêtes importantes mêlant grand banditisme et industriels mais de là à se frotter au Vatican, il y avait une frontière que son éducation catholique refusait de franchir.

Arrivé dans les bureaux de commandement du commissariat central, l'inspecteur Colona présenta Marie-Annick Baracé à ses patrons.

Ils se retrouvèrent à sept dans une salle de réunion où Marie-Annick dut refaire l'historique de l'affaire.

Marie-Annick s'efforça de remettre en perspective tous les événements survenus au cours de ces premiers jours d'enquête. Ses interlocuteurs connaissaient bien sûr les épisodes de la mort du cardinal et de la rocambolesque découverte du camion de contrebande d'armes pour avoir échangé plusieurs fois des informations avec le commissaire Orsini mais ils ignoraient les affaires connexes qui s'y ajoutaient.

C'est quand elle mentionna qu'elle souhaitait un entretien avec le père Martrois du Vatican et le colonel commandant des Gardes Suisses que les sourires se figèrent légèrement. Bien qu'étant embarrassé, le chef de la police prit en compte les demandes de la jeune policière et lui promit d'organiser ces entretiens.

Strada Libera Cie — 10 heures 30.

A cet instant précis, Giovanni frappa à la porte de son patron. Il entendit la voix rugueuse de la Baleina lui ordonnant d'entrer. La silhouette imposante assise derrière le bureau était déjà entourée des volutes de la fumée de son cigare.

Giovanni avait voyagé pour son retour de la même façon que pour l'aller. Il avait quitté la Corse le plus rapidement possible en empruntant le même itinéraire. La mer étant légèrement agitée, il avait peu dormi,

La Baleina lui fit un signe.

— Assieds toi fils ! Alors ?

— Alors tout est réglé... il ne reste aucun témoin...

Mais Giovanni eut la mauvaise idée de baisser les yeux, ce qui n'échappa point au sixième sens de son patron.

— Et ? ... Mais ?

— Bon, il y a un gamin qui m'a aidé. On peut lui faire confiance Patron. Il est avec nous et j'ai pensé qu'il pourrait peut-être nous être utile une prochaine fois. Une bonne recrue !

La Baleina tira sur son cigare pour réfléchir.

— De toute façon, il est trop tard maintenant... Prions le ciel ! Et maintenant la suite des événements ? Comment on rattrape cette merde ?

— Je vais aller voir le secrétaire du cardinal et faire un point avec lui !

— Alors ne perds pas de temps! dit simplement la Baleina en le regardant fixement.

Piazza Navona — 10 heures 50.

Jérémy était enfin de retour dans la civilisation. Il avait atterri à Rome trois heures plus tôt et il trouva qu'il faisait frais malgré la chaleur relative du matin. Il n'avait pas cette impression désagréable que ses vêtements lui collaient à la peau, devenaient sa seconde peau. Le voyage avait été long et fastidieux, mais malgré cela, il se sentait léger, heureux, loin des préoccupations dramatiques du sud Soudan. Presque en vacances.

Il avait rendez-vous avec le père Martrois, le secrétaire particulier du cardinal, à 11 heures 30 et il avait décidé de passer ce moment d'attente à se promener dans les vieilles rues de Rome, lentement, tranquillement, l'esprit serein.

La première chose qu'il fit, fut d'aller prendre un capuccino sur la terrasse du café Trescalini sur la Piazza Navona à cinquante mètres de l'église Sainte Agnès.

L'air était doux, loin du climat moite de la région sub-saharienne.

Pendant quelques instants il pensa que la vie était belle.

Il avait traversé le Tibre devant le Château Saint Ange. Chemin qu'il empruntait régulièrement quand il faisait ses études à Rome. Maintenant il entrait dans la via della Concilliazione. Le Vatican se dressait au bout de l'avenue. Il était 10 heures 50. Il était rassuré : il ne sera pas en retard.

AJACCIO — 11 heures.
Hôtel de Police

On était allé chercher les différents témoins de l'affaire et ils attendaient sagement le retour du commissaire Orsini dans l'entrée de l'Hôtel de Police. Il y avait bien entendu les dames de la rue Fesch, Mesdames Renucci et Bardi, madame Fulioni et son protégé Jean-Baptiste Zanetti, et la secrétaire de la mairie de Peri, Hélène Ceccaldi.

Il salua tout le monde à son arrivée et demanda à ce qu'on leur serve une collation pour les faire patienter. Il avait fait prévenir le capitaine Franju qui se tenait raide contre un mur.

Il demanda ensuite à madame Ceccaldi de le suivre dans son bureau. Un sergent lui transmit le portrait robots du visiteur italien qu'elle avait eu le temps de construire avec un des inspecteurs qui était venu la chercher.

Orsini regarda longuement les portraits, les observa sous tous les angles, puis demanda:

— A votre avis, au niveau de la ressemblance avec votre visiteur, quelle note mettriez vous à ce portraits ? De zéro à dix ? Zéro pour pas du tout ressemblant, dix pour parfaitement ressemblant.

— Je mettrais entre sept et huit, monsieur le commissaire.

— Bien ! Ça voudrait dire que c'est assez ressemblant... Maintenant, racontez-moi comment ça s'est passé... Le plus précisément possible... L'heure, ses vêtements, les détails les plus insignifiants possibles peuvent être très utiles.

— C'était hier matin, il était déjà là quand je suis arrivée. Un homme jeune, trentenaire, les cheveux bruns, légèrement bouclés. Plutôt bien habillé, mais ses vêtements étaient très froissés, fripés. Lui mal rasé. Il m'a parlé en français mais avec un accent italien. Il voulait un renseignement sur un terrain de la commune. Il m'a montré une carte routière très précise. J'ai dû aller chercher le grand cadastre pour trouver le terrain. Il appartenait à la famille Busachi... Et je lui ai dit où il pourrait les trouver.

— Il était venu en voiture ? Vous avez vu la marque ?

— Je ne sais pas, je ne l'ai pas aperçue.

Orsini appela un agent pour lui demander de faire quelques photocopies du portrait robot.

Il demanda qu'on réunisse tous les témoins dans la salle de réunion. Étaient présents les dames de la rue Fesch, madame veuve Fulioni et son compagnon Jean Baptiste Zanetti, le père Batiano, l'employée de mairie de Peri, madame Ceccaldi et le gendarme renversé à Grosseto Prugna qui n'avait qu'un bras cassé. Quand ils furent tous assis il distribua le portrait robot à chacun.

— Mesdames Bardi et Renucci, je suis désolé de vous apprendre que l'homme que vous avez cru voir l'après midi du 27 mai discutant avec le Cardinal Le Feucheur rue Fesch, était à cette heure là, à son travail entouré d'une demie douzaine de témoins sérieux et fiables et ce, jusqu'à 21 heures où il a quitté l'avenue Franchini. Je vous demande à tous de regarder attentivement le portrait robot que je viens de vous distribuer. A part madame Ceccaldi, quelqu'un aurait-il croisé cet individu ? Regardez bien ! C'est très, très important ! Monsieur le curé, l'auriez vous croisé ?

Le père Batiano fit non de la tête. Orsini se retourna vers les deux témoins de la rue Fesch.

— Mesdames ?

Elles répondirent aussi par la négative.

— Et vous Brigadier ? Avez-vous eu le temps de distinguer le conducteur du véhicule qui vous a renversé ?

148

Le brigadier regarda intensément le commissaire.

— Oui, il ressemblait à ça !

— Merci Brigadier.

C'est à ce moment-là que JB Zanetti leva la main.

— Oui Monsieur Zanetti, je n'allais pas vous oublier... Dites-moi ?

— Je crois avoir vu cet homme à Rome. Vous savez quand je suis allé chercher les bibles pour le Kosovo.

— Oui, quand vous avez vu le cardinal ?

— Non, non il était passé avant l'arrivée du cardinal. Il était parti quand l'autre est arrivé !

— L'autre ?

— Le cardinal !

— Où aviez-vous chargé ces bibles ?

— Je l'ai déjà dit à votre adjoint. C'était à Rome, à Santa Maria de la minerve. On m'y avait emmené.

Orsini commençait à perdre patience.

— Qui ? Comment ? Bon vous allez suivre le capitaine et être le plus exact possible... Sinon ça ira mal! Mesdames, Messieurs, je vous remercie pour votre aide précieuse et vous pouvez retourner à vos occupations.

Il sortit de la salle de réunion, laissant JB Zanettti aux bons soins du capitaine Vuccino.

C'est à ce moment-là que j'arrivai à l'Hôtel de Police.

« Ah, tu arrives bien, toi... Suis moi dans mon bureau ! » Dit-il m'apercevant. Je ne sais pas pourquoi son ton péremptoire éveilla mes soupçons.

Il s'est assis derrière son bureau, visiblement énervé et me fit signe de prendre un siège.

— alors ?

— Quoi ? Dis-je surpris.

— C'est quoi cette histoire d'Innocenti ?

— Ah, ça... fis-je de la façon la plus détachée possible. Mystère !

— Ne fais pas le con avec moi... je te connais depuis trop longtemps pour voir quand tu te fous de moi.

— Eh... ne t'énerve pas, j'ai aussi reçu une lettre... tu m'as dit la même que toi !

Orsini se leva pour aller regarder par la fenêtre. Il contempla un moment les murs de la préfecture qui renvoyaient le soleil. La chaleur montait doucement à l'intérieur du bureau d'Orsini qui commençait à transpirer dans sa veste de toile.

— Tu ne préfères pas qu'on discute au café Napoléon ? Je t'offre une Piétra.

— Merci, mais je n'ai pas le temps, dit il en haussant les épaules. Mais ne pense pas que tu vas pouvoir te défiler.

— Je ne disais pas ça pour ça.

ROME — 11 heures 15.
VATICAN

Jérémy entra par la porte de la via Sant'Anna. Un garde Suisse vérifia son identité et la liste des rendez-vous avec les membres du clergé. Quand Il eut signé le registre des visites un second garde le prit en charge et le fit monter dans une petite voiture électrique. Ils passèrent devant l'IOR plus connue sous le nom de la banque du Vatican, puis après avoir contourné la basilique Saint Pierre, le garde arrêta sa voiturette devant le Palais de la Congrégation à la façade austère. Il fit descendre Jérémy qui le suivit. Ils traversèrent le grand hall pour se retrouver dans une cour intérieure entourée de colonnades. Le garde alla ouvrir une porte qui donnait sur un large couloir austère agrémenté de quelques peintures religieuses et de six sièges de velours rouge faisant face à une grande porte de bois sculptée. Le garde fit signe à Jérémy de s'asseoir, ce qu'il fit. Une fois seul, il sortit son livre de sa poche et continua sa lecture.

Quelques bruits de voix étouffées parvenaient jusqu'aux oreilles de Jérémy. Le Père Martrois semblait en grande discussion avec un autre homme à la voix plus jeune. Mais Jérémy ne voulant pas être indiscret se replongea dans son roman.

AJACCIO — 11 heures 15.
Grand Café Napoléon.

Je m'étais assis à une table sur la terrasse face à la préfecture. Ici, ce n'était pas le centre du monde, mais presque celui d'Ajaccio. J'avais commandé une grande citronnade pour me désaltérer. La discussion avec Orsini m'avait passablement énervé... Replonger dans la première vie du cardinal ne me procurait aucun plaisir. Mais je ne croyais pas une seconde à cette histoire de pédophile qui me ramenait trente ans en arrière. Il fallait identifier le plus rapidement possible les auteurs de la lettre des Innocenti. Identifier aussi les reproches allusifs de la lettre. Je savais très bien que le cardinal n'avait pas une vie de saint, il était autoritaire, sûr de lui, cassant, voir méprisant mais toujours au service de la religion.

J'en étais à ces réflexions anxiogènes quand une ombre vint obscurcir ma citronnade. Relevant les yeux je reconnus Dominique. Je me suis levé pour l'embrasser comme de coutume.

—Tiens je ne t'attendais plus !!! On devait se voir ?

— Oh toi, tu es grincheux, plaisanta t-il en s'asseyant. J'espère que ce que je vais te dire va t'intéresser.

— Dis...

— La banque du Vatican a d'énormes soucis. Il semblerait qu'on ait découvert un système de blanchiment d'argent et ton cardinal y serait mêlé... Il y a des mouvements de fonds douteux. Enfin, je n'en sais pas plus.

— Je ne te demande pas tes sources...

— Ne me le demande pas... Disons que c'est l'aide fraternelle.

Cette évocation me fit penser à la lettre des Innocenti que je sortis et lui mis sous les yeux.

— Et ça, tu en penses quoi ?

Il prit le papier qu'il lut attentivement.

— Bizarre. Je pense que ça complique les choses...Je peux avoir une copie ?

— Pas de problème !

Il sortit sa tablette de sa sacoche et en fit une photo.

Jérémy lisait. Calmement, posément. Plongé, concentré, dans son roman, il oubliait complètement l'environnement qui l'entourait, même si parfois les bruits de la discussion résonnaient dans le bureau adjacent. Mais il dut s'abstraire d'Alexandre Dumas quand un couple de trentenaires entra bruyamment derrière le garde qui l'avait amené. Ils le saluèrent sommairement, juste par politesse. Jérémy fit un signe de tête puis se replongea dans sa lecture tout en se disant que les Européens oubliaient leurs valeurs, et qu'ils avaient bien tort. Qu'un jour le réveil serait brutal. Mais son regard ne quitta pas les pages du livre.

Marie-Annick Baracé et l'inspecteur Colona prirent un siège tout en continuant de parler mezzo voce. Le rendez-vous avec le père Martrois avait été pris dans la plus grande urgence et l'heure de celui-ci avait plutôt été imposée que négociée. Le commissariat central avait dû passer par le colonel ayant le commandement de la compagnie des Gardes Suisses pour forcer la main à l'assistant du cardinal Le Feucheur.

Les trois visiteurs restèrent un bon quart d'heure à attendre que le prêtre se manifeste. Marie-Annick, à bout de patience se leva pour aller vers la fenêtre qui donnait sur la cour intérieure. Elle maudissait cette façon obséquieuse de traiter les membres du Vatican. Pour elle, ce n'était que des justiciables comme les autres et il n'y avait aucune raison de prendre des gants pour leur poser des questions, même si elles étaient gênantes. Le cardinal avait-il agi seul ou bien toute la hiérarchie couvrait ce crime majeur ? Elle était presque convaincue que le Vatican était mouillé jusqu'au cou dans ce trafic d'armes. Machinalement elle regarda avec intérêt les colonnes pourpres qui soutenaient le péristyle et les loggias qui ceinturaient les étages supérieurs quand la porte du père Martrois s'ouvrit. Elle entendit le bruit de l'huisserie mal huilée et des pas qui claquaient le carrelage en s'éloignant. Elle n'eut que le temps de se retourner pour voir le dos d'un homme assez jeune qui s'en allait. Le père Martrois, un homme d'une cinquantaine d'années, plutôt mince dans le genre ascète, s'avança vers le jeune homme qui lisait en silence. Il lui glissa quelques mots à l'oreille, puis se retourna vers Colona et lui proposa d'entrer. Marie-Annick les rejoignit rapidement pour entrer à la suite du sergent.

Colona avait insisté, lors de la préparation de cette entrevue, pour poser lui-même les questions à l'ecclésiastique, pensant qu'il était plus qualifié que sa collègue française. Elle avait fini par accepter, de mauvaise grâce.

Quand tout le monde fut installé, Colona commença par remercier le prêtre et se présenta ainsi que sa collègue en prenant soin d'insister sur le fait qu'elle était française.

— Mon père vous n'êtes pas sans ignorer que la police française se pose beaucoup de questions... Déjà la mort du cardinal Le Feucheur qui ressemble à une exécution, ensuite la dernière découverte de la gendarmerie française.

— Quelle découverte mon fils ?

Le sergent flotta un moment. Il hésita cinq secondes de trop, cela lui fut fatal. La française reprit la main.

— Un camion bourré d'armes au nom de Pierre Bonel alias Alexandre Le Feucheur.

— Comment cela se pourrait-il ?

Le sergent Colona se tortilla sur son siège et regarda, pour chercher la bonne réponse, le crucifix pendu au mur derrière le prêtre. Mais elle ne vint pas. Alors Marie-Annick se permit d'intervenir de nouveau.

— Nous avons retrouvé un faux passeport au nom de Pierre Bonel, portant la photo du cardinal, avec les papiers d'un camion bourré d'armes de guerre.

Martrois eut l'air surpris.

— Ce n'est pas possible... Ou bien c'est une manipulation. Une grossière manipulation, ma fille.

La française sentit tout de suite les intentions de l'ecclésiastique. Il voulait prendre l'ascendant sur elle. Retourner tout de suite les rapports de force s'imposait.

— Vous pouvez m'appeler lieutenant, monsieur le curé, quand vous vous adressez à moi. Cependant nous sommes très sérieux quand à nos suspicions envers le cardinal. Nous pensons aussi que vous ne pouviez pas ignorer ce trafic illégal puni par la cour européenne... Je préfère vous mettre en garde, il est encore temps pour collaborer.

Martrois devint crémeux, puis blême, enfin blanc. La française se demanda s'il n'allait pas tourner de l'œil, mais il se leva d'un bon et pointa un doigt accusateur dans sa direction.

— Sortez ! Ici vous n'avez aucun droit ! Aucune légitimité ! Sortez !!!

Colona se leva, Marie-Annick dut en faire autant, et ils sortirent rapidement en ouvrant violemment la porte.

— Palle morbide ! Cria presque de rage la française dans le couloir.

Jérémy comme frappé par la foudre regarda les deux flics se diriger vers la sortie. Comment oser proférer de telles paroles en un tel lieu ? Il resta sidéré quelques instants, puis son regard retourna vers la porte du bureau qui resta béante de longues secondes. Il entendit un bruit de voix étouffée. Le Père Martrois passait un coup de téléphone. Enfin il apparut dans l'encadrement de la porte et se dirigea vers lui avec un sourire bienveillant.

— Venez mon fils, nous avons beaucoup de choses à nous dire.

AJACCIO — 12 heures.
Café Pascal Paoli.

Dès que Dominique fut parti du Grand Café, j'ai téléphoné à Maria Martinetti pour lui demander de la voir. Je ne savais pas si Orsini lui avait signalé le courrier du matin, mais j'avais une idée que je voulais lui soumettre. Nous avions décidé de nous retrouver non loin du tribunal, au café Pascal Paoli. Je m'étais installé sur la terrasse, d'où je pouvais voir le tribunal. De nouvelles questions avaient surgi brutalement ce matin et je voulais en avoir le cœur net et mettre mes idées au clair.

Au bout de dix minutes je la vis sortir de la grande bâtisse du boulevard Masserria. Elle descendit rapidement la cinquantaine de mètres qui nous séparaient et arrivée à ma hauteur, me demanda de discuter dans la salle arrière du café pour plus de confidentialité.

L'arrière salle était sombre mais plus fraîche qu'à l'extérieur. Aussitôt assis, je lui tendis la lettre des Innocenti.

— Lisez ça et dites-moi ce que vous en pensez. Je l'ai reçue ce matin à l'aube. Avez-vous reçu la même lettre ?

Elle chaussa ses lunettes et se concentra sur les quelques lignes.

« Nous apprenons avec plaisir la mort du dit cardinal Le Feucheur. Bien qu'ayant fait partie un moment de ses enfants, nous ne le pleurerons pas.
L'univers a un ordre qu'il faut savoir respecter.
Un jour il faut payer ses fautes et celui qui nous gouverne a choisi ce jour-là. Qu'il en soit remercié. Sa main est généreuse.
Nous espérons sincèrement que l'âme du cardinal brûle en enfer pour des siècles et des siècles.
Amen.
Les Innocenti. »

La juge d'instruction releva la tête pour me regarder.

— Non pas du tout... Et vous pensez que ça peut-être une piste ?

— Enfin je ne crois pas. Je pense plutôt à quelqu'un qui veut donner un coup de pouce à l'enquête en l'orientant différemment. Et ce quelqu'un ou cette « association » sait certainement des choses qu'il veut faire connaître et que nous ne connaissons pas... Mais au-delà de ça, je pense aussi que cette lettre nous dit quelque chose d'autre.

— Quoi ? Arrêtez de jouer aux devinettes !

— Le style, les mots, la signature... Inconsciemment, ça m'évoque une loge maçonnique !

— Une loge ?

Je hochais la tête et son regard replongea sur la feuille de papier. Je lui ai alors montré avec mon doigt les mots *univers, entre le blanc et le noir*. Et enfin la signature.

— Vous vous basez sur 3 mots et une signature ?

— Je n'ai que ça, mais ça m'interpelle. Bien sûr il y a le mot *enfants*, mais vous ne lisez pas le mot Dieu, c'est le mot *univers* qui est écrit. Comme le Grand Architecte !

Elle se replongea dans la lecture et fit une grimace.

— C'est un peu tiré par les cheveux, non ? Il y a enfer aussi!

— Peut-être, mais pour l'instant je ne vois que ça ! Le commissaire Orsini penche plutôt pour une histoire de pédophilie... Mais cela me semble peu probable.

— Vous êtes bien sûr de vous ! Des cardinaux pédophiles, on présume qu'il y en a plein au Vatican. Pourquoi pas lui ?

— Parce que ça ne cadre pas !

Elle me regarda dans les yeux et ôta ses lunettes.

— Ah ? Vous en dites trop ou pas assez...

— Je l'ai croisé quand j'étais gamin. Je n'ai jamais remarqué un quelconque geste déplacé ni même équivoque.

— Vous l'avez croisé ??? Et c'est maintenant que vous me dites ça ? Faut-il que je vous fasse citer comme témoin?

— C'est un peu prématuré, non ?

— Tu me déçois mon frère, murmura-t-elle.

Je lui posai un doigt sur les lèvres pour qu'elle n'en dise pas plus. Elle frissonna et moi aussi.

— Chut, ne dis plus rien, s'il te plaît.

Elle fit un signe d'assentiment et disparut.

AJACCIO — 12 heures 15.
Hôtel de Police.

Par étapes successives, le doute avait envahi Orsini. Les ombres des questions sans réponses faisaient le siège de son esprit tourmenté. Tout s'emmêlait à chaque réflexion.

Il leva enfin les yeux vers le capitaine Franju de la DCRI qui attendait patiemment qu'il veuille bien l'écouter. Ce qu'il avait à lui dire était très important. Le commissaire s'extirpa enfin du chaos de ses pensées et revint à la réalité.

— Alors, capitaine, qu'avez-vous à me dire.

— Que vous devriez retrouver le sourire, je retourne à Paris. L'affaire sera suivie désormais par la DGSE.

— Pourquoi la DGSE ? Je commençais à m'habituer à vous...

— Parce que nous avons devant nous une grosse affaire de merde internationale. Une très grosse...

— Ça veut dire quoi ?

— Les armes cachées dans le camion proviennent de Serbie. Une officine de Belgrade qui recycle les armes de guerre du conflit de l'ex-Yougoslavie. La Croatie, la Bosnie, le Kosovo... Il y avait des tonnes d'armes en circulation. Des russes, des chinoises, des américaines, même des françaises aussi. Le camion en notre possession ne représente qu'une petite partie de ce trafic que nous découvrons.

— Comment ça ?

— Nous n'avons récupéré qu'une petite partie des armes légères. Il y a un chargement beaucoup plus inquiétant qui circule. Des automitrailleuses notamment, des lance-roquettes aussi. De quoi faire une vraie petite guerre.

— Et tout ça c'est pour qui ?

— Le Vatican... Enfin c'est l'acheteur. Je doute qu'il ne fasse la guerre lui-même. Quand je dis le Vatican, c'est par extension, il faut plutôt parler de l'Opus Dei. L'argent provient de l'IOR. Il faut savoir que Benoît XVI a mis à sa tête en 2009, Ettore Gotti Tedeschi qui est lui-même proche de l'Opus Deï.

— Putain ! Et ?

— Mes collègues de la DGSE sont partis à la chasse aux trafiquants... Il serait préférable de ne vous occuper que du meurtre du cardinal et de celui de Peri. Laissez l'histoire du camion aux professionnels !

— Mais c'est la même affaire !

— Oui, mais en ce qui concerne le camion, vous pourrez transmettre toutes les informations utiles aux collègues dont je vous laisserai le numéro. De leur côté, pour éviter tout impair de votre part, ils vous communiqueront ce que vous devez savoir pour ne pas semer la merde. Notamment de ne pas aller faire chier le père Martrois.

— Comment ça ?

— Votre lieutenant Baracé sort d'un entretien houleux avec lui en proférant des menaces.

— Je ne suis pas au courant...

— Ça s'est passé il y a un quart d'heure... Vous voyez, nous sommes déjà au courant. Le père Martrois en a tout de suite avisé le Quai d'Orsay. Laissez tomber cette histoire de camion et tout ira bien. Occupez-vous plutôt des meurtres...

Il y eut un trou noir. Orsini ne vit même pas le départ du capitaine Franju. Une sorte de vertige l'entraînait dans un inconscient irrationnel. Son bureau semblait tournoyer sous ses pieds, les deux fenêtres se croisaient sous ses yeux et le soleil éclatait le verre en milliers d'étoiles. Il cala ses mains sur son bureau et s'enfonça dans son fauteuil pour s'empêcher de vaciller. Il voulait crier. Il voulut crier. Mais il ne cria pas. Il ferma les yeux et essaya de rythmer sa respiration pour reprendre le pouvoir sur son corps qui l'abandonnait. Inspirer. Expirer. Inspirer. Expirer.

« Reprends le pouvoir sur toi-même » se disait-il. Inspirer. Expirer. Pendant plusieurs minutes il essaya de revenir de ce délire émotionnel. Il lui sembla remonter lentement des grandes profondeurs marines. Son corps revenait à la surface de la conscience. Il respira mieux, plus lentement, avec moins d'efforts. Alors il ouvrit les yeux. Tout était en place. Le visible comme l'invisible.

Son regard tomba sur la lettre des Innocenti. Il aurait tant voulu la communiquer au capitaine.

ROME — 12 heures 30.
Commissariat central

Sur le chemin de retour du Vatican, ce fut le silence complet. L'inspecteur Colona au volant, faisait la gueule. Le lieutenant Baracé sur le siège passager, faisait la gueule. Arrivé au parking du commissariat central, Colona dut se reprendre à trois fois pour se garer correctement en pestant contre la terre entière, le ciel et les étoiles.

Quand ils entrèrent dans la salle des inspecteurs, ils comprirent tout de suite que tout le monde savait ce qui s'était passé au Vatican. Le commissaire principal leur montra son bureau sans une parole, la foudre était dans son regard.

Ils n'osèrent s'asseoir. Lui, prit le temps de s'installer au fond de son fauteuil.

— Mademoiselle, à peine êtes vous arrivée que vous foutez le bordel au Vatican... Est-ce comme cela dans la police française ? Vous êtes ici en Italie, à Rome, à la Division d'Investigations Générales et Opérations Spéciales! Ce n'est pas l'obscur Hôtel de Police d'Ajaccio!

Marie Annick Baracé ne tenta même pas l'amorce d'une réponse ou d'une excuse. Il continua donc.

— Votre supérieur en a été informé... Mais vous êtes devenue une vedette chez vous, même le ministre des Affaires Étrangères vous connaît maintenant! Quelle apogée foudroyante !

Voyant qu'il s'était levé de son siège dans l'emportement de son admonestation, les bras écartés théâtralement, il se calma d'un coup.

— Vos supérieurs vous laissent continuer votre enquête malgré tout mais si jamais vous étiez tentée de recommencer à mettre Rome à feu et à sang, je vous renvoie chez vous à la nage !!!

Il se pencha sur son bureau et prit quelques feuilles qu'il tendit à la policière française.

— Tenez, voici le portrait robot du tueur de la famille Busachi. Il est italien, vous le savez sans doute. Nous passons nos fichiers criminels à la moulinette. S'il sort quelque chose, vous serez la première à le savoir. Travaillez là-dessus et laissez le Vatican tranquille. Tenez, appelez donc votre patron, il sera ravi de vous entendre.

Marie-Annick n'était pas du genre à reculer devant les problèmes. Elle prit son portable et appela le commissaire Orsini.

AJACCIO — 13 heures.
Hôtel de Police

Son portable sonna. Le commissaire Orsini voyait dans toute personne entrant dans son bureau ou tout appel téléphonique, une menace à sa tranquillité. Il n'avait qu'une envie, fuir. Dire « merde » à tous ces gens qui n'attendaient de lui que des réponses immédiates. Il prit quand même l'appel téléphonique. Le devoir. Putain de devoir.

— Allo...

— Bonjour Commissaire. C'est Marie-Annick...

Orsini voulant rester mesuré mais ferme, sans proférer d'insultes, respira trois fois. Inspirer, expirer... continuer à se contrôler.

— Ah Marie-Annick ! Vous tombez bien !!! Vous croyez que nous n'avons pas assez d'emmerdes pour en rajouter une couche ? Vous voulez nous créer des problèmes diplomatiques avec le Vatican qui est un État souverain ?

— Non Commissaire... Mais...

— Mais quoi bordel ! Qu'est-ce qui vous a pris ?

— Il se foutait de nous avec son air vicelard...

— Qui ça ?

— Martrois, le secrétaire de Le Feucheur. Il a insinué que nous manipulions les preuves, que nous mentions... J'avoue que je l'ai remis à sa place. Je lui ai cité le droit international et dit que le trafic d'armes était passible de la cour européenne de justice et qu'il devait collaborer.

Orsini ferma les yeux... Peser le pour et le contre... Voilà ce qui était important.

— Bon écoutez Marie-Annick, laissons cette histoire de côté pour l'instant, on verra plus tard. Je ne connais pas encore les retombées politiques que ça va produire et les mesures disciplinaires qu'il faudra appliquer. Rien d'officiel n'est tombé. Je l'ai appris par Franju, le type de la DCRI, rien d'autre. Attendons pour voir. Pour l'instant vous restez à Rome et enquêtez sur le portrait robot que je vous ai envoyé, et par pitié ne vous fâchez pas avec vos collègues italiens...

160

Il raccrocha, s'essuya le front et ferma les yeux pour se laisser aller au fond de son fauteuil. Inspirer. Expirer. Noir de l'inconscient.

PARIS — 13 heures 30.
Quai d'Orsay

Le ministre, comme d'habitude, regardait le plafond. Franchement il s'emmerdait dans ce bureau du Quai d'Orsay plein de dorures. Il préférait courir le monde ou les plateaux de télévision... Surtout avec tout ce qui se passait.

Saloperies de flics qui venaient en rajouter dans ce bordel !

De rage, il se saisit du premier dossier qui était sur le bureau et l'envoya le plus loin possible. Il regarda, presque avec satisfaction, le vol plané des feuilles libérées de la chemise de carton rouge, qui doucement planèrent vers le sol... « Les feuilles mortes se ramassent à la pelle »... Il pensa à la chanson de Prevert et Cosma et l'ombre d'Yves Montant se détacha un instant de la porte-fenêtre donnant sur les quais.

Après le chaos du Soudan, s'annonçait le chaos de la Centrafrique. La Centrafrique avec qui il avait tissé des liens privilégiés il y a quelques années. Il était convaincu que le Vatican était en partie responsable en nommant il y a un an presque jour pour jour l'Abbé Dieudonné Nzapa-Inga au poste d'administrateur apostolique de l'archidiocèse de Bangui contre la volonté du clergé local. La population catholique avait été alors laissée à l'abandon par la grève des curés autochtones et le prosélytisme musulman s'était déversé parmi les plus démunis. Et le cardinal Le Feucheur était apparu comme une solution miracle, même si le ministre ne croyait ni aux miracles, ni en Dieu. Et puis tout avait merdé.

Le cardinal avait été assassiné et le camion que celui-ci devait livrer avait été abandonné.

Il était pourtant urgent de reprendre la main, le devoir d'ingérence se faisait pressant. Il était impératif de garder un semblant de stabilité dans ce pays africain, et la France, fille aînée de l'Église, devait malgré tout soutenir le président en place contre ses ennemis politiques et musulmans.

Maintenant le ministre n'avait plus prise sur les événements en Centrafrique et devait composer avec des hommes du Vatican qu'il ne connaissait pas et franchement, ça le faisait chier. On connaissait son langage direct et peu diplomatique.

Il ne lui restait comme seul contact que le père Martrois, ce petit jésuite, qui n'avait ni l'aura, ni les couilles pour conduire une telle opération et qui en plus avait les flics français et italiens sur le dos depuis ce matin.

Il jeta de nouveau un bref regard hargneux au plafond puis chercha un nouveau dossier à envoyer à travers son bureau quand le téléphone sonna.

— Allo oui, dit il sèchement.

— Nous avons un correspondant qui cherche à vous joindre du Vatican, je vous le passe sur la ligne cryptée ? demanda sa secrétaire.

— Bien sûr!

— Allo, monsieur le ministre, ici le père Martrois. Je vous passe monsieur Jérémy Larigaud qui arrive de Bangui.

AJACCIO — 13 heures 30.
Café Pascal Paoli.

Le patron du café venait de me servir mon café quand mon téléphone vibra. La juge Martinetti était repartie depuis une bonne demi-heure me laissant seul dans la fraîcheur de l'arrière salle pour avaler une salade Corsica.

En prenant mon téléphone je vis rapidement que c'était mon rédacteur en chef qui m'appelait.

— Ouais, fis-je peu aimable.

— Qu'est ce que tu fous depuis ce matin bordel ?

— J'enquête sur une lettre que j'ai reçue, que tu as reçue et que la police a reçue. Que toute la France a reçue. Tu es au courant ? Tu as eu la même…

162

Les conversations s'arrêtèrent autour de moi et je m'aperçus que j'avais élevé la voix. Je mis ma main devant la bouche pour continuer à voix basse.

— Voilà ce que je fous, cucuzzi ! Je viens de voir la juge d'instruction, qui, elle, n'a rien reçu, et qui plane complètement. Maintenant si tu veux que je vienne glander au bureau, ok!

— Calme-toi, je ne savais pas ! C'est quoi cette lettre ?

— Elle doit être dans le tas de papiers qui s'empilent sur la droite de ton bureau. Tu n'as qu'à fouiller !

J'allais raccrocher quand je vis les jambes d'une femme me boucher la vue. Je relevai la tête pour voir Marie-Agnès Juliani s'asseoir devant moi.

— Qu'est-ce que vous foutez ici ? Dis-je agressif.

— Vous ne deviez pas m'appeler ?

— Peut-être... Vous me suivez ?

— Il le faut bien, sinon je serais toujours à vous attendre à l'entrée de la télévision !

Elle commençait à me gonfler grave, celle-là, et aujourd'hui ce n'était pas la bonne journée. Pour avoir la paix, je tirai la lettre des Innocenti de mon dossier pour lui mettre sous les yeux.

— Tout le monde a reçu ce message ce matin !

— Et ?

— Vous qui connaissez si bien le cardinal Le Feucheur, vous les connaissez, vous, ces « Innocenti » ?

Elle me fit un sourire désarmant qui sentait le fabriqué.

— Non je le regrette !

— Vous ne savez rien, oui ! Dis-je en rangeant la lettre dans ma sacoche.

Elle fit la gueule. Puis eut un petit sourire en coin.

— Bon, dis-je en me levant, je dois passer voir ma soeur au village ! Vous voulez peut-être m'accompagner aussi ?

— Volontiers, dit-elle en se levant aussi. Je serais heureuse de faire la connaissance de votre soeur... Non, je plaisante.

AJACCIO — 13 heures 45.
Hôtel de Police

Le médecin était arrivé quinze minutes après l'appel d'Olivier qui avait trouvé son patron affalé sur son bureau dans un état presque inconscient. Comme il n'était pas médecin il préféra appeler le praticien le plus proche du commissariat. Quand ce dernier arriva, le commissaire avait retrouvé ses esprits mais il tenait à peine debout.

On lui prit sa tension, on lui regarda les yeux, on lui fit même une prise de sang ce qui prouvait qu'on ne prenait pas l'incident à la légère. Le médecin conclut que le commissaire était en état d'hypertension avec une tension de 19/11. Il lui prescrit du Temerit et lui conseilla d'aller voir son cardiologue le plus rapidement possible et de prendre du repos. Le commissaire acquiesça tout en sachant qu'il n'en ferait rien. Peut-être prendrait-il les médocs prescrits, mais il était moins sûr de consulter son cardiologue et tout à fait sûr de ne pas prendre de congés.

Il régla le médecin et reprit son travail comme ci rien ne s'était passé.

Voilà cinq jours qu'on avait découvert le corps du cardinal et une nouvelle fois il essaya de faire le point. Mais son esprit vacillant n'arrivait pas à se concentrer autant qu'il le désirait.

La seule piste qui lui semblait la plus tangible, la plus sérieuse était celle de l'Italien. Il était persuadé que c'était lui, le tueur de Péri. Mais était-ce le tueur du cardinal ? Il en était franchement moins sûr. D'après les scientifiques l'arme n'était pas la même. Le cardinal avait été tué avec un 7,65, et la famille Busachi avec un 9mm. On savait que c'était un Walther qui avait abattu le cardinal et pour les Busachi, on penchait pour un Beretta...

Il se demanda ensuite s'il avait eu raison d'envoyer à Rome cette jeune recrue, même si elle avait l'air prometteuse. Tout ne s'apprend pas en faculté de droit, ni à l'école de police, si doué soit-on. Peut-être aurait-il fallu envoyer un policier plus aguerri, connaissant bien les règles internationales. Mais il était trop tard maintenant.

Orsini se plongea de nouveau dans son dossier en essayant de sortir un élément factuel. C'est à ce moment-là que la juge d'instruction entra dans son bureau, sans même frapper à la porte.

— Vous allez mieux ?

— Oui, merci. Que puis-je pour vous ?

— Me faire une copie de la lettre des Innocenti.

Ce qu'il fit bien volontiers.

PAYS AJACCIEN — 13 heures 45.
Sur la route d'Olmeto.

Avant de quitter Ajaccio, j'avais acheté quelques gâteaux pour ma soeur. Elle était beaucoup plus jeune que moi et je n'avais pas gardé beaucoup de contact avec elle ces derniers temps. Elle était restée assez catho alors qu'il y avait longtemps que je ne croyais plus en rien. Nos chemins avaient beaucoup divergé depuis son adolescence et je ne savais pas quelle serait sa réaction quand elle me verrait arriver après ces années de silence. Mais malgré tout je préférais lui faire la surprise de ma visite.

Je passais le col Saint Georges sans vraiment savoir encore comment j'allais l'aborder. Elle s'était pratiquement retirée du monde après son retour d'Afrique pour vivre dans la maison de nos grands parents. Son travail avec des enfants à la mairie du village d'Olmeto lui permettait juste de vivre. Elle habitait maintenant seule avec son fils qui ne devait pas avoir plus de neuf ou dix ans. On ne sut jamais qui était le père de l'enfant. Cela restait un mystère entier. Ma soeur, Élisa, avait disparu des écrans radars à l'âge de 19 ans et réapparu quatre ans après avec un enfant café au lait de dix mois. Ma mère, à l'époque, eut beau essayer de savoir, de comprendre, mais rien n'y fit. Silence radio. Tout ce que nous savions était qu'elle était partie au Tchad pour une organisation caritative chrétienne. Celle du cardinal Le Feucheur.

Je ralentis à l'entrée de Grosseto. Souvent les gendarmes planquaient dans le coin pour aligner les fous du volant. C'est ainsi qu'ils avaient rencontré le présumé tueur de Peri il y avait quelques jours. Mauvais moment, mauvais endroit. A la sortie du village, je repris ma route en roulant un peu plus vite qu'il n'était autorisé. Les virages s'enchaînaient avec une régularité monotone même si le paysage était magnifique. Des haies de feuillus persistants alternaient avec de grandes trouées sur la vallée du Taravo. Un coup à droite, un coup à gauche. Parfois une ligne droite de trois cents mètres venait interrompre le ballet des virages, mais je restais vigilant, connaissant le goût particulier de certains de mes compatriotes à dépasser, beaucoup plus que moi, les vitesses convenues.

Après quarante-cinq minutes de route, Olmeto était annoncé à deux kilomètres. Après avoir traversé le village, je pris la route qui descendait vers la source thermale de Baracci. A cinq cents mètres, je m'arrêtai devant une vieille bâtisse de pierres ornée d'une glycine mauve, d'un bougainvillier et de quelques grands lauriers roses bordant le chemin d'entrée : notre maison familiale. Elle n'avait pas changé, et je pouvais constater qu'elle était bien entretenue. Les volets étaient repeints et les murs propres. Sur ce côté de la route, les maisons n'étaient pas très éloignées de la chaussée, et derrière les bâtisses, des jardins descendaient en pente plus ou moins raide vers la vallée où se trouvaient les sources de Baracci.

Une petite Peugeot verte stationnait sur le chemin. Je me doutais que ma soeur devait être chez elle, car Je savais qu'elle s'occupait des enfants après les heures scolaires.

ROME — 13 heures 45.
Commissariat Central

Marie-Annick Baracé et son collègue Colona s'étaient attaqués aux fichiers des délinquants italiens. L'inspecteur Colona avait programmé sa recherche : âge, cheveux, yeux, corpulence... Bref, tout ce qui pouvait être programmable. Ils espéraient tous les deux que le portrait robot était le plus ressemblant possible à l'individu qu'ils cherchaient et qu'ils le trouveraient dans la base de données. Mais les visages et les noms défilaient rapidement sans succès sur l'écran. Toute leur attention était prise par ce casting de profils peu recommandables. Parfois ils revenaient en arrière pour s'assurer qu'ils ne passaient pas à côté du suspect, mais aucune correspondance ne se faisait. Le portrait robot transmis par Orsini étant imparfait, ils savaient qu'ils devraient interpréter les résultats de la recherche. Mais rien de ressemblant de près ou de loin n'apparaissait sur l'écran.

AJACCIO — 13 heures 50.
Hôtel de Police

Orsini attrapa le téléphone du bureau et fit le numéro du portable du capitaine Franju.

— Dites-moi capitaine, vous êtes toujours là ? ... Bon, avez vous entendu parlé des Innocenti ?... Non ? Pourriez vous passer à mon bureau, je voudrais vous demander quelque chose. Ok, merci, je vous attends !

OLMETO — 13 heures 50.
Maison familiale.

Je frappai à la porte en chêne, faite paraît-il par mon grand-père maternel, c'est ce qu'on nous avait, du moins, toujours raconté. Ma soeur ouvrit presque tout de suite. Elle n'avait pas changé, son visage n'avait subi aucune trace du temps, son corps était resté celui d'une jeune femme et sa robe était lumineuse comme son regard.

Elle fut très surprise de me voir dans l'encadrement de la porte comme si j'étais un revenant.

— Julien !!! Que fais tu-là ?

Je lui tendis le carton de gâteaux.

— Juste venu te voir...

167

— Entre... Ne fais pas attention au désordre... dit-elle machinalement comme toujours dans ces sortes de moments.

L'intérieur de la maison avait rajeuni. Il y flottait comme un air de printemps avec des touches de couleur parme et bleu clair. Le soleil semblait rentrer plus qu'il ne le faisait autrefois, pourtant dans mon souvenir je trouvais la maison sombre. Au mur, les bondieuseries d'un autre siècle avaient disparu.

Son fils dessinait avec application sur la table de la cuisine. Un coup de crayon par-ci, un coup de gomme par-là. Absorbé par son travail, il ne me remarqua même pas. Je fis un effort surhumain pour me rappeler son prénom en ayant l'impression de balayer tous les prénoms exotiques de la planète, mais à cet instant, il releva la tête pour s'exclamer : « oh, c'est tonton Télé ! ». Au sourire gêné que fit ma soeur, je compris que c'est ainsi qu'on m'appelait ici.

— Dis bonjour à tonton Julien, chéri.

Elle aurait pu l'appeler par son prénom, ça m'aurait arrangé le coup. Il se leva pour me faire la bise, comme son prénom ne me revenait toujours pas, je dis sobrement : « Bonjour mon grand, Je t'ai apporté des gâteaux !

— Il ne fallait pas, dit-elle, comme on dit toujours aussi dans ces moments-là. Golmem, dis merci à tonton.

Je m'approchai de lui pour lui faire la bise. Il me dit merci gentiment comme lui avait demandé sa maman. Golmem, voilà, c'était son prénom !!! Golmem ! Je me souvins que cela voulait dire quelque chose d'apaisant quand Élisa nous avait présenté le bébé. « Console-moi » peut-être ou un truc comme ça. Je jetai machinalement un regard sur son dessin. C'était un mouton tout blanc au milieu du désert... ou de la lune. Je me suis demandé s'il avait lu « le Petit Prince » ou si ce n'était qu'un souvenir du désert, quand la voix de ma soeur me tira de ma réflexion.

— Tu veux boire quelque chose ?

— Non merci, dis-je, alors depuis le temps, comment vas-tu ?

— Ça va je me débrouille. Les gens sont gentils et j'ai un travail sympa... Pas comme toi !

J'ai ri bêtement.

— Comment ça pas comme moi ?

— Ce n'est pas toi qui t'occupes de la mort du cardinal Le Feucheur ?

Elle m'amenait la raison de ma venue sur un plateau. Moi qui pensais déployer d'intelligentes manœuvres pour en arriver là, je fus comme soulagé.

— Si, si dis-je. C'est une affaire compliquée. Il semble qu'il soit impliqué dans un trafic d'armes... Pas clair.

— De toute façon c'était un salaud... une ordure ! dit-elle.

— Je sais, tu me l'as déjà dit quand tu es revenue. Tu crois que beaucoup de gens pourraient se réjouir de sa mort ? Comme toi ?

Elle se raidit imperceptiblement. Elle semblait soudain être sur ses gardes. Elle se mordit le coin de la lèvre inférieure comme elle le faisait enfant quand elle était prise en défaut.

— Je ne sais pas !

Son regard partit loin d'un seul coup. Sûrement dans les poussières du Tchad et des villages abandonnés de tous. Combien de morts avait-elle vus ? Combien de cadavres? Combien de mères anéanties ? Combien d'orphelins ?

Dans ses yeux, les vents des sables du désert balayaient ses souvenirs.

— Lisa ? Lisa, crois-tu que quelqu'un lui voulait du mal ?

Je tendais insidieusement une perche.

— Des innocents comme toi ? Insistai-je.

— Peut-être, je ne sais pas, vraiment pas ! Répondit-elle après un temps.

— Vous étiez beaucoup comme toi là-bas ?

Elle haussa les épaules et répéta les mêmes mots.

— Je ne sais pas... oui peut-être... C'est loin maintenant.

Je lui pris la main pour la rassurer.

— Je comprends... Je comprends.

Doucement je lui mis la lettre des Innocenti sous les yeux.

— Tu as une idée qui pourrait envoyer ça ?

Elle lut attentivement en fronçant les sourcils et en tortillant une de ses mèches de cheveux, ce qu'elle faisait déjà enfant quand le stress la gagnait. La connaissant, je compris qu'elle pouvait connaître ces Innocenti là.

— Non, dit-elle en se levant brusquement. Si nous allions voir papa et maman ?

La pensée d'aller au cimetière ne me réjouissait guère. Non pas que je n'aimais pas les cimetières, j'y ai toujours trouvé une magie apaisante, toutefois je n'avais pas besoin d'aller là-bas pour penser à eux. Pourtant je vis que l'idée lui plaisait et je voulus la satisfaire.

— Comme tu veux. Pourquoi pas !

ROME — 14 heures.
Strada Libera Cie

La Balena fulminait. Son cerveau tournait à deux mille tours. Le Père Martrois venait de le prévenir que la police était à la recherche des commanditaires du camion retrouvé en Corse et qu'il semblerait qu'elle était sur la piste du tueur de la famille Busachi qui avait été un moment les receleurs de ce camion. Mauvaise nouvelle, Giovanni Cabrini avait croisé les policiers dans le vestibule du Vatican et ils risquaient de remonter jusqu'à lui. La Balena mit rapidement un stratagème en place et passa plusieurs coups de téléphone. Beaucoup de sociétés lui devaient prospérité et tranquillité dans un environnement parfois délicat.

La Balena appela Giovanni afin qu'il le rejoigne dans son bureau. Dix secondes plus tard, Giovanni entra.

— Fils, il faut couvrir tes fesses !

Giovanni aimait beaucoup que son patron l'appel « fils » ce qui montrait combien il l'estimait. La seule chose qui l'inquiétait était la fin de la phrase.

— Oui ?

— Tu as croisé des policiers en sortant du bureau du Père Martrois. Ne pensons pas que ce sont des imbéciles. Je veux que tu aies un alibi pour le temps de ta virée sur l'île de beauté. D'abord tu étais dans les Pouilles à Bari en

170

livraison avec Marco chez les Palizzi. Les dates correspondent. Nous allons aussi leur donner les preuves...

— Comment ?

— Les Palizzi sont au parfum... Ils vont nous faire parvenir des photos qui ont été prises avec et sans Marco. Tu vas filer rapidement aux Studios Photo Oriolo. Ils sauront quoi faire. De même j'ai demandé à la compta de me sortir les notes de frais engagées par Marco, pour blinder les choses de ce côté-là! Plus vite c'est fait, mieux ce sera.

Giovanni comprit vite les enjeux de la partie. Avoir un alibi.

Sur le chemin des studios, il pensa aux témoins qui pouvaient le démasquer. Ils n'étaient pas nombreux, juste le petit Zittu et la secrétaire de la mairie de ce petit village. Ah, aussi le vieux de l'entreprise Kaliste! Ça en faisait trois. Sinon il avait bien pris soin de porter à chaque fois des gants. Des gants de conduite sportive. Pas de trace d'empreintes digitales. Nulle part.

AJACCIO — 14 heures 10.
Hôtel de Police

La porte du commissaire Orsini étant ouverte, Le capitaine Franju frappa et entra.

— En bas, on m'a dit que vous aviez eu un malaise après mon départ...

— C'est rien, simplement le cœur d'après le toubib. Le stress, sûrement, de cette enquête qui n'avance pas. En ce moment, je ne dors plus.

— Vous ne devriez pas vous impliquer autant... alors, c'est quoi cette histoire d'Innocenti ?

Orsini prit la première feuille qui était devant lui et la tendit au flic de la DCRI.

— Ça... Vos collègues parisiens ne vous en ont pas encore parlé ? Il parait que c'était dans toutes les rédactions du matin. Il y a bien un journaliste qui a fait son travail et appelé vos patrons ?

Le capitaine lut et relut la lettre.

— C'est quoi cette connerie ?

171

— Des illuminés ? Des victimes ? Des vengeurs ? Je ne sais pas moi... répondit Orsini.

— Je n'ai jamais entendu parler de ces gens là !!!

Le capitaine sortit son portable et appela le boulevard Mortier, siège de la DGSE.

OLMETO — 14 heures 15.
Cimetière

Nous avons marché en silence jusqu'au cimetière qui était situé en dehors de la ville. En silence ou presque. Golmem, entre nous, nous tenait la main et tous les cent mètres me demandait : « Ça va tonton ? » Et invariablement je lui répondais : « Oui, ça va mon grand, ça va ! » Je pensais que les enfants étaient comme les chiens. Toujours omniprésents comme s'ils avaient peur d'être oubliés. Ou bien, peut-être, avaient-ils un grand besoin d'être aimés. Nous avons ainsi remonté la route de Baracci jusqu'à la nationale à la sortie d'Olmeto. Nous descendîmes alors deux cents mètres pour arriver au cimetière accroché à la montagne. Les sépultures faisaient face à la mer, en contrebas, comme pour guetter les vivants qui viendraient du monde marin rendre hommage au peuple montagnard. Lisa arrangea son bouquet dans un vase qui devait se trouver là en permanence. Elle fit son signe de croix, imitée par son fils. Moi qui n'étais pas venu parler à Dieu mais rendre visite à mes parents défunts, je m'abstins de toute démonstration religieuse. Le soleil encore haut dans le ciel, illuminait le lieu de façon éclatante. Alors, je me suis mis dos à la sépulture et j'ai regardé devant moi.

En bas, le golfe dont nous portions le nom, miroitait de cette couleur limpide, puis Propriano, une station balnéaire sans réelle personnalité, et plus loin, plus haut, dans la montagne en face, scintillaient les maisons de Sartène comme des diamants dans leur écrin de verdure et de rochers. Alors une vague d'émotion prit mon cœur pour le submerger.

— Ça va tonton ? Dit Golmem, inquiet, en me pressant la main.

— Ça va mon grand, ça va.

— Je voulais te remercier, dit Lisa tout d'un coup.

— Pour ?

— Pour m'avoir laissé la maison de Minna et Missia.

— Je trouve ça normal, tu en avais besoin.

— Tu as eu pitié de moi ?

J'ai haussé les épaules.

— Pas du tout. C'était simplement normal.

— Tu te sens coupable de ce qui m'est arrivé ?

— Je ne dirais pas ça comme ça ! Pourquoi ?

— C'est toi qui m'as donné le contact avec Le Feucheur pour que je parte au Tchad.

— Si je ne te l'avais pas donné, tu aurais trouvé un autre moyen pour partir. Au moins, lui, je le connaissais.

Derrière mon dos je sentais la pierre du caveau de nos parents. Presque rassurante.

— Tu t'en es voulu ?

Dans ces cas-là, la vérité est la meilleure chose à dire.

— Oui, bien sûr !

Elle me regarda avec une immense tendresse. Elle était très belle malgré la dureté de la lumière crue de ce début d'après midi. Des ombres noires découpaient son doux visage sans l'enlaidir. Elle semblait encore si juvénile malgré ses trente-cinq ans. Je me suis demandé un court instant quelle était sa vie de femme. Souvent je m'étais posé cette question que j'évacuais à chaque fois, pensant que cela ne me regardait pas.

Je lui pris la main en souriant.

— J'espère que tu vas bien... Que la vie n'est pas trop dure pour toi.

— Arrête, veux-tu ! Arrête ! Ça va, on ne peut pas revenir en arrière. Jamais.

Puis, elle sourit comme pour s'excuser des mots prononcés et m'enlaça.

ROME — 14 heures 45.
Commissariat Central

Cela faisait une bonne heure que l'inspecteur Colona et, le lieutenant Baracé étudiaient les fichiers du banditisme de la péninsule et rien de satisfaisant ne sortait de leur recherche. Marie-Annick proposa à son collègue de faire une petite pause afin de se rafraîchir les neurones. Elle alla à la machine à café au bout du bâtiment pour se servir une barre de céréales et un expresso. En revenant à la cellule informatique, elle eut soudain un flash, en entendant ses pas résonner sur le carrelage : l'image d'un homme s'en allant dans le couloir du Vatican s'imposa soudain.

Elle l'avait entrevu de dos, et sa chevelure bouclée très brune était un des éléments constituant son souvenir.

Arrivée au poste informatique elle interrompit Colona qui croquait un sandwich salami salade en lui demandant s'il se souvenait de l'homme qui les avait précédés dans le bureau du père Martrois.

Il fit des efforts de mémoire pour se rappeler le moment où le gars était sorti du bureau. Le gars ! Pour lui, avoir pensé à l'inconnu en ce terme-là, signifiait qu'il était jeune. Jeune comme l'italien repéré en Corse. Premier point. Plutôt grand, ils étaient d'accord sur ce point aussi. Bien habillé aussi. Élégant. Ils se mirent d'accord là aussi.

— Maintenant Colona, fais un effort. L'as-tu vu de face ?

Il ferma les yeux. Il avait horreur de réfléchir le ventre vide. Il prit sur lui pour se rappeler s'il avait vu son visage.

— Non de profil tout au plus, finit-il par sortir.

— Bien sergent ! Allez, encore un petit effort ! Son nez ? Ses yeux ? Sa bouche ?

Il replongea dans les secondes où l'homme le frôla presque.

— Il mettait ses lunettes de soleil... Il avait un parfum masculin assez fort. Genre Brut de Faberger.

— Je ne connais pas. Et puis son parfum, on s'en fout un peu ! C'est son visage qui m'intéresse.

— Les odeurs c'est aussi important !

— Oui pour les chiens policiers... Alors ça te revient ?

174

— Non !

Et il se ferma comme une huître.

— Vous avez un portraitiste ici ?

Il haussa les épaules ne sachant pas s'il valait mieux se taire ou dire ses quatre vérités à cette pimbêche française. Mais il prit son téléphone et appela Sergio, le portraitiste.

Ils descendirent quatre à quatre les marches qui les séparaient de l'étage inférieur et déboulèrent dans l'espace de Sergio.

Sergio était un jeune mec décontracté qui n'avait pas l'air de s'encombrer de formalisme. Les pieds nus sur son bureau, il parcourait une liasse de documents, tous urgents d'après les tampons rouges qui apparaissaient sur les premières pages.

— Que puis-je pour vous ?

Ils eurent beaucoup de difficultés pour expliquer ce qu'ils désiraient. Sergio comprit rapidement qu'il ne pourrait pas se servir de la technique du « flap chart », c'est à dire le montage de plusieurs cartons illustrant les différentes parties du visage, qui permettait de reconstituer de façon sommaire le visage d'un suspect. Ni de se servir du logiciel de reconstitution faciale. C'était bien la première fois qu'on lui demandait de reconstituer l'arrière d'une tête.

Seule Marie-Annick, faisant appel à sa mémoire, put donner quelques renseignements sur ce qu'elle avait entrevu. Des cheveux très bruns frisés, mais pas trop. Il fallut toute la dextérité de Sergio pour sortir une nuque correspondant à ce qu'avait cru voir la française. Une fois celle-ci satisfaite, il imprima son travail.

Les deux policiers remontèrent rapidement les marches des escaliers conduisant à leur bureau. Ils sentaient qu'ils tenaient un début de piste. Le présumé assassin était bien à Rome. Une porte s'entrouvrait.

AJACCIO — 15 heures 20.
Hôtel de Police

Le commissaire Orsini et le capitaine Franju n'avaient pas reçu de réponse concrète de la part de la DGSE sur l'existence de ce groupe des Innocenti. Ce dernier élément remettait en cause le départ du capitaine Franju dans ses bureaux parisiens. Il trouvait plus judicieux de rester sur place et apporter toute l'aide possible à la police locale.

Franju était monté dans les bureaux ajacciens de la DCRI avec l'original de la lettre des Innocenti pour l'étudier avec ses collègues.

Le téléphone d'Orsini sonna. Le lieutenant Baracé lui annonça qu'elle venait de lui envoyer un mail avec en pièce jointe un portrait de la nuque d'un suspect.

— La nuque ? Décidément, vous ne faites rien comme tout le monde, vous ! Maugréa-t-il. Une nuque ? Que voulez-vous en faire ?

— Demandez à la secrétaire de mairie de Péri si elle reconnaît la nuque de son visiteur italien. Je n'ai que cette piste là pour l'instant.

Il vérifia sa boite mail et vit tout de suite que le message de son équipière était arrivé. Il ouvrit la pièce jointe pour admirer le derrière d'une tête à la chevelure noire bouclée.

Il chercha dans les rapports le numéro de téléphone de la mairie de Peri et le composa. Il expliqua à la secrétaire qui avait décroché qu'il lui envoyait un mail en urgence avec une pièce jointe : un croquis de la nuque de son visiteur italien. En disant cela, il transmit la page du crâne du suspect. Après une bonne minute de silence, Hélène Ceccaldi poussa un cri.

— Oui, c'est lui !!!

Le commissaire resta sceptique.

— Vraiment ? Vous êtes sûre ?

— Certaine, c'est bien lui !

Il raccrocha après l'avoir remerciée chaudement.

Il rappela immédiatement M.A Baracé sur son portable pour lui annoncer la bonne nouvelle.

— C'est lui !

J'avais pris congé de ma soeur Élisa, et du petit Golmem pour reprendre la route d'Ajaccio. Ce fut une courte visite, mais elle m'avait fait chaud au cœur. J'avais le sentiment qu'elle avait retrouvé une sorte de sérénité même si le fond de son âme était encore tourmenté. Elle avait voulu couper le cordon ombilical avec nos parents pour s'enfuir dans le désert tchadien en étant active au sein de l'ONG de Le Feucheur et elle était revenue de ce pays, mère d'un gamin des sables à la peau brune pour se rapprocher de ceux qu'elle avait fuis à son adolescence.

Maintenant j'étais presque sûr qu'elle allait régulièrement sur leur tombe pour combler l'absence qu'elle leur avait infligée. La douleur qu'ils avaient portée, ensemble. Ils étaient partis sans rien savoir de l'histoire de leur fille. Un grand trou vide dans leur vie de parents.
Pourtant ils avaient souvent essayé de comprendre.

Jamais elle n'avait fait allusion aux années passées dans les terres africaines et, pour ma part, je n'ai jamais voulu être indiscret avec cette expérience que je savais douloureuse. Quelque chose d'important s'était passé dans cette contrée désertique. Mais quoi ? Bien qu'ayant tenu Le Feucheur pour responsable de la dépression d'Élisa à son retour d'Afrique, il ne serait plus là pour répondre aux questions que je lui avais posées le jour de sa mort. Qu'était-il arrivé à ma sœur ? Je ne me sentais pas la légitimité de la questionner. J'étais toujours maladroit dans l'expression de mes sentiments familiaux.
Que cachait-elle derrière ses grands yeux tristes ?
Y avait-il d'autres enfants perdus comme elle... Des innocents ? Des Innocenti ?

La route tournait à droite, tournait à gauche. Tournait toujours.

AJACCIO — 15 heures 45.
Hôtel de Police

La découverte du lieutenant Baracé à Rome donna un coup de fouet et un regain de motivation au commissaire Orsini. D'un bond, il se rendit immédiatement dans l'open space de son service et claqua théâtralement trois fois dans ses mains. Tous relevèrent la tête, arrêtant immédiatement leurs occupations.

— Je souhaiterais que l'on fasse une reconstitution du parcours du cardinal entre le musée Fesch et la cathédrale. Il y a quelque chose qui a dû nous échapper. Olivier, tire-moi les photos agrandies de la vidéo surveillance où apparaît le cardinal. Tout de suite! Il est 15 heures 45, je veux être devant le musée dans une heure.

Silence, puis brouhaha.

— Mais ce n'est pas la procédure, commissaire. Et la juge d'instruction ?

— Appelle d'abord le curé qu'il soit à la porte de la sacristie de la cathédrale, « la Sauterelle » lui servira de nounou. Je veux aussi que les dames du Musée Fesch soient présentes. J'appelle la juge d'instruction. De toute façon, la reconstitution ne figurera pas au procès verbal. C'est juste pour mieux comprendre comment ça s'est passé. Et n'oublie pas de tirer les photos des caméras avec leur time code.

Avant de partir sur les lieux de la reconstitution, Orsini appela la juge Martinetti qui était en pleine audition du témoin d'un meurtre remontant à trois ans. Bien qu'elle ne fût pas obligée d'être présente, elle aurait souhaité participer à cette reconstitution des dernières heures du cardinal. Elle maudit comme à chaque fois la lenteur de la justice et son manque de moyens.

Orsini lui promit de lui faire un compte-rendu de l'exercice même si cela faisait partie de l'enquête purement policière.

Elle lui souhaita bonne chance.

ROME — 16 heures.
Commissariat Central

Le lieutenant Baracé et l'inspecteur Colona se tortillaient devant le commissaire divisionnaire qui avait espéré ne plus entendre parler du Vatican.

Par manque de chance, le lieutenant Baracé tenait son os. Elle comptait le ronger jusqu'au bout, certaine que le tueur des Busachi était l'homme qu'elle avait vu sortant du bureau de Martrois.

Le commissaire avait un grand besoin de réfléchir au calme, et demanda aux deux policiers de bien vouloir le laisser quelques minutes pour qu'il puisse prendre une décision adaptée à la situation.

Il décida d'appeler son collègue Orsini en Corse. Après tout c'était d'abord le problème des Français. Si cela devait avoir des répercussions diplomatiques, il préférait que les Français les assument. Il décrocha donc son téléphone mais d'abord il appela le général de division des carabiniers, le questeur, puis le ministre de l'Intérieur pour leur expliquer la situation, histoire de se couvrir. Tous en convinrent, il fallait éviter de mettre les mains dans la merde des Français même si la coopération dans le cadre d'Europol devait fonctionner au mieux des intérêts des États membres de l'Union Européenne.

Après un quart d'heure d'échanges téléphoniques avec les hauts responsables italiens, il appela enfin le commissaire Orsini.

Il rappela à son homologue Français combien il était délicat d'indisposer le Vatican alors que la santé de Sa Sainteté Pontificale était bien chancelante et que son pouvoir contesté devait faire face à des attaques larvées de la Curie.

La communication terminée, il se félicita de son don de diplomate en étant persuadé que les Français allaient se lasser d'indisposer le Vatican.

VATICAN — 16 heures 15.
L'Institut pour les Oeuvres de Religion
(Banque du Vatican)

Monseigneur Angelo Bagnasco entra dans le bureau peu éclairé de la banque du Vatican, la célèbre Institution pour les Oeuvres de Religion.

On l'attendait déjà. Il était en retard. Par politesse, il avait pris soin d'informer très discrètement les trois seuls membres de l'IOR qui étaient dans le secret avec lui. Il s'assit simplement dans le fauteuil qui restait vide autour de la table ronde. Il ouvrit avec précaution la mallette qu'il avait posée sur le bois brillant de la table pour en sortir une enveloppe cachetée qu'il ouvrit à l'aide d'un fin stylo. Il en sortit une photo qu'il passa à son voisin de droite. Celui-ci la fit tourner encore à droite. Quand les deux autres personnes eurent vu la photo celle-ci revint naturellement dans les mains du cardinal Bagnasco.

La photo représentait en gros plan le visage ensanglanté du cardinal Le Feucheur, à terre, dans une flaque de sang.

— Il faut payer maintenant dit Monseigneur Bagnasco. Nous sommes déjà en retard et notre prestataire pourrait perdre patience. Ça serait dommage de le perdre, nous pourrions encore en avoir besoin.

Son voisin de droite avait posé devant lui un gros dossier, le second un ordinateur portable ouvert et le troisième n'avait rien.

Le cardinal Bagnasco sortit de sa mallette un ordre de virement et le signa. Il le fit glisser à sa droite et les trois autres personnes présentes le signèrent à leur tour. Le Cardinal Bagnasco examina le document pour en vérifier la conformité et le transmit à celui qui était à sa droite qui le rangea dans son dossier. Le document avait été complété avant la réunion, les signatures apposées, tout était en règle. Celui qui avait l'ordinateur portable exécuta immédiatement le virement. L'exécution du cardinal le Feucheur fut payée sur un compte des îles Caïmans.

180

Sans bruit, les quatre commanditaires du meurtre du cardinal Le Feucheur sortirent du petit bureau de la Banque du Vatican.

AJACCIO — 16 heures 30.
Rue Fesch.

Orsini était un homme ponctuel. Aussi supportait-il avec mauvaise humeur les dix minutes de retard qu'il avait pris pour reconstituer les pérégrinations du cardinal ce fameux soir du 27 mai.

Sur tout le trajet entre l'Hôtel de Police et la rue Fesch, il n'avait pas arrêté de pester auprès de son équipe et sur son homologue italien qui jouait profil bas avec le Vatican. Heureusement que le capitaine Franju avait actionné le réseau de ses connaissances à la DGSE. Par chance, le lieutenant colonel des Gardes Suisses était redevable d'un petit service auprès de la maison du boulevard Mortier et il fut rapide d'obtenir auprès de lui la liste des visiteurs du père Martrois du matin même. Après vérification par les services français, celle-ci fut rapidement envoyée à Orsini qui la fit parvenir au lieutenant Baracé. C'était déjà une satisfaction pour le commissaire Orsini.

Maintenant l'heure était à la reconstitution des dernières heures du cardinal. On demanda aux dames Renucci et Bardi de prendre leur place devant la grille du musée Fesch comme ce jour-là. Elles en profitèrent pour sortir leur paquet de cigarettes pour se mettre réellement en condition et commencèrent à papoter. Orsini demanda à l'OPJ le plus âgé, Jean-Pierre Pasquale, de jouer le rôle du cardinal.

Le policier sortit du musée Fesch en semblant admirer l'architecture du bâtiment imposant, puis sortit de la cour. Au milieu de la rue, il grimpa les marches de l'église San Rucchellu pour essayer d'ouvrir la lourde porte qui resta close. Devant l'impossibilité d'ouvrir la porte, il redescendit au milieu de rue pour regarder l'église dans son ensemble. A ce moment-là, Olivier qui jouait le rôle de l'inconnu venant parler au cardinal, arriva vers son collègue et ils entamèrent une conversation, Olivier se tenant dos aux deux fumeuses.

Orsini leur demanda où se trouvait la personne faisant des photos. Elles désignèrent le magasin de souvenirs qui était situé face au disquaire un peu plus loin.

— Derrière le présentoir des cartes postales, ajouta madame Renucci.

Orsini y alla en personne. Il put ainsi vérifier qu'Olivier était bien visible et reconnaissable. Une photo de la rencontre existait bien quelque part, il en était convaincu.

De retour près des témoins, il leur demanda vers quelle direction l'inconnu avait disparu et elles lui indiquèrent la direction de la place de la mairie en mentionnant que le cardinal avait emprunté lui aussi le même chemin deux bonnes minutes plus tard. Il leur demanda si la reconstitution correspondait bien à ce qu'elles avaient vu. Elles furent affirmatives. Il les remercia de leur participation et elles purent reprendre leurs occupations.

Orsini, les photos des caméras à la main, suivi de son équipe, descendit la rue Fesch jusqu'au passage de Poggiolo qui rejoignait le port. Tous s'y engouffrèrent.

L'hôtel du Golfe se trouvait juste sur leur droite. Le commissaire vérifia l'heure et entra dans l'hôtel. Les patrons ainsi que la jeune Aude l'attendaient.

— Le cardinal a dû arriver vers cette heure-ci, dit Orsini. Je note qu'il est 16 heures 50. Vous maintenez vos déclarations ? Vous, Aude, vous étiez rentrée chez votre tante ici présente, et vous monsieur vous n'étiez pas encore arrivé. D'après vos dires de dimanche dernier, l'hôtel est resté sans personne pendant vingt bonnes minutes.

— Si, il y avait Jean-Mi, qui s'occupait des clients de la terrasse, corrigea le patron.

— Oui, je sais. J'ai sa déclaration. Il y avait en tout onze clients à cette heure-là. Vous nous avez transmis la photocopie du journal de caisse. Tout est en ordre. Le seul problème c'est qu'il n'a vu ni entrer, ni sortir le cardinal, qui à 17 heures 25, se trouvait sur la place de la mairie d'après les photos des caméras de surveillance. C'est dommage. Terriblement dommage.

Orsini appela l'inspecteur Pasquale qui avait pris le rôle du cardinal et lui tendit une valise à roulettes ressemblant à celle que le cardinal tirait. Il était 17 heures 22.

— Allons, on continue !

Et ils partirent en passant devant l'Office du Tourisme comme l'avait fait Le Feucheur, puis se dirigèrent vers la place des Palmiers pour la traverser et prendre la rue Bonaparte.

La caméra qui se trouvait face à la cathédrale, avait enregistré le cardinal la première fois à 17 heures 35. On le voyait arriver par l'étroite rue Saint Charles qui débouchait à gauche de l'édifice religieux. Un deuxième tirage montrait qu'Il examinait les lieux et un troisième où il disparaissait sur sa droite. Il fallait ensuite attendre 21 heures, pour qu'il réapparaisse, tirant toujours sa valise, et qu'il reprenne la rue Saint Charles.

Orsini avait aussi convoqué le père Batiano pour qu'il leur ouvre la cathédrale. Tout le monde s'engagea dans la ruelle pour entrer par la sacristie. Olivier prit consciencieusement de nouvelles photos des lieux, bien que cela fut déjà fait le dimanche matin. Arrivés devant l'autel, ils contournèrent l'emplacement marqué au sol du corps du cardinal. Puis dans un silence religieux, ils allèrent s'asseoir au premier rang des bancs des fidèles. Après une minute de silence, le commissaire éleva la voix.

— Père Batiano, qui possède les clefs de l'entrée de la rue Saint Charles à part vous et madame Fulioni ?

— Je ne sais pas, franchement. Je peux vous le jurer sur la Madunuccia.

— Oui, ça va, je ne vous en demande pas tant ! Quand la serrure a-t-elle été changée la dernière fois ?

— Je ne sais pas !

— Ne me faites pas croire que c'est la serrure d'origine...

— Non, non... Je ne crois pas.

— Alors recherchez s'il vous plait quand cette serrure a été changée, merci ! Vous devez avoir une facture quelque part... Et si vous pouviez nous confier la clef pour que nous fassions nous même des recherches, cela sera parfait ! Ça ne durera pas longtemps, vous nous accompagnerez au commissariat et en dix minutes nous aurons fait ce qu'il faut.

Orsini se leva du banc et regarda la nef.

— Putain, je me demande où est passée cette valise ! L'assassin l'a sûrement emmenée avec lui... elle ne s'est pas volatilisée ! Que contenait-elle ? Qu'en pensez vous monsieur le curé ? demanda-t-il en se retournant vers le père Batiano qui ne put murmurer que quelques mots incompréhensibles.

Orsini qui n'attendait pas de réponse, reprit à l'attention d'Olivier.

— Olivier, il faut étudier toutes les caméras. Toutes !!!

AJACCIO — 17 heures.
France 3 Via Stella.

Dès mon retour à Via Stella, je m'étais mis à travailler mon sujet pour qu'il soit prêt pour la diffusion de 19 heures. Cela ne me prit que peu de temps en réalité. Je pus réutiliser mes images d'archives sur le meurtre du cardinal plus quelques bancs-titres de la lettre des Innocenti pour informer les téléspectateurs des derniers avancements de l'affaire en mentionnant que la police prenait cette lettre très au sérieux. Je voulais néanmoins apporter la vision précise de la police et j'appelai mon ami Orsini. Le commissariat m'indiqua qu'il devait être à présent à la cathédrale. Je décidai d'arrêter le montage du sujet sur le champ pour rejoindre le commissaire, histoire de voir ce qu'il pourrait me raconter. Je me suis heurté, en sortant de Via Stella, à Antoine Casanova, qui retournait pour la troisième fois à Bocognano. Les gendarmes continuaient leur battue pour retrouver le corps du garçonnet mais sans résultat. Je lui souhaitai bonne chance et nous nous quittâmes.

Malgré la circulation qui commençait à être dense à cette heure-là, je pus arriver à la cathédrale alors qu'Orsini et son équipe sortaient de Notre Dame de l'Assomption.

Le curé était entouré de deux flics en uniforme et je crus sur le moment qu'Orsini l'avait arrêté.

184

AJACCIO — 17 heures 30.
Cathédrale Notre Dame de l'Assomption.

Je vis tout de suite qu'Orsini avait sa tête des mauvais jours et c'est sans plaisir qu'il me vit grimper les marches vers lui.

— Qu'est-ce tu veux encore ?

— Juste te poser une question ou deux...

Je mis en marche ma caméra en même temps.

— Monsieur le commissaire pouvez-vous nous parler des derniers développements de l'affaire du meurtre du cardinal Le Feucheur. Je fais allusion à la lettre que vous avez reçue, ainsi que toute la presse, ce matin.

— En effet, nous avons reçu une lettre signée d'un groupe appelé les Innocenti. C'est encore trop récent pour en connaître les vrais auteurs. Ce groupe est inconnu de nos services. Mais, avec nos collègues de la DCRI, nous étudions toutes les pistes.

— Nous nous trouvons devant la cathédrale de Notre Dame de l'Assomption, pouvez-vous nous dire ce que vous y veniez faire.

— Tu me fais chier, Valinco !

— Je recommence... 1, 2 : Nous nous trouvons devant la cathédrale de Notre Dame de l'Assomption, commissaire Orsini, pouvez-vous nous dire ce que vous y veniez faire.

Il prit le temps d'une respiration avant de répondre.

— J'ai décidé de reconstituer le parcours de la victime d'après les quelques photos tirées des caméras de surveillance de la ville.

— Qu'est-ce que cela vous appris ?

— Que nous cherchons deux choses. Un, comment le cardinal est entré dans la cathédrale et deux, où est passée sa valise ? L'assassin l'a sûrement emmenée avec lui. Voilà deux renseignements qui nous seraient utiles pour faire avancer l'enquête. C'est un peu le mystère de la chambre jaune.

— Merci monsieur le commissaire....

— Tu me fais chier parfois Valinco !

— Je sais tu me l'as déjà dit... Et comme je t'aime bien je ne mettrai pas ta dernière phrase... Maintenant, plus personne ne connaît le « Mystère de la chambre jaune ».

Furieux, il me tendit brutalement une des photos des caméras de surveillance où l'on pouvait voir distinctement le cardinal tirant une valise noire de cabine sur roulettes.

— Tiens tu peux montrer la photo dans ton reportage, au cas où...

— Merci. A plus Commissaire.

Je repris tout de suite le chemin de la télé pour finir mon sujet du soir ne sachant pas pourquoi il faisait cette mine renfrognée.

Les façades de maisons du Cours Napoléon éblouies par le soleil défilaient de chaque côté. Je voulais terminer rapidement mon reportage pour qu'il soit validé et diffusé ce soir.

AJACCIO — 17 heures 45.
Hôtel de Police.

Dès son retour au commissariat, Orsini demanda à l'OPJ Pasquale de prendre les empreintes de la clef de la cathédrale et de rechercher le fabricant et le numéro de série. Aussitôt que cela fût fait, on libéra le curé qui s'en retourna méditer, à défaut de prier, sur les aléas de la vie.

Le capitaine Franju qui attendait Orsini depuis un bon quart d'heure l'attrapa rapidement par la manche pour le tenir informé des résultats des recherches de ses collègues de la DGSE

Ils s'enfermèrent immédiatement dans le bureau du commissaire.

— Nous avons enfin une piste au sujet des Innocenti, dit le capitaine.

— Voilà enfin une bonne nouvelle...

— Vous avez entendu parlé de l'Arche de Zoé...?

— Ça me dit vaguement quelque chose... Une ONG française en Afrique qui était accusée de trafic d'enfants...

— Oui les dirigeants ont été arrêtés en 2007. C'était une ONG qui avait pour but de sauver les enfants orphelins du

186

Darfour et de les faire adopter en France et en Belgique. En fait la majorité de ces enfants n'étaient pas orphelins. Les membres de l'association de l'Arche de Zoé furent accusés de le savoir, et qu'en fait leur activité était simplement un trafic d'enfants. Des organisations humanitaires telles que l'UNICEF avaient dénoncé la démarche de l'Arche de Zoé.

— Quid des Innocenti ?

— Il semblerait que des membres d'une association humanitaire n'ayant aucun lien avec l'Arche de Zoé mais avec des buts presque semblables nommaient ainsi les enfants dont ils s'occupaient. Le but déclaré de cette ONG catholique était de faire soigner les enfants malades du Darfour et aussi offrir à des orphelins de la région une enfance heureuse dans un pays en paix et de façon annexe, chrétien. En l'occurrence l'Italie, la France et l'Allemagne. L'animateur de ce mouvement n'était autre que le cardinal Le Feucheur. En 2008 il rencontre les ministres des Affaires étrangères et de la Défense de la France. On ne sait rien de ce qui s'est dit alors. Même pas un dossier « secret défense ». Mais le fait est que l'association a cessé toute activité aussitôt après cette rencontre.

Orsini ouvrit le dossier du cardinal venant des ex-Renseignements Généraux.

— Dans son dossier, je vois juste qu'il a fait des missions au Tchad entre 1999 et 2008 pour le compte de l'Opus Deï, mais rien sur ces Innocenti. Pourquoi ces gens-là se féliciteraient de la mort du cardinal ? On sait qui ils sont ? On a la liste des bénévoles de l'association ?

— Nous avons mis une équipe de la DGSE sur le coup ! On en saura peut-être un peu plus demain...

— Merci, sincèrement merci.

Orsini commençait enfin à entrevoir les bénéfices de la collaboration des services.

— Ce n'est pas tout, ajouta le capitaine Franju

Il tendit une feuille de papier avec une liste au commissaire qui s'empressa de la regarder attentivement. Une liste de quatre noms: « Giovanni Cabrini de l'entreprise Strada Libera Cie, Jeremy Larigaud du Secours Catholique, le lieutenant Marie-Annick Baracé, et l'inspecteur Sergio Colona du Commissariat Central de Rome.

— C'est la liste complète des visiteurs de ce matin au père Martrois, que nous avons obtenue grâce à notre lien avec le lieutenant colonel des Gardes Suisses du Vatican. Nous avons une fiche au nom de Jeremy Larigaud avec sa photo et son CV à la DGSE. Nous savons qui il est, nous le connaissons depuis longtemps et nous voyons que ce n'est pas lui. Le seul possible c'est donc Giovanni Cabrini.

— Je fais parvenir en urgence cette liste à mon lieutenant à Rome. Merci encore Capitaine.

AJACCIO — 18 heures 15.
France 3 Via Stella.

J'avais fini mon reportage à temps pour la diffusion du journal de 19 heures. En quittant la salle de montage, j'ai eu la chance de croiser le rédacteur en chef. Je pus lui proposer de voir le sujet et le valider, ce qu'il fit sans poser de problème. Avant de quitter mon bureau, je téléphonai à mon ami le commissaire pour lui dire que je l'avais gâté dans mon reportage et qu'il y était à son avantage.

Il commença par bougonner je ne sais quoi, puis il me remercia à contrecœur et finit par admettre qu'il avait une piste pour les Innocenti, mais qu'il ne pouvait pas et ne voulait pas en dire plus pour l'instant. Il insinua pourtant que le cardinal avait certainement été lié avec ce groupe inconnu qu'il avait peut-être côtoyé au Tchad. En entendant cette information, dans un flash solaire je vis le visage d'Élisa. Mon inconscient me disait qu'elle était liée à cette histoire. Je raccrochai rapidement avec Orsini et sortis en courant de France3 pour monter sur ma moto.

« Putain Élisa !!! Pourquoi ne m'as-tu rien dit ? Élisa, que caches-tu derrière tes grands yeux tristes ? Quel mystère enfermes-tu au fond de ton âme ? Quels drames as-tu vécu là-bas dans les déserts sahariens ? Pourquoi n'as-tu pas saisi la perche que je te tendais ? Élisa, Élisa ! Qu'as-tu vécu dans la brousse aride ? »

En décidant d'aller la voir brutalement en début d'après midi, après avoir évoqué la lettre des Innocenti avec miss Juliani, peut-être que je me doutais au fond de moi qu'un lien existait... Peut-être...

Élisa ! Un jour elle avait claqué la porte de nos parents en les insultant presque. Elle avait crié son ennui dans cette Corse exsangue, sans ouverture au monde et trop fière de son identité, aussi. Son rejet de l'esprit clanique qui sévissait encore. D'un cri, elle avait affirmé qu'elle aurait préféré être parisienne, vivre en appartement et sortir faire la fête et courir les magasins. Elle avait crié aussi à l'injustice de cette société masculine qui envoyait ses garçons étudier sur le continent et les filles reproduire la destinée de leur mère.

Elle se réfugia dans la lecture et la religion. Pendant longtemps elle ne parla plus de rien. Elle se referma sur elle-même, cultivant son monde personnel et intime. Puis un jour, elle me parla de ce que faisait le cardinal Le Feucheur en Afrique et de son désir d'être utile. Je lui facilitai sa démarche en lui procurant le nom d'un contact proche du cardinal.

Elle nota tout comme une enfant sage.

Et puis un jour, elle partit. Elle avait juste emmené un grand sac de sport qu'elle avait bourré de tee-shirts, de jeans et de shorts. Je ne sais pas comment elle avait pu partir, ni avec quel argent. Elle s'était juste trouvé des petits boulots de serveuses pour son argent de poche avait-elle dit à nos parents, juste pour ses besoins personnels. Elle insistait toujours sur le mot « juste ». Je ne saurai jamais ce qui s'est passé dans sa jolie tête de jeune fille. Juste qu'elle voulait partir. Sans un mot, sans un bruit, sans un regret. Et quelques années passèrent. Sans nouvelles.

Nos parents avaient vécu ces années douloureusement. Avoir une fille qui part, qui se sauve, est toujours un désespoir, une faillite personnelle. Mon père ne plaisantait plus, n'allait plus à la pêche, n'allait plus à la chasse. Il s'était renfermé sur lui-même comme une chenille dans son cocon. Souvent il entraînait ma mère le long de la plage du

Ricantu, celle qui mène à l'aéroport, sous prétexte de se dégourdir les jambes. Ma mère suivait. Elle savait qu'il avait toujours l'espoir de la voir revenir dans un après midi ensoleillé.

Ainsi, ils marchaient des heures le long de cette plage du Ricantu, les yeux rivés autre part, dans un autre part d'eux même, perdus dans leur cœur avec l'espoir de la voir sortir de l'aéroport, tirant sa valise.

Puis ma mère commença à perdre légèrement la tête. Ses actes s'évaporaient comme de la vapeur qui s'échappait d'une casserole d'eau bouillante. Ce qu'on lui disait disparaissait comme la pluie tombant sur le sable brûlant du désert. Elle ne retenait plus rien, sa vie coulait hors d'elle.

Élisa revint enfin d'Afrique avec ce garçonnet exotique. Jamais elle ne voulut parler de ce qui s'était passé au Tchad malgré les questions incessantes de nos parents. Jamais elle ne laissa entrevoir un bout de la vérité.

Eux, ils avaient retrouvé une raison de vivre, de sourire. Mon père faisait découvrir les beautés de la nature de notre pays au petit gamin qui s'émerveillait des vagues qui venaient se fracasser sur les Îles Sanguinaires. Ma mère avait repris goût à faire de la cuisine pour voir le plaisir agrandir les yeux de Golmem.

Puis la maladie les avait emportés l'un et l'autre à quelques mois d'intervalle.

Nous fûmes touchés par une vague de tsunami, Élisa et moi, chacun portant le fardeau d'une certaine culpabilité. Elle, d'être partie, moi, de ne pas avoir été capable de dire les choses. Les choses simples. Connes.

Je m'étais toujours forcé de ne pas montrer mes sentiments, de ne pas les dire. Avec leur disparition je vois combien les mots qui m'ont manqué, restent enfouis quelque part. Peut-être dans ma part la plus sombre.

Maintenant Élisa était revenue. Toujours muette sur son engagement humanitaire.

Je sentais qu'à l'évocation de cette expérience tchadienne, des plaies émotionnelles s'ouvraient et saignaient dans son cœur, aussi je m'étais toujours abstenu de la torturer avec des questions redondantes et inutiles. Et à chaque fois que j'y pensais, je m'en voulais un peu plus.

Mille questions sans réponses s'entremêlaient sans cesse dans mon esprit. Comment avait-elle donc vécu dans les savanes ou les déserts africains et qu'avait-elle réellement vécu ? Mais les mots ne sortaient pas, je voulais faire preuve de plus d'empathie et à chaque fois, je restais muet.

AJACCIO — 18 heures 15.
Hôtel de Police.

Le capitaine Olivier Vuccino, bras droit du commissaire Orsini, avait tout de suite réquisitionné le petit studio de visionnage vidéo pour vérifier les caméras de contrôle qui jalonnaient le parcours du cardinal. Il était toujours volontaire pour les tâches internes: recherche de documents, mise sur écoute, visionnage des caméras, pour échapper à ce qui lui semblait le comble de l'horreur: le terrain. Comme Il visait le grade de commandant, il faisait encore plus de zèle dans le domaine des investigations assises. Il se cala d'abord sur la première caméra, celle de la rue Fesch, face au musée à 16 heures 25. Il repéra la sortie du cardinal, un vieux monsieur à la marche assurée. Il le vit s'arrêter pour regarder la façade du palais. Son maintien corporel indiquait une totale décontraction. Un vieux touriste heureux de sa promenade. Il sortit sans presser le pas en passant devant deux femmes fumant et discutant, et sortit du champ de la caméra. Tout ça, Olivier l'avait déjà vu lors de son premier visionnage. Mais maintenant il fallait qu'il se concentre sur les autres personnes. Il oublia vite les deux témoins aux grilles du musée. Il revint en arrière, bien avant la sortie du cardinal. En remontant lentement le temps il espérait voir celui-ci entrer dans l'édifice. Le time-code défilait à l'envers, remontant le temps. Vers 16 heures il remarqua la silhouette du cardinal entrer dans le musée. D'un pas presque décidé. Beaucoup plus dynamique qu'à sa sortie. Olivier nota scrupuleusement ce renseignement sur son bloc note. Il se mit à réfléchir, interpellé par la courte durée de la visite du cardinal. Trente minutes pour une visite. Trop peu pour un homme tel que lui. Il nota aussi cette information.

Au ralenti, il fit défiler la vidéo jusqu'à la sortie du cardinal. Il n'avait vu que des touristes qui passaient, repassaient, s'arrêtaient, prenaient des photos et repartaient. Il recommença une nouvelle fois en s'attardant sur ceux qu'il voyait plusieurs fois et ceux qui prenaient des photos. La troisième fois, Il arrêta la lecture de la vidéo à chaque fois qu'il voyait soit quelqu'un qui était déjà passé, soit qui prenait des photos. Il fit des tirages papier sur chaque personne, qu'il étala près de l'ordinateur. Mais rien ne semblait extraordinaire. Des touristes ou seulement des ajacciens venant faire les magasins de vêtements.

Olivier chargea ensuite la sauvegarde de la caméra face à l'Office du Tourisme. Il chercha le passage de Le Feucheur devant celle-ci à 17h 22. Puis lentement, image par image, il regarda les personnes prenant le même itinéraire. A chaque personne pouvant être identifiée, il vérifiait les photos imprimées de la première caméra. Le passage de deux hommes de silhouette comparable retint son attention. Puis ce qui semblait être un jeune homme avec un chapeau de toile qui portait en bandoulière un appareil photo. Il rechercha dans son premier lot de photos et reconnut la silhouette qui était passée deux fois devant le musée, s'arrêtant la première fois pour prendre une photo. C'était trente secondes après l'entrée de Le Feucheur. A chaque passage l'inconnu était de dos, tête baissée, son chapeau lui couvrant le visage. Bien sûr on ne le voyait encore que de dos quand il prit la photo.

Au passage devant l'Office du Tourisme, le jeune homme marchait toujours tête baissée. Il agrandit l'image autant qu'il put et remarqua que ce jeune homme était plutôt de petite taille par rapport aux autres hommes. Olivier estima que la personne qu'il voyait devait faire 1m 60 ou 65. Il imprima les photos en inscrivant au feutre : adolescent ?

Olivier sentit l'adrénaline monter lentement et se cala sur la troisième caméra, celle de la cathédrale.

Time code : 17h35 : Le Feucheur débouchait de la ruelle, jetait un regard à droite, ensuite un regard à gauche, puis disparaissait à gauche de la caméra.

Olivier mit en lecture image par image. Un groupe de garçons agités déboucha immédiatement derrière le cardinal puis une jeune femme en jean, tee-shirt et baskets, une chemise jetée sur son épaule gauche. Suivirent un couple d'amoureux puis trois hommes parlant avec de grands gestes. Il fallut quarante-cinq secondes pour qu'un groupe de touristes débouche à la suite d'un guide qu'Olivier n'arrivait pas à reconnaître.

Il fit une avance rapide sur la lecture pour se caler à 21 heures. Il put voir le cardinal prendre la rue Saint Charles et puis plus rien. Rien. Peu de passages à l'entrée ou la sortie de la ruelle. Aucune personne pouvant sembler suspecte n'entrait dans le champ de la caméra. Par acquit de conscience il laissa dérouler la lecture. Des couples, un homme seul, un groupe joyeux et éméché, un autre groupe... tous défilèrent devant la caméra, mais pas d'adolescent rôdant avec un appareil photo. Puis la nuit tomba.

Olivier, ne pouvant plus distinguer qui que ce soit, que des silhouettes sombres, eut un moment de découragement et stoppa sa recherche

Déjà, il avait la piste du photographe.

ROME — 18 heures 15.
Commissariat Central.

Le commissaire principal maudissait ces Français qui venaient rompre la concorde apostolique et romaine en utilisant des voies non diplomatiques pour arriver à leurs fins. Marie-Annick Baracé l'avait tout de suite averti qu'elle avait en sa possession la liste des visiteurs du père Martrois, dont elle et son collègue Colona faisaient partie, et qu'elle comptait bien commencer les recherches immédiatement.

Tout de suite les deux policiers se mirent en quête de trouver le dit Giovanni Cabrini. D'où venait-il ? Qui était-il réellement ? Pourquoi avait-il ses entrées au Vatican auprès du père Martrois ? Était-il lié au meurtre du cardinal de Le Feucheur ?

Il leur fallait vite des réponses.

AJACCIO — 18 heures 20.
Port de l'Amirauté.

En sortant des bureaux de Via Setlla je découvris que mes confrères du continent s'étaient mis sur le pied de guerre. Avec la distribution de la lettre des Innocenti dans toutes les rédactions de la presse écrite et audiovisuelle, la médiasphère s'était réveillée et les chaînes d'info en continu avaient réactivé leurs troupes de journalistes. En franchissant les portes de la télé sur l'avenue Franchini, dans le soleil éblouissant, j'aperçus une forêt de micros, une fourmilière de caméras me prenant pour cible.

Je connaissais le métier et j'étais bien décidé à ne pas me laisser manipuler par mes confrères. Tous voulaient savoir ce que je savais. A vrai dire, je n'en savais pas plus qu'eux. J'eus beau me répandre en excuses, balbutier quelques phrases inaudibles, tous voulaient connaître mon avis. En bon copain, je bottai en touche, argumentant que les meilleurs policiers d'Ajaccio enquêtaient sérieusement et que le commissaire Orsini serait plus amène que moi pour leur donner plus d'explications. Après une poignée de: « désolés, je ne peux rien dire ! » envoyés à la cantonade, je grimpai sur ma moto et démarrai rapidement.

Je n'avais qu'une envie : appeler rapidement Élisa.

La circulation Ajaccienne était assez dense à cette heure là, mais en moto, en slalomant intelligemment, je pouvais rejoindre rapidement le port de l'Amirauté.

Le soleil était encore haut et chaud et donnait une couleur profonde à la mer plate comme un tissu soyeux aux reflets mordorés.

Les automobilistes roulaient au pas, leur fenêtre ouverte sur le boulevard du front de mer, les uns gardant sagement leur file, d'autres zigzagant d'une file à l'autre. Mauvaise heure pour circuler en ville.

Arrivé sur la jetée, je me suis arrêté face à l'entrée de la panne A pour rejoindre rapidement mon bateau afin d'appeler Élisa. La panne était déserte. A cette heure-là, tout le monde était encore à ses occupations du moment ou en mer pour ceux qui avaient un emploi du temps adapté aux circonstances climatiques. En avançant je remarquai que l'appontement de mouillage avait des planches qui pourrissaient et pouvaient devenir dangereuses la nuit. « Il faudra les remplacer », pensai-je un instant. Puis je saluai de la main les quelques plaisanciers qui étaient à quai sans trop m'attarder, voulant rapidement joindre ma sœur. En attrapant la main courante pour monter sur le pont d'Éole, je vis une tête se redresser sur le pont arrière. La tête de Marie-Agnès Juliani !

— Ne vous emmerdez surtout pas, faites comme chez vous !

Elle rigola, avec une saccade de « ahahah » haut perchée. Elle se redressa un peu plus et je pus voir qu'elle était en maillot de bain deux pièces. A vrai dire plutôt en bikini.

— Je savais que je pouvais compter sur votre hospitalité.

— Désolé, mais j'ai des choses à faire, je ne peux pas vous garder à dîner... Et je n'ai rien dans le frigo, lui répondis-je sèchement

— Non, c'est moi qui vous invite à dîner.

A ce moment là, elle dut voir mon étonnement.

— Je ne suis pas sur la paille, mon travail me fait bien vivre.

— Heureux pour vous.

— Et puis pendant que vous alliez voir votre soeur, j'ai fait des recherches.

— Sur ?

— Les Innocenti, pardi !

Boum ! Ça a fait boum dans ma tête. Aussi je pris l'air le plus dégagé possible.

— Et ?

— Ça vient d'Afrique... Du Tchad !

Arrivé à sa hauteur, je me suis assis sur le coffre de tribord. Pour réfléchir. Faire le point. Ne pas montrer d'émotions, juste une curiosité professionnelle.

— Racontez.

— La troisième guerre civile du Tchad commence en 2005, en décembre 2005. Des groupes rebelles aux noms variés s'en prennent aux forces militaires gouvernementales. Mais un groupe de ces rebelles mérite notre attention : les Janjawids, nom qui désigne aussi les miliciens du Darfour. Ce sont des hordes arabes qui sont surtout des cavaliers et des chameliers. Déjà en 1988, après l'élection du président tchadien Hissène Habré, ces tribus ont rejoint les milices arabes du Darfour et se sont fondues dans le paysage, si bien que Khartoum les a vite intégrées à sa politique de basse police régionale.

— Bon et ? Dis-je, agacer, son air pédant m'énervant au plus haut point.

— Khartoum en a fait sa principale force d'action contre ses propres rebelles du Darfour. Tu dois connaître aussi bien que moi cet épisode. Massacres, viols, déportations. Des colonnes de réfugiés prennent la route du Tchad voisin. Déjà le cardinal Le Feucheur s'était intéressé aux problèmes de la misère, de la malnutrition et du déracinement dans les années 1990 au Tchad. Avec le Vatican, enfin plutôt l'Opus Deï, il avait monté une ONG afin d'organiser des camps pour venir en aide aux réfugiés et les évangéliser. Mais les camps étaient aussi infiltrés par des Janjawids. Ceux-ci créaient des troubles au sein des réfugiés, installant une insécurité permanente. Le cardinal créa à l'intérieur de ces camps un camp retranché pour les orphelins et les mères célibataires violées par les rebelles et les mettre à l'abri. Ces orphelins furent nommés les Innocenti.

— D'où tiens-tu ça ? La tutoyant à mon tour.

— J'ai mes sources. Bon, on va dîner ?

Elle se releva pour attraper une robe qu'elle enfila sur sa peau brillante.

— Je te demande juste une minute ou deux, je dois appeler ma sœur, j'ai oublié de lui dire quelque chose d'important.

Je m'éloignai sur la plage avant du voilier pour passer mon appel, mais je tombai sur le répondeur d'Élisa.

— Élisa c'est moi... Peux-tu me rappeler quand tu auras mon message. Merci et bisous. C'est urgent.

Ma nouvelle collègue m'emmena dans un restaurant du port, où nous nous sommes installés à l'extérieur, près des bateaux. De là, je pouvais voir mon voilier se balancer doucement de l'autre côté.

Elle commanda du champagne.

— Que fête-t-on ?

— Je te l'ai dit, on m'a payé un travail. Grassement. Et je ne voulais pas boire toute seule.

Elle avait l'oeil pétillant, presque coquin. Méfiance.

Je ne me sentais pas d'humeur badine, même si elle avait beaucoup de charme et un corps très désirable.

Elle leva sa flûte.

— Pace e Salute !

— Pace e Salute, répondis-je.

ROME — 19 heures 30.
Strada Libera Cie.

Malgré l'heure avancée, l'inspecteur Colona et le lieutenant Baracé avaient décidé de rendre une petite visite à l'entreprise de transport qui employait Giovanni Cabrini.

La Strada Libera Cie se trouvait au bord du Tibre sur la Via Della Magliana. C'était un quartier relativement industriel où plusieurs sièges sociaux de transporteurs s'étaient implantés grâce à de grands espaces encore

197

aménageables. Les édiles de la ville avaient d'ailleurs décidé d'y construire le nouveau stade de l'AS Roma, c'est dire que cette boucle sauvage du fleuve ne souffrait pas de surpopulation, ni de groupes de touristes en mal d'archéologie.

Un mur de plusieurs centaines de mètres entourait le bâtiment principal et les hangars. Les deux policiers entrèrent sur le parking et se garèrent juste en face de la porte principale des services administratifs. Par chance, une certaine activité régnait encore à l'intérieur de l'entreprise. Ils se dirigèrent vers le bureau d'information où une hôtesse les accueillit avec un large sourire.

En même temps, dans un synchronisme parfait, ils sortirent leur carte de police.

— Nous voudrions voir un responsable, demanda Colona.

— Un instant s'il vous plait.

Le sourire de l'hôtesse n'avait pas disparu. Elle prit le téléphone pour annoncer la venue des policiers.

— C'est à quel sujet ?

— Nous aimerions rester discrets pour le moment. C'est au sujet de l'un de vos employés.

Professionnelle, elle transmit l'information. Le lieutenant Baracé prit le temps d'examiner le hall superbe et d'un grand volume. Sur un mur se dressait une gigantesque carte de l'Europe où scintillaient comme des étoiles les villes desservies. De Gibraltar à Helsinki, de Lisbonne à Kiev, d'Athènes à Londres, tout clignotait. Marie-Annick remarqua même que le haut du Maghreb n'avait pas été oublié.

— Si vous voulez bien me suivre...

L'hôtesse avait reposé son combiné téléphonique et indiqua les ascenseurs.

— C'est au quatrième étage, on vous attend.

La porte de l'ascenseur s'ouvrit sur un grand salon cossu. Grands canapés blancs, tables basses en bois exotique, peintures colorées mais de bon goût agrémentaient le lieu. Une nouvelle hôtesse ressemblant à celle de l'accueil les attendait. Même sourire. Les deux policiers échangèrent un regard amusé. Elle ouvrit une grande porte après avoir frappé et sur son invitation, ils entrèrent.

Le bureau était vaste, meublé aussi avec goût. Au fond, à peu près à six mètres, faisant face à la porte, un immense bureau acajou. Et derrière ce bureau, dans une volute de fumée, une énorme masse imposante se détachait de la fenêtre éclairée violemment par soleil qui commençait à décliner.

— Entrez ! Entrez ! Ce n'est pas souvent que la police vient me rendre visite.

Ils avancèrent vers le bureau, impressionnés par cette sorte de mise en scène.

La masse humaine étendit un bras pour leur indiquer les fauteuils.

— Asseyez-vous... Que puis-je pour vous ?

Marie-Annick, ne voulant pas commettre un nouvel impair, fit signe à Colona de commencer les hostilités. Les courbettes, il savait les faire.

— Merci monsieur de nous recevoir aussi rapidement, malgré l'heure tardive. Nous sommes ici pour une enquête préliminaire au sujet de l'un de vos employés.

Colona sortit un carnet de sa poche pour donner l'illusion qu'il cherchait le nom.

— ... Voilà, monsieur Giovanni Cabrini.   Fait-il bien partie de vos employés ?

La masse imposante fut prise de soubresauts en même temps qu'un grand et gros rire sonore.

— Giovanni ? Bien sûr... (Saccade de rires).... C'est mon sous-directeur !

Les deux policiers qui ne s'attendaient pas à une telle réponse, restèrent silencieux quelques secondes. Colona s'étrangla presque.

— Votre sous-directeur ?

— Oui un jeune homme destiné à un très bel avenir, fils de bonne famille romaine, études aux USA... Quel est le problème ?

Marie-Annick sortit alors de son porte-documents les deux portraits robots. De face et de dos.

— Ressemble-t-il à ceci ?

Le gros géant étendit le bras lestement pour attraper les deux portraits qu'il photographia en moins d'une seconde et les rendit à la policière.

— Oui, il ressemble à ça, si on veut! Répondit-il sans hésitation.

— Vous êtes sûr ? Insista Colona désarçonné.

— Oui je suis sûr, il ressemble à votre portrait, même à celui de dos. Même chevelure.

Un grand moment de silence s'installa entre les policiers.

— Alors, quoi ? Il a brûlé un feu ? Renversé une vieille dame avec son cabriolet sport ?

Colona reprit la main.

— Non, non, il ne s'agit pas de ça... Pouvez-vous nous dire où il se trouvait ces derniers jours ?

— Je trouve vos questions bien étranges... Bien sûr que je sais où il se trouvait. C'est mon bras droit ! Hurla-t-il. Il était dans les Pouilles pour une livraison extrêêêêmement importante !

Colona se gratta le nez, Marie-Annick réfléchissait mais son cerveau tournait à vide. Néanmoins, elle toussa.

— Et la livraison a bien eu lieu ?

— Bien sûr qu'elle a eu lieu ! Quelle drôle de question ! Est-ce tout ?

L'inspecteur Colona comprenant que la visite était terminée se leva, suivi du lieutenant Baracé.

— Oui merci de nous avoir reçus et excusez-nous pour le dérangement.

Le géant fit un signe de la main voulant dire maintenant foutez le camp.

Fin de l'opération Strada Liberia Cie.

Dehors, ils prirent le temps de remettre leurs pensées en ordre, encore sous le choc de cette rencontre particulière. Ils montèrent dans la voiture, mais Colona ne démarra pas immédiatement.

— Qu'en penses-tu ? Demanda-t-il encore sonné.

— Rien ! répondit Marie-Annick. Au fait, tu ne trouves pas que le boss ressemble à Depardieu ?

— À qui ?

— Laisse tomber, ce n'est pas important. Dis donc, c'est normal que les puissants d'ici puissent congédier les flics venus leur poser des questions en leur bottant le cul ?

Colona ne répondit rien.

AJACCIO — 19 heures 30.
Hôtel de Police.

Olivier n'avait pas perdu de temps pour informer son supérieur de ses découvertes faites grâce aux bandes vidéo de surveillance en lui fournissant les tirages photos du jeune photographe qui semblait suivre le parcours du cardinal. Le commissaire, intrigué, voulut sur le champ, vérifier par lui-même le déroulement de cet après-midi-là.

Installé devant l'ordinateur, Olivier lui montra la présence du photographe devant le musée Fesch puis devant l'Office du Tourisme. Grossissant l'image le plus qu'ils le pouvaient, ils acquirent la certitude qu'il s'agissait bien du même homme. Mêmes vêtements, même physique, même maintien corporel. Par contre ils constatèrent qu'il n'apparaissait pas sur la caméra de la place de la mairie, ni sur celle de la cathédrale.

Orsini appela un technicien de police technique et scientifique ayant des talents de dessinateur afin de croquer sur tous les angles le jeune photographe. Malheureusement le fonctionnaire occupant cette tâche était déjà parti chez lui et un de ses collègues lui promit qu'il lui laisserait l'information.

— En urgence ! Insista le commissaire.

Puis il alla s'enfermer dans son bureau pour faire une note urgente au procureur ainsi qu'à la juge d'instruction comme il lui avait promis. Faire le point sur les différents avancements de l'enquête.

AJACCIO — *21 heures 30.*
Port de l'Amirauté.

Le dîner se terminait et mon hôtesse commençait à ne plus avoir le sens des réalités. Elle buvait beaucoup et parlait tout autant. Elle me confia qu'elle était à moitié Corse et à moitié Italienne. Puis elle me raconta sa vie, ses voyages, ses rencontres amoureuses dans un flot verbal difficile à endiguer. Je n'avais qu'à l'écouter. Plus elle buvait, plus elle parlait fort. Plus elle parlait fort, plus on nous remarquait et ce n'était pas ce que je recherchais.

A la fin du repas elle sortit sa carte gold et la tendit au serveur. La transaction faite, elle remit sa carte dans son sac à main et se leva avec difficulté. Je dus intervenir pour la soutenir et qu'elle ne tombe pas.

Nous fîmes quelques pas sur le quai et tout en zigzaguant elle faisait des efforts pour rester debout. Je la pris sous le bras et comprenant que je ne pourrais pas la laisser rentrer chez elle ainsi, je la ramenai avec patience sur Éole.

Je maudissais cet intermède, alors que j'avais l'esprit occupé par Élisa qui ne m'avait toujours pas rappelé. Arrivé au voilier elle me demanda comment on pouvait monter sur le pont.

— Tu y es bien arrivée cet après midi, lui répondis-je sèchement.

— Ah oui ? Oui, mais là, mon vieux, la marche est haute. La mer a dû descendre pendant le dîner...

— Oui, ça doit être ça, la marée...

J'agrippai un étai et me hissai sur le pont, puis je me penchai vers elle pour lui tendre la main qu'elle attrapa.

— Lève la jambe jusqu'au pont, je vais te tirer.

Elle se mit à éclater de rire sans raison puis reprenant sa respiration :

— Eh, je ne suis pas une danseuse !

— Fais un effort et ne crie pas... des gens dorment au calme ici !

Elle remonta sa robe jusqu'à la taille, au-dessus de son maillot de bain qu'elle avait gardé, et leva la jambe. Elle essaya, plutôt, de lever la jambe sans grand résultat.

— Tu vas devoir coucher sur la panne si tu ne peux pas monter !

— Allez, sois sympa... Aide-moi !

D'un saut je la rejoignis sur les planches du ponton. Je la pris par la taille et la soulevai légèrement pour qu'elle puisse poser au moins une jambe sur le pont, ce qu'elle fit avec difficulté tout en agrippant le bout du pare batte. En espérant qu'il ne cède pas, je lui poussai les fesses avec mon bassin, puis une fois en équilibre sur le bord du bateau, elle faillit passer par-dessus le bastingage. Je la retins rapidement en remontant sur le pont.

— Passe une jambe par-dessus le bastingage.

— C'est quoi ?

— Le garde-fou, si tu préfères.

Elle passa une jambe, puis deux.

— Maintenant va doucement vers le cockpit en te tenant.

Enfin il me semblait que le plus difficile était fait.

J'ouvris le capot coulissant pour lui permettre d'aller se coucher.

— Tu descends, tu traverses le carré et tout au bout il y a une cabine avec un couchage... Il y a une penderie et des wc et une douche... Avec tout ce que tu as bu, ça te sera peut-être utile.

— Tu ne viens pas avec moi ?

Là, c'est moi qui ai éclaté de rire.

— Tu es assez grande pour y aller toute seule…

— Dommage.

— Et puis j'ai trop bu, tu serais déçue... dis-je pour paraître gentleman. Ça évite les désillusions... Va dormir, ça ira mieux demain.

— Et toi ?

— Moi, j'ai une cabine arrière...

Elle agrippa la main courante pour descendre dans les entrailles du bateau et avec prudence se dirigea vers la cabine avant.

Vu le contexte, je fus soulagé de ce dénouement qui me convenait parfaitement.

Je me suis assis un bon moment sur le banc en teck. Plusieurs questions s'entremêlaient et le champagne ne faisait rien pour les éclaircir. Je sortis machinalement mon téléphone pour vérifier les appels. Déception. Élisa ne m'avait pas appelé.

Une petite brise venait de la mer et je pus apprécier enfin le calme. J'étendis les jambes pour me repaître de la fraîcheur qui me caressait enfin. Je me laissai aller à mes pensées vagabondes quand mon pied heurta quelque chose de mou. C'était le sac de miss Juliani qu'elle avait dû laisser tomber. Je me penchai pour le ramasser et le poser à mes côtés. Je me suis mis à le regarder, et plus je le regardais, plus je voulais savoir ce qu'il contenait. La curiosité est un vilain défaut, m'avait-on toujours dit. Et puis je n'avais jamais fouillé le sac d'une femme. Aussi je me contentai de le regarder. Je me suis surpris à imaginer ce qu'il pouvait contenir. A vue de nez, il ne devait pas contenir grand-chose. Sûrement ses papiers, sa carte de crédit, et puis son nécessaire de beauté car elle était toujours très élégante.

Mon esprit rêveur, allant de-ci, de-là, fut soudainement en alerte. Je nous revoyais dîner au restaurant de l'Amirauté, moi, l'écoutant me raconter son existence palpitante quand quelque chose bloqua. Comme un film qui s'arrêtait sur une image. Je fis un effort pour me remémorer tout ce qu'elle avait bien pu me dire, des choses même parfois intimes, pour retrouver ce qui avait bien pu me surprendre, m'étonner. Mais j'avais aussi bien bu. Rien de clair, de concret ne me revenait à l'esprit. Je fermai les yeux me repassant le film de la soirée. Je me souvins d'avoir un moment épié son regard, un autre suivre le mouvement de ses lèvres. Mais dans chaque séquence, elle avait sa coupe à la main. Certes elle touchait parfois à une patte d'écrevisse, avalait une huître, mais elle avait surtout une coupe de champagne à la main.

Sentant soudain le bateau bouger, j'ouvris brusquement les yeux.

Elle se tenait nue devant moi, une bouteille d'eau à la main.

— Ce n'est pas une bonne idée pour ce soir lui dis-je.

— J'avais compris. Je cherche mon sac à main.

— Il est là, lui dis-je en lui montrant. Il était sur le tillac, enfin le plancher.

— Vous voulez boire une gorgée d'eau ?

Je pris la bouteille et bus une grande gorgée d'eau.

— Mon sac, vous ne l'avez pas ouvert ?

J'ai haussé les épaules.

— Ce n'est pas mon habitude... Quoique je me suis demandé si j'allais le faire. J'ai eu peur d'y trouver des capotes ! Plaisantai-je.

— Je le fais toujours sans, dit-elle très sûre d'elle.

Elle ouvrit son sac, farfouilla dedans, cherchant quelque chose.

— Tout est en ordre ?

Elle referma le sac, toujours debout éclairée par la lumière de la lune gibbeuse.

— Tout y est. Je voulais juste mon portable.

— Vous savez que vous êtes toute nue ?

— J'aime beaucoup, pas vous ?... Vous n'aimez pas les femmes ? Demanda-t-elle ingénument en s'asseyant contre moi.

— Bien sûr que si, mais ce soir, je n'ai pas trop l'esprit à ça... Il est encore embué par l'alcool. Et puis j'ai décidé de m'assagir...

— Une vie de moine ?

Je ne répondis pas. Je trouvais le terrain glissant.

Mais elle était là, contre moi. Je sentais le parfum de son corps, la douceur de sa peau. Elle me fixa dans les yeux avec une candeur désarmante. Ses lèvres remuèrent à peine. Sa tête se pencha juste légèrement vers la mienne. Sa main prit la mienne pour la serrer doucement. Non vraiment, tout ça n'était pas prévu !

— Ça, ça n'était pas prévu ! Lui dis-je.

SIXIÈME CHAPITRE — VENDREDI 2 JUIN

AJACCIO — 5 heures 30.
Port de l'Amirauté.

Je me suis réveillé tout nu. Tout seul. Plus personne !

J'ai réfléchi longuement à ce qui s'était passé et je dus m'avouer que je n'avais pas de souvenir précis. Je savais que j'avais bu la veille mais quand même pas au point d'oublier ce que j'avais fait. Et pourtant je l'avais oublié.

Pas tout. La dernière vision que j'avais, c'était les fesses blanches de miss Juliani, ondulant devant moi, sur les marches de la descente.

En voulant me lever, je sentis une sensation de vertige. Je dus me retenir contre la cloison la plus proche pour ne pas m'écrouler. J'ai attrapé la bouteille d'eau couchée sur mon lit et j'ai bu un grand coup. J'ai dû rester un petit moment ainsi, en équilibre instable, puis j'ai replongé d'un coup sur mon large couchage. Là, je revis son visage, je revis son sourire, je revis ses cuisses et avant de replonger dans le sommeil, les effluves de son parfum vinrent me chatouiller les narines. Je m'endormis rassuré : je n'avais pas baisé avec un fantôme.

AJACCIO — 6 heures.
Hôtel de Police.

Orsini arriva tôt, très tôt, à son bureau. Comme chaque nuit, il avait mal dormi. Trop peu dormi. Et cela commençait à l'obséder. Le soir, il allumait la télévision sur une chaîne d'information continue, sur n'importe laquelle, il n'avait pas de préférence. La seule chose qu'il souhaitait, était d'entendre dix fois les mêmes informations afin qu'elles pénètrent son cerveau et n'en sortent pas. Il ne souhaitait pas que son travail si excitant soit-il, le coupe des réalités quotidiennes. La veille il s'était endormi tard. Il avait appris ainsi que ses collègues des douanes de la Martinique avaient opéré une saisie record d'une tonne trente-neuf de cocaïne sur un voilier.

Il avait éteint la télévision vers minuit et demi, mais l'excitation des découvertes successives de la journée, l'avait tenu éveillé longtemps, l'avait empêché de s'endormir. Il avait échafaudé des théories, cogité des plans, repassant en revue tous les possibles. Alors, malgré son peu de sommeil, il se leva alerte. L'air, encore relativement frais de la nuit, entrait par les fenêtres ouvertes. Il s'en approcha pour ouvrir en grand les volets entrefermés et admirer, en contrebas, le golfe d'Ajaccio. Le soleil était encore caché à l'est, derrière les montagnes, et bientôt il sortirait au-dessus des cimes illuminant les eaux calmes du golfe. Il prit le temps de profiter un court moment de cette sérénité passagère en buvant lentement son café.

Assis derrière son bureau, il relut attentivement les différents rapports, essayant d'imaginer leurs imbrications.

Il se félicita d'avoir voulu reconstituer le dernier parcours du cardinal et de découvrir ainsi l'existence du photographe qui semblait le suivre, ou du moins, s'intéresser fortement à lui.

En ouvrant sa boîte de messagerie, il aperçut immédiatement le mail du lieutenant Baracé où elle faisait un rapport circonstancié sur la piste du tueur de Peri. Le présumé suspect semblait avoir un alibi professionnel en béton, mais elle n'y croyait pas trop. Elle avait décidé de creuser; mais elle avouait qu'elle ne se sentait pas franchement épaulée par ses collègues italiens et que la partie serait rude.

A la lecture de ce message Orsini sentit son optimisme se modérer légèrement tout en se demandant comment forcer la main des Italiens. Peut-être en passant par la DCRI et la DGSE.

C'est à ce moment-là, qu'il sentit le décor tourner légèrement autour de lui et sa respiration devenir plus difficile. Il se rappela alors qu'il n'avait pas pris son Temerit la veille au soir. Il se demanda comment faire pour ne plus oublier ce comprimé prescrit par le médecin, mais il ne trouva aucune réponse à sa question.

Pour éviter de replonger dans la déprime qui le guettait, il se concentra sur l'examen des photos des caméras. Plus il les regardait, plus il trouvait ce « petit » photographe très intéressant. Il fallait à tout prix lui mettre la main dessus. Voilà encore une petite information à diffuser pour Via Stella.

Puis il examina les autres photos tirées des vidéos de surveillance de la ville. Le jeune photographe n'apparaissait plus. Où avait-il disparu ? Etait-ce réellement un touriste qui se trouvait sur les pas du cardinal par hasard ? Il chercha attentivement sur tous les clichés s'il n'était pas visible, même en silhouette lointaine.

Il prit la liasse des photographies pour les coller sur le tableau récapitulatif de l'enquête dans l'ordre chronologique des horaires. Quand il eut fini de les disposer, Il les examina consciencieusement encore une par une. Rien de nouveau sur celles venant de la place de la mairie. Personne de suspect avant et après le passage du prélat. Il continua alors l'examen des photos prises devant la cathédrale avant l'arrivée du cardinal. Deux hommes, qui avaient l'air de citoyens ordinaires étaient en grande discussion. Après son arrivée apparaissait une bande de gamins exubérants, puis une jeune femme avec des lunettes de soleil, un jeune couple enlacé, trois hommes et un groupe de touristes. Mais soudain ses sens furent en alerte. Parmi les touristes, une frêle silhouette avec un chapeau semblable à celui du « photographe » se fondait dans le groupe. Seul le chapeau était réellement visible. Presque reconnaissable. La personne semblait se cacher, volontairement.

Orsini consulta sa montre et constata qu'il n'était que sept heures et demie. Il pesta silencieusement. Il lui faudrait encore attendre bien trente minutes pour avoir l'as du crayon du commissariat et sûrement l'infographiste pour bidouiller les images vidéo.

AJACCIO — 7 heures 30.
Port de l'Amirauté.

Il me sembla que la sonnerie par défaut de mon portable tinta dans le noir. Je n'ouvris même pas les yeux. Je l'entendais loin, trop loin pour pouvoir répondre. D'ailleurs il me semblait impossible de faire un seul mouvement. J'étais flasque. Impuissant. Comme un macchabée flottant sur une eau calme.

AJACCIO — 7 heures 45.
Hôtel de Police.

Orsini qui avait toujours le nez dans son tableau pour examiner chaque détail des photos, eut l'heureuse surprise d'entendre arriver le capitaine Franju. Ils se saluèrent beaucoup plus cordialement que les autres jours, sans arrière-pensée de rivalité. Le capitaine avait presque un sourire satisfait au coin des lèvres et cela rassura le commissaire. Il subodora une bonne nouvelle.

— Nous avons plus d'informations sur l'arme du crime. C'est bien un revolver Walther Browning et la balle de 7,65 extraite du crâne de la victime a parlé.

— Voilà une bonne nouvelle... Et ?

Le capitaine Franju sortit de sa poche intérieure une liasse de papiers soigneusement pliés qu'il ouvrit.

— Et si elle a parlé, c'est que nos services ont déjà croisée cette arme. Il s'agirait d'une fabrication Manurhin.

Orsini prit un siège pour s'asseoir. Il commençait à voir de la lumière au fond du tunnel. Le capitaine continua.

— D'après le rapport de nos collègues de la DGSE, ce Walther s'est déjà illustré en Afrique. Au Tchad.

Silence. Orsini espérait que les révélations ne s'arrêteraient pas là.

— Il a servi à éliminer officiellement trois rebelles Janjawids en 2003 et une femme d'une ONG. A cette époque-là, comme je vous l'ai dit hier, le Soudan était engagé dans un génocide qui aurait fait au bas mot 300 000 morts et déplacé 250 000 réfugiés au Tchad. Les Nations

Unies parlent de crimes contre l'humanité et les grands États s'arrangent pour armer en sous main les ONG oeuvrant dans la région. Le Walther qui nous intéresse provient d'un stock d'armes de Serbie qui était sous la surveillance de l'ONU. J'espère que nous aurons d'autres informations rapidement.

Disant cela, le capitaine s'approcha du tableau récapitulatif des suspects et indices en observant chaque photo des différentes caméras. Orsini s'approcha de lui pour lui montrer celles où apparaissait le « photographe ».

— Nous voudrions bien savoir qui il est et où il est ! Il a suivi Le Feucheur jusqu'à l'Office du tourisme et ensuite plus rien. Une coïncidence, peut-être. J'ai demandé à ce qu'on m'envoie un dessinateur de l'anthropologie et un infographiste pour voir ce qu'on peut en tirer. Ils devraient arriver bientôt !

Franju détaillait une des dernières photos prises devant la cathédrale. Il s'approcha de celle où débouchait la femme à lunettes de soleil.

— Elle, qui est-ce ?

— On ne sait pas... Certainement une touriste. On a gardé les photos des personnes précédant et suivant le cardinal. Elle est arrivée trente secondes après lui !

— Je la connais, dit Franju. Je l'ai déjà vue quelque part.

Orsini s'approcha encore plus près du tableau.

— En fait, elle me dit quelque chose aussi. Vaguement. Mais Ajaccio, c'est petit.

— Tirez-moi une copie de la photo, je veux voir quelque chose avec Interpol.

ROME — 8 heures.
Commissariat Central.

Le lieutenant Marie-Annick Baracé était arrivée tôt pour pouvoir discuter avec le commissaire. Malheureusement en pure perte. Il n'arriva qu'à huit heures, comme à son habitude. En l'attendant, elle put lire et relire les rapports concernant l'affaire. Pour avancer, confirmer ou infirmer la présence de Giovanni Cabrini en Corse, il fallait impérativement avoir la preuve qu'il avait bien voyagé jusque dans les Pouilles ces derniers jours et demander une perquisition à la Strada Liberia Cie pour en avoir le cœur net.

Quand le commissaire arriva, Marie-Annick vit tout de suite qu'il rayonnait, que sa mine contrariée avait disparu.

— Je vous annonce une bonne nouvelle, vous nous quittez !

Devant la surprise réelle de la policière française, il s'expliqua.

— Nous avons tout faux depuis le début. Avec ce lien de trafic d'armes, votre affaire dépend maintenant d'Interpol. Vous allez rejoindre le BCN, le Bureau Central National d'Interpol, qui je suis sûr, n'a pas les problèmes diplomatiques que nous avons. J'ai détaché l'inspecteur Colona pour qu'il vous seconde, cela vous facilitera la tâche. J'en ai discuté longuement avec le questeur Campini qui dirige le bureau et il est d'accord sur l'opération. C'est avec plaisir que je lui laisse ce bâton merdeux. Interpol a des prérogatives et des façons de faire que nous n'avons pas et que nous n'aurons jamais. Nous, nous sommes d'abord soumis aux lois italiennes. Vous pouvez prendre vos dossiers et partir d'ici. Et très vite !!! Tout de suite, même !

Marie-Annick lui aurait presque sauté au cou de joie. Elle appela immédiatement son patron pour l'informer de sa bonne fortune.

AJACCIO — 8 heures 10.
Hôtel de Police.

Orsini venait de raccrocher avec Le lieutenant Baracé, quand la « Sauterelle » entra dans son bureau.

— Patron, patron j'ai un scoop.

— Arrêtez de sauter comme ça Julie, vous me donnez mal au cœur ! Ce n'est plus la « Sauterelle » que je vais vous appeler mais le cabri ! Allez dites-moi !

— Le conducteur du camion, je l'ai retrouvé !

Orsini se leva d'un bond.

212

— Où est-il ?

— Enfin je sais qui c'est... Je n'ai pas mis la main dessus. Il a disparu depuis le 27 mai en fin d'après midi... Mais j'ai tout reconstitué.

Le commissaire déçu se laissa tomber dans son fauteuil.

— Ah, je me disais aussi, c'était trop beau.

— Non, non patron vous allez voir, ça va s'éclairer.

— Éblouissez-moi Julie ! Et asseyez-vous tout de suite, ça vous évitera de faire la largeur du bureau à petits bonds.

Obéissante, elle prit un siège et s'installa.

— Alors voilà. Le conducteur est italien. J'ai recoupé avec les passagers de la compagnie Moby Line qui fait la traversée avec l'Italie. Il s'appelle Luiggi Forzati. Il débarque à Bastia à midi le 27. On voit le camion sortir du port, puis plus rien jusqu'au soir où on le retrouve à l'aéroport d'Ajaccio. Mais il ne prend pas l'avion sur lequel son billet est retenu. Par contre sur ce même vol on retrouve Gianni Matera. Et surprise !!! Deus Ex Machina, ce Matera là n'est autre que le fils du patron de la Strada Libera Cie, Monsieur Adriano Matera. Voilà !!!

Orsini resta silencieux un moment sous les révélations de son équipière. Puis soudain il se libéra.

— Putain, de putain, de putain... tout se tient ! On les tient ! Bravo Julie... Bravo !

Puis il se rappela un élément qui n'avait pas été étudié : Le temps passé par le cardinal au musée Fesch. Qu'allait-il y faire pour y passer si peu de temps. Voulait-il voir une œuvre en particulier ? Peut-être que lui et son équipe avaient loupé une pièce du puzzle.

— Julie, pouvez-vous retourner au musée Fesch pour savoir ce que Le Feucheur y fabriquait ? D'après les relevés de la caméra, il y serait resté vingt-cinq minutes. Seulement vingt-cinq minutes... Étonnant non, pour visiter un musée ?

D'un bond, Julie, surnommée « la Sauterelle » sortit du bureau. Elle eut le temps de crier:

— C'est comme-ci c'était fait, chef !

Sur le champ, il appela son adjoint pour lui demander d'aller chercher Jean-Baptiste Zanetti. A cette heure-là, il devait encore dormir profondément. Olivier en profita pour annoncer à son patron l'arrivée des collègues de la scientifique qu'il avait pu briffer.

L'infographiste s'était déjà mis à travailler sur les prises de vue des caméras de surveillance afin de les améliorer et la morphologue qui avait amené son ordinateur portable, triturait la silhouette du photographe à l'aide de ses logiciels 3D et de morphing afin de savoir à quoi il ressemblait réellement.

Orsini les avait rejoints afin de les encourager et de constater les progrès de leur créativité. L'impatience le gagnait et le rendait, contrairement à son caractère plutôt mesuré, agité et nerveux. Il allait poser une centième question sur les possibilités informatiques quand une photo vint lui obstruer la vue. Il vit avec surprise que c'était le capitaine Franju qui lui présentait l'image d'une femme assez jeune et plutôt élégante.

— Qui est-ce ? demanda Orsini.

— Stéphania Malaparte, Lucia Malaveri-Calora, Maria Casamozza, Natacha Illichenka et mille autres encore.

— Et ?

— Et c'est la femme qui sort de la rue Saint Charles derrière Le Feucheur.

Orsini regarda avec beaucoup plus d'attention la jeune femme de la photo tendue par Franju et celle prise par la caméra de la cathédrale. Celle de Franju était brune, celle de la caméra blonde. Le commissaire demanda à l'infographiste de bien vouloir blondir la photo du capitaine.

— Et que fait-elle dans la vie, cette beauté ?

— Elle a été mêlée plusieurs fois à des décès bizarres.

— Des décès bizarres ?

— Des assassinats... mais jamais du menu fretin. Un banquier italien à Paris, un PDG marocain à Marseille, un directeur de cabinet d'un ministre ripoux grec... A chaque fois, elle passe dans le décor sous ses noms d'emprunt. De loin... Comme une observatrice. Elle n'est jamais citée, jamais été entendue, même pas comme témoin.

— En effet c'est troublant.

L'infographiste avait eu le temps de transformer la brune en blonde et donna le résultat au commissaire. Orsini se gratta le nez. Cette tête-là, il pensait l'avoir déjà vue. Rapidement il pensa aux femmes qu'il avait croisées depuis cinq jours, mais rien ne lui revenait en mémoire. Il ferma les yeux pour mieux se concentrer. Scanna mentalement les visages croisés dernièrement. Il se repassa le film des derniers jours rapidement, au ralenti.

— Je ne connais pas ces noms-là ! Finit-il par dire. Et je ne vois pas où je l'ai croisée. Non la seule blonde de cet âge-là que j'ai aperçue ces derniers temps, c'est une journaliste, à Via Stella ce matin.

— Une journaliste de Via Stella ?

— Non, non, je n'ai pas dit de.., mais à Via Stella. Une nana qui, selon les mots de mon copain, serait une consœur qui s'intéressait aussi au cardinal. C'est tout ce que je sais.

— Son nom ?

— Pfff, je ne sais même pas s'il me l'a dit.

— Vous êtes d'accord que c'est la même femme ?

Orsini hocha la tête d'assentiment.

— Il serait souhaitable de l'entendre rapidement, elle a certainement des renseignements très intéressants à nous communiquer.

— Si c'est elle, elle va se réfugier derrière son statut de journaliste. Je pense qu'elle pistait le cardinal depuis un bon bout de temps et qu'elle voulait savoir où il se rendait.

— Où peut-on la joindre ?

— Je ne sais pas ... Mais peut-être que mon ami Valinco peut nous renseigner, je l'appelle.

Il appela Via Stella, mais personne ne m'avait vu ce matin.

Il appela mon portable, mais sans réponse, il ne put même pas laisser un message, la messagerie étant saturée.

Il ne mit pas un quart de seconde pour prendre une décision.

— Venez, dit-il à Franju. On va le chercher, je n'aime pas ça du tout ! Ce n'est pas son genre de ne pas répondre sur son portable, il l'emmène même aux chiottes.

Ils sortirent rapidement du commissariat et demandèrent à un bleu de les amener toute sirène hurlante au port de l'Amirauté.

Ils s'arrêtèrent juste devant la panne A.

AJACCIO — 8 heures 45.
Port de l'Amirauté.

Je me sentis soudain bousculé. J'étais dans le noir. Mais le noir-noir. Pas une goutte de lumière, nulle part. Je me suis dit que c'était peut-être la tempête. Des voix au loin. Et mon crâne qui était dans de la bouillie. Non du fromage blanc... Et puis j'ai senti une claque sur le cul. C'est quoi ce bordel ?

On me retourna. Je m'étais peut-être noyé. Non je n'avais pas le goût de la mer dans la bouche, mais une sorte de coton.

— Et Julien, réveille-toi !

— Hein ? Qui c'est ?

— On va le couvrir, on peut pas le laisser à poil comme ça ! dit une voix lointaine.

J'ai réussi à bégayer quelque chose.

— Je suis à l'hôpital ?

Une voix dans mon oreille retentit.

— Non du con, tu es dans ton lit.

— Orsini ?

— Oui c'est moi ouvre les yeux !

J'ai dû secouer la tête.

— Peux pas !

Une autre voix est sortie de la nuit.

— Il a l'air d'être à l'ouest... Il se drogue ? Il fume ?

— Non sûrement pas ! Je pense qu'il n'a jamais fumé un joint de sa vie. J'appelle quelqu'un pour qu'on lui fasse une prise de sang...

J'entendis les voix s'envoler là haut ou en bas, je ne sais plus.

216

— Y a pas d'alcool non plus...

J'ai voulu dire : « Si, si ! » Mais personne ne m'a répondu.

On m'a secoué de nouveau.

— Tu as bu ?

J'ai fait oui de la tête.

— Beaucoup ?

J'ai fait non de la tête.

— Tout seul ?

J'ai fait non de la tête encore une fois.

— Avec qui ?

J'ai senti de l'eau sur mon visage. On voulait encore me noyer. Encore de l'eau et des claques.

— Il a du café quelque part ?

— Il a une machine avec dosettes.

J'ouvris difficilement un oeil.

— Vous êtes qui ?

— C'est moi, Pierre-Charles Orsini... On va te faire une prise de sang.

— J'ai eu un accident ?

— Tiens, soulève-toi… Bois, c'est du café.

La prise de sang étant faite, Orsini demanda qu'on fasse l'analyse le plus rapidement possible puis il se retourna vers Franju.

— Vous avez trouvé quelque chose ?

— Non, pas de bouteille, pas de verre. La vaisselle à été faite on dirait.

— J'ai commandé une ambulance pour qu'on l'emmène à l'hôpital, on ne sait jamais. On a fouillé ses affaires ? Son ordinateur portable est là ? Si oui, on le prend pour l'analyser.

— Oui il est là, mais tout a l'air bien rangé, bien clean. Vous qui le connaissez bien, vous pensez quoi ?

Je me suis levé difficilement. M'apercevant que j'étais à poil, je me suis enroulé dans un drap comme un empereur romain et suis sorti titubant de ma cabine et j'ai vu les deux flics, là, qui fouillaient dans mes affaires. Je me suis tenu au chambranle de la porte et j'ai articulé péniblement.

— Vous gênez pas les gars ! Vous cherchez quoi ?

Ils se retournèrent vers moi.

— Qui était avec toi cette nuit ? Demanda Orsini.

— Ben, l'autre pot de colle. Machine...

— La blonde ?

J'ai dit oui en secouant la tête.

— Son nom ? Demanda Franju.

— Marie machin chose... Lucciani.. Non, Juliani. ouais Juliani !

— Vous avez bu et ?

— On a bu, c'est tout.

J'ai rigolé. Orsini me regarda en souriant.

— Je vois... Tu l'as sautée...

— Chais pas. Pas sûr !

— Comment ça, pas sûr ?

— M'en souviens pas… Pas du tout.

— Pourquoi tu es à poil alors ?

— Mystère...

— C'est quoi la dernière chose dont tu te souviens ?

— Son cul... son cul blanc !

Et j'ai rigolé.

— Tu vas t'habiller et on va te conduire à l'hôpital. Elle a dû te droguer.

— Oh la salope !

— Bon ça va, n'aggrave pas ton cas ! Je demanderai à la scientifique de venir faire des relevés.

Je me suis habillé en me tenant aux parois. Une manche, l'une après l'autre. Le plus difficile fut de mettre mon pantalon que j'ai dû enfiler allongé. Pas simple quand on a la tête dans le brouillard.

Ils m'ont aidé à sortir du bateau en me cognant partout. Là, j'ai regretté de ne pas vivre dans un bel appartement avec ascenseur.

ROME — *9 heures 15.*
BCN d'Interpol.

« Rome, l'unique objet de mon ressentiment ». Le lieutenant Baracé avait cette phrase cornélienne qui tournait en boucle dans son esprit, sans savoir réellement pourquoi.

Les immeubles défilaient derrière les vitres de la voiture de la police. Elle reconnaissait certains lieux qu'elle avait fréquentés quand elle était étudiante et qu'elle ambitionnait une autre carrière. Les maisons romaines n'avaient pas changé, Les ruelles non plus. Grâce à l'interdiction de circuler dans le centre de Rome, l'inspecteur Colona put sortir rapidement de la ville historique pour rejoindre les bureaux du **BCN** d'Interpol qui se trouvaient à la périphérie.

Un officier de liaison les attendait à l'entrée de l'enceinte du Centre de la Sécurité Nationale où se trouvaient les bureaux d'Interpol. Après avoir salué les nouveaux arrivants, il leur demanda de suivre sa voiture pour leur montrer où se garer dans les grands ensembles de bâtiments ultra modernes. Il leur indiqua une place de parking pas loin de l'entrée du BCN.

Le Bureau Central National avait été réactif pour pouvoir les accueillir dans de bonnes conditions. On leur avait attribué une pièce spacieuse au troisième étage avec une large baie vitrée pour qu'ils puissent y travailler confortablement. Un large tableau d'affichage nu était déjà installé pour qu'ils puissent afficher les photos de l'affaire. L'officier de liaison leur présenta, dans la salle des opérations, les trois personnes qui allaient les seconder. Lui-même, Hugo Bellini, sergent des carabiniers, était à leur disposition. Il leur annonça aussi que le responsable du département « trafic d'armes » les attendait une demi-heure plus tard.

Marie-Annick profita de ce moment pour faire le point avec le commissaire Orsini qui lui annonça les nouvelles découvertes de « la sauterelle », sa collègue, au sujet du conducteur du camion. Avec une certaine jubilation elle nota les nouveaux éléments de l'enquête. Tout la ramenait à la Strada Libera Cie. Elle communiqua ces dernières informations à son collègue italien.

La morphologue avait pu extrapoler les différentes images du photographe de la rue Fesch et faire des propositions. Plusieurs ébauches montraient un très jeune homme, un adolescent de petite taille aux traits fins.

La déception se lut tout de suite sur le visage du commissaire Orsini.

— Bon, c'est certainement un jeune touriste qui se trouvait là par hasard... Ce n'est pas un ado qui pistait le cardinal. Ça va être difficile de mettre la main sur lui. C'est peut-être un Allemand, un Anglais ou même un Italien que le hasard a placé là. Nous ne saurons donc jamais avec qui Le Feucheur discutait devant le musée. Et je mettrai ma main à couper : l'inconnu est quelqu'un d'ici et c'est notre meilleur suspect. Qu'en pensez-vous ?

Franju hésita. Il avait pour religion de ne pas croire au hasard et qu'il fallait considérer les faits, les prendre au sérieux, les analyser, et ne pas les passer par pertes et profits.

Il trouvait que c'était une forme d'abandon, de manque de caractère et de clairvoyance. Mais il ne fit aucune remarque, il pensa simplement que son collègue ajaccien était fatigué et devait prendre un peu de repos pour être plus exigeant avec l'enquête.

Orsini remercia la physionomiste et l'infographiste pour leur collaboration et les libéra en ajoutant toutefois, qu'il se permettrait de les solliciter de nouveau si cela était nécessaire.

Le capitaine Olivier Vuccino profita de ce moment pour l'informer que Zanetti attendait dans la salle d'interrogatoire depuis une bonne heure.

Cette nouvelle donna au commissaire Orsini un regain de bonne humeur. Il regagna son bureau pour prendre un dossier rempli de photos.

Il ouvrit la porte de la salle inhospitalière d'un coup. Vlan! J.B Zanetti sursauta.

220

— Alors mon vieux, tu as bossé beaucoup pour la société Strada Libera Cie ?

— C'est qui ?

— C'est qui ? Tu es un rigolo toi ! La Strada Libera, c'est la société italienne pour qui tu travaillais, non ? Celle qui distribue des missels !

— Des bibles !

— Ah tu vois que tu la connais !

— Je ne connaissais pas le nom de la société !

Orsini étala des photos devant Zanetti.

— Regarde bien, on va faire un jeu ! Plus tu reconnais de monde, plus tu gagnes des points. Plus tu gagnes de points, moins je t'ennuie.

Jean-Baptiste Zanetti se pencha sur les tirages photos.

Il pointa la photo du cardinal, puis celle de Gianni Matera, le fils du patron. Il ne reconnut pas Giovanni Cabrini, mais pointa aussi Luiggi Forzati, le camionneur disparu. Orsini insista sur les photos du patron de la société Strada Libera Cie, du photographe et de Marie-Agnès Juliani.

— Et ceux-là ?

— Non, jamais vu !

— Le capitaine Vuccino, que tu connais, va te faire relire ta déposition et te la faire signer, si tu veux bien. Si quelque chose te revient, n'hésite pas, ça te fera des points en plus !

JB Zanetti le regarda bêtement, sans comprendre ce qu'il voulait dire.

C'est à ce moment-là que le gardien de la paix me ramena avec quelques égards au commissariat, jusqu'au bureau du commissaire.

Orsini m'invita à m'asseoir en présence du capitaine Franju.

— Alors raconte !

— Raconter quoi ?

— Ta soirée, ta nuit.

— C'est normal de me demander de détailler ma vie privée ?

— On va dire que tu es un témoin ! Entendu ?

221

— C'est quoi ces conneries ?

— Nous nous interrogeons sur ta copine.

— Parce qu'elle m'a drogué ?

— Pas seulement. Ça confirme nos doutes.

— Tu penses qu'elle est suspecte de l'assassinat de Le Feucheur ?

— Je n'ai pas dit ça. Mais elle semblait suivre le cardinal devant la cathédrale le soir de sa mort. On veut savoir ce qu'elle sait, ce qu'elle y faisait exactement.

Je suis resté sans voix. Mon esprit ne fonctionnait qu'à soixante-quinze pour cent et j'avais du mal à faire certaines connexions. J'ai voulu faire preuve de bonne volonté et coopérer.

— Quand je suis rentré de la télé, elle était déjà sur mon bateau.

— Tu l'avais invitée ? C'était prévu ?

— Non, pas du tout. Elle n'a pas arrêté de me pister depuis hier matin où tu l'as vue à Via Stella.

— Donc elle t'attendait sur ton bateau,

— Comme si c'était chez elle. En bikini, prenant un bain de soleil. J'allais la mettre dehors gentiment quand elle me dit qu'elle m'invite à dîner.

— Où ça ?

— A l'Amirauté. Tu peux vérifier.

— Et durant ce repas, elle ne t'a rien raconté d'intéressant ?

— Juste l'histoire des Innocenti ! Sinon, c'est vague.

— Raconte, fit Orsini très intéressé.

— C'est comme ça que les gens de l'ONG au Tchad nommaient les enfants dont ils avaient la garde. C'est tout ce dont je me souvienne pour l'instant.

— Et après ?

— Après, elle avait pas mal picolé, elle avait bu du champagne toute la soirée, et elle tenait pas debout; je l'ai donc ramenée sur le bateau. J'ai eu pitié d'elle.

— Et ?

— Et pardi, je lui ai indiqué la cabine avant où elle pouvait dormir et je suis resté sur le pont à rêvasser...

— On est entre nous, tu peux tout nous dire.

— Elle est revenue chercher son sac. Elle était nue.

— Dis donc, c'est toujours sur toi que ça tombe ces histoires-là. Continue. Tu n'as rien bu ?

— Si elle avait une bouteille d'eau, j'en ai bu une grande gorgée.

— Tu vois, tu allais me cacher ça...

— Que j'ai bu de l'eau ? Il faut peut-être que je te raconte comment était la bouteille de Saint Georges ?

— Non ce n'est pas la peine... et après le trou noir est venu quand ?

— On a descendu l'escalier et je lui ai indiqué ma cabine. Et plus rien.

Orsini décrocha son téléphone pour demander qu'on lui amène les résultats des analyses, puis il me regarda avec compassion.

— Comme tu es mon ami et que je suis de la police, j'ai demandé en urgence les analyses de cette bouteille de Saint Georges.

Un des hommes du groupe d'Orsini amena quelques feuilles de papier sur lesquels il fit mine de jeter un regard intéressé.

— Tu as bu souvent pendant la nuit ? Bu de l'eau, je veux dire.

Sa question me surprit et je dus faire un effort pour y répondre.

— Je ne m'en souviens pas, mais certainement. Cela m'arrive souvent.

— Te souviens-tu de ta bouteille ? Était-elle pleine hier soir ? Tu peux te souvenir de ça, peut-être.

— Oui elle l'était.

Il se pencha sur le côté de son bureau pour attraper et poser une bouteille d'eau aux trois-quarts vide devant moi.

— Regarde-la... Tu as bu tout ça, tu avais sacrément soif...

— Faut croire… Et alors ?

— Et alors... A chaque fois que tu buvais une bonne gorgée, je t'annonce que tu avalais en prime une bonne dose de GHB. Tu sais ce que c'est ?

Je connaissais cet acronyme mais je n'arrivais pas à savoir ce qu'il signifiait. Voyant mon hésitation, Orsini continua.

— La fameuse drogue du violeur. Ajoute à ça un peu de benzodiazépine, qui est un sédatif et un hypnotique et tu sauras ce que tu as avalé durant la nuit. En petites doses certes, mais ce qui t'a permis de dormir d'un bon gros sommeil réparateur. Elle t'a drogué à mort mon vieux ! A qui se fier, hein ?

— Et pourquoi aurait-elle fait ça ?

Orsini se pencha de nouveau sur sa droite pour sortir mon ordinateur portable. Devant ma réaction de surprise et de mécontentement, il enchaîna.

— Rassure-toi, nous n'avons rien lu, ni ouvert aucun de tes fichiers. Nous avons juste voulu vérifier quand il a été ouvert la dernière fois, et la dernière fois, il était deux heures du matin... A deux heures du matin tu t'amusais à travailler sur ton portable ?

— Non je ne crois pas !

— Moi non plus, vu tout ce que tu as bu, tu dormais profondément. Je ne sais pas si elle a pu trouver ce qu'elle cherchait...

Il se pencha encore une fois sur le côté et posa devant lui ma sacoche.

— Voudrais-tu vérifier s'il te manque quelque chose dans ton sac. Si toutefois tu en es capable.

Je pris ma sacoche et l'ouvris pour prendre tout de suite le dossier où je classais tous les documents relatifs à l'affaire. Rien n'avait disparu.

— Il ne manque rien. Je n'y comprends rien.

— Ton cœur d'artichaut, si j'ose dire, te perdra toujours. Tu n'es pas assez méfiant... Et maintenant regarde cette photo !

Il me tendit un tirage de la façade de la cathédrale d'Ajaccio. L'heure indiquée dessus était 17h35. On apercevait la silhouette du cardinal Le Feucheur tirant sa valise à roulettes. Il me tendit une autre photo, elle indiquait 17h36. On pouvait distinguer la silhouette d'une femme débouchant de la rue Saint Charles. Il m'en tendit une troisième. La même, mais en plan rapproché. La silhouette féminine très agrandie. A 17h36, Marie-Agnès Juliani suivait bien le cardinal.

— Tu ne trouves pas qu'elle a de l'avance sur nous ? Peut-être a-t-elle vu l'assassin du cardinal ? J'aimerais beaucoup l'interroger. N'est-ce pas capitaine ?

Franju se pencha vers moi.

— Savez-vous où nous pouvons la joindre ?

Je me rendis compte alors que je ne savais ni où elle logeait, ni comment la joindre ayant jeté sa carte de visite.

— Je n'ai même pas son numéro de téléphone portable. A chaque fois, elle me trouve où que je sois.

ROME — 10 heures 15.
BCN d'Interpol.

Marie-Annick et Colona sortirent plus sereins de la réunion avec les directeurs du BCN. Ils avaient reçu l'assurance que tout serait fait pour faciliter leur enquête et qu'aucune piste ne serait négligée, même s'il fallait fouiller dans les latrines du Vatican. Dixit le directeur du trafic d'armes de guerre. Aussi ils pouvaient s'appuyer sur la logistique du bureau pour conduire leurs démarches, demandes de commissions rogatoires et perquisitions.

Aussitôt de retour dans leur bureau, ils demandèrent au sergent Bellini de bien vouloir réunir l'équipe qui allait les seconder. Ils collèrent sur le panneau de l'enquête les photos importantes suivant l'ordre chronologique et une carte de la région ajaccienne et commencèrent le briefing avec les autres membres de l'équipe.

Ils décidèrent rapidement de retourner au siège de la Strada Libera Cie. Le sergent Hugo Bellini se chargea de trouver un procureur voulant bien signer en urgence une commission rogatoire et un ordre de perquisition.

Eric Détricher fit entrer Jérémy dans son bureau avec un sourire chaleureux comme il savait le faire, même si cela l'ennuyait.

— Le ministre ne peut pas vous recevoir, mais je lui ferai un compte-rendu précis de notre entretien. Comme a dû vous le dire le père Martrois, je suis en charge des affaires de la RCA dans lesquelles je me suis beaucoup investi. Je reviens de Rome où j'ai pu rencontrer le Président Bozizé lors d'une réunion secrète au Vatican. Des hommes volontaires de l'Opus Deï ont décidé de reprendre les choses en main au sujet de la livraison des armes, au niveau du financement et de la logistique. Quant à la République Française, nous avons des hommes du Service Action de la DCRI sur place à Bangui et deux cents hommes de l'armée française de l'opération Boali. Il ne faut pas oublier les unités basées au Tchad qui interviennent dans le nord-est de la Centrafrique quand il le faut. Mais pour l'instant, nous avons les mains liées pour la livraison de nouvelles armes. Nous ne pouvons plus intervenir directement, même en sous-marin. Le Président, lui-même, est hostile à une politique africaine trop interventionniste de la France.

Jérémy attendait un autre discours de la part du conseiller du ministre des Affaires étrangères.

— Je vis quotidiennement avec les populations déplacées du Soudan, et de plus en plus j'ai pu constater l'arrivée de rebelles islamistes qui se regroupent en vue d'une intervention en Centrafrique. Si nous ne faisons rien, la Centrafrique sera un bastion supplémentaire des islamistes.

Eric Détricher se leva, embarrassé, signifiant la fin de l'entretien.

— Je suis désolé, mais pour l'instant nous avons les mains liées. Je ne manquerai pas de transmettre vos informations au ministre qui est très attaché à la défense des peuples, vous le savez. Mais le Président décide de tout et nous laisse peu de latitude. En attendant des jours meilleurs, le meilleur rempart à cette invasion est de s'appuyer sur les hommes du Vatican. Vous savez, la mort du cardinal Le Feucheur est une grande perte pour le maintien de cet équilibre fragile dans la région. Bon retour à vous et bon courage.

Fin de l'entretien qui dura 6 minutes en tout et pour tout. Jérémy se demanda pourquoi il avait fait un si long voyage pour ce résultat dérisoire.

Quand il sortit du ministère, il marcha de longues minutes le long du parterre des Invalides. Il se sentait inutile et impuissant devant la catastrophe annoncée. Il téléphona au père Martrois et à l'archevêque Kouvouama pour leur expliquer la faillite de son intervention. Les deux prêtres parurent désorientés et désabusés.

Jérémy alla s'asseoir à la terrasse d'un café pour reprendre ses esprits et courage comme lui avait souhaité le conseiller du ministre.

AJACCIO — 10 heures 30.
Grand Café Napoléon.

Bon ! Enfin le calme ! Apparemment seulement, car la journée me semblait épaisse et lourde. Je me mouvais dans une pâte résistante et chaude limitant mes pensées et mes mouvements. Des ombres s'agitaient dans mon esprit alourdi par la drogue et les somnifères. Des visions imparfaites vampirisaient ma lucidité. Des visages flous passaient et repassaient. Des rires jaillissaient au loin et des cris perçaient contre ma volonté. Malgré mes lunettes teintées, le soleil surexposait les passants du Cours Napoléon et la façade de la préfecture irradiait au fond de son jardin.

Assis à la terrasse du Grand Café, je m'efforçais de déguster avec un certain plaisir un grand jus d'orange pour chasser les tourments de mon âme et oublier l'agitation fébrile et surprenante de ce matin. Me redonner un coup de fouet. Orsini, dans sa grande bonté, avait décidé de me laisser tranquille une demi-heure pour que je puisse remettre mes idées au clair. Je pris mon téléphone pour appeler mon rédacteur en chef pour le rassurer sur mon sort quand je vis qu'un nombre incalculable d'appels avaient saturé ma boîte vocale. En regardant la liste des numéros, je vis celui de ma soeur Élisa en très grand nombre. Je l'avais complètement oubliée et je décidai de lui parler tout de suite après avoir appelé mon rédacteur en chef en premier. Ma première préoccupation était de le tenir informé des dernières évolutions de l'affaire et qu'il ne s'inquiète pas de trop pour moi, quoique ce n'était pas franchement son genre.

Ensuite Élisa.

— Élisa ?

— Ah Julien ! Mais où étais-tu passé ?

— Un contretemps, ne t'inquiète pas... Merci d'avoir rappelé. Te souviens-tu de quelque chose des Innocenti ?

— Oui, mais ça serait trop long de t'expliquer ça au téléphone. On peut se voir ?

— Je ne sais pas si je pourrai descendre à Olmeto aujourd'hui... Demain ?

— Ce n'est pas la peine, je suis en ville jusqu'à 16heures.

— Ok à midi au resto d'Alfredo. Je t'embrasse et sois prudente ! Bisous.

Alfredo était un vieux copain tenant un restaurant dans une ruelle de la vieille ville, avec une salle arrière pour ceux qui désiraient une certaine discrétion.

En raccrochant j'ai pensé à l'autre folle, Marie-Agnès Juliani. Que cherchait-elle exactement en fouillant mon ordinateur ? Pourquoi m'avoir endormi et non pas questionné directement ? Si elle désirait une copie de la lettre des Innocenti, je lui aurais certainement, et même volontiers, donnée. Que s'est-il passé et que manigançait-elle ? Je tournais et retournais la question sans succès. De A à Z et de Z à A, je ne voyais pas de raisons objectives à son comportement.

Ensuite, depuis quand suivait-elle le cardinal ? L'avait-elle croisé par hasard, elle aussi ? Cela me paraissait fortement improbable. Elle avait dû le suivre depuis toujours. Peut-être depuis son départ du Vatican. Soudain une horrible interrogation me paralysa : La photo ! La photo de ma rencontre avec Le Feucheur rue Fesch. En fouillant dans mes dossiers, impossible qu'elle soit passée à côté, qu'elle ne l'ait pas vue ! Et Orsini qui avait gardé ma sacoche sous le coude, pourrait-il avoir farfouillé dedans ? Il me fallait absolument vérifier si la photo était toujours dans mes dossiers.

Devant ces questions sans réponse pour le moment, je bus mon jus d'orange et je me levai pas très courageux pour retourner dans le bureau de mon copain le commissaire.

Je ne fus pas surpris de voir de nouveau mes confrères du continent faire le pied de grue devant le commissariat.

En voulant franchir la porte de l'hôtel de police, j'eus le droit aux mêmes questions que la veille, et comme la veille, je répondis : « Désolé... »

ROME — 10 heures 45.
Siège de la Strada Libera Cie.

Rien n'est meilleur que d'être installé sur le siège passager d'une voiture de police toute sirène hurlante. Les voitures devant se poussaient sur le côté en toute hâte, les piétons s'arrêtaient, figés et les cyclistes faisaient un grand écart, Marie-Annick ne boudait pas son plaisir, c'était pour elle mieux qu'un film d'action car elle était dans l'action, et de plus, l'actrice principale.

Les trois véhicules des carabiniers entrèrent en fanfare dans la cour du siège social de béton, d'acier et de verre, illuminé des rayons de soleil. Le temps qu'ils s'arrêtent et ouvrent leur porte, Marie-Annick put apercevoir des visages venir se coller aux vitres de l'immeuble, à chaque étage, à chaque bureau.

Le sergent Bellini et l'inspecteur Colona en tête, suivis des autres policiers entrèrent en trombe et sans ménagement dans le vaste hall de la société. Les hôtesses d'accueil, surprises, se levèrent dans un ensemble parfait, mais furent ignorées. Une partie du groupe des carabiniers prit les ascenseurs, les autres, l'escalier, et deux autres restèrent dans le hall pour surveiller les fuites éventuelles.

Des clients assis dans le salon d'accueil, attendant leur rendez-vous se regardèrent soudains inquiets. L'un plaqua ses mains sur ses genoux comme un petit garçon pris en faute, un autre se plongea dans la revue qu'il tenait à la main, deux autres reprirent leur discussion comme si rien ne se passait.

La Baleina, dont le bureau donnait sur le parc arrière de la bâtisse au premier étage, n'avait perçu que lointainement le tintamarre des sirènes policières. Il était en grande discussion avec des investisseurs importants et il n'était pas question qu'il bouge le moindre sourcil. C'est seulement quand sa porte s'ouvrit avec fracas, qu'il prit réellement conscience que quelque chose d'anormal se passait.

Bien que surpris par cette brutalité inconvenante, il ne put s'extraire de son fauteuil, et resta de ce fait bloqué sur son siège.

Le sergent Bellini lui tendit l'ordre de perquisition et lui annonça sa mise à disposition de la justice.

Les investisseurs se retirèrent après avoir fourni leurs pièces officielles d'identité.

La Baleina voulut prendre son téléphone, mais la main vigoureuse de l'inspecteur Colona la maintint sur le combiné.

— Interdit de téléphoner pour l'instant.

Adriano Matera, dit la Baleina, fit un effort surhumain pour ne rien dire, ne rien faire. Se contrôler au maximum.

— Nous voudrions parler à votre fils, monsieur Gianni Matera et à monsieur Giovanni Cabrini ! Vous allez tous nous accompagner au siège d'Interpol pour inculpation de trafic d'armes de guerre.

AJACCIO — 10 heures 45.
Hôtel de Police.

Pierre-Charles Orsini sentait les choses bouger lentement, comme des plaques tectoniques qui se frottent lentement les unes contre les autres, mais font bouger tous les écosystèmes qui les environnent en cataclysmes et donnent naissance à des séismes ravageurs. Des tremblements de terre ou des tsunamis. Pour paraphraser son copain le journaliste, les pièces du puzzle s'amoncelaient sur la table pour commencer à s'emboîter.

La juge d'instruction, Maria Martinetti, s'était déplacée, à la demande du commissaire, pour être informée des derniers développements de l'affaire. Franju et Orsini, fiers d'eux, lui détaillèrent de façon complète les éléments qu'ils avaient récoltés la veille au soir et le matin même. Orsini lui fit part aussi des avancées importantes de son lieutenant Baracé à Rome.

Ils étaient en pleine discussion quand je frappai à la porte du bureau d'Orsini.

— Me revoilà !

— Assieds-toi s'il te plait ! Nous faisions le point avec madame le juge en t'attendant... Ça y est, tu vas mieux ?

— Je vais mieux merci, dis-je mal à l'aise.

— Tu peux reprendre ton ordinateur et ton sac de travail, nous ne pensons pas qu'elle ait pu rentrer dans tes dossiers informatiques, tu as bien protégé ton ordinateur, et comme tu nous dis qu'il ne te manquait rien, nous ne savons pas non plus ce qu'elle cherchait.

Je pris rapidement ma sacoche pour vérifier discrètement si la malheureuse photo où je rencontrais Le Feucheur était à sa place et, miracle, elle était toujours glissée parmi les autres documents. Je fus soulagé mais surpris. Pourquoi n'avait-elle rien pris ?

Orsini me tira brutalement de mes réflexions.

— Il faut mettre la main sur ta copine et vite !

Maria Martinetti me regarda bizarrement, une lueur brûlante dans le regard.

— Vous avez tiré le gros lot, Julien !

— Je vous assure que... commençais-je à bredouiller.

Ce brave Orsini vint à mon secours maladroitement.

— Notre ami Julien n'y est vraiment pour rien. Il a été le jouet d'une terrible machination féminine. Imaginez que les sexes soient inversés... Que n'aurait-on pas dit ! Julien a été drogué comme une pauvre gamine abusée...

— Merci de me défendre, mais je ne t'en demande pas tant. Le seul tort que j'ai eu c'est de ne pas l'avoir balancée par-dessus bord quand je l'ai trouvée sur mon bateau.

Maria Martinetti se leva brusquement.

— Admettons... Comme toute la presse française et une bonne part de la presse étrangère sont ici, je vais demander au procureur de bien vouloir faire une conférence de presse ce soir avec le préfet si c'est possible. Commissaire, essayez donc de nous retrouver rapidement cette demoiselle curieuse et sulfureuse et qui semble en savoir beaucoup plus que nous !

C'est à ce moment-là qu'un brigadier frappa à la porte et remit un pli à Orsini.

— C'est un riverain qui était garé dans la rue un peu plus haut qui a trouvé cette enveloppe sur son pare-brise et nous l'a amenée.

Le commissaire retourna l'enveloppe et constata que ses nom et fonction avaient été imprimés.

— Vous avez relevé l'identité du riverain ?

— Oui chef, il nous a présenté sa carte d'identité.

Orsini prit délicatement le pli et l'ouvrit avec un coupe—papier. Il en sortit un jeu de photos datées du 27 mai. Devant une église apparaissaient un 4x4, un homme de trois quart face et le cardinal Le Feucheur tenant dans ses bras un enfant qui semblait inconscient.

Tous se passèrent les photos. Tous se regardèrent. L'impensable me vint à l'esprit.

Orsini décrocha son téléphone et demanda au capitaine Vuccino de nous rejoindre.

— Capitaine, veuillez faire analyser d'urgence ces trois photos, puis il me regarda. Tu as une idée, toi ?

— Hélas, oui, je le crains et espère me tromper. Mais je préfère attendre l'analyse des photos.

— A quoi penses-tu ?

— Au pire... A Enzo de Bocognano, dis-je le sang glacé.

ROME — 10 heures 55.
Vatican

Le père Martrois revenait des toilettes. Il avait souvent l'impératif besoin de soulager sa prostate qui le chatouillait cruellement. Il avait dû se rendre rapidement dans le hall d'accueil du bâtiment, loin de son bureau, où se trouvaient les toilettes. Il choisissait toujours celles où il pouvait s'asseoir confortablement car c'était devenu un véritable calvaire pour lui de s'acquitter de ce rendu à la nature. Non seulement cela lui prenait beaucoup de temps, mais cela était parfois douloureux et de plus il lui fallait gérer cette maudite soutane. Au séminaire il avait bien essayé de pisser debout mais il dut se rendre vite compte que faire cela la soutane entre les dents compliquait terriblement la vie. Aussi rapidement il avait pris le parti de s'asseoir comme n'importe quelle femme. Un jour il faudra bien qu'il se fasse opérer et être débarrassé de cette glande qui ne lui avait pas beaucoup servi au cours de sa vie et l'avait plutôt handicapé.

Il prit une bonne dizaine de minutes pour réaliser cet acte simple et naturel et retourna le plus rapidement possible à son bureau.

C'est à son retour que sa vie déjà peu simple depuis la mort du cardinal Le Feucheur franchit encore un pas supplémentaire vers les ennuis. Sur le bois blond de son bureau, face à son fauteuil, avait été déposé un joli cercueil en bois noir orné d'une croix blanche, certes de taille modeste, mais qui faisait l'effet escompté.

Il sentit son cœur usé par l'immobilisme frapper fort sa poitrine.

Lentement il alla s'asseoir et contempla le symbole d'une menace assez précise. Soudain, il se rendit compte qu'il tenait à la vie et comprit l'urgence de se protéger. N'ayant que peu de confiance dans les Gardes Suisses, il préféra appeler les deux policiers venus lui rendre visite la veille. Il prit la carte laissée par l'inspecteur italien et, vérifiant que le numéro de son portable y était mentionné, l'appela sur le champ.

ROME — 10 heures 55.
BCN d'Interpol.

Le troisième étage du bureau romain d'Interpol était en pleine ébullition. L'équipe dédiée à l'enquête avait ramené avec elle, dans ses locaux, pratiquement l'état-major de la Strada Libera Cie au complet. Les interpellés se tenaient tous debout, même le patron Adriano Matera, qui se cramponnait à une armoire pour ne pas trop souffrir de son surpoids et ne pas choir sur le sol. Les minutes passaient sans que quelqu'un daigne leur adresser la parole Les cartons chargés des indices, ainsi que la comptabilité de la société, s'empilaient sur la table de conférence.

Le portable de Colona sonna. Sans regarder, il prit la communication et eut la surprise d'entendre le père Martrois qui lui expliqua en quelques mots, en phrases hachées dans lesquelles il reconnut une grande panique, l'objet de son appel. Colona le rassura, lui demanda de s'enfermer dans son bureau, de ne rien toucher et d'attendre les deux hommes d'Interpol qu'il lui envoyait tout de suite. Aussitôt Colona informa ses collègues.

Le Vatican qui était un État souverain, était aussi membre de l'organisation d'Interpol, ce qui facilitait les choses. Il demanda au service Europe de bien vouloir prévenir le colonel qui commandait les Gardes Suisses pour s'assurer de sa collaboration sans lui dévoiler exactement le but de cette visite.

Le sergent Bellini demanda à l'un de ses hommes de l'accompagner et partit immédiatement au Vatican.

AJACCIO — 11 heures.
Hôtel de Police.

Julie « la Sauterelle » entra comme à son habitude, d'un bond dans le bureau d'Orsini, sans prendre le temps de frapper à la porte.

— Je vous en prie asseyez-vous, fit le commissaire sans toutefois lever le nez des photos qu'il avait étalées devant lui.

Elle s'assit sagement; attendant qu'il relève la tête.

— C'est maintenant que vous arrivez ? Alors ?

— En principe le musée était fermé ce matin, mais par chance il y a une nouvelle exposition de peinture du XIVème siècle et il était ouvert exceptionnellement. J'ai pu rencontrer le conservateur qui a bien voulu laisser à ma disposition le bureau de surveillance pour visionner les enregistrements des caméras.

— Bon, arrêtez de vous faire mousser, allez au fait !

— Eh bien j'ai retrouvé notre cardinal.

— Super... Et ? dit Orsini légèrement impatient.

— Et il est tout de suite monté au premier étage et s'est pointé dans la salle des peintures italiennes du XIIIème pour admirer une peinture : « la Sainte Famille pendant la fuite en Égypte » de Grégorio de Ferrari. Rien de plus !

— Et c'est tout ? Pendant vingt minutes, il n'a regardé que ce tableau ?

— Oui pendant vingt minutes ! Je vous ai amené une copie du tableau.

Elle lui tendit le tirage photo d'un tableau représentant une femme offrant au regard du spectateur un enfant dans le décor d'une nature tourmentée. Près d'elle un vieillard et un autre enfant tenant contre lui un agneau.

— Il y a un sens caché dans le tableau ? Il n'a fait que ça ? Le regarder ! Il arrive, monte au premier, va dans la salle et se plante devant le tableau et s'en va au bout de vingt minutes ?

— Exact chef ! Cependant une femme d'une cinquantaine d'années s'est arrêtée à côté de lui pendant trois minutes. Je pense qu'ils se sont parlés. Il est parti dix minutes après le passage de la femme.

— Vous pensez ça ? Vous croyez qu'ils se sont parlés et vous me le dites au bout d'un quart d'heure ?

Elle oublia la remarque et lui tendit trois photos.

— Voilà les photos de la rencontre.

Il vérifia que la femme n'était pas Marie-Agnès Juliani.

— Vous avez son nom à cette dame ? Demanda-t-il.

— Non pas encore. J'ai demandé à l'accueil du musée et aux gardiens, personne ne la connaît. Je continue de chercher qui ça peut-être.

— Alors retrouvez-la moi rapidement.

Elle se leva d'un bon comme d'habitude et disparut. Orsini se laissa aller au fond de son fauteuil et ferma les yeux. Deux nouvelles personnes avaient rencontré le cardinal le jour de sa mort. Cela commençait à faire beaucoup. Il fallait absolument les retrouver ainsi que Marie-Agnès Juliani, le jeune photographe et l'inconnu de la rue Fesch.

Orsini respira bien fort et lentement pour ne pas se faire engloutir par ses sombres pensées. Il observa encore une fois les différentes photos du tableau de l'enquête pour se concentrer sur ces inconnus qui venaient le hanter. Plonger dans leur regard fixe, découvrir leurs secrets. Tous cachaient quelque chose.

Il en était à ses réflexions quand le capitaine Olivier Vuccino entra dans la salle des OPJ.

— Patron, nous avons une piste pour retrouver Marie-Agnès Juliani. Les hommes ont fait le tour des restaurants du port et il se trouve que le patron du « Catamaran » venait de fermer son établissement quand en rejoignant sa voiture, il a vu une jeune femme blonde courir sur la jetée et monter dans une Mégane décapotable jaune qui était garée juste à côté de son 4x4. Mais comme les véhicules, garés en épi, étaient très serrés, elle dut monter dans sa voiture en enjambant la portière, ce qui amusa le témoin et du coup, il remarqua son numéro de plaque : JJ123BB. Voiture immatriculée en Italie appartenant à Stéphania Di Nonza demeurant à Rome.

Orsini consulta ses notes.

— Je ne connais pas ce nom-là ! Envoie une copie aux gendarmeries et aux collègues de l'île ainsi que la description de sa voiture et le numéro d'immatriculation... Enfin tout le toutim... Qu'ils soient vigilants... Qu'ils vérifient toutes les bagnoles ressemblant de près ou de loin à la sienne. Qu'on l'arrête si elle veut quitter la Corse. Il faut savoir aussi quand elle est arrivée ici. Certainement par un bateau de Bastia... Je veux savoir tout ça rapidement !

— Ça sera fait... Maintenant l'homme au 4x4. J'ai bossé avec l'infographiste pour avoir un portrait robot et il semblerait que... je le dis sous toute réserve, enfin il lui ressemble : Antoine Peglia, le maire de Tavignanu.

— Je croyais qu'il était en Afrique pour ses affaires de casino celui-là. Vérifie cette histoire, il ne manquerait plus que ça que ça soit lui ! Vérifie auprès de nos témoins de la rue Fesch si c'est l'homme qui discutait avec le cardinal. Vérifie si on a fait parvenir les photos du gamin dans les bras du cardinal à la gendarmerie de Bocognano. « La Sauterelle » s'occupe d'une femme qui aurait parlé au cardinal dans le musée en admirant un tableau biblique. Je pense qu'elle va vérifier sur les caméras du coin. Je veux que l'on fasse une réunion de service à 14 heures 30. Que tout le monde soit présent ! En attendant, bon courage mon vieux...

Quand il fut seul, Orsini appela la juge Martinetti ainsi que le procureur pour leur demander de les voir avant leur conférence de presse. Ils décidèrent de se voir en présence du préfet qui les attendait à 15 heures 30. Le commissaire émit le souhait que le capitaine Franju, le commandant de Pontivy ainsi que le capitaine Fiori assistent à la réunion, ce qui fut accepté.

BOCOGNANO — 11 heures.
Gendarmerie.

Il y a des jours sombres où les forêts épaisses envahissent la nature et cachent la lumière du soleil et ce jour-ci ressemblait bien à cela. Le froid de mon âme avait envahi mon corps. Tout me semblait triste et désespérant. A la sortie de l'hôtel de police, je n'avais qu'une idée: rejoindre rapidement Bocognano où Enzo avait disparu. Les alertes « disparitions » avaient cessé d'être diffusées sur Via Stella mais la photo arrivée sur le bureau d'Orsini avait remis cette disparition à l'ordre du jour.

Mon esprit bouillonnait. Les questions auxquelles je ne pouvais répondre empoisonnaient ma lucidité et des images mortifères se télescopaient comme des boules de billard sanglantes anéantissant ma raison. Qu'imaginer en voyant cette photo ? L'horreur, simplement.

D'abord je voulais passer à la gendarmerie du village. Revoir les enquêteurs et si possible les parents d'Enzo. Je m'en voulais de ne pas l'avoir fait plus tôt, malgré ce que je m'étais promis. En roulant vers les montagnes, j'appelai mon confrère Antoine Casanova pour connaître son sentiment après avoir revu les parents du petit disparu.

Il ne put rien me dire de neuf. La mère était anéantie et le père dans une colère froide et les gendarmes n'avaient aucune piste. J'en profitai pour lui demander le nom et l'adresse des parents désespérés qu'il me donna sans problème car nous avions l'habitude de travailler entre nous en toute transparence, sans aucune jalousie.

Quand j'arrivai à la gendarmerie, la photo d'Orsini venait d'arriver par internet. Je pus ainsi raconter aux enquêteurs, dans quelles conditions elle était arrivée dans les mains du commissaire, ce qui parut bizarre à tous. De leur côté, ils m'invitèrent à titre amical, à les accompagner chez les parents pour leur soumettre la photo.

Ils habitaient dans le centre du village. Des gens simples aux yeux trop grands et vides qui leur mangeaient le visage. Des rides aux profondeurs de crevasses dessinaient leur destin funeste, leur vie brisée par un malheur de la force d'un tremblement de terre. Leur vie avait été belle et heureuse, maintenant elle était leur enfer quotidien. La mère qui avait dû être belle avait des airs fantomatiques et le père qui avait été taillé dans les roches de la montagne s'effritait de l'intérieur.

Putain de vie.

Quand ils nous virent, ils s'affaissèrent un peu plus, se lézardèrent encore plus. Leur corps semblait se disloquer. Ils savaient que nous venions pour une sinistre besogne. Par respect je ne pris pas ma caméra. Montrer le désespoir n'a jamais fait partie de mes pratiques journalistiques.

Les gendarmes qui connaissaient pourtant Enzo leur demandèrent de bien vouloir l'identifier sur la photo. La mère poussa un cri, le père chancela et cria lui aussi, mais le cri d'une bête blessée à mort qui veut encore se battre.

Le commandant montra le cardinal Le Feucheur, la mère fit non de la tête, le père regarda au-delà des montagnes serrant les poings et resta figé dans son silence.

Puis le commandant montra l'homme au 4x4, la mère ferma les yeux et murmura difficilement un « non » à peine audible. Le père resta fermé, absent, les yeux pleins de larmes.

Avant de redescendre en ville, j'appelai Dumè pour savoir s'il savait ce qu'on ne savait pas, mais il n'en savait pas plus. Pas la moindre piste de ce côté-là non plus. Il ne me restait plus qu'à déjeuner avec ma soeur qui avait des secrets à me révéler.

Je repris tout de suite le chemin du retour.

ROME — 11 heures 30.
BCN d'Interpol.

Marie-Annick Baracé avait demandé que les interpellés de la Strada Libera Cie soient rapidement séparés. On lui indiqua les bureaux du sous-sol dédiés aux interrogatoires alignés le long d'un couloir sombre pour y loger chaque personne.

Chaque policier enquêteur avait son canevas d'interrogatoire qu'il devait suivre. Il fallait rapidement éclaircir plusieurs zones d'ombre. Un premier groupe fut désigné pour connaître l'histoire du camion rempli d'armes abandonné près d'Ajaccio, un second afin de confondre Giovanni Cabrini pour le meurtre de la famille Busachi à Péri.

Le lieutenant Baracé et le sergent Colona s'étaient installés dans la salle d'observation multimédia ultra moderne d'où ils pouvaient observer toutes les salles d'audition.

Adriano Matera semblait attendre stoïquement la suite des événements bien qu'il n'appréciait pas du tout la situation. Son gros cul débordait de partout. Le siège était trop étroit et il lui semblait être assis seulement sur une fesse, situation qui lui paraissait très inconfortable. Heureusement, il pouvait être assez confiant quant à l'alibi de Giovanni, tout avait été soigneusement prévu.

Le fils Matera, Gianni, semblait beaucoup plus nerveux. Il allait et venait dans la salle d'interrogatoire, puis s'asseyait une minute pour se relever et reprendre son va-et-vient.

Giovanni Cabrini restait assis, décontracté, les jambes tendues sous la large table.

Mateo Rizzi, le chef d'équipe, était ailleurs. Détaché. Confiant. Pas le moindre stress apparaissait sur son visage.

Les auditions commenceraient dès que le juge des enquêtes préliminaires serait arrivé. Les policiers avaient tous le même dossier avec les éléments de l'enquête et les photos s'y afférant.

Selon l'article 380 du code pénal italien et du droit international, les suspects de la Strada Libera Cie étaient en très mauvaise posture.

Il était 11 heures 53 et c'est à ce moment-là qu'arriva le sergent Bellini accompagné du père Martrois.

Marie-Annick Baracé n'avait pas une vive sympathie pour cet homme qu'elle aurait volontiers qualifié de fourbe, mais il lui semblait que le moment était favorable pour avoir le maximum d'informations sur les aventures du bon cardinal Le Feucheur.

Elle décida de laisser la direction des interrogatoires de l'équipe de la Strada Libera Cie au sergent Bellini alors qu'elle s'occuperait d'entendre le père Martrois en compagnie de l'inspecteur Colona.

Le père Martrois était encore sous le choc de ce qu'il avait découvert sur son bureau. On l'installa confortablement, on lui offrit un café, on le laissa respirer et on commença l'audition. Le lieutenant Baracé avait posé, entre elle et le prêtre livide, l'écrin de plastic transparent des pièces à conviction contenant le petit cercueil noir.

— Alors, vous avez trouvé ça en revenant à votre bureau ?

Martrois hocha la tête.

— Veuillez parler plus fort s'il vous plait !

— Oui.

— Combien de temps vous étiez vous absenté de votre bureau ?

— Dix minutes à peu près !

— Était-ce le temps que vous mettiez d'habitude ?

— Oui. C'est assez loin de mon bureau.

— Je connais les lieux pour y être passée hier. Avez-vous rencontré quelqu'un ?

— Non, personne !

— Peut-être avez-vous des ennemis qui voudraient vous intimider ?

— Non, mais je pense que c'est en rapport avec les activités de Monseigneur Le Feucheur.

— Je me souviens très bien, qu'hier, vous avez nié connaître ses activités !

— J'ai menti !

— Ah ? N'est-ce pas pécher que de mentir monsieur le curé ? demanda-t-elle malicieuse, pour l'énerver.

Martrois sembla se raidir.

— Maintenant, dans les cercles évangéliques, de plus en plus de voix s'élèvent pour ouvrir la porte à la possibilité de mentir en certaines circonstances, arguant notamment que les Écritures mentionnent certains exemples de menteurs notoirement bénis. Je voulais protéger l'œuvre de Monseigneur Le Feucheur.

— Je ne vous demandais surtout pas un plaidoyer pour le mensonge. Je vous écoute... Parlez-moi de son oeuvre, du trafic d'armes par exemple.

— Il ne s'agit pas de cela, mais d'une mission pour le Très Saint Père.

— Ah bon ! Mais encore ?

Martrois hésitait entre le mensonge et la trahison. Il était tiraillé entre ces deux attitudes et dut faire appel à la catéchèse pour résoudre ce problème cornélien. Il était possible que des normes morales et divines entrent en conflit. Ainsi l'homme doit choisir de transgresser la moins mauvaise. Ensuite se repentir et rechercher le pardon de Dieu.

— Le Très Saint Père avait chargé Monseigneur de faire une enquête au sein du Vatican sur un sujet délicat.

Marie-Annick regarda Colona. Elle avait sa petite idée sur le sujet délicat.

— Continuez, je vous en prie !

— Cela ne vous suffit pas ?

— Non, pas du tout ! Vous savez ici c'est comme chez vous, à confesse, il faut tout avouer ! Et puis pensez à votre sécurité !

Le regard du père Martrois était celui d'un homme qui voit les portes de l'enfer s'ouvrir devant lui.

— Plusieurs de nos frères se sont perdus dans le péché de chair... Avec de très jeunes personnes. Le cardinal avait pour mission de découvrir nos frères qui avaient oublié leurs vœux et de réaliser un rapport pour le Très Saint Père.

— Vous voulez parler de pédophilie ?

Martrois hocha seulement la tête honteusement, mais la policière française voulait l'entendre avec certitude.

— Pouvez-vous avoir le courage de me répondre à haute voix s'il vous plait ?

— Oui il s'agit de pédophilie... Mon Dieu...

— Et ce rapport, où en est il ?

— Monseigneur Le Feucheur l'avait finalisé et mis en lieu sûr avant de partir en Afrique pour le remettre à son retour.

Les mots du vieux prêtre avaient beaucoup de difficulté à sortir. Sa parole et ses phrases étaient lentes et à peine articulées. Cependant, il continua pour libérer sa conscience.

— Mais il y a eu des fuites, peut-être par le Saint Père lui-même par étourderie ou quelques proches de son entourage. Des cardinaux puissants et impliqués dans ces pratiques se sont réunis et ont décidé de réduire Monseigneur Le Feucheur au silence. Il reçut la même menace que celle que je viens de recevoir avec un mot explicite. « Le silence ou la mort ».

— Quelle fut sa réaction ?

— Il a simplement dit : « Rien n'égale le Tout Puissant, Il est ton soutien, lui qui siège dans les cieux et dont la majesté plane sur les nues. »

AJACCIO — 12 heures 20.
Restaurant d'Alfredo.

Élisa était déjà assise à une table au fond de la salle quand j'arrivai.

Elle tournait une de ses mèches autour de son index et son regard pénétrait le mur comme pour aller au-delà des apparences et des réalités.

— J'ai déjà commandé une salade, dit-elle quand je fus assis.

Je saisis la carte pour regarder le menu du jour. Je pris une terrine de sanglier et un gigot grillé à la plancha le tout arrosé d'un verre de Saparale rouge.

— Après tes messages d'hier soir, j'ai compris que ça devait être important. J'avoue que je n'ai pas compris tout de suite la portée de la lettre des Innocenti que tu m'avais montrée. J'ai été surprise de trouver cette signature dans tes mains. Car c'est impossible.

Je restais silencieux ne voulant pas l'interrompre. Elle vit certainement que je ne perdais aucune de ses paroles et continua.

— On appelait Innocenti les enfants orphelins ou malades du Tchad et du Darfour. Pour la majorité d'entre eux, ils sont encore là-bas et doivent avoir l'âge de Golmem.

Elle s'arrêta un moment. Je vis son regard rempli des sables des déserts jaunes et rouges, des herbes sèches des savanes sans horizon et des puits sans eau, perdus dans l'aridité du vent du Sahara. Je lui pris la main pour l'encourager à continuer son récit.

— Aucun n'aurait pu écrire et signer ta lettre. C'est un faux.

— Un faux ?

— Oui, les Innocenti ne savent ni lire, ni écrire et n'ont pas l'âge de rédiger ta lettre dans un français irréprochable. C'est un faux !

— Mais celui ou celle qui l'a écrite connaît alors l'histoire de ces enfants et était certainement avec toi là-bas, non ?

Elle se tut soudainement et je vis la tempête du désert se lever dans le reflet de ses yeux.

— Parle, suppliai-je.

— J'ai réfléchi toute la nuit. J'ai tourné et retourné tous les éléments et les possibilités. Moi aussi, Je suis persuadée que c'est quelqu'un que j'ai connu. Avec qui j'ai sûrement travaillé.

— As-tu une idée de qui ça peut-être ?

— Une idée peut-être, pas une certitude bien sûr. Je vais te raconter une histoire. Il n'y avait que deux mois que j'avais rejoint le camp de Guereda au Tchad, pas loin de la frontière avec le Darfour. C'était un matin tôt, très tôt. La chaleur était revenue avec le jour mais tout le monde dormait encore. Sauf la fille qui était de service ce matin-là. Elle s'était levée dès le chant du coq que nous avions avec une dizaine de poules. Elle devait préparer les petits déjeuners pour les enfants et le staff des membres de l'ONG. Ce matin-là, le cardinal était présent dans le camp avec nous et il s'était aussi levé pour prier comme il le faisait tous les matins. Soudain nous avons tous été réveillés par des coups de feu. Régulièrement nous étions attaqués par des groupes de bergers guerriers et chacun savait à ce moment-là ce qu'il devait faire. D'abord s'armer et se barricader, puis riposter si la bande armée réussissait à anéantir les soldats tchadiens qui nous protégeaient. Mais il y a eu un problème, celle qui était de service était dans le poulailler pour ramasser les œufs et n'a pu revenir à temps dans le bâtiment. Elle a paniqué et trois des assaillants l'ont attrapée. Ils l'ont traînée devant l'entrée du bâtiment et l'ont violée tous les trois. Ensemble et chacun leur tour. Nous étions terrorisés par ses cris. C'est alors que le cardinal est sorti une arme à la main et est allé droit sur les guerriers. Ils ne l'ont même pas entendu, ni vu venir, tellement occupés à leur saloperie. Tranquillement Le Feucheur a levé son arme et les a abattus les uns après les autres, calmement.

La main d'Élisa broyait inconsciemment la mienne et des larmes coulaient sur ses joues. Elle prit le temps de boire une gorgée d'eau puis reprit son récit.

— La fille ne s'est jamais remise de cet horrible drame et mit un enfant au monde huit mois plus tard ce qui n'arrangea pas les choses. Elle ne voulait ni le nourrir, ni s'en occuper. Souvent, elle le maltraitait C'était pourtant un mignon petit garçon. Le cardinal prit la décision de lui retirer l'enfant et de me le confier. C'est Golmem.

Long silence. Ainsi Élisa n'était pas la mère biologique de Golmem et je le regrettais presque. Après la chaleur de l'Afrique tropicale, la glace nous avait envahis. Élisa respira profondément.

— Mais chaque jour qui passait, cette fille haïssait de plus en plus Golmem et cherchait à le blesser ou à le brutaliser. Ses crises devinrent de plus en plus fréquentes. Un soir, elle prit un couteau à la cuisine et courut vers le berceau de Golmem. Elle leva le couteau mais un coup de feu claqua. Son corps tressauta et s'affala sur le sol. Le cardinal avait son revolver à la main. Il avait tué la fille. Tu comprends, il avait tué la fille ! C'est comme ça que Golmem est devenu mon fils.

Je la laissai revenir des terres lointaines tchadiennes. Lentement le sable se retira de son regard. Il redevint limpide et doux. Je n'osais rien dire. Comme d'habitude, Je ne savais jamais quoi dire dans ces moments-là.

— Cette fille était d'ici, de Vezzani.

— Tu connais son nom ?

— Lætitia... Le reste, son nom de famille je ne m'en souviens pas ou plus.

— Il faut absolument que tu racontes tout ça à Pierre-Charles Orsini.

Avant qu'elle puisse répondre quoi que ce soit, avant qu'elle ne puisse m'en empêcher, je sortis mon téléphone pour appeler mon copain le commissaire.

AJACCIO — 13 heures.
Hôtel de Police.

Le commissaire Orsini ne savait plus où donner de la tête depuis une bonne heure. A midi et demi, il était revenu mécontent du Grand Café Napoléon avec son sandwich au lonzo préparé spécialement par le patron du restaurant. Il avait espéré me retrouver à ma table habituelle pour déjeuner avec moi, mais j'étais déjà parti déjeuner chez Alfredo. Il s'était donc rabattu sur son sandwich préféré. De retour à son bureau, il avait sorti du réfrigérateur une bouteille de Piétra pour accompagner son déjeuner. A peine la bouteille de bière ouverte, son téléphone sonna. C'était le lieutenant Baracé qui l'appelait d'Interpol à Rome. Il dut surseoir provisoirement à son déjeuner, se disant qu'il ne risquait pas de refroidir.

— J'ai beaucoup d'informations à vous transmettre chef !
— Super, j'allais déjeuner...

Il y eut un blanc de l'autre côté de la ligne.

— Je rigole, Marie-Annick, je suis même très heureux de vous entendre. Je vous écoute !
— On tient le bon bout... J'ai envoyé la photo de Giovanni Cabrini par mail à la secrétaire de mairie de Péri et elle a confirmé formellement le reconnaître. Le hic c'est qu'il a un alibi. Il était en principe dans les Pouilles. Il a des témoins qui le confirment et même une photo sur son téléphone portable pour accréditer ses dires.
— Ce n'est pas une bonne nouvelle, ça !
— En effet, mais je vais quand même vous envoyer les photos anthropométriques de Cabrini, même si la secrétaire de la mairie de Peri l'a reconnu. Il a dû rencontrer d'autres personnes sur Ajaccio. Il serait bon de les diffuser dans la presse et sur France 3 pour obtenir des témoignages supplémentaires. Mais on a la preuve qu'il a organisé le trafic d'armes... Enfin son patron, mais lui, il a mis les mains dans la mer... Le cambouis si vous préférez. C'est bien lui qui était, hier matin, chez le père Martrois qui le connaît bien.
— C'est mieux ! Beaucoup mieux, lieutenant.

— Suite aux informations de Julie et aux photos des caméras de sécurité de l'aéroport qu'elle m'a envoyées, nous avons aussi coincé le fils du patron qui a été le dernier à parler au chauffeur du Volvo retrouvé sur la commune de Sarrola. Il nous manque le lieu où se trouve le corps. Mais ça va venir.

— Bravo lieutenant, je vais pouvoir déjeuner calmement et sereinement !

— Ce n'est pas fini !

Orsini qui avait déjà avancé la main avec gourmandise vers son sandwich fut arrêté dans son geste.

— Ah bon ?

— Nous tenons peut-être le mobile du meurtre de ce cher cardinal...

— Hum, vous me faîtes saliver, Marie-Annick. Racontez moi ça, mais ici, nous avons aussi une piste !

— Il avait un contrat sur sa tête !

— Putain, c'est quoi cette histoire ?

— Le pape lui avait confié une mission. Celle de trouver les prélats pédophiles de la Curie.

— Vous plaisantez lieutenant ?

— Pas vraiment ! Vous savez que Benoît XVI voulait faire le ménage à ce sujet... Alors il a demandé à Le Feucheur de faire une enquête interne et de lui bâtir un dossier en béton. Le Feucheur avait découvert un groupe d'éminences pratiquant ce crime abject. Il avait leurs noms, leur réseau, bref il ne lui manquait juste que deux ou trois détails avant de le remettre au pape. Mais il dut partir pour la Centrafrique avant de le transmettre. Il y a eu une fuite et les coupables ont fait comprendre au cardinal que ses jours étaient comptés et que le seigneur était prêt à l'accueillir. Heureusement, le cardinal a mis son rapport en sécurité.

— Génial !!! Dépêchez-vous, j'ai faim...

— Mais on ne sait pas où !

— Non ! Vous vous foutez de moi Lieutenant... Je vous écoute attentivement en regardant mon sandwich, en salivant, et vous me faites le coup du coït interrompu. C'est pas cool ! Non, Marie-Annick, je vous le dis, c'est pas cool !

— Je vous envoie mon rapport chef, ainsi qu'une copie de la déposition du père Martrois qui lui aussi a un contrat sur sa tête. Mais ne vous en faîtes pas, on continue de creuser. Merci pour vos encouragements chef !

— C'est ça, foutez-vous de moi ! dit-il en raccrochant.

Et pour apaiser sa frustration, il se jeta sur son sandwich qu'il mordit à pleines dents. Mais à peine mâchait-il sa première bouchée qu'entra Olivier sans frapper.

— Chef, on a retrouvé la nana de Valinco !

Orsini faillit s'étouffer en voulant avaler sa bouchée trop vite.

— Où ?

— A Bastia, elle allait embarquer pour Livourne. Les collègues de Bastia nous la ramènent d'urgence.

Orsini but une gorgée de Piétra pour se sentir mieux.

— Enfin la pelote de laine se déroule... Ça bouge aussi à Rome. Le lieutenant Baracé nous envoie les photos de Cabrini pour faire appel à de nouveaux témoignages. A diffuser sur Corse Matin et la télévision le plus vite possible.

Il allait raconter au capitaine Vuccino la suite de son échange téléphonique avec le lieutenant Baracé, quand son portable sonna. A la musique faite par son appareil, il sut que c'était moi.

AJACCIO — 13 heures 30.
Rue Fesch.

Le major Julie Finot, dite « la sauterelle », arpentait depuis une bonne heure la rue Fesch avec la photo de l'inconnue qu'avait rencontrée Le Feucheur devant le tableau italien du musée Fesch. Elle avait pu trouver sur les caméras extérieures, l'entrée et la sortie de la femme du musée et en avait tiré quelques copies. Elle avait commencé auprès du personnel du musée par acquit de conscience pour avoir la confirmation des réponses du matin. Personne ne la connaissait. Personne, même, ne se souvenait de l'avoir croisée le samedi précédent dans l'enceinte du Palais. Personne, tellement elle paraissait insignifiante.

248

La policière décida de questionner les commerçants de la rue. Dans chaque café, chaque restaurant, chaque boutique restée ouverte à cette heure de repas, elle montrait inlassablement les photos. C'était un travail long et fastidieux qui ne la rebutait pas. Elle aimait côtoyer les gens. Leur parler. Les écouter aussi. Elle avait décidé de partir du haut de la rue et de la descendre en n'oubliant aucun commerce. « Bonjour, je suis le major Finot, nous sommes à la recherche de cette femme. La connaissez-vous ou l'avez-vous croisée samedi dernier en fin d'après midi ? », Toujours la même réponse: « Non, désolé... ». Mais elle savait que c'était l'opiniâtreté qui donnait des résultats. « Bonjour, je suis le major... » Et doucement « la sauterelle » descendait la rue piétonne par petits bonds. Lentement elle s'approchait de la place de la mairie sans aucun résultat et méthodiquement elle poussait chaque porte, sans se décourager. Elle arriva ainsi à l'hôtel Fesch, et ne se posa pas de question. Elle entra.

— Bonjour, je suis le major Finot du commissariat d'Ajaccio, nous sommes à la recherche de la femme sur cette photo. La connaissez-vous ou l'avez-vous croisée samedi dernier en fin d'après midi ?

La jeune fille de l'accueil se souvint tout de suite de cette femme effacée venant demander sa clef de chambre, en larmes, le samedi en fin d'après-midi.

AJACCIO — 13 heures 45.
Hôtel de Police.

Quand nous sommes entrés, Élisa et moi, dans le bureau d'Orsini un comité d'accueil nous attendait dans une sorte de recueillement partagé. Autour du commissaire étaient présents le capitaine Franju de la DCRI et le capitaine Olivier Vuccino. Deux chaises nous attendaient et Orsini nous invita royalement à nous asseoir.

Élisa raconta son histoire comme elle l'avait fait au restaurant. Sans rien omettre. Tous écoutèrent en silence, sans l'interrompre comme je l'avais fait.

A la fin de sa déposition, le capitaine Franju lui montra la photo d'un revolver, un Walther Manurhin.

— Est-ce ce type d'arme que détenait le cardinal ?

Élisa parut troublée puis enfin hocha la tête affirmativement.

— Oui, dit-elle du bout des lèvres.

— Cette arme, ajouta le capitaine Franju à l'attention du commissaire, a été distribuée via l'Opus Deï dans la région du Tchad où s'était installé le cardinal Le Feucheur. D'après l'analyse de la balle trouvée ici et le recoupement dans la base de données que nous avons, il n'y a aucun doute, c'est bien la même arme qui a tué aussi les rebelles Janjawids de 2003.

— Maintenant, reste à savoir dans quelles mains elle se trouve, commenta Orsini.

Puis il présenta plusieurs photos.

— Connais-tu une de ces personnes, Élisa ?

Elle regarda la photo de Marie-Agnès, puis celle de Peglia, le maire de Tavignanu, celle de la femme du musée Fesch, celle de Giovanni Cabrini et enfin celle du photographe. Elle ne répondit pas et me lança un regard perdu. Elle écarta la photo de Marie-Agnès, de Cabrini puis celle du photographe et garda celle d'Antoine Peglia et celle de la femme du musée.

— Lui je ne l'ai vu qu'une fois au Tchad, elle... Elle, franchement, je ne vois pas qui c'est...

Il y eut un silence de quelques secondes. Orsini fit une grimace agacée puis se retournant vers Élisa, il continua sans sourciller.

— Tu es comme ton frère, tu ne dis pas toujours tout. Tu n'as pas reconnu le portrait de Le Feucheur à la télé ? Pourquoi tu ne nous as pas téléphoné quand nous l'avons diffusé ?

— Je regarde peu la télé, et on savait qui c'était quand j'ai appris sa mort.

Il nous toisa avec son regard de vieux renard, sceptique, doutant des derniers mots d'Élisa.

— Vous faîtes une drôle de paire, tous les deux... En tout cas, Julien, j'aurais besoin de toi pour le Corsica Sera de ce soir, tu peux convoquer ton équipe, et toi, Élisa, bien entendu tu ne quittes pas l'île. Tu restes un témoin important.

AJACCIO — 14 heures 30.
Hôtel de Police.

Orsini nous avait gentiment mis dehors après qu'Élisa ait signé sa déposition. Il avait hâte de faire sa réunion générale avant son rendez-vous à la préfecture. Il avait réservé à cet effet la salle de repas du rez-de-chaussée pour accueillir tout le monde et que tous puissent s'asseoir et prendre des notes confortablement. Une trentaine de personnes prirent place autour des tables disposées en carré et pour ne rien laisser au hasard, il avait demandé une liaison en vidéoconférence avec le lieutenant Baracé à Rome.

Il commença par faire le point sur les différentes pistes qui se présentaient. Olivier avait préparé un fichier PowerPoint assez complet regroupant les deux affaires, le meurtre du cardinal Le Feucheur et le trafic d'armes avec l'assassinat de la famille Busachi et pour chaque affaire les différentes pistes qui s'offraient.

— Nous avons une liaison en visioconférence avec notre collègue Marie-Annick Baracé qui se trouve à Rome dans les locaux d'Interpol. Bonjour Marie-Annick.

— Bonjour à tous !

— Marie-Annick, nous voudrions commencer par vous écouter, car cela peut éclairer la suite de la réunion.

— C'est tout chaud. Mais je peux vous confirmer que les affaires du cardinal et du camion sont étroitement liées. Le plus important, et il faut que vous le sachiez, est que le père Martrois, le secrétaire de Monseigneur Le Feucheur a demandé notre protection. En effet il est apparu qu'un contrat était sur la tête du cardinal. Martrois connaissait l'existence de ce contrat mais n'avait rien voulu dire quand nous l'avons questionné hier. Ce qui l'a décidé, c'est qu'il a reçu lui aussi ce matin des menaces. Il s'agirait d'un groupe de prélats pédophiles qui ont peur d'être confondu. Le

Feucheur avait rédigé un rapport pour le pape. Mais ce rapport personne ne l'a encore lu et personne ne sait où il se trouve. Le cardinal a juste dit à son secrétaire que je cite: « Rien n'égale le Tout Puissant, Il est ton soutien, lui qui siège dans les cieux et dont la majesté plane sur les nues ». Nous pensons qu'il fait allusion au rapport. Nous allons demander au commandant des Gardes Suisses de bien vouloir procéder à une inspection de la chapelle où le cardinal avait l'habitude de prier. Peut-être qu'un tableau du Vatican montre cette scène...

D'un autre côté, nous avons appris que le cardinal était en étroite relation avec la Strada Libera Cie. Le Volvo retrouvé sur la route de Bastia est bien la propriété de la société, même s'il a été trafiqué et n'est pas répertorié sur leurs livres de comptes. Nous avons à l'intérieur de cette société, deux suspects potentiels. Le premier qui pourrait être le propre fils du patron, Gianni Matera, pour la disparition du chauffeur du Volvo, Luiggi Forzati, et l'autre Giovanni Cabrini pour le meurtre la famille Busachi. Le premier, Matera, reconnaît avoir vu le chauffeur à l'aéroport d'Ajaccio pour lui demander de s'occuper de faire le plein de carburant avant de rendre sa voiture de location. Selon ses dires ils sont sortis ensemble du bâtiment pour lui montrer sa voiture de location et lui remettre les clefs du véhicule. Là, il l'aurait attendu dehors, trente bonnes minutes, mais ne le voyant pas revenir, il décida de s'embarquer sans l'attendre. Effectivement, les caméras le montrent entrant seul dans la salle d'embarquement une petite demi-heure plus tard. Ensuite, j'ai moi-même vérifié auprès du loueur d'Ajaccio mais personne n'a rendu physiquement le véhicule. Il était garé sur le parking de l'aéroport et a été retrouvé le lendemain matin.

— Et Matera ne s'est pas rendu compte que son employé n'avait pas pris l'avion ? Demanda Orsini.

— Pas réellement. Ils ne voyageaient pas ensemble. Ce n'est qu'en arrivant à Rome, qu'il a remarqué l'absence de son chauffeur. Il a pensé qu'il avait loupé l'avion ou changé d'avis. D'après Matéo, le chef d'équipe, il semblerait que monsieur Forzati avait prévenu que c'était le dernier voyage qu'il faisait pour l'entreprise Strada Libera Cie. Il est peut-être normal que son absence fut considérée était sans importance. Ensuite les Busachi... Nous sommes convaincus que l'assassin est bien Giovanni Cabrini et qu'il pourrait fort bien être aussi l'assassin du cardinal.

— Comment ça ?

— Nous n'avons aucune trace de l'arrivée et du départ de Cabrini en Corse. Cabrini affirme que tous ces derniers jours, il n'a pas quitté le sol italien. Il nous a fourni plusieurs témoignages l'innocentant. Pourtant, madame Ceccaldi l'a formellement reconnu !

— Quels sont les alibis de ce Cabrini ?

— Le dimanche matin à l'aube, il se trouvait paraît-il à l'aéroport Leonard de Vinci pour contrôler le départ d'une cargaison pour la République Centrafricaine, et les jours suivants, il faisait lui-même une livraison dans les Pouilles avec un dénommé Marco. Effectivement il se trouvait bien à l'aéroport de Rome le dimanche matin. Plusieurs témoins l'ont vu à ce moment-là. D'autre part, la Strada Libera nous a fourni les preuves du voyage dans le sud de l'Italie, comme par exemple des factures d'hôtel, et même des photos du smartphone de Cabrini où on le voit posant avec les employés de l'entreprise située dans les Pouilles. S'il était bien en Corse comme je le crois, il n'a sûrement pas croisé que madame Ceccaldi dans l'île. Pourrions nous faire un appel à témoins à la télé ?

— Quelles seraient ses motivations ? Le contrat sur la tête du cardinal ?

— Je ne sais pas encore... Je n'y crois pas vraiment.

— Merci Marie-Annick. Nous allons continuer, mais restez avec nous et vous pourrez nous interrompre à tout moment si vous le désirez pour nous poser les questions qui vous viennent à l'esprit.

Il enchaîna par la mort du cardinal puis Olivier prit la parole pour identifier les personnes étant impliquées ou simples témoins du meurtre. L'hypothèse retenue était que le cardinal connaissait son agresseur et que certainement ils avaient rendez-vous dans la cathédrale. Le fait important était que le cardinal semblait être suivi, photos à l'appui, par un mystérieux photographe plutôt jeune. Il rappela ensuite que le cardinal avait rencontré ou croisé plusieurs personnes au cours du samedi, jour de sa mort. Dans l'ordre d'apparition dans la journée du 27 mai il nomma Antoine Peglia, la femme du musée Fesch, l'inconnu de la rue Fesch, le jeune photographe qui avait l'air de pister le cardinal puis la journaliste Marie-Agnès Juliani.

D'abord Antoine Peglia. Un maire sulfureux d'une petite commune du Taravo qui possède des cercles de jeux en Afrique et qui connaissait très certainement Le Feucheur. Olivier projeta sur le mur blanc la photo d'identité de Peglia, sortie des archives du commissariat, puis celle déposée en fin de matinée, où l'on pouvait le voir en compagnie du cardinal portant un enfant près d'un 4x4. Il souligna que le 4x4 était certainement celui du maire. Ensuite le cardinal avait rencontré une femme dans le musée Fesch. Il passa alors la parole au capitaine Franju.

— A la DCRI nous suivons attentivement depuis plusieurs années Antoine Peglia. Nous avons connu monsieur Peglia par la mise sur écoute de Michel Tomi. Le grand patron des jeux d'argent en Afrique, casino et PMU, voulait étendre un peu plus son empire et pour mener cette conquête fit appel à un lointain cousin, Antoine Peglia, lui-même maire de Tavignanu et surnuméraire important à l'Opus Deï. Les pays convoités sont le Cameroun et la République Centrafricaine. Nous savons que des mallettes d'euros et de dollars ont circulé du Gabon vers ces deux pays. Antoine Peglia qui vit plutôt à Bangui que dans sa commune corse, est arrivé par un vol Air Corsica, Paris-Ajaccio, vendredi dernier. Actuellement il s'est volatilisé dans la nature et tous les services de police et de gendarmerie le recherchent. La photo où vous le voyez avec le cardinal a dû être prise samedi dernier, le 27 mai. D'après l'axe de la lumière, de la position présumée du soleil, il devait être le début d'après midi. 14 heures. Plus ou moins. Le lieu nous est inconnu, la photo ne donne pas assez d'informations sur l'environnement. Cela dit, nous pensons que la prise de vue a été réalisée à l'église de Bocognano où un enfant, nommé Enzo, Enzo Moretti, a disparu le 27 mai. Nous attendons la confirmation de la gendarmerie du village. Antoine Peglia est un suspect possible et crédible pour le meurtre du cardinal.

Après l'exposé du capitaine Franju, Olivier Vuccino demanda au major Finot de bien vouloir évoquer la femme du musée Fesch. Elle projeta la photo de la femme inconnue discutant avec Le Feucheur devant le tableau « La Sainte Famille pendant la fuite en Égypte ».

— Nous l'appellerons madame X pour le moment. Elle a rencontré le cardinal au musée Fesch devant un tableau de Grégorio de Ferrari dans la salle des peintures italiennes du XIIIème siècle. Cette rencontre, quand on regarde attentivement la vidéo, n'est pas fortuite. Pourtant ils ne se saluent pas. Ni quand elle se place devant le tableau qu'il regarde depuis son arrivée, ni quand elle repart la première de la salle. Pourtant ils se parlent. Il s'agit très certainement d'un rendez-vous. Que se sont-ils dit ? Nous ne le savons pas encore. Cette femme mystérieuse avait réservé une chambre à l'hôtel Fesch pas loin du musée pour une nuit. Elle a laissé un faux nom et a réglé sa chambre en espèces dès son arrivée le 27 au matin. Il faut noter qu'à son retour du musée, elle était en larmes suivant les dires de la réceptionniste de l'hôtel. Quels sont les liens qui les unissent tous les deux ? Là aussi, mystère. J'ai fait parvenir sa photo à tous les aéroports et ports de l'île. Mais si elle a quitté la Corse le 28 mai nous aurons beaucoup de mal à lui mettre la main dessus.

— Croisons les doigts, murmura le commissaire, ensuite?

Le capitaine Olivier Vuccino vint se planter à côté de l'écran.

— Je n'ai hélas aucune photo de l'individu ayant discuté rue Fesch avec le cardinal Le Feucheur dès sa sortie du musée. Pourtant nous sommes sûrs qu'une personne, un jeune homme, d'après deux femmes et les caméras de surveillance de la ville, a pris des photos de face de notre inconnu. Un homme d'une quarantaine d'années d'après les deux femmes. Nous avons lancé un appel à témoins qui n'a rien donné. Les seules réponses sensées que nous avons recueillies mettaient en cause le journaliste présentateur du week-end de Via Stella, Ludovic Sampieri. Nous avons pu vérifier son alibi et il s'avère que c'est une fausse piste. A cette heure-là, le journaliste était en comité de rédaction. Cela nous donne pourtant le style de personne que nous recherchons. Nous ne sommes pas plus avancés de ce côté-là. Et puisque nous évoquons le jeune photographe, nous avons l'impression qu'il suivait le cardinal. Mais peut-être n'est-ce qu'une coïncidence. Ce n'est peut-être qu'un simple touriste. Nous sommes dans une impasse là aussi...

Orsini se redressa pour reprendre la parole.

— Maintenant passons à Marie-Agnès Juliani. Capitaine Franju pouvez-vous nous faire le topo ?

Le capitaine projeta les différentes photos de Marie-Agnès Juliani. La brune et la blonde. La photo officielle et celle de la caméra de la cathédrale.

— Nous l'appellerons Marie-Agnès Juliani pour plus de simplicité, mais nous savons que cette dame a plusieurs identités. Sa voiture, par exemple, est au nom de Stéphania Di Nonza habitant Rome. Il se peut qu'elle soit à moitié corse et à moitié Italienne. Nous venons de l'arrêter sur le port de Bastia il y a deux heures. Nos collègues du nord sont en train de nous la ramener ici. Marie-Agnès nous intéresse beaucoup. D'après ce que nous venons de découvrir, elle est arrivée à Bastia le samedi matin par le même bateau que le camion Volvo. Les caméras du port nous montrent bien les deux véhicules. D'abord la voiture de Juliani qu'on reconnaît facilement. Nous voyons qu'elle se glisse sur le côté et attend... Elle attend le camion Volvo de la Strada Libera et quand celui-ci passe devant elle, elle déboîte et le suit. On la trouve dès le samedi soir près de la cathédrale derrière le cardinal comme le montrent les photos. Ensuite elle ne réapparaît qu'hier sur nos radars. Elle s'est présentée au journaliste Julien Valinco comme une consœur écrivant un bouquin sur le cardinal Le Feucheur. Il semble qu'elle l'ait séduit pour fouiller ses affaires. A l'heure qu'il est, nous ne connaissons pas le motif. Mais incontestablement elle se trouvait proche de la cathédrale quand le cardinal y était. Nous pensons qu'elle avait sûrement rendez-vous avec lui. Se sont-ils aussi rencontrés ? Nous espérons qu'elle nous le dira bientôt...

Le commissaire Orsini remercia le capitaine puis projeta la lettre des Innocenti.

— Nous avons également reçu cette lettre qui a été envoyée à toutes les rédactions du pays. Nous ne savons pas qui est l'auteur de cette missive. Mais le capitaine Franju ainsi qu'Élisa Valinco nous ont donné des indications. Les Innocenti étaient les enfants orphelins recueillis au Tchad dont s'occupait le cardinal. Nous doutons que ce soit l'un de ces enfants qui soit l'auteur de ces lignes. Mais cela semblerait être lié à un drame survenu dans le camp au moment où Élisa Valinco était présente. Des guerriers Janjawids ont attaqué l'orphelinat et violé une jeune femme, une Corse aussi. Le cardinal a pris une arme et a exécuté les violeurs. La jeune femme qui se nommerait Lætitia a mis un enfant au monde après cet épisode. Mais étant traumatisée par ce viol, elle a rejeté son enfant et un jour elle a brandi un couteau de cuisine sur l'enfant pour le faire taire définitivement. Le cardinal a alors tiré sur la jeune femme qui fut tuée sur le coup. Nous pensons que la lettre des Innocenti fait référence à cet épisode. Mais qui l'a écrit et pourquoi?

Orsini se leva et se tourna vers son équipe.

— Maintenant nous sommes tous au même niveau. Le capitaine Vuccino regroupera tous les nouveaux éléments que vous récolterez et m'en rendra compte régulièrement. Comme nous avons tous les mêmes informations, à nous de faire marcher nos neurones et trouver les pièces manquantes. Alors au travail et à tous bon courage et bonne chance.

Et le commissaire partit pour sa réunion à la préfecture.

Sur le cours Napoléon le soleil était éclatant et cela lui remit un peu de joie dans le cœur.

AJACCIO — 15 heures 30.
Grand Café Napoléon.

La première chose que je fis en sortant de l'Hôtel de Police fut d'appeler mon meilleur chef opérateur Bruno, qui faisait à chaque fois des prouesses techniques et qui savait se taire quand des informations délicates circulaient. Je lui demandai de me rejoindre au Grand Café Napoléon où nous avions décidé d'aller nous désaltérer avec Élisa. Histoire d'être en règle avec ma hiérarchie, j'en profitai aussi pour joindre mon rédacteur en chef et lui dire que j'aurais besoin de dix bonnes minutes au journal de dix-neuf heures pour faire le point sur les derniers rebondissements de l'affaire et passer un appel à témoin. D'abord je l'entendis tempêter et me dire que ce n'était pas moi qui déterminais les priorités du journal et que je n'aurais que cinq minutes et que la moindre des choses était que je fasse l'effort d'assister aux réunions de rédaction, ainsi j'aurais su que le préfet ferait une conférence de presse en début de soirée. Je pris le temps qu'il arrête sa logorrhée verbale.

— Tu es là ? Demanda-t-il au bout de quelques secondes de silence.

Je ne répondis pas tout de suite, histoire de l'agacer.

— Allo...Tu es là ?

— Oui... Tu as fini ? Pour la conférence de presse du proc, je suis au courant depuis longtemps.

Il se remit à crier que je me foutais de lui, ce qui était vrai dans un sens.

— Cinq minutes pas plus, tu m'entends ?

— Oui, mais non, c'est dix minutes ou rien !

Le torrent d'injures reprit son cours. Je laissai passer la tornade calmement. Quand il eut fini, je lui confirmai mes exigences.

— Putain, tu m'emmerdes, tu sais. J'ai déjà un long sujet sur le tournoi de pétanque à Île Rousse.

— Quel tournoi ? Fis-je pour l'énerver, sachant qu'il était fan de pétanque.

— Tu es con ou quoi. Â Île Rousse ! Il y a 180 adhérents !

— Ah oui ? Dis-je en rigolant. Je n'étais pas au courant et on s'en fout un peu ! Dix minutes ou rien ! Salut !

Et je raccrochai. Au bout de deux minutes, il me rappela en me traitant de tous les noms mais en acceptant les dix minutes demandées.

Nous étions assis à la terrasse depuis une bonne heure quand je vis Pierre-Charles Orsini se diriger vers la préfecture. Je lui fis un petit signe de connivence avant qu'il ne franchisse les grilles de l'entrée, mais, absorbé par ses pensées, il ne répondit pas.

Élisa se taisait, le regard ailleurs, encore loin, toujours loin. Je lui pris la main doucement.

— Que se passe-t-il encore ?

— Je voulais oublier tout ça... Ce cauchemar qui revient en force. Je pensais laisser cet horrible épisode dans les sables du désert. Laisser ces images mourir d'elles-mêmes dans ma mémoire.

— Un jour tout ça sera loin.

Elle releva le visage et me regarda droit dans les yeux. Comme quelqu'un qui veut se jeter sous un train.

— Je n'ai pas tout dit, avoua-t-elle simplement.

Soudain je me suis attendu au pire.

— Comment ça ?

— Je connais la femme du musée qui parlait au cardinal.

Je restai stupéfait. J'eus quelques difficultés à remettre en ordre le cours de ma pensée.

— Non !!! Pourquoi n'as-tu rien dit ? Pourquoi mentir ? Tu te rends compte que c'est un renseignement capital. Un jour ou l'autre ils le sauront et tu seras suspectée d'entrave à l'enquête. Qui est-ce ? Tu peux me le dire, à moi?

— C'est la mère de Lætitia.

— De la mère biologique de Golmem ?

— Oui, c'est elle !

— Pourquoi n'as-tu rien dit ?

— Elle a déjà beaucoup souffert, aussi je ne voulais pas qu'elle soit importunée, ou pire, suspectée.

— Suspectée ? Si elle n'a rien fait, elle ne sera pas suspectée.

— Si, c'est moi qui lui ai donné l'arme qui a tué sa fille.

J'eus l'impression que le sol de la terrasse du café s'ouvrait sous nos pieds. Que le monde basculait.

— Tu avais l'arme en ta possession ?

— Après avoir abattu Lætitia, Le Faucheur a voulu se débarrasser du revolver et de colère, l'a jeté hors du camp. La nuit suivante, je suis allé le rechercher.

— C'est toi qui as contacté la mère de Lætitia ?

— Non c'est elle qui m'a trouvée. Le Feucheur lui avait donné mes coordonnées.

— Son nom ? C'est quoi son nom, bordel ! Tu te rends compte que c'est elle qui a tué Le Feucheur ?

— Arrête de crier... Je t'ai dit que je ne la connaissais pas.

— C'est vrai ça au moins ?

— Juré !

— Tu sais que tu risques d'avoir de gros ennuis si Pierre-Charles l'apprend.

Elle haussa simplement les épaules.

AJACCIO — 15 heures 30.
Préfecture.

Quand le commissaire Orsini entra dans la salle de réunion aux murs fleuris, tous étaient déjà présents, sagement assis autour de la grande table, leurs dossiers empilés devant chacun.

Après les salutations d'usage, Orsini commença son rapport.

Personne ne l'interrompit. Tous prirent des notes consciencieusement. A la fin de l'exposé, le préfet parut très ennuyé de l'implication de certaines éminences du Vatican. Il se voyait déjà expliquer la situation à son ministre de tutelle qui avait parfois des difficultés à prendre les bonnes décisions et cela le stressait particulièrement. Il ne doutait pas que cette affaire allait être évoquée devant le Président qui avait déjà rencontré sa Sainteté Benoît XVI.

Heureusement le procureur se permit quelques remarques de droit. Cette affaire délicate de pédophilie ne relevait pas de la juridiction française mais de celle du Vatican. Le Tribunal suprême de la Signature Apostolique, vu l'importance du délit des prélats impliqués, serait certainement saisi par le Pape pour juger les coupables. Mais au préalable, il lui semblait important que le commandant des Gardes Suisses soit associé à l'enquête d'Interpol.

— Mais s'il est avéré que ce sont les mêmes prélats qui sont les commanditaires du meurtre du Cardinal, interrompit le commissaire Orsini, quelle est la juridiction compétente ?

— D'abord, finissez votre enquête, nous verrons ensuite les problèmes de compétence, lui conseilla le Préfet. Je vais avertir la chancellerie et le ministère de l'intérieur des derniers développements de l'affaire. Nous ferons notre conférence de presse vers 20 heures.

Le commissaire se gratta la gorge.

— Il faut absolument que j'intervienne pour le journal de 19 heures pour faire mes appels à témoins. Mon intervention sera enregistrée. Je me conterai juste de lancer l'appel. Si vous le permettez, je serai avec vous pour la conférence de presse, au cas où les journalistes posent des questions précises sur l'enquête.

AJACCIO — 16 heures 30.
Place du Diamant.

Quand Orsini m'appela, nous finissions l'interview d'Élisa. Elle avait recommencé son dramatique récit pour la troisième fois, en ne mentionnant pas toutefois l'épisode de la récupération du revolver. J'avais demandé à Bruno de faire en sorte qu'on ne puisse pas reconnaître Élisa durant son témoignage. Elle apparaissait soit en contre jour avec le boulevard Rossini et la mer en contrebas de la place, soit floutée avec la statue équestre de Napoléon en arrière plan. Il filma aussi ses mains en gros plan ce qui donnerait des plans de coupe pour rythmer le témoignage de ma sœur que je voulais préserver. Elle apparaîtrait à l'écran comme un témoin anonyme.

Comme je m'y attendais, Orsini me demanda de le rejoindre au commissariat. Je demandai à Élisa de retourner à son domicile à Olmeto. Pour la préserver, je ne voulais plus la voir dans les parages. Il était urgent pour moi de retrouver la mère de Lætitia avant la police. Je voulais savoir. Quelles étaient les chances qu'elle soit coupable ? Pour la police certainement elle le serait à 100% et je dus m'avouer que les éléments à charge étaient suffisants.

La fin d'après midi arrivait et il me semblait avoir à faire encore mille et une choses. Bien sûr enregistrer Orsini pour le journal de ce soir, ensuite monter les éléments et scanner les photos des témoins potentiels. Écrire le texte de la voix off, sans trop en dire. Peser chaque mot.

AJACCIO — 16 heures 45.
Hôtel de Police.

En arrivant dans les bureaux de la police judiciaire, je ne vis qu'elle. Marie-Agnès était assise devant le bureau d'Olivier complètement détendue. Je la regardai quelques secondes, droit dans les yeux, mon regard cherchant son âme. Qui es-tu salope ? Mais je me retins de formuler cette question et je repris le cours de mon chemin accompagné de Bruno jusqu'au bureau du commissaire.

— Quelle histoire ! dit Orsini.

J'opinais bêtement, ne voulant pas trop en dire.

— Alors, elle a parlé ? Lui demandai-je en regardant ostensiblement Marie-Agnès.

— Non pas encore... Le capitaine Franju est parti récolter quelques éléments pour la confondre. On n'a pas grand— chose si ce n'est ton aventure d'hier soir et sa présence près de la cathédrale le soir du meurtre. C'est un peu maigre.

— Tu peux l'inculper de viol sur ma personne.

Il me regarda narquois.

— Tu te fous de moi ? Personne ne le croira.

— C'était juste pour te rendre service, plaisantai-je.

Il me tendit alors les photos d'Antoine Peglia, de Giovanni Cabrini et de la femme inconnue qui pour moi ne l'était plus vraiment.

— Je voudrais qu'on fasse un appel à témoin pour ces trois personnes. Savoir qui les avait vus et quand. Tu peux me faire ça ?

— Ça aurait plus de poids si c'était toi qui le faisais. On peut t'enregistrer maintenant si tu veux.

— Il n'y a pas de maquilleuse ? Ironisa-t-il.

— Rigolo, prépare ton texte plutôt.

Le commissaire Pierre-Charles Orsini prit une feuille de papier dans son imprimante et commença à écrire son texte avec un vieux crayon noir.

Au bout de dix minutes, son intervention était écrite. Cinq minutes après, son intervention était enregistrée.

Avant que nous retournions à France 3, il me prit à part pour me raconter rapidement les découvertes du lieutenant Baracé à Rome. Cela le troublait sérieusement. Il m'avoua qu'il était cependant soulagé que l'enquête italienne soit conduite avec Interpol.

Je le remerciai chaleureusement de ses confidences et je partis pour Via Stella accompagné de Bruno.

Le commissaire rejoignit tout de suite le bureau du capitaine Vuccino où attendait Marie-Agnès Juliani. Poliment il lui demanda de l'accompagner dans son bureau. Olivier les suivit, referma la porte doucement et resta debout, calé contre une armoire.

Orsini attendit qu'elle fût assise pour commencer à la questionner.

— Alors à quoi jouez-vous ?

Elle parut d'abord surprise de la question posée de façon si peu orthodoxe puis répondit calmement.

— Je ne joue à rien. Je rentrais à Rome chez moi. C'est plutôt à vous de me dire ce que signifie cette arrestation.

Orsini eut un sourire désarmant.

— Mais on ne vous arrête pas. Nous voulons juste des explications.

— Sur ?

— Votre nuit pour commencer.

— Sur ma nuit ? C'est purement personnel, vous savez !

— Nous avons retrouvé monsieur Julien Valinco shooté jusqu'aux yeux. Nous avons analysé la bouteille d'eau placée près de son lit, elle était remplie de GHB et de benzodiazépine. Je ne pense pas qu'il ait mis tout ça lui-même dans son eau. Sachant que vous étiez avec lui, automatiquement...

— Je ne veux pas répondre, secret professionnel !

— Nous pourrions vous inculper pour tentative, je ne sais pas moi, de viol...

Elle pouffa de rire.

— J'étais sûr que ça vous ferait rire, enchaîna Orsini. Comme ce n'est pas ça, je me demande en bon flic de la République Française, pourquoi ? Oui, pourquoi ?

— Je sais que ce que j'ai fait n'est pas très élégant... Mais je voulais savoir...

— Savoir quoi ?

— Ce qu'il savait, ce qu'il avait fait.

— Il ne sait pas grand-chose, à part qu'il avait connu Le Feucheur dans sa jeunesse. Alors je ne sais pas ce qu'il a fait...

— Moi non plus, c'est pourquoi je voulais savoir. J'ai cru qu'il était le tueur. Mais ce n'est pas lui.

Orsini haussa les épaules.

— Je m'en doute ! Il n'a rien fait, il n'avait pas vu le cardinal depuis plusieurs dizaines d'années.

— Sauf samedi après-midi vers 16 heures 30 devant le musée Fesch.

— Qu'est-ce que vous me racontez ?

— Je vous raconte que l'homme que vous recherchez pour avoir parlé au cardinal à 16 heures 30 n'est autre que Julien Valinco !

Orsini sentit soudain son cœur se réveiller, tambouriner dans sa poitrine de plus en plus rapidement, prêt à exploser. Il se demanda soudainement s'il avait bien pris son Témérit. Il ouvrit son tiroir rapidement pour prendre la boite du médicament qu'il gardait toujours près de lui et il avala un comprimé à l'aide d'une grande gorgée d'eau qu'il but au goulot.

— Vous racontez n'importe quoi ! C'est impossible.

— Vraiment ? Je l'ai vu, j'étais là !

— Ah oui ? On ne vous a pourtant pas vue sur les caméras de sécurité.

— J'étais là malgré tout, que vous le vouliez ou non... Vous n'avez pas vu non plus celui qui parlait au cardinal Le Feucheur, sur les caméras.

— Vous racontez n'importe quoi ! Dit-il dubitatif.

Pourtant ce qu'elle avait dit, continuait à faire son chemin dans l'esprit du commissaire, comme un ver qui creuse la pomme pour la pourrir, comme un venin qui court dans les veines jusqu'au cœur.

— Je vous garde au frais en attendant d'en savoir plus.

Il se leva et partit précipitamment, laissant le capitaine Vuccino en compagnie de mademoiselle Juliani pour regagner d'un pas rapide son domicile situé un peu plus loin dans le quartier des Étrangers.

Il alla dans la chambre d'amis qu'il avait transformée en salle de musique. Cela faisait plus de dix jours qu'il n'y était pas entré. L'enquête l'occupait trop. Mais il était urgent qu'il décompresse, qu'il chasse l'étau qui lui pressait le cœur, qu'il pense à autre chose, qu'il fasse le vide. Il mit sur son lecteur de CD la musique du film « Autant en emporte le vent », puis il ouvrit sa boîte de violon. Il regarda avec tendresse l'instrument, puis le prit délicatement et le plaça contre son cou et en même temps que l'orchestre dirigé par Max Steiner attaquait le thème du générique,   il fit glisser l'archet avec force et grâce sur les quatre cordes de son Amati. Il était dans l'orchestre et il en était le premier violon.

AJACCIO — 17 heures 30.
France 3 Via Stella.

— Tu as ce qu'il te faut ? Me demanda Bruno en me tendant la carte mémoire du tournage.

265

— Oui, super... Je dois même avoir trop de matière... Merci encore vieux.

Sans perdre de temps, je me dirigeai vers la station de montage AVID, et me mis tout de suite au travail.

Je commençai le sujet par l'interview de Pierre-Charles et illustrai son propos par les différentes photos extraites des fichiers vidéo de surveillance. J'avais décidé d'insérer la photo de la femme inconnue du musée Fesch à la fin de l'intervention du commissaire pour terminer le sujet sur des extraits de la confession d'Élisa, ma sœur.

A dix huit heures j'avais terminé le montage et j'appelai le rédacteur en chef. Cinq minutes après il entra tel un coup de tonnerre dans le local technique.

— Alors ? Éructa t-il.

— Alors regarde et dis-moi si ça te convient.

— Tu me fais chier, tu sais...

— Ah, toi aussi ? Décidément, je fais chier tout le monde. Tu devrais plutôt être fier que je bosse alors que j'ai un arrêt de travail de cinq jours !

— Arrête, tu vas me faire chialer... Allez, montre-moi ça !

Je mis le fichier en lecture sur l'ordinateur. Il le regarda sans commenter. A la fin, il lâcha simplement : « Ça va ! C'est bon à diffuser ».

AJACCIO — 18 heures.
Hôtel de Police.

Le commissaire Orsini revint à son bureau apparemment plus apaisé. Mais le commissaire Orsini restait silencieux. Le commissaire Orsini avait des états d'âme. Malgré son calme apparent le commissaire Orsini avait l'esprit en éruption, mais il essayait de garder le contrôle sur ses émotions pour éviter que son cœur ne le martyrise encore et qu'il n'explose devant son équipe.

Il vit avec satisfaction que mademoiselle Juliani avait été transférée dans la salle d'audition sous bonne garde en attendant de vérifier ses dires. Mais le commissaire avait décidé de ne pas bousculer son ami d'enfance tout de suite. Il avait d'abord besoin qu'il fasse son job et que les appels à témoins soient bien diffusés au journal du soir, une heure plus tard. Il avait demandé expressément à son adjoint de ne pas bouger, ne serait-ce que le petit doigt.

Cependant, il décida d'échanger quelques mots avec la journaliste italienne. Il demanda à Olivier Vuccino de l'accompagner pour enregistrer les paroles de la demoiselle. En entrant dans la salle, il demanda au policier de faction de bien vouloir les laisser seuls.

Il prit une chaise et s'assit à côté d'elle tandis que le capitaine resta debout contre la porte de la salle et mit en marche son enregistreur.

— Racontez— moi votre histoire, entre nous, commença le commissaire plein d'empathie. Mais faîtes attention, nous savons quand même beaucoup de choses, ne vous évertuez pas à me raconter n'importe quoi.

— Pour mon livre sur le cardinal j'avais besoin de le cerner complètement, d'être dans ses pas. J'ai appris qu'il devait venir en Corse la semaine dernière, j'ai décidé de le suivre.

— Qui vous a dit qu'il venait chez nous ?

— Permettez-moi, dans un premier temps, de rester discrète sur mes sources. J'ai pris le même bateau que lui samedi matin dernier à Livourne.

— Parce qu'il est arrivé à Bastia par le bateau du samedi 27 mai ? Nous n'en avons aucune trace.

— Il était dans le semi-remorque Volvo de la Strada Libera Cie. Dans la remorque. Le camion a quitté la nationale qui évite Bocognano en contrebas pour s'engager sur l'ancienne route qui traverse le village. Si vous connaissez Bocognano, vous savez que c'est un village qui s'étend tout en longueur. Le Volvo s'est garé sur un parking sur la gauche quand on arrive de Corte, juste avant le centre du village. Il n'y avait qu'une autre voiture, un 4x4 noir. Je me suis garée de l'autre côté de la route près des conteneurs pour les ordures. Le conducteur est descendu et s'est dirigé vers le centre du village avec un paquet à la main. Au bout d'une minute la porte latérale de la remorque s'est ouverte et le cardinal est descendu. Un homme est alors sorti du 4x4 noir.

Le commissaire sortit la photo d'Antoine Peglia et la montra à Marie-Agnès.

— Cet homme-là ?

— Celui-là même ! Ils se sont salués.

— Vous pensez qu'ils se connaissaient ?

— Ils se connaissaient, oui ! Ils sont repartis dans le 4x4 noir tous les deux, dans la direction de Corte, d'où venait le camion. J'ai dû faire demi-tour sur le parking et foncer. Mais après le deuxième virage, j'ai vu le 4x4 s'engager sur une petite route, presque un chemin. J'ai vu à temps que ça menait à l'église et au cimetière. J'ai donc laissé ma voiture sur le bord de la route au niveau des escaliers qui montent au cimetière. Je les ai gravis avec difficulté. Ce sont des escaliers en pas d'ânes, aux marches irrégulières. Quand je suis arrivée là-haut, le 4x4 était garé devant l'église dont le portail était ouvert. Je n'ai pas osé m'aventurer plus loin. Ils sont sortis au bout de cinq minutes, l'homme avait un sac en plastique dans les mains.

— Un sac comment ?

— Comme on trouve chez les commerçants, en plastique blanc.

— En parlant de sac, le cardinal avait-il sa valise en sortant du Volvo ?

— Oui, il l'avait mis à l'arrière du 4x4.

Orsini lui fit signe de continuer.

— C'est là qu'il y a eu un accident.

Elle retint son souffle. Orsini se doutait de ce qu'elle allait dire, mais ne la pressa pas, il voulait qu'elle raconte, elle raconta donc.

— Ils sont remontés dans le 4x4 mais le conducteur devait faire une marche arrière. Pensant qu'il n'y avait personne, il recula rapidement, brutalement, nerveusement. C'est à ce moment-là... C'est à ce moment-là qu'un gamin est sorti tout d'un coup de derrière l'église en courant. Le conducteur ne l'a pas vu et l'a renversé. Le choc fut brutal. Le gamin a été projeté au moins à quatre mètres. Le cardinal et l'homme sont descendus, le cardinal s'est précipité vers l'enfant et s'est baissé pour prendre son pouls, puis il l'a pris dans ses bras. Il semblait sans vie,

268

inerte, les bras ballants. Après discussion, ils l'ont mis dans le 4x4.

Le commissaire lui mit sous les yeux la photo déposée à son attention sur le pare-brise d'un riverain du commissariat.

— C'est vous qui avez pris la photo ?

— Oui avec mon portable.

Il la regarda longuement, intrigué.

— Pourquoi ?

— Une habitude quand j'enquête.

Il ne releva pas la réponse et continua sans commenter.

— Ensuite ? Poursuivez...

— Ils ont allongé l'enfant sur le siège arrière. A ce moment-là, je suis redescendue vers ma voiture, le plus discrètement possible. J'étais en bas des marches quand j'ai vu le 4x4 débouler du chemin et filer vers Ajaccio. Le temps de monter dans ma voiture, de démarrer, de faire demi-tour et le 4x4 avait disparu. On ne peut pas rouler vite sur la route qui traverse Bocognano. Elle est étroite et sinueuse, les maisons bordent la route au plus près. Je ne suis pas arrivée à les rattraper.

— Comment avez-vous retrouvé Le Feucheur ?

— Arrivée au rond-point de l'entrée de Bocognano, j'ai appuyé sur l'accélérateur comme une folle en prenant des risques impossibles et dépassant largement les limitations de vitesse. Je me demandais où ils avaient pu aller avec le corps de l'enfant. En passant devant la gendarmerie, j'ai regardé s'ils s'étaient arrêtés... Mais non. Alors j'avoue que j'ai roulé vite, trop vite et j'ai eu beaucoup de chance... Je me suis dit à un moment que s'ils étaient devant moi, je les aurais rattrapés sans problème. Découragée, arrivée au pont d'Ucciani, je me suis arrêtée.

— Il aurait été plus simple d'appeler la police, vous ne croyez pas ? Pourquoi vous ne l'avez pas fait ?

— Je me suis dit que le cardinal ne ferait rien d'illégal. Alors je me suis rassurée en pensant qu'ils avaient foncé vers les urgences de l'hôpital d'Ajaccio. Mais je vous l'ai dit, c'était impossible qu'ils aient été devant moi.

— Alors ?

— Alors, je suis restée sur le bord de la route et j'aurais bien fumé une cigarette si j'en avais eu une. J'étais là en train de ressasser toutes les possibilités et au bout de dix minutes, j'allais faire demi-tour pour vérifier s'ils avaient fait une halte quelque part quand le 4x4 est passé. J'ai redémarré immédiatement en me demandant ce qu'ils avaient pu faire pendant ces dix minutes. Vingt minutes après nous entrions dans Ajaccio. Je les ai suivis jusqu'à l'hôtel du Golfe où Le Feucheur est descendu avec sa valise et son sac plastique. Le 4x4 est reparti, moi je me suis garée sur le petit parking situé juste en face. Au bout de quinze minutes il est ressorti les deux mains dans les poches pour tourner dans le passage de Poggiolo. Je suis descendue de ma voiture pour le suivre. Quand j'ai débouché dans la rue Fesch, je l'ai aperçu qui remontait la rue vers le palais. J'étais devant le magasin de disques quand il est entré sans hésiter dans le musée.

Orsini lui présenta alors la photo de l'inconnue du musée.

— Avez vous vu passer cette dame ?

— Non pas du tout.

— Et combien de temps est resté le cardinal dans le musée?

— Un peu plus de vingt minutes environ.

— Dites-moi, vous avez déclaré tout à l'heure avoir vu Julien Valinco discuter avec le cardinal. Avez-vous vu aussi deux fumeuses qui discutaient devant les grilles du musée ?

— Non, je ne m'en souviens pas.

Il glissa alors avec une lenteur voulue la photo du jeune photographe devant Juliani.

— Et ce jeune photographe, l'avez-vous croisé ou aperçu par hasard ?

— Non, dit elle en souriant. Un jeune touriste sûrement.

— C'est drôle, nous pensions la même chose... Ensuite, après avoir dialogué avec Valinco, qu'a fait le cardinal ?

— Il est rentré à son hôtel où il est resté environ quinze minutes. Quand il est ressorti, il traînait sa valise de voyage. Je l'ai suivi de loin jusqu'à la cathédrale.

— On ne vous voit sur aucune caméra le suivre... Et vous apparaissez juste derrière lui à la cathédrale, bizarre, non?

Elle ne répondit pas, ouvrant ses grands yeux verts d'étonnement.

— Ajaccio manque de caméras de contrôle alors...

Orsini ne répondit pas et glissa alors la photo de Giovanni Cabrini devant elle.

— Et celui-là, l'avez-vous vu ?

— Seulement à Rome... En compagnie du cardinal, à la Strada Libera Cie.

— Revenons à la cathédrale. Qu'avez-vous fait ?

— J'ai bu un verre au café face à la cathédrale.

— Pour ?

— Continuer mon enquête.

— Et où était le cardinal ?

— Dans le petit café juste à droite de la rue Saint Charles. Il s'était assis à la terrasse et semblait lire une bible. Je pouvais le voir de loin d'où j'étais. Quand les cloches ont sonné à 21 heures, il s'est levé de son siège et s'est dirigé vers la rue Saint Charles.

— Et c'est tout ?

— C'est tout !

— A-t-il vu quelqu'un quand il était à la terrasse du petit café ?

— Non.

— Avez-vous vu quelqu'un le suivre quand il est entré dans la cathédrale ?

— Non.

— Que pensiez-vous qu'il y faisait ?

— Qu'il priait, vu ce qu'il s'était passé à Bocognano.

— Pourquoi n'avez-vous pas attendu sa sortie de la cathédrale ?

— J'ai pensé alors qu'il y resterait toute la nuit.

— Merci mademoiselle ça sera tout pour le moment. En attendant vous êtes notre témoin principal et je suis sûr que vous ne nous dites pas tout. De ce fait vous êtes notre invitée. Nous reprendrons demain.

— Ce qui veut dire.

— Que vous ne bougez pas d'ici.

Il se leva et sortit de la pièce, suivi d'Olivier. Le policier de faction reprit sa place.

Il était presque 19 heures et ils se dépêchèrent de rejoindre le bureau d'Orsini pour regarder les informations de Via Stella.

Dès l'ouverture, la journaliste présentatrice du journal parla de « l'affaire ». Elle annonça que la police avait avancé sur le meurtre du cardinal Le Feucheur et que des témoins étaient recherchés. Et elle lança le sujet.

Le commissaire éteignit la télé à la fin du reportage. S'il était satisfait de sa prestation et des appels à témoin, il se demanda ce que le témoignage d'Élisa Valinco venait faire à la fin.

— Qu'est que ça vient foutre ici, cette interview ? Tu en penses quoi ? demanda-t-il à Olivier qu'il tutoyait parfois.

— Qu'il a voulu sûrement donner un éclairage négatif sur la personnalité de Le Feucheur.

— Dans quel intérêt ?

— Peut-être pour protéger sa sœur ?

— Tu crois que c'est elle qui l'a tué ?

— Je ne dis pas ça, elle me parait trop fragile, mais si on réfléchit bien... Si le cardinal a été abattu avec l'arme dont il s'est servi au Tchad pour abattre les rebelles puis cette dénommée Lætitia, on n'est plus du tout dans l'hypothèse du contrat initié par les Monsignors du Vatican.

— A moins que le tueur du cardinal n'ait eu lui aussi un Walther...

— Pour un contrat ce n'est pas forcément l'arme que j'aurais choisie...

— Les tueurs ont parfois de drôles de modus operandi, conclut le commissaire. J'en ai vu des trucs bizarres au cours de ma carrière.

J'étais resté à Via Stella jusqu'à la fin du journal que j'avais suivi depuis la salle de régie. Après La météo, j'ai regagné mon bureau pour réfléchir avant la conférence de presse des autorités insulaires.

Je pensais, je pensais et je pensais encore, et plus je pensais et moins je ne voyais de solution. Ou trop. Beaucoup d'éléments se croisaient et allaient dans tous les sens. Je réfléchissais et je ne voyais rien. Le trou noir.

J'étais dans mes réflexions profondes quand la sonnerie de mon téléphone version Mozart sonna. Mozart, c'était la sonnerie pour les frangins. Je décrochai sans regarder le nom de l'appelant.

— Allo Dominique ?

Silence sur la ligne, puis la réponse vint.

— Où se tiennent vos surveillants ?

Ce n'était pas Dominique mais une voix inconnue de l'autre côté du téléphone et j'en fus déstabilisé. Il ne manquait plus que ça. Je compris que c'était une phrase qui pouvait servir de mot de passe mais cela me laissa pantois. L'esprit de suspicion de mes frères me faisait souvent sourire. Qui donc pouvait répondre sur mon téléphone sinon moi ? Je suis un homme de peu de foi. Je fis cependant le tour des formules du rite moderne que je qualifiais de « magiques ». Puis les mots me vinrent.

— A l'Occident.

— Rendez-vous dans une heure à l'ouverture de la loge « Le Triangle Lumineux ».

Fin de la communication. Cela me laissa perplexe. Étaient-ce mes demandes à Dominique qui aboutissaient enfin ? Alors pourquoi compliquer les choses ? Qui avait bien pu me téléphoner du Temple ? Je n'aimais pas ça du tout. Oh non, je n'aimais pas ça.

Prudent, je prévins mon rédacteur en chef.

— Dis donc, j'ai une source qui veut me parler dans une heure... Je ne pourrai pas assister à la conférence de presse des autorités policières. Ceci dit je n'aimerais pas qu'il m'arrive quelque chose. Je ne sais pas pourquoi, mais je ne le sens pas.

Je lui laissai l'adresse au cas où effectivement je serais en mauvaise posture.

Je fis la même chose avec Orsini en lui disant d'où venait l'appel. Il prit note et ne fit aucun commentaire.

AJACCIO — 19 heures 30.
Hôtel de Police.

Dès que le journal télévisé fut terminé, les téléphones commencèrent à sonner un peu partout dans les bureaux et les OPJ de service couraient d'un combiné à l'autre en prenant des notes. Parfois la communication était un peu plus longue quand les renseignements semblaient conduire vers une piste intéressante.

Au bout de dix minutes, les policiers avaient le nom de la femme inconnue du musée. Au bout de quinze, elle téléphona elle-même pour dire qu'elle était prête à venir témoigner.

— Louise Torelli... de Vezzani

Olivier courut apporter l'information au commissaire Orsini.

Il y eut aussi des communications au sujet de Giovanni Cabrini. Notamment un appel d'un jeune homme qui avait déclaré avoir rencontré plusieurs fois Giovanni Cabrini dans des circonstances qu'il ne savait pas trop définir. L'OPJ qui avait été en relation avec le jeune homme qui n'avait pas voulu donner son nom au téléphone l'avait incité à venir le plus rapidement à l'hôtel de police. Le service technique avait eu le temps d'enregistrer le numéro d'appel du jeune témoin si celui-ci venait à manquer à son devoir. Un vieil homme appela aussi au sujet de Cabrini. C'était un portugais installé en Corse depuis plus de trente ans qui travaillait chez les transporteurs « Kaliste ». Il avait vu de près l'homme recherché et était prêt à témoigner. On lui demanda de passer le plus rapidement possible en l'assurant qu'il serait reçu avec le plus grand des égards.

Cette fois-ci l'appel à témoins avait donné des premiers résultats encourageants. Orsini pouvait rejoindre la conférence de presse à la préfecture plein d'espoir et d'optimisme. Il siffla presque entre son bureau et la préfecture.

AJACCIO — 19 heures 45.
Cathédrale Notre-Dame de l'Assomption.

Les ombres projetées par les flammes des bougies offertes à la madone dansaient en sarabandes inquiétantes sur les murs de la nef de la cathédrale et effrayaient le Père Batiano qui voulait prier. Il cherchait le réconfort de la vierge qui le lui refusait. Après les informations de Via Stella, il avait fermé sa télévision en proie aux pires réflexions et avait descendu les marches quatre à quatre jusqu'à la sacristie plongée dans la pénombre. « Parfois le Seigneur nous fait accomplir des tâches qui nous dépassent », se disait-il pour se rassurer, oubliant que le libre arbitre était d'abord d'essence humaine. Mais cela ne l'effleura pas, croyant encore sans restriction que Dieu gouvernait les actes du croyant. Il voulait que la puissance divine lui montre le chemin. Et Sainte Marie, loin de l'apaiser, ne lui montrait en lueurs fantasmagoriques que la projection de ses tourments.

Alors il prit sa décision.

AJACCIO — 19 heures 45.
Loge « Le Triangle Lumineux ».

Il y a des jours où il faut parfois se demander ce que représentent les engagements pris au cours des années. Un pied par-ci, un pied par-là faisait parfois perdre l'équilibre, Sauter à cloche-pied entre les partis politiques, les associations philosophiques, les syndicats professionnels demandait parfois certaines contorsions acrobatiques et psychologiques. En militant velléitaire, je me posais toujours les questions qui arrivaient trop tard.

Pourtant j'avais longtemps hésité à rejoindre cette institution philosophique, philanthropique et en principe progressiste. Il avait fallu le lent travail de persuasion de mon ami qui avait poli sa pierre efficacement pour m'amener à dire : « Merde, oui, après tout pourquoi pas ! ». Ce n'était pas un cri du cœur, juste une curiosité intellectuelle. Pourtant le débat des idées me paraissait toujours un acte d'ouverture d'esprit avec mes semblables, mais au fil des années et des travaux en ateliers, ces échanges me laissaient un sentiment d'inachevé, même parfois de vacuité.

Mais j'avais été convoqué de façon tout à fait formelle et je me devais d'honorer mes engagements. J'avais le sentiment qu'il ne fallait pas que je me présente en jeans et polo qui étaient ma tenue de travail de printemps, mais dans ma tenue maçonnique. J'avais pour habitude, par prudence, de la laisser chez un vieil ami habitant proche du Temple. Cela évitait le stress que j'avais d'arriver en retard aux Tenues de ma loge. En cinq minutes j'enfilai mon costume, changeai mes mocassins pour des chaussures noires bien cirées, et passai au tour du cou un nœud papillon noir. Je glissai alors mes gants et mon tablier dans ma sacoche. J'étais prêt pour faire les cinquante mètres qui me séparaient du lieu de rendez-vous.

A mon arrivée, ils étaient tous présents sur le parvis à la porte de la loge, ce qui me soulagea. Mais nul ne me fit le baiser fraternel, ce qui me chagrina. On entra tout de suite suivant le rituel d'ouverture du premier degré. Quand tous furent en place, vénérable, officiers, maîtres, compagnons et apprentis, et que la loge fut couverte, quand le rituel d'ouverture fut dit, alors le vénérable prit la parole pour me souhaiter la bienvenue.

— Je veux d'abord remercier les frères présents pour avoir accepté le changement de l'ordre du jour. Nous commencerons donc notre Atelier par entendre le frère Julien qui nous apprenait il y a une heure, via son reportage à Corsica Sera, qu'un de nos frères qui fréquentait assidûment cette loge distinguée, Antoine Peglia, était recherché par la police. Je ne cache pas que nous sommes dans le plus grand embarras, Nous sommes bien convaincus que ces informations ne sont pas fantaisistes et qu'elles ont été mûrement réfléchies avant d'être diffusées. Mais tout homme a droit à la présomption d'innocence et qu'il est pour le moins délicat de lancer un appel à témoin au sujet d'un homme respectable. La police, dont tu as été le porte-voix ce soir, a-t-elle de bonnes raisons de donner une telle publicité à la recherche de notre frère ?

Je me levai de mon siège dignement en me disant qu'en ces lieux secrets je pouvais dire la vérité, toute la vérité. Après les paroles rituelles, je sortis de la poche intérieure de ma veste la copie de la photo du cardinal portant Enzo dans ses bras en présence d'Antoine Peglia et la donnai au maître de cérémonie pour qu'il la présente au vénérable.

— Vénérable Maître, tu as en tes mains une photo prise à Bocognano. Il faut savoir que cet enfant qui apparaît se nomme Enzo. Il a disparu depuis l'instant où la photo fut prise. Pour le moment nous n'en savons pas plus et c'est pourquoi la police recherche le frère Peglia. Nous pensons qu'il doit être susceptible de nous éclairer sur ce qui s'est passé à ce moment-là. Je pense qu'il faut laisser la police œuvrer et si possible l'aider. Bien que dans notre obédience nous ne parlions ni de politique, ni de religion, il faut bien admettre que la présence du cardinal Le Feucheur de l'Opus Deï, présente une interrogation. Chacun doit agir en conscience avec nos préceptes, mais si l'un d'entre vous a connaissance du lieu où pourrait se trouver le frère il est de son devoir de contacter la police. J'ai dit.

— Mon frère nous te remercions de la diligence dont tu as fait preuve en venant rapidement à l'ouverture de nos travaux et la bienveillance avec laquelle tu as bien voulu répondre à nos questions.

Il m'avait fait comprendre que ma participation à cette soirée était terminée. Chacun dit les phrases de séparation qu'il se devait de dire et je sortis en suivant le frère expert qui m'accompagna jusqu'à la porte de la loge.

Arrivé sur le trottoir je me suis demandé ce qu'ils devaient se dire maintenant. Avaient-ils repris le cours de leurs travaux ou continuaient-ils à se poser les questions qui avaient l'air de les tarauder ? Et une idée me vint. Peut-être était ce le fugitif lui-même qui avait demandé à ses frangins de me convoquer pour savoir ce que la police connaissait. Si c'était le cas, il ne serait pas déçu : la police savait pour Enzo.

AJACCIO — 21 heures.
Rue Eugène Macchini.

Le père Batiano commençait à ouvrir les portes de son enfer. En sortant de la cathédrale il se mit à presser le pas. L'air était encore chaud et il transpirait à grosses gouttes. A chaque instant il redoutait d'être arrêté par l'une de ses ouailles. Il voulait en terminer avec les voix de Dieu qui l'empêchaient de dormir. Voilà une semaine que cela durait et il était temps de mettre fin à ce chemin de croix. Il n'avait que trois cents mètres à faire et en sa tête résonnait une complainte: « Cours, cours petit curé, sinon le diable va t'attraper. Cours, cours petit curé, sinon le diable va te manger... »

Alors le père Batiano courait en tirant son lourd fardeau pour arriver enfin à la rue du Général Fiorella.

AJACCIO — 21 heures.
Hôtel de Police.

Le commissaire Orsini n'était pas mécontent de la conférence de presse et de sa prestation. De retour à son bureau, chacun émit son avis sur ce qu'avaient déclaré les uns et les autres.

Tout avait été balayé à cette conférence de presse mais tout n'avait pas été dit. Notamment sur le rôle de Marie-Agnès Juliani et les motifs de recherche d'Antoine Peglia. Par contre tout fut dit ou presque sur le meurtre de la famille Busachi à Peri et le rôle de Giovanni Cabrini. Le silence fut aussi de mise quant au rôle des cardinaux pédophiles du Saint Siège. Tous les policiers semblaient satisfaits et chacun allait de son commentaire quand l'agent d'accueil entra précipitamment pour dire quelques mots à l'oreille du

278

commissaire. Orsini fit un signe d'assentiment et éleva la voix. Le brouhaha cessa.

— Mes amis nous avons une visite surprise importante paraît-il.

Et l'agent d'accueil fit entrer le Père Batiano le visage en sueur, accablé, penaud et coupable, tirant une valise, que tous reconnurent comme étant la valise du cardinal.

Orsini et son adjoint, Olivier accompagnèrent sur le champ le prêtre dans la salle d'auditions. Il demanda au passage qu'on enregistre le témoignage du curé.

— Alors mon père, racontez-moi tout... Allez on ne se cache rien et ça vous libérera d'un poids que vous avez trop longtemps porté. Elle vient d'où cette valise ?

— Je l'ai trouvée au bas de l'autel, près du corps du cardinal.

— Top ! On va donc revenir à votre déposition initiale, parce que pour moi en principe, vous n'avez découvert le corps que le dimanche matin après que madame veuve Fulioni ait fait la macabre découverte. Mais avant j'ai d'autres questions. N'est-ce pas Capitaine ?

Olivier hocha la tête poliment.

— Avez-vous déjà ouvert cette valise ?

— Oh non ! Je n'aurais jamais osé...

— Capitaine veuillez appeler deux OPJ pour ouvrir cette mystérieuse valise.

Orsini n'avait pas fini sa phrase que déjà la porte de la salle s'ouvrait et qu'entraient le lieutenant Jean-Pierre Pasquale et le major Julie Finot. Aussitôt devant la valise posée sur la table, ils enfilèrent leurs gants d'intervention pour ne pas polluer la pièce à conviction. Avec précaution le major Finot vérifia que l'ouverture de la valise n'était pas protégée et fit glisser la fermeture éclair. Lentement elle ouvrit l'abatant supérieur. Des habits pliés avec précaution occupaient le dessus de la valise. Tous reconnurent les vêtements que portait Le Feucheur lors sa dernière journée dans la rue Fesch. Elle les souleva et trouva un téléphone portable qu'elle sortit. Le lieutenant Pasquale lui présenta un sachet de pièces à conviction dans lequel elle glissa le téléphone. Elle continua son investigation mais ne découvrit rien d'exceptionnel. Le commissaire se retourna vers le curé.

— Vous n'avez pas vu un grand sac plastique avec ?

Le père Batiano secoua plusieurs fois la tête.

— Non, non.

— Capitaine Vuccino, faites analyser immédiatement ce téléphone, on va voir ce qu'il va nous raconter. Dites-moi monsieur le curé, revenons au début... Dites-moi, dites-moi, vous vous êtes bien foutu de nous, sauf votre respect... Si je me souviens bien de notre première rencontre, vous étiez prêt à tourner de l'oeil à la vue du cadavre ...

— Je ne supporte pas la vue du sang et quand j'ai découvert le corps la nuit du meurtre, il faisait très sombre à l'exception de plusieurs bougies qui brûlaient sur l'autel. C'est d'ailleurs ça qui m'a attiré quand je suis rentré de Vico. Quand je rentre le soir je vérifie que tout est bien fermé. Et cette nuit-là toutes les portes étaient ouvertes. Je suis entré dans la sacristie et j'ai vu une lueur venant de la cathédrale.

— Et quelle heure était-il ?

— Il était presque 4 heures... Je suis parti du village juste après 3 heures où j'ai dormi.

Orsini fit signe à Julie Finot de passer un mouchoir en papier pour que le curé puisse s'éponger le visage. Les grosses gouttes de sueur lui tombaient dans les yeux puis sur la table. Quand cela fut fait il demanda à l'ecclésiastique de continuer sa déposition.

— Je fus surpris de voir des bougies encore allumées à cette heure-là dans la cathédrale. J'allais les éteindre quand j'ai aperçu un corps par terre, près des marches. Je suis resté immobile, pétrifié.

Là il s'arrêta de parler. Orsini imagina qu'il revivait la scène et ne voulait pas le brusquer mais au bout d'un moment il fit quand même un moulinet de la main pour l'inciter à continuer.

— J'ai parlé. J'ai appelé. J'ai demandé qui il était, mais j'ai pas eu de réponse.

Orsini leva les yeux au ciel de commisération. Il faillit faire une observation mais il la jugea mal venue et s'en abstint. Après quelques respirations profondes le curé continua.

— En m'approchant, j'ai vu les habits sacerdotaux pourpres. A cet instant-là, j'ai pensé qu'il priait et que je ne devais pas le déranger. Alors je me suis assis pour le contempler. Au bout d'une demi-heure il n'avait toujours pas bougé...

Orsini ne put s'empêcher d'esquisser un sourire.

— Alors je me suis levé et je me suis approché tout près. Et c'est là que j'ai vu qu'il s'était suicidé.

Silence. Descente en chute libre. Tous avaient senti leur conviction se fissurer, se lézarder profondément. Des pans de certitudes tombaient comme des gros blocs de falaise. Tous se regardaient laissant passer les anges du doute profond. Orsini osa rompre le silence.

— Vous nous disiez ?

— J'ai vu qu'il s'était suicidé.

— Comment ça ?

— A cause du pistolet.

— Où ça le pistolet ? Comment ça le pistolet ?

Orsini se leva machinalement et chercha nerveusement dans sa poche ses médicaments. Olivier qui devina ce qu'il cherchait lui glissa :

— Vous les avez déjà pris chef...

Le commissaire stoppa net et le regarda quelques secondes puis respira lentement. « Reste zen, se disait-il, reste zen » puis se rassit calmement.

— Continuez monsieur le curé je vous en prie. Le pistolet... Quel pistolet ?

Le père Batiano ouvrit la vareuse qu'il portait et tira d'une grande poche intérieure une sorte de torchon taché de sang séché entourant un objet assez lourd. Orsini tendit la main.

— Stop n'y touchez plus... La Sauterelle, dit-il au major Finot, déballez-moi ça avec précaution.

Julie Finot prit délicatement les coins du torchon qu'elle déplia. Quand cela fut fait, un Walther apparut dans toute sa nudité crue et sanglante.

Au bout de quelques secondes qui parut à tous une éternité, le commissaire reprit la parole.

— Nous allons examiner l'arme... Monsieur le curé, où se trouvait l'arme ? Par terre ? Dans une main du cardinal ?

— Dans sa main gauche. Le canon près de sa tête.

— Comment avez-vous ramassé l'arme ?

— Je suis allé jusque dans la sacristie prendre le torchon et je l'ai ramassée avec. Je n'ai pas touché le pistolet.

— Très bien, maintenant pourquoi nous avoir pas dit tout ça avant ?

— Vous savez bien que le suicide est interdit pour les catholiques. Je ne voulais pas que la mémoire du cardinal soit entachée et que son âme brûle en enfer. Que l'église le récuse et le rejette.

— Je vous comprends... dit Orsini sans rigoler. Pourquoi venir nous dire cela maintenant ?

— L'affaire prenait trop d'ampleur. Je ne veux pas que des innocents soient accusés à tort.

— Très bien ceci vous honore. Maintenant je vous demande de bien vouloir prendre soin de vous. Je vais même demander à ce qu'un agent vous raccompagne. Et s'il vous plait, vous ne bougez pas de chez vous et vous restez à notre disposition. Rassurez-vous, comme témoin, pas comme suspect. Demain nous viendrons vous voir pour une reconstitution. Capitaine Franju, pouvez-vous venir ?

Le capitaine Franju qui était dans la salle de l'autre côté entra rapidement.

— Vous pensez qu'on puisse avoir une comparaison rapide avec l'arme du Tchad ?

Je ne sais pas pourquoi, mais il y a des jours où tout est pourri, du lever du soleil au coucher. Déjà mon réveil ne fut pas des plus glorieux, et la journée fut aussi riche en rebondissements déstabilisants. Je ne sais pas pourquoi mais je devais trouver que ce n'était pas suffisant et j'avais décidé de faire un tour à l'hôtel de police. Grand bien m'en prit !

C'est avec un sourire gourmand qu'Orsini m'accueillit avec une pointe d'affabilité surjouée. J'ai tout de suite ressenti la posture feinte. A cet instant précis je pensais n'avoir rien à me reprocher et je pris cet excès de gentillesse comme un moment serein d'une fin de journée bien remplie. Pourtant j'aurais dû être plus vigilant quand il me posa la question :

— Tu ne me demandes pas des nouvelles de ta chérie ?

Je le regardai narquois.

— Je n'ai pas de chérie, tu le sais très bien et surtout pas celle dont tu parles !

— Ahahah !

Là, j'aurais dû me méfier. Franchement.

— Ça veut dire quoi ces ahahah ?

— Ça veut dire que tu es un sacré cachottier... Non pas cachottier, menteur plutôt de la pire espèce, Tu devrais savoir que tout se sait un moment ou un autre ? Tu es au courant de ça ?

Je hochai la tête comme un gamin pris en faute bien que je ne voyais pas encore où il voulait en venir.

Soudain il se leva comme un diable sorti de sa boite.

— Tu te fous de moi !!! Dis-moi, tu me prends pour qui ?

— Un vieux copain, mais si tu me disais... ?

— Si je te disais que tu me laisses me trimbaler comme un crétin, Que tu me laisses me ridiculiser ! Pourtant tu avais mille fois le temps de me le dire, de m'expliquer.

— Mais t'expliquer quoi à la fin ?

— Devine ! ... Ainsi tu n'avais pas vu le cardinal depuis un siècle ? Tu me laisses faire des appels à témoin...

A ce moment-là j'ai compris enfin où il voulait en venir.

— Je ne comprends pas pourquoi tu n'as rien dit.

— Moi non plus, avouai-je.

— Je te crois difficilement, mais maintenant tu vas devoir tout dire.

— Je n'ai rien dit, dimanche, dans la cathédrale parce que d'abord, je ne croyais pas ce que je voyais. Pour moi c'était inconcevable. Ensuite j'ai pensé que si je disais que je l'avais rencontré, ça n'avançait pas à grand-chose.

283

— Tiens donc ? Tu as pensé ça ? Allez ça suffit, arrête de me balader, déballe tout. Raconte-moi ce qu'il s'est passé quand il t'a rencontré ou que tu l'as rencontré.

— J'étais rue Fesch devant le disquaire recherchant un album d'Imuvrini. Je cherchais le disque où ils chantaient « Dans le port d'Amsterdam » de Brel. Tout à coup j'ai vu Le Feucheur au milieu de la rue. Il venait de descendre les marches de l'église San Rucchellu pour l'admirer. Je l'ai presque reconnu tout de suite, alors je suis allé le voir.

— Pour le saluer ? Se moqua-t-il.

— Pour éclaircir ce qui était arrivé à Élisa. Elle était revenue du Tchad avec un gamin café au lait bien corsé et jamais elle ne voulut en parler. Cela a miné nos parents jusqu'à leur mort. Tu ne crois pas qu'il était logique que je lui demande des explications.

— Si bien sûr, ce que je ne comprends pas c'est pourquoi tu n'as rien dit.

— Au début j'ai pensé que ça polluerait ton enquête... Comme tout bon flic, tu aurais sauté sur cette facilité d'avoir un coupable tout trouvé. J'aurais fait un merveilleux suspect, tu ne crois pas ?

— Tu sais très bien que c'est faux. J'aurais creusé. Mais tu aurais pu m'en parler quand j'ai fait mon appel à témoin.

— J'allais le faire. J'étais venu spécialement te voir pour t'en parler.

— Mais tu n'en as rien fait... mon ami...

— J'avais reçu ça comme une menace, dis-je en sortant de ma poche la photo où on me voyait discuter avec le cardinal.

Il examina attentivement la photo en hochant la tête.

— Un chantage ?

— Je ne crois pas, plutôt un avertissement. Celui qui m'a déposé ça à Via Stella m'a téléphoné le soir même. Sa voix était déformée. Il m'a dit d'être prudent... J'ai trouvé ça très menaçant. Façon de dire : « Tiens toi tranquille, sinon... »

— Sinon..? Le jeune garçon photographe !!! S'écria-t-il soudain. Ça serait lui ?

— Peut-être...

— J'aimerais connaître le fin mot de l'histoire; mais ça n'a peut-être plus beaucoup d'importance. Le cardinal se serait suicidé.

J'ai failli tomber de ma chaise.

— Tu rigoles !

— Pas du tout ! Le curé Batiano vient de sortir d'ici et cerise sur le gâteau, il nous a ramené la valise de son éminence avec en prime, le fameux Walther. Tu sais, l'arme du crime !

— Je n'y crois pas.

— D'ailleurs je vais sûrement devoir réentendre Élisa.

Le sang se glaça dans mes veines. Il eut un sourire vengeur.

— En attendant je te place en garde à vue, ça t'apprendra à te moquer de moi. Il est 22 heures trente, cette garde à vue commence maintenant. Donne-moi ton téléphone.

— Tu vas me faire foutre à poil aussi ?

— Compte tenu de notre amitié, je vais t'épargner cette épreuve et cette humiliation. Je ne prélèverai pas ton ADN non plus.

Après que j'eus signé le procès verbal, il appela un gardien pour m'emmener dans mon nouvel appartement.

Il y a des jours comme ça où on ne devrait pas bouger le petit doigt, juste respirer lentement et se dire que la vie est belle tout simplement. Mais ce jour-là, elle était franchement sale.

Le gardien de la paix m'accompagna dans le couloir des cellules. J'eus la surprise d'être logé en face de Marie-Agnès Juliani.

— Tiens, toi aussi tu es là ? Dit-elle étonnée.

— Tu sais il faut toujours se méfier de ses amis... Et des traîtres, j'en ai rencontrés beaucoup aujourd'hui, beaucoup trop !

— Comment ça ?

— Quelqu'un a cafté à la police qu'il m'avait vu parler avec Le Feucheur, rue Fesch, le jour de sa mort. Il sortait du musée et je suis tombé dessus.

— C'est ballot...

— Comme tu le dis ! Orsini n'a pas digéré que je ne lui ai rien dit. Remarque, au moins il ne m'a pas drogué, lui...

Elle fit celle qui n'avait rien entendu.

— Pourquoi l'avoir caché ?

— Ma discussion avec le cardinal était au sujet de ma sœur... Alors quand j'ai su que c'était lui qui était mort, je ne voulais pas la mêler à cette histoire... Mais je pense que j'ai eu tort, elle est peut-être dans la solution du mystère.

C'est à ce moment-là que surgit Orsini.

— Vous vous croyez où ? Vous voulez peut-être que je vous mette dans la même cellule, ça arrangerait vos affaires ?

— Oh que je trouve cela très bas comme remarque ! Presque vulgaire...

— Alors fermez là !

ROME — 22 heures 30.
BCN d'Interpol.

Le père Martrois avait les traits tirés. Il était fatigué et ne désirait qu'une chose : dormir. Il allait se coucher dans une des chambres d'Interpol réservée aux témoins protégés collaborant aux enquêtes quand le lieutenant Bellini vint le chercher sur la demande du lieutenant Baracé.

— Pouvez-vous me dire encore exactement la phrase de Le Feucheur au sujet de son document ?

— Je vous l'ai déjà dit : « Rien n'égale le Tout Puissant, Il est ton soutien, lui qui siège dans les cieux et dont la majesté plane sur les nues »

— Et ce machin serait tiré du Métronome ?

— Du Deutéronome... C'est un texte sacré, rectifia le prêtre.

— Chapitre 33, verset 26, compléta le sergent Colona qui avait vérifié sur internet.

Le lieutenant Baracé se demanda si cela les avançait de savoir que ce texte provenait du chapitre 33, verset 26 du Deutéronome, Mais Marie-Annick était tenace et têtue comme ses ancêtres bretons et voulait connaître le sens de ces paroles.

— Nous savons qu'il a voulu vous passer un message. C'est un code bien sûr ! Faites marcher vos méninges monsieur le curé.

Il était très énervé qu'elle lui parle ainsi. Il avait envie de tout arrêter et de dormir. La policière française était trop jeune pour comprendre que lorsqu'on vieillit, la fatigue se fait plus présente. Mais maintenant il devait assumer, ne serait-ce que pour sa propre vie. Il devait tenir le coup malgré les mauvaises manières de cette policière mécréante. Il était malgré lui enchaîné à cette histoire criminelle et il savait qu'il serait toujours en danger tant que l'enquête ne serait pas terminée. Alors il tenait.

Marie-Annick Baracé avait écrit la phrase du Deutéronome sur le tableau en capital. Assis à la grande table, autour du père Martrois, se tenait une demi-douzaine de policiers italiens. Tous semblaient réfléchir intensément. Parfois jaillissait une idée vite abandonnée. Pour le lieutenant Baracé, l'image était pourtant évidente. Elle voyait bien Dieu, barbu comme toujours, au milieu des nuages assis sur son trône, Soudain la lumière fut.

— Dites-moi les gars, quand vous lisez la phrase vous imaginez quoi ?

Tous étaient unanimes. Ils voyaient tous ce qu'elle voyait.

— Et ?

— C'est tellement bateau comme image, que ça ne nous fait pas avancer.

— Mais si !!! Réfléchissez ! Les nuages !... Les nuages, c'est le cloud en Anglais ! Il a mis le dossier dans un cloud !

— Maintenant quel cloud, lança le lieutenant Bellini.

Marie-Annick se retourna vers Martrois.

— Monsieur le curé, le cardinal avait il un ordinateur ?

— Non pas du tout…

— Et vous ?

— Pas plus !

Nouvelle impasse.

— Qui a tapé le rapport ?

— Je n'en sais rien. Il ne m'a jamais rien dit à ce sujet.

La française s'adressa alors à tous.

— Nous avons fait un petit pas ce soir. Je vous propose de dormir et nous nous retrouvons demain matin. Si dans la nuit vous avez une idée lumineuse, notez-la. N'oubliez pas que nous avons aussi une séance d'identification avec Ajaccio pour Giovanni Cabrini. Bonne nuit à tous.

AJACCIO. 7 heures.
Hôtel de Police.

Si j'avais beaucoup dormi malgré moi la nuit précédente, je qualifierai de blanche celle que je venais de passer. Être allongé sur une planche en bois n'est pas forcément synonyme de nuit paisible et sereine. Alors j'ai réfléchi, j'ai tourné les éléments de l'enquête dans ma petite cervelle et mille hypothèses sont venues égayer ma nuit sans pour cela donner une quelconque réponse, un quelconque embryon de solution.

Une question m'avait tourmenté pendant plusieurs heures. Une ombre, ou plutôt une silhouette, avait pisté le cardinal rue Fesch. Celle de l'inconnu surnommé «le jeune homme photographe» et qui pour moi était celui qui m'avait téléphoné le soir du premier appel à témoin sous le nom de Nimu. A force de retourner cette énigme dans ma petite tête, j'étais convaincu que cet inconnu n'était autre que Marie-Agnès Juliani. Elle avait pu fort bien s'être d'abord habillée façon « djeunes » pour ensuite avoir repris ses habits habituels aux environs de la cathédrale.

Ensuite il me semblait plus qu'improbable que ce bon cardinal puisse s'être fait sauter la cervelle et ce pour plusieurs raisons. D'abord vis-à-vis du dogme de l'église sur le suicide, ensuite vis-à-vis de la tâche qu'il avait à accomplir en Centrafrique. Pour l'instant la coupable la plus désignée était la mère de Lætitia qui avait hérité du Walther grâce à ma sœur. L'avait-elle donné à son tour au cardinal et quand ? Au musée ? A la cathédrale ? Ou l'avait-elle gardé pour accomplir une vengeance.

Et puis, au milieu de ces questions, je me suis endormi profondément au petit matin quand le jour se levait à peine.

C'est la musique de « la Marche Nuptiale » qui me réveilla.

Il était là, devant ma cellule en train de jouer du violon. Orsini m'avait réveillé en musique.

Je me suis levé d'un bond.

— Pierre-Charles, t'es con ou quoi ?

— Tu n'aimes pas ma musique, me demanda-t-il sans s'arrêter de jouer pour autant.

— Tu sais l'heure qu'il est ?

— Sept heures… Tu trouves que c'est trop tôt ?

— Je viens seulement de m'endormir !

— Holala, tu es de mauvaise humeur, dis donc !

— Si tu avais passé la nuit que je viens de passer, tu ferais peut-être la gueule aussi !

— Il ne fallait pas se mettre dans la merde mon petit vieux.

— Arrête de jouer de l'archet, veux tu ?

— Tu n'aimes pas le violon ?

Comprenant l'allusion, je fis semblant de rire.

— Tu as l'humour ravageur, tu sais ?

Il s'arrêta enfin. Je pus placer un mot sans crier.

— Tu vas nous garder ici longtemps ?

— Une garde à vue, c'est 48 heures…

Son téléphone sonna. Il décrocha. Il répondit.

— Oui… Non… Ah… Super ! Je vous rappelle.

Puis il se tourna vers moi.

— Je vais te sortir de là !

— Et moi, je deviens quoi ? Cria Marie-Agnès Juliani. Je voudrais prendre au moins une douche !

Il secoua la tête en riant.

— Ah les femmes !!! Et toi, me demanda-t-il, tu ne veux pas te doucher ?

— Si et prendre un bon petit déjeuner !

— Je vais voir ce que je peux faire… Mais je veux vous garder sous la main ! Tous les deux !

— Tu as du nouveau ? Me hasardai-je.

Comme réponse il me fit un doigt d'honneur, mit son violon sous le bras et sortit du couloir des cellules en sifflotant.

Arrivé dans son bureau, le commissaire rappela son lieutenant Marie-Annick Baracé à Rome comme il lui avait promis.

— Alors quoi de neuf ?

— Nous avons une idée où le cardinal aurait caché son document secret, mais la balle est peut-être dans votre camp.

— Comment ça ?

— Il l'aurait planqué dans un cloud.

— Un cloud ? C'est quoi ce truc ? C'est nouveau ?

— Non, mais c'est assez récent et pas encore très utilisé. C'est un cyberespace où l'on peut stocker des informations, des photos et toujours à disposition, où que l'on soit et quel que soit l'appareil qu'on l'utilise.

— Trop compliqué pour moi. Déjà l'ordinateur est un martien qui me veut du mal alors si c'est dans le cyberespace c'est la bibliothèque des dieux !

— Exactement, bien dit ! En fait c'est un serveur où l'on peut mettre n'importe quel fichier dans un espace personnel Et c'est pour ça que le cardinal a fourré son dossier là-dedans.

— Et ça nous donne ? demanda Orsini dubitatif.

— On ne sait pas où chercher ! En principe on accède au cloud grâce à un ordinateur ou un smartphone. Vous en avez un ?

— Un téléphone portable qui fait la cuisine, passe l'aspirateur, fait des photos, envoie de la musique ? Oui j'en ai un ! Plaisanta le commissaire.

— Et celui du cardinal, c'est un smartphone ou un vieux portable qui ne fait que téléphone ?

— Je ne sais pas. Il est au labo.

— Je peux appeler quelqu'un là-bas de votre part ?

— Oui, appelez le major Finot, la sauterelle. Elle doit y être à 8 heures.

— Oui je la connais… Merci je l'appelle.

Orsini se frotta les mains de contentement. Il fredonna une rhapsodie de Brahms. Il allait se saisir de son violon mais hésita, jamais il n'avait joué dans les locaux de l'Hôtel de Police. Cela le tempéra et il s'en abstint avec regret.

Ce matin, il s'était réveillé tôt comme le chasseur qui part en battue, excité par la réussite de son entreprise. Il entrevoyait les mailles du filet qui se refermaient lentement, doucement, sans brusquerie, autour de sa proie tapie dans l'ombre, inexorablement. Secrètement, Il pensait toujours que le cardinal ne s'était pas suicidé.

Il regarda de nouveau le tableau d'enquête pour faire un point complet quand on lui annonça que les gendarmes de Vezzani étaient arrivés avec un témoin.

Il devina qu'il s'agissait de madame Torelli et demanda à ce qu'on la fasse attendre dans la salle d'interrogatoire. Il consulta sa montre. Le cadran indiquait 7 heures 45. Il savait que son équipe n'allait pas tarder à investir les bureaux, néanmoins il appela le capitaine Franju pour qu'il assiste aussi à l'interrogatoire. Dix minutes s'écoulèrent avant que l'homme de la DCRI n'arrive. Entre temps le service s'était étoffé et l'audition put commencer sous la direction du capitaine Vuccino. Il fut assisté de l'OPJ Jean-Pierre Pasquale, chargé d'enregistrer le PV. Le commissaire Orsini, le capitaine Franju et la juge d'instruction Martinetti qui les avait rejoints aussi, avaient décidé de rester en retrait dans la salle d'observation pour suivre l'audition sur les écrans vidéo.

Le témoin confirma qu'elle s'appelait bien Louise Torelli et demeurait à Vezzani dans la vallée du Tavignano. Ces formalités d'identité faites, Olivier entra dans le vif du sujet en lui présentant la photographie où elle apparaissait en compagnie du cardinal Le Feucheur dans la salle des Italiens du musée Fesch.

— Madame Torelli, pouvez-vous me confirmer que c'est bien vous qui étiez à côté de l'homme qui regarde le tableau qui s'appelle... (Il fouilla dans le dossier de la Sauterelle) « La Sainte Famille pendant la fuite en Égypte » de Grégorio de Ferrari ?

— Oui, c'est bien moi.

— Connaissiez-vous cet homme ?

— Non je ne le connaissais pas.

— Saviez-vous qui il était ?

— Oui,

— Pouvez-vous le nommer ?

— Oui, il s'agit du cardinal Le Feucheur.

— Votre rencontre était-elle fortuite ?

— Non, il m'avait donné rendez-vous.

— Par quel moyen ?

— Il m'avait téléphoné la veille de Rome pour me fixer rendez-vous au musée. Il m'avait indiqué l'heure et l'endroit précis.

— Pourquoi voulait-il vous voir ?

Elle hésita longuement, sur la défensive.

— Il voulait me donner quelque chose.

— Quoi donc ?

— Ce qu'il me devait.

Olivier sentit qu'il fallait élever le ton. Il cria presque.

— Quoi donc ???

— 200 000 euros.

Olivier ouvrit la bouche en grand. Il ne put que répéter.

— 200 000 euros !!? Putain, rien que ça ?

— Oui 200 000 euros. Il me les devait.

— Et il vous les a donnés ?

— Oui bien sûr !

— Pourquoi vous les devait-il ?

— C'était le prix de la mort de ma fille.

Olivier avait un grand besoin de respirer. Là, tout de suite. Il fit signe « temps mort » à son collègue Pasquale et ils sortirent tous les deux de la salle d'interrogatoire rapidement pour rejoindre le commissaire, la juge d'instruction et les autres.

— Ça devient chaud ! Je n'y comprends plus rien ! Je passe la main.

Orsini se voulut rassurant.

— Tu t'en tires très bien… Respire un bon coup et continue dans le même sens.

Olivier attrapa une bouteille d'eau et but au goulot.

— Bien chef, nous y retournons, dit il à contrecœur.

Il prit la peine de prendre une autre bouteille de Saint Georges et un verre pour la femme qui témoignait.

Olivier était bien obligé de s'avouer qu'il était plus efficace comme organisateur et comme analyste que dans les rapports humains. Ce genre d'audition le mettait très mal à l'aise. Bousculer une petite frappe comme Zanetti passait encore, mais secouer une pauvre femme qui avait perdu sa fille lui semblait au-dessus de ses forces.

De retour dans la salle d'interrogatoire, il s'excusa presque auprès de madame Torelli en lui proposant un verre d'eau.

— Reprenons si vous le voulez bien. Ainsi, le Cardinal Le Feucheur a voulu vous voir pour vous donner 200 000€ pour le prix de la mort de votre fille.

— Exactement, dit elle dans un souffle.

— Votre fille… Votre fille…

— Lætitia.

— Oui, Lætitia ?

Olivier hésitait. Il ne voyait que le vide dans les yeux de la femme.

— Savez-vous comment elle est morte ?

— Au Tchad. Elle est morte au Tchad. Ils l'ont violée. Elle n'a pas supporté et…

— Et ?

— Elle est devenue folle… vous comprenez ça ? Elle est morte de folie.

Il prit sa voix la plus douce.

— De folie ? Comment est-elle morte ? Dites-moi…

Mais madame Torelli restait muette. Son âme était bloquée dans un no man's land africain. Il pensa que s'il la poussait dans ses retranchements, elle se livrerait plus facilement.

— Madame Torelli, dites-moi tout. Reparlons donc des 200 000€. Vous m'avez dit que le cardinal vous les avait donnés… Mais si nous examinons la vidéo du musée Fesch on ne voit pas qu'il vous remette quoi que ce soit… Je présume qu'il ne vous a pas fait un virement bancaire.

— Non…

— Ni un chèque…

— Non plus.

— 200 000€ ça tient de la place en espèce… Il vous les a remis comment ?

— Les billets étaient dans un grand sac plastique !

Dans la salle d'observation, le commissaire Orsini eut un sourire de satisfaction. Enfin il savait ce que contenait ce fameux sac plastique qui avait disparu.

— Ce n'était pas au musée, alors à quel moment vous les a-t-il remis ?

— Le soir, à la cathédrale.

Le capitaine Vuccino resta silencieux pendant quelques secondes. Il regarda ses notes rapidement pour ne pas avoir l'air décontenancé. Puis il reprit calmement l'audition.

— À quelle heure avez-vous revu le cardinal ?

— À 21 heures. Je suis arrivée un peu plus tôt, la porte sur la rue Saint Charles était ouverte et je suis entrée. Mais il n'y avait personne. Alors je me suis assise au bout de la première rangée des sièges.

— Quand est-il arrivé ?

— Juste après 21 heures. Les cloches ont sonné l'heure et il est arrivé un peu après. Il a ouvert sa valise pour me donner le sac avec les 200 000€.

— Et après ?

— Après je suis partie.

— Et c'est tout ? Il vous a donné le sac de plastique et vous êtes partie ?

— Oui c'est tout.

— Il vous donne 200 000€ et vous partez comme ça sans autre considération ?

— Je vous dis que je suis partie.

Olivier vérifia dans le rapport du major Finot s'il y avait quelques informations sur les sorties et les entrées de l'hôtel Fesch du témoin le soir du 27, mais il ne trouva rien.

Le capitane Vuccino avait encore plusieurs questions à lui poser, mais il estima qu'il fallait mieux faire une pause et trouver l'information qui lui manquait. Il voulait connaître les heures exactes des entrées et des sorties de l'hôtel de la dame. Certains de ses collègues auraient certainement mis la pression sur le témoin pour obtenir des réponses précises quand ils sentaient qu'on les baladait gentiment ou qu'on leur mentait, mais il était incapable d'un tel comportement. Il préférait que les témoins ou suspects se livrent sans stress. Obtenir de bonnes réponses demandait un minimum de savoir faire, d'empathie, et surtout il aimait déjà connaître les réponses aux questions qu'il posait. Il retourna dans la salle d'observation, voir son supérieur et ses collègues.

— Qu'en pensez vous ? Demanda-t-il.

— Elle ne dit pas tout, c'est évident ! dit le capitaine Franju.

— Oui c'est évident, surenchérit Orsini. Mais je pense qu'elle est prête à en dire plus. Elle livre les informations au compte-gouttes, mais elle les livre.

Le capitaine Vuccino retourna donc à son audition à contrecœur.

— Dites-moi, madame Torelli, le cardinal était-il vivant quand vous l'avez quitté ?

— Bien sûr, quelle question !!!

— Vous paraissait-il déprimé ?

— Mal à l'aise plutôt !

— Au bout du rouleau ?

— Coupable plutôt !

— Et maintenant une dernière question. Â quelle heure êtes-vous sortie de la cathédrale ?

— Je dirais 20 minutes plus tard, peut-être.

— Ah, quand même !!! C'est long pour prendre un sac et partir avec. Vous avez dû quand même vous parler ?

— Peut-être, on a dû échanger quelques paroles.

— Vous vous souvenez desquelles ?

— J'ai dû lui demander s'il pensait à ma fille parfois ! S'il priait pour elle ? Bien sûr, il m'a dit que oui.

— Vous n'y croyez pas ?

— Je ne sais pas !!!

Il allait se lever quand ses yeux tombèrent sur la lettre des Innocenti. Il plaça alors la photocopie sous les yeux de madame Torelli.

— Pouvez-vous nous dire qui a envoyé cette lettre de revendications ?

Elle ne prit même pas la peine de la regarder.

— Oui, c'est moi !

— Merci madame Torelli. Vous allez nous attendre dans une autre salle… Le temps de vérifier vos déclarations.

Ils se retrouvèrent tous dans le bureau du commissaire pour faire le débriefing.

— Je pense, commença Orsini, que si nous admettons l'hypothèse du suicide du cardinal Le Feucheur, il nous manque quand même quelques éléments.

— Vous pensez vraiment que le cardinal aurait pu se suicider ? Douta le capitaine Franju.

— On ne peut pas en faire abstraction. Je prends ça juste comme une hypothèse. On attend les résultats de la balistique. De toute façon on va organiser une reconstitution à la cathédrale vers 11 heures. On y emmènera tous les protagonistes.

— Je souhaiterais, intervint Oliver Vuccino, qu'on puisse récupérer le Walther pour cette reconstitution.

— Demandez donc à la Sauterelle de nous le récupérer, répondit Orsini. Qu'en pensez-vous demanda-t-il à la magistrate qui était restée silencieuse.

— J'ai du mal à croire qu'il se soit suicidé, j'avoue. Ça ne correspond pas à sa personnalité. N'oubliez pas que le lendemain matin il devait emmener le camion chargé d'armes lourdes au fret de Roissy.

— Ah vous les femmes vous cherchez toujours la petite bête, bougonna Orsini.

Maria Martinetti esquissa un léger sourire.

— Vous ne seriez pas un vieux macho ?

Il haussa simplement les épaules.

Cela faisait bien une demi-heure que Zittu faisait les cent pas dans la salle d'attente située à l'entrée de l'Hôtel de Police. On lui avait dit 9 heures et il était arrivé à 8 heures 50 pour être à l'heure. Pour lui l'heure c'était l'heure et c'est pour cela que son patron lui faisait entièrement confiance et ce, malgré son jeune âge. Il lui donnait de plus en plus de responsabilités. A 9 heures trente il vit avec surprise arriver son collègue, le vieux gardien de l'entrepôt de camions. Ils se saluèrent seulement, sans échanger aucun autre mot. Zittu trouvait le vieux trop vieux et le gardien trouvait Zittu trop jeune. Dans cette salle exiguë attendaient aussi une femme d'un certain âge et un gendarme avec des béquilles.

C'est alors que deux policiers en civil vinrent chercher les deux employés de la société « Kaliste ».

C'était la première fois qu'ils apparaissaient dans l'enquête. Si cela fut assez rapide pour le vieux gardien qui avait seulement vu Giovanni Cabrini, il n'en était pas de même pour Zittu. Celui-ci dut s'expliquer sur cette histoire de camion mis au vert à Peri. Il expliqua avec candeur que c'était un service qu'il rendait à un cousin italien travaillant pour le Vatican et qu'il ne savait rien quant à la destination du camion. On lui avait seulement transmis un numéro de téléphone. Quand il avait constaté que le camion n'embarquait pas le lendemain matin comme c'était convenu, il avait essayé de joindre en pure perte le fameux cousin. Il n'eut qu'un répondeur téléphonique au bout de la ligne. Il certifia que son patron n'était pas du tout au courant de cette magouille. Il signa sa déposition et rejoignit les autres témoins.

A 9 heures 45 on vint les chercher pour les installer dans une salle assez spacieuse où se trouvait une installation audiovisuelle. Devant plusieurs rangées de sièges se trouvait un grand écran sur lequel était projetée une image de la police nationale. On leur demanda de prendre place en présentant au préalable leurs papiers d'identité. Quand ils furent installés le commissaire Orsini entra, suivi de ses collaborateurs les plus proches et de la juge d'instruction. L'écran s'alluma et apparut Marie-Annick Baracé.

— Bonjour lieutenant ! Salua le commissaire Orsini. Nous attendons beaucoup de vous !

— Bonjour monsieur le Commissaire. Avez-vous pu réunir vos témoins ?

— Ils sont tous là, lieutenant. Nous sommes prêts.

— Nous allons changer de caméra et passer sur celle du tapissage. Je m'adresse maintenant aux témoins : vous allez voir sur votre écran huit hommes avec des numéros. Nous allons vous poser des questions et vous nous direz si vous reconnaissez l'un de ces hommes et son numéro si c'est le cas.

Le lieutenant Baracé commuta la caméra. Elle disparut pour faire place à huit hommes les uns à côté des autres avec un numéro qu'ils maintenaient à la hauteur de leur ceinture.

La voix de Marie-Annick se fit entendre.

— Parmi ces huit hommes, avez-vous été en rapport avec l'un d'entre eux ?

Hélène Ceccaldi, la secrétaire de la mairie de Peri, leva la main.

— Le numéro six.

— Le numéro six, dit aussi Zittu.

— Pareil, dit le vieux gardien.

— Je ne l'ai pas très bien vu quand il m'a foncé dessus, mais je pencherais aussi pour le numéro six, déclara le gendarme.

Ils entendirent la voix du lieutenant Baracé demander au numéro six d'avancer d'un pas. Giovanni Cabrini s'avança d'un pas.

— A quelle occasion l'avez-vous vu ou côtoyé ? Demanda Marie-Annick

— C'est cet homme qui m'a foncé dessus à l'entrée de Grosseto Prugna et qui m'a renversé, déclara le gendarme.

— C'est lui qui est venu me demander où se trouvait le camion Volvo et que j'ai accompagné dans le champ des Busachi où il avait été garé, avoua Zittu.

— Oui, c'est lui qui est passé au garage demander qui s'était occupé du camion. Il avait même un flingue qu'il m'a fourré sous le nez, ajouta le vieux gardien.

— C'est bien lui qui est passé à la mairie de Peri pour savoir à qui appartenait un champ. C'était celui des Busachi. Il a voulu savoir où ils habitaient, confirma la secrétaire de mairie.

— Merci pour votre témoignage précis… J'aimerais vous présenter une autre personne maintenant.

Elle appela le numéro quatre. Gianni Matera s'avança.

— Quelqu'un a-t-il déjà croisé ce monsieur ?

Tous secouèrent la tête négativement.

Marie-Annick les remercia et prévint le commissaire qu'elle le rappellerait plus tard dans la journée pour le tenir informé sur les avancements de la découverte du document secret du cardinal Le Feucheur.

Elle coupa la liaison très mécontente. Ce qu'elle avait appris, elle le savait déjà et ce qu'elle voulait savoir, elle ne le savait toujours pas. Elle n'avait pas avancé d'un pas.

ROME — 9 heures.
Interpol.

Le sort de Giovanni Cabrini allait être réglé assez rapidement. Son extradition vers la France se ferait sans problème, il ne restait plus qu'à mettre en place le processus éprouvé déjà plusieurs fois au cours des dernières années.

Pour ce qui était du cas de Gianni Matera il lui fallait trouver rapidement le point faible de sa défense. Pourtant il semblait très sûr de lui, trop sûr de lui.

Maintenant M.A Baracé attendait avec impatience les réponses de sa collègue Julie Finot au sujet du portable du cardinal. Elles avaient pu se parler à huit heures quinze et le major Finot avait confirmé que le portable du cardinal Le Feucheur était bien un smartphone, mais les techniciens n'avaient pas encore examiné l'appareil. Il fallait encore attendre un peu.

Cette pensée lui en fit amener une autre. C'était la même Julie Finot qui avait constaté la rencontre à l'aéroport du camionneur disparu et du fils Matera. Elle chercha sur le champ le rapport du major Finot concernant cette rencontre.

Elle le lut d'abord en diagonale puis plus attentivement.

En fait il semblait que Luiggi fut arrivé deux heures en avance sur le départ de son avion pour Nice d'après la caméra de l'aéroport. Gianni Matera apparaissait dans les lieux dix minutes plus tard et se dirigeait tout de suite vers le bar-restaurant. Trois minutes après les deux hommes réapparaissaient pour sortir de l'aéroport. Une demi-heure après le fils Matera revenait seul pour rejoindre sans hésiter la salle d'embarquement.

Si comme elle le croyait, le fils Matera avait fait disparaître le camionneur, le corps ne devait pas être bien loin, mais sûrement bien caché.

Elle rappela immédiatement le commissaire Orsini pour lui faire part de ses déductions et lui demander de réfléchir aux lieux proches de l'aéroport où l'on pourrait retrouver le corps du disparu.

Elle lui demanda aussi qu'il lui envoie un plan précis de l'aéroport et de ses alentours car elle voulait étudier elle-même les endroits possibles où faire disparaître le corps d'un homme.

Ajaccio — 9 heures.
Hôtel de Police.

Orsini demanda à son second de faire parvenir rapidement les documents désirés par Marie-Annick Baracé puis il nota les éléments qu'il voulait régler tout de suite.

D'abord savoir avec qui le cardinal avait conversé au téléphone le jour de sa mort. Même s'il s'était suicidé, son téléphone pouvait révéler certains points obscurs. Les zones d'ombre s'appelaient Antoine Peglia qui était encore dans la nature et l'identité du jeune photographe. Quels rôles avaient joué ces deux là dans le déroulement des événements ? Il appela le major Julie Finot pour savoir où en était l'analyse du smartphone du cardinal. Mais l'opération n'était pas terminée et elle lui annonça qu'il faudrait encore une bonne heure de patience pour avoir des résultats.

— Grouillez-vous, alors ! Lui lança-t-il énervé avant de raccrocher.

Puis il sortit de son bureau pour rejoindre son équipe.

Il demanda d'abord à ce qu'on vienne nous chercher dans nos cellules, Marie-Agnès Juliani et moi-même. Ensuite que l'on retienne tous les témoins venus reconnaître Giovanni Cabrini. Il voulait avoir sous la main tous les acteurs, et même les figurants, de la mort du cardinal jusqu'à la reconstitution à la cathédrale, on ne savait jamais.

Je ne savais pas pourquoi les marches me semblaient plus hautes, plus difficiles à monter que d'habitude. Nous étions encadrés, Marie-Agnès et moi, par deux agents en uniforme, qui eux, avaient sûrement fait une bonne nuit, et marchaient d'un pas alerte, dénués de toute fatigue. Comme d'habitude dans ces cas-là, on nous avait demandé, sans politesse excessive et sans autres explications, de sortir de nos cellules. Souvent le présumé innocent était supplanté par le présumé coupable, et encore nous avions bénéficié d'un régime dit de faveur ! Les deux flics nous emmenèrent directement dans le bureau d'Orsini qui nous attendait avec une tasse de café à la main en compagnie du capitaine Franju. Je ne pus m'empêcher de le railler.

— Tu nous as invités pour prendre le café ?

Il eut un geste de lassitude puis demanda à l'un de nos accompagnateurs de nous apporter du café. Puis il nous rendit nos téléphones portables. J'eus le temps d'y jeter un coup d'œil pour découvrir que j'avais reçu un texto mais la voix d'Orsini me fit sursauter. Il me regardait avec tristesse.

— Je suis vraiment meurtri que tu m'aies caché cette rencontre avec le cardinal. Que tu m'aies mené en bateau. Que tu m'aies menti. Je ne comprends pas. Il suffisait simplement de me dire que tu l'avais rencontré par hasard rue Fesch et tout aurait été dit. Mais tu t'es comporté comme un vrai coupable que je ne crois pas que tu sois. En plus tu avais reçu cette photo où il était évident que tu discutais avec Le Feucheur. S'il n'y avait pas eu mademoiselle ou madame Juliani, car on ne sait pas bien qui elle est, pour te dénoncer, le mystère de l'interlocuteur inconnu de la rue Fesch, perdurerait.

Il se retourna vers Marie-Agnès qui n'avait pas même pas bougé ne serait-ce pour attraper son café.

— Vous, je ne suis pas sûr de vos motivations. Vous nous intriguez réellement, vous vous en doutez. Vous suivez le cardinal comme son ombre depuis Rome, ce qui fait de vous le témoin privilégié de plusieurs événements lui étant survenus. D'abord l'accident du petit Enzo à Bocognano, ensuite la rencontre avec Julien. Par contre vous n'aviez pas remarqué qu'un jeune homme photographe semblait être aussi sur les pas du cardinal. Nous avons bien examiné la photo que Julien a reçue de la part de... de...

— Nimu, dis-je pour lui venir en aide.

— Voilà, de Nimu, qui lui, a pris la photo de notre ami, enfin c'est ce qu'il a semblé vouloir dire. Nous ne vous apercevons pas à l'arrière-plan de cette prise de vue et nous en déduisons que vous n'étiez pas loin de ce photographe-là...

— A moins que ce soit elle...

Il s'arrêta pour me fixer.

— Tu veux peut-être me remplacer ?

— Non, non mais j'ai eu toute la nuit pour...

— Ça suffit !!! J'en ai plein le dos de tes sarcasmes...Et je ne te parle pas d'entrave à la police pour dissimulation d'informations à l'enquête et tout ça ! N'aggrave pas ton cas ! Bon j'en reviens à vous mademoiselle Juliani. Pouvez-vous m'expliquer vos absences d'observation sélectives ? Ainsi vous pouvez nous confirmer que vous n'avez jamais aperçu ce jeune photographe ?

— Oui je le confirme, dit elle sans broncher.

— Et que ce n'est pas vous, comme le sous-entend Julien ?

— Est-ce que je lui ressemble ?

— C'est peut-être possible. Je vais quand même devoir vous transférer à la juge d'instruction...En plus je ne crois pas qu'elle ait une quelconque sympathie pour vous. En attendant je vous garde avec nous...

— Si tu veux mon avis, me hasardai-je...

Il me regarda d'un œil noir, perçant.

— Je peux ? Continuai-je et comme il ne répondait pas, je poursuivis. Il faudrait lui trouver des fringues qui ressemblent à celles portées par ton photographe rien que pour voir.

À cet instant, c'est elle qui me lança un regard noir malgré le bleu transparent de ses yeux. Lui, il ne dit rien mais se leva pour sortir du bureau.

— À quoi tu joues ? Dit-elle sans la moindre émotion.

303

— Je me pose des questions auxquelles j'aimerais avoir des réponses.

— C'est dégueulasse !

— Dire que j'étais rue Fesch avec Le Feucheur, ce n'était pas dégueulasse peut-être ? Qui es-tu vraiment ? Dis-le-moi.

C'est à ce moment-là qu'Orsini revint dans le bureau accompagné de ma sœur Élisa, évitant ainsi à Marie-Agnès de me répondre. Soudain une chose me parut étrange, mais je ne sus pas quoi exactement.

CENTRAFRIQUE — 9 heures 30.
Bangui.

L'avion de Jérémy s'était posé un peu plus tôt sur le tarmac. Il n'avait prévenu personne de son retour. En sortant du Quai d'Orsay à Paris, il s'était demandé s'il devait revenir en Afrique ou tourner la page. Trouver un emploi administratif plus tranquille pour éviter les souffrances de l'âme et du corps. Il s'était assis à la terrasse d'un café du boulevard Saint Germain pour voir ses congénères vivre leur quotidien. Il vit des mines, au teint blafard, tristes et usées par la ville comme des fantômes citadins. Il imagina ces gens, qui avançaient rapidement en se bousculant, arrivés déjà fatigués et las dans leur bureau ou commerce. Il les regarda attentivement, projetant sur chacun d'eux un regard sans concession. Ils étaient usés au fil des jours par les transports en commun surchargés et étouffants par cette chaleur printanière. La même fatigue creusait le visage de ceux qui voyageaient en automobile à cause des immobilisations quotidiennes dues aux embouteillages parisiens. Ainsi que les horaires de travail aliénants, la gestion des collaborateurs ou des hiérarchiques. Patrons, cadres ou simples employés, ils subissaient tous leur petite vie au destin sans horizon, sans surprise. Bien sûr le soir arrivé, ils pouvaient rentrer chez eux, peut-être dans des demeures confortables, mais épuisés, avec ou sans famille.

Il se projeta à leur place, se voyant avancer sur le trottoir en vieillissant à chaque pas qu'il faisait. Pour lui, ici, l'air était irrespirable et vicié.

Finalement, il décida de retourner en Afrique.

Alors il se posa la finalité de sa vie et revisita ses engagements de jeunesse.

D'une famille plutôt bourgeoise et catholique, il avait décidé qu'il devait un engagement personnel aux plus démunis, aux plus déshérités. Il le devait aux peuples souffrant d'un manque d'espoir, anéantis par la famine et les guerres sanglantes dépourvues de toute humanité. Jeune, il avait vu à la télévision des hordes de réfugiés hagards et squelettiques, des nourrissons abandonnés le long des sentiers de terre rouge, des adolescents transparents se battre pour une pousse d'herbe rabougrie. Comment pouvait-on tolérer cette monstruosité barbare ?

Il prit donc la décision de s'engager pour le Soudan et le conflit du Darfour.

Ici la poussière âcre étouffait la respiration, asphyxiait les poumons, mais là-bas, à Paris, les particules fines faisaient plus de victimes que ce sable volatile et léger.

Devant lui, dans le matin déjà brûlant, se dressait enfin la cathédrale de Bangui.

Il espéra simplement que l'archevêque Nathanael Kouvouama serait dans son bureau, au frais.

ROME — *9 heures 30.*
Interpol.

Enfin le téléphone sonna et Marie-Annick décrocha rapidement.

— Alors ? Tu as du nouveau ?

— On a quelque chose, répondit Julie Finot. Déjà on a son journal d'appels entrants et sortants. Je t'envoie ainsi qu'à Orsini la liste des numéros qui apparaissent. On a les derniers quinze jours de communication, mais de toute façon, il faudra demander les fadettes à l'opérateur pour avoir les noms des abonnés des numéros téléphoniques. Tu es la mieux placée pour faire la demande. Pour le cloud, on a trouvé sur son portable une application nommée « coffre fort ». Il faut une identification et un mot de passe pour l'ouvrir et nous n'avons ni l'un ni l'autre. Il semblerait que ces renseignements ne soient pas stockés dans la mémoire du téléphone. Essayez de votre côté de trouver une piste. Ça risque d'être long.

— OK, merci mais on n'est guère plus avancé !

Elle raccrocha et avant de se lancer dans la recherche de mots de passe, elle demanda qu'on lui amène Giovanni Cabrini.

Elle était surprise qu'il garde autant de calme et de sérénité. Mais pas à la façon des malfrats se croyant intouchables. Non, plutôt comme un homme d'affaires.

— Bonjour monsieur Cabrini, asseyez-vous je vous en prie... Monsieur Cabrini, je suis très ennuyée, vous me paraissez un honnête homme avec des diplômes importants d'universités étrangères et vous voilà suspecté de meurtres.

— Que je nie, dit Giovanni sans hausser le ton.

— Oui et pourtant plusieurs personnes de Corse vous ont reconnu. Quatre personnes, ce n'est pas rien !

— J'étais dans les Pouilles à ce moment-là, je n'ai pas le don d'ubiquité !

— Je sais, ou plutôt vous me l'avez affirmé !

— Et prouvé ! Vous avez le témoignage des deux frères Palizzi. Et même des photos.

— Un vrai miracle ces photos ! Vous savez qu'avec les nouveaux logiciels on peut certes truquer des photos mais on peut aussi voir qu'elles ont été truquées. Nous ne manquons pas de techniciens chevronnés ici, et nous avons leur rapport. Les photos sont des faux ! Je vous conseille d'être un peu plus coopératif. N'oubliez pas quand même, quatre personnes, ne se connaissant pas, vous ont reconnu. Vous devriez changer de méthode et me dire pourquoi tous ces massacres. Pourquoi avoir foncé sur un gendarme à l'entrée de Grosseto Prugna ? Vous aviez peur, dites-moi ? Mais de quoi ? Vous êtes plutôt du genre à garder votre sang froid. Ensuite les Busachi ? Pourquoi les avoir tués ?

Elle vit une ombre passer dans le regard de Giovanni, un moment de doute peut-être, mais il garda le silence. Elle misa sur le fond judéo-chrétien de son suspect pour que le remords l'envahisse et ouvre le verrou des aveux. Mais elle lut au fond de ses yeux, rien, du vide, aucun remords.

Elle décida de le laisser seul avec sa conscience et le renvoya dans sa cellule. Aussitôt seule, elle appela le commissaire Orsini.

— Merci chef pour les cartes précises des environs de l'aéroport. Je suis convaincue que le fils Matera n'a pas emmené bien loin Luiggi, le camionneur. Alors en regardant attentivement, je ne vois pas un millier d'endroits où il a pu planquer le corps. Le plus près de l'aéroport serait la zone marécageuse qui se trouve entre l'aéroport et la quatre voies au niveau du rond point dit du Cavone. Il s'y trouve une zone assez large envahie par de grands roseaux et une végétation abondante. Nous savons qu'il y a beaucoup de trafic, surtout avec la zone commerciale de bricolage qui se trouve de l'autre côté. Des voitures qui arrivent, qui se garent et qui s'en vont... Une voiture qui prend le chemin le long de la piste n'éveillerait la curiosité de personne. Ça c'est mon premier choix. Mon second serait la route de Pisciatello.

— C'est où ça ?

— C'est la route qui longe le Prunelli, qui a l'inconvénient d'être plus loin, de l'autre côté de la route de Cauro et qui mène à Bastellica... Vous voyez ? A mon avis, il ne peut-être que dans ces deux coins là. Est-ce que la brigade cynophile peut explorer ces deux lieux ?

— Peut-être mais nous n'avons aucun vêtement, aucun objet ayant appartenu à Luiggi pour stimuler les chiens.

— Dans le camion, il y reste peut-être des traces de la présence de Luiggi. Si nous ne trouvons rien, je serai obligée de relâcher le fils Matera.

Aussitôt la communication terminée, elle demanda de l'aide au service informatique pour savoir comment procéder pour ouvrir cette application du cardinal appelée

« coffre fort ». On lui envoya un informaticien, un psychologue et on lui proposa aussi un profileur.

AJACCIO — 10 heures.
Route du Ricanto.

Le commissaire Orsini avait décidé d'aller vite. Cela faisait une semaine que le cadavre de Luiggi devait être quelque part dans la nature. Il était temps de le retrouver. Il avait chargé le brigadier Demine de mener les opérations de recherche du corps de Luiggi Forzati avec la brigade cynophile de la gendarmerie. Malgré le nombre limité de maîtres-chiens à la brigade, ils avaient pu constituer deux équipes de recherche. Le brigadier Demine avait décidé d'accompagner le groupe qui ratissait le lieu le plus proche de l'aéroport, à savoir au rond point du Cavone.

L'heure assez matinale leur permit d'interdire facilement l'entrée du chemin. On y avait installé des rubans de scène de crime pour geler les lieux et éviter que les badauds ou des clients du magasin de bricolage trop curieux viennent fourrer leur nez, et polluer l'aire de recherche.

Outre un vieux foulard maculé de taches de graisse trouvé dans le Volvo, le commissaire avait eu l'idée de faire renifler aux chiens policiers les cartes routières. Il lui restait à espérer que cela réussisse !

Les chiens tournaient en rond, entre les roseaux, reniflant ici ou là et sans grands résultats malgré les encouragements de leur maître. Mais il est apparu rapidement que la végétation n'avait pas été foulée depuis très longtemps. Ils firent plusieurs tentatives pour déchirer l'épais rideau de roseaux mais personne n'avait essayé de rentrer dans cette épaisse forêt de Poaceaes. Ils allaient abandonner quand l'un des gendarmes fit remarquer au brigadier Demine qu'à l'entrée de la route de l'aéroport, derrière le grand parking, se trouvait la même végétation épaisse et luxuriante. Demine avisa le capitaine Vuccino de ce changement de lieu d'investigation puis le groupe se rendit sur les lieux indiqués par le gendarme à cinq cents mètres de là.

AJACCIO — 10 heures.
Hôtel de Police.

— Je peux te parler ?

Orsini releva la tête et me regarda, presque indifférent.

— Pour me dire quoi ?

— Ne me considère pas comme un ennemi. Je n'ai qu'un souhait : que cette affaire soit résolue.

— Ouais... Et pourquoi te ferais-je confiance ?

— Au nom de notre vieille amitié !

Il se leva d'un bond comme fou furieux.

— Ahahah oui ! Au nom de notre vieille amitié ! Mon cul, oui !

Je suis resté sidéré par cette réaction, mais je décidai de ne rien laisser paraître.

— Est-ce que je ne t'ai pas aidé le plus qu'il m'était possible ? Je peux t'être de bons conseils et je suis sûr que je sais des choses que tu ne connais pas.

— Comment ça ? Quelles choses ? Comme quoi ?

Je lui montrai alors le texto qui m'était parvenu durant la nuit.

« Où se tiennent vos surveillants ? »

— Ça veut dire quoi ?

— Que les frangins veulent me parler.

— Et alors ?

— Alors à tous les coups, ils veulent me parler d'Antoine Peglia... Ça te parle ?

— Alors appelle-les, qu'est-ce que tu fous ?

— Je veux un coin tranquille pour le faire, c'est très privé.

M'éloignant dans le couloir, je répondis par texto « A l'Occident ». Je n'ai pas eu à attendre longtemps une réponse. Le portable sonna.

— Il se trouve au 56, rue Fesch. Il y a une boutique, une ancienne boutique d'habits, qui est fermée depuis un certain temps. Elle appartient à une cousine de Peglia. C'est là qu'il a fait sa planque. Attention il y a une sortie par l'immeuble, sous le porche du 56.

Fin de la communication.

Je n'ai pas traîné pour faire le feedback complet à Orsini qui dépêcha une brigade pour investir la planque d'Antoine Peglia. Puis il jugea qu'il était temps de bousculer un peu plus madame Torelli.

Il la fit accompagner une nouvelle fois dans la salle des auditions qu'il rejoignit avec Olivier Vuccino qui avait reçu, entre temps, les rapports de la balistique. L'angle de tire dans le crâne du cardinal pouvait être attribué à un suicide d'un gaucher.

— Madame Torelli, je suis désolé de vous infliger cette nouvelle épreuve. Je sais que ce n'est jamais agréable de répondre à la police, mais si nous voulons faire toute la lumière sur la mort du cardinal Le Feucheur, il nous est essentiel de creuser un peu plus certaines de vos réponses.

Elle ne répondit pas, attendant la suite. Le commissaire Orsini sortit de nouveau la lettre des Innocenti mais la garda pour lui.

— Vous avez dit au capitaine Vuccino ici présent que c'était vous qui aviez écrit cette lettre. Pouvez-vous me dire dans quel but ?

— Pour informer les gens, pour...

— Pour ? ... Vous vous souvenez de ce que vous avez écrit ?

— Oui... Enfin je l'ai écrite d'un trait. Je ne me souviens plus des détails.

— Ah bon ? Quand même, ce n'est pas si vieux... Faites un effort... Madame Torelli, vous savez ce que je pense ? Je pense que vous n'avez pas écrit cette lettre. Je ne pense pas, j'en suis sûr, j'en suis certain ! Je note que vous ne répondez pas ! Ensuite vous nous avez dit que les 200 000€ que vous a remis le cardinal, étaient pour vous dédommager de la mort de votre fille... Bien sûr vous savez comment elle est morte ?

— Elle a été violée par des barbares et tuée par le cardinal !

— Et pourquoi, madame Torelli ? Faites un petit effort ! Je n'aimerais pas penser que vous nous mentez ! Madame Torelli, cria Orsini, arrêtez de vous foutre de nous !

Elle se mit à trembler d'un coup, les yeux exorbités, puis soudain elle cria et se mit à pleurer. Olivier lui glissa un paquet de mouchoirs en papier qu'il avait toujours en réserve, puis les deux flics attendirent patiemment qu'elle eut fini sa crise de nerf.

— Alors ? Demanda Orsini quand elle fut calmée.

— Alors quoi ? Dit-elle agressive.

— Vous ne saviez pas que votre fille avait eu un enfant suite à cette agression ? Et qu'elle est devenue folle ? Madame Torelli, arrêtez de nous pendre pour des cons ou bien je vous coffre pour injure aux représentants de l'ordre public !

— Non ce n'est pas vrai, vous mentez ! Lætitia n'a jamais eu d'enfant ! Cria-t-elle à s'en décrocher le cœur, l'âme et la voix. Elle est devenue folle pour s'en prendre au cardinal, c'est tout !

Pendant tout ce temps, le capitaine Olivier Vuccino fixait ses mains pour éviter le regard de cette femme terrorisée. Franchement il n'aimait pas du tout ces moments faits d'éclats de voix et de menaces. Alors il regardait ses mains posées à plat sur la table. Il regarda son pouce et se demanda pourquoi terroriser une pauvre mère qui avait perdu sa fille dramatiquement, alors que l'on savait déjà que le cardinal s'était suicidé. Il regarda son index et se demanda alors pourquoi cette femme mentait, car son petit doigt lui disait cela. Il regarda son annulaire qui était vide d'alliance et se demanda quand il rencontrerait une femme à qui il ferait confiance. Il finit par regarder son majeur et ne pensa rien.

— Madame Torelli, dites-moi la vérité et tout ira bien. Nous ne pensons pas que vous avez tué le cardinal, je vous rassure, reprit Orsini après les cris de madame Torelli.

Elle le regarda inquiète, se demandant s'il bluffait, s'il mentait.

— Nous voulons juste savoir la vérité, dit-il d'une voix apaisante.

311

Elle ferma son esprit pour éviter de se laisser aller. Ne rien dire était la seule solution. S'en tenir à ce qui était convenu. Elle verrouilla encore d'un quart de tour son esprit stressé et inquiet. Comme une chambre noire où aucune lumière de l'extérieur ne pouvait pénétrer.

— Vous savez au moins comment vous avez signé cette lettre ?

Elle fit un effort pour se souvenir. Déjà si elle s'en souvenait, peut-être relâcherait-il la pression.

— Les Innocents ! Lâcha-t-elle dans un dernier sursaut.

— Les Innocents ? Et qui sont donc ces innocents ?

— Les enfants !

— Et pourquoi les Innocents ?

— Parce que les enfants sont tous innocents !

— Oui, en général, mais dans ce cas particulier, pourquoi la lettre est signée les Innocents ? Pourquoi les Innocents???

Il laissa une, peut-être deux minutes s'écouler.

— Bon je vois que vous ne savez pas ! Et pourquoi vous ne savez pas ? Eh bien tout simplement parce que vous n'avez pas écrit cette lettre ! D'ailleurs vous ne savez que partiellement le nom de ceux qui ont signé cette lettre : ce sont les Innocenti... Vous avez mal retenu votre leçon !

Orsini se leva d'un coup.

— On va devoir vous mettre en garde à vue à partir de maintenant, 10 heures 30.

— Non, je vous en prie, j'ai déjà perdu ma fille, vous ne trouvez pas que j'ai assez payé dans cette histoire.

Orsini fronça les yeux, mal à l'aise.

— Ah, madame Torelli, je n'ai rien contre vous et ne vous veux aucun mal, mais j'ai un devoir, c'est de découvrir la vérité. L'État français me paie pour cela, et ma conscience me dicte de ne pas fléchir ! Envers qui que ce soit. Je ne doute pas que vous ayez beaucoup souffert mais je sens, je sais, que vous me mentez. Alors si vous désirez que cela cesse le plus vite possible, si vous voulez rentrer chez vous en toute tranquillité ce soir, moi aussi je vous en prie, dites-moi qui a écrit cette lettre. D'ailleurs honnêtement, je doute que vous ayez pu, non pas écrire cette lettre, mais la diffuser comme elle le fut.

— C'est une femme qui l'a écrite, je crois.

— Comment ça, vous croyez ?

— Je ne la connais pas, elle m'a juste promis qu'en la mémoire de ma fille, elle écrirait une lettre aux journaux.

— Et c'est tout ?

— C'est tout, je vous le jure !

Alors Orsini lentement lui mit une photo sous les yeux.

— Est-ce cette femme ?

— Non ce n'est pas elle !

— Et vous la connaissez, celle-là ?

— Bien sûr c'est Élisa Valinco ! Elle m'a rendu les affaires de ma fille. Ses bijoux, ses habits.

— Et c'est tout ?

Le commissaire avait posé cette question ouverte à dessein. Il voulait savoir si les déclarations de madame Torelli correspondaient aux déclarations d'Élisa.

— Oui c'est tout ! Quoi d'autre ?

— Je ne sais pas moi... Vous a-t-elle parlé de son fils ?

— Oui bien sûr ! Elle a eu beaucoup de courage.

— Comment cela ?

— Eh bien, garder l'enfant d'un viol ce n'est pas évident, vous ne croyez pas ?

La réponse était sans arrière pensée et Orsini fut convaincu que son témoin ne savait rien du fils de sa fille Lætitia. Il se demanda s'il devait dévoiler la grossesse et l'accouchement de sa fille, mais il pensa que cette femme avait déjà vécu des moments extrêmement douloureux pour ne pas en rajouter. Il allait clore l'audition quand madame Torelli reprit la parole.

— Enfin, ma fille ne l'aurait jamais accepté. Et d'ailleurs c'est pour ça qu'elle s'est affrontée au cardinal ! Elle trouvait qu'il traitait Élisa d'une mauvaise façon pour un homme de Dieu.

Orsini regarda le capitaine Vuccino qui restait impassible, alors il relança lui-même les questions.

— Dites-moi comment vous avez appris tout ça ?

— C'est son Éminence, le cardinal ! Il m'a appelée lui-même pour m'en faire part.

— Et votre fille et Élisa Valinco se seraient faites violer le même jour ?

— Oui, c'était un matin, ils étaient toute une bande de pillards.

— Comment se fait-il, à votre avis, que votre fille Lætitia ait pu prendre la défense d'Élisa Valinco, toujours à votre avis, contre le cardinal ? Pourquoi ? Dites-le moi simplement.

A ce moment-là, madame Torelli se rendit compte qu'elle avait peut-être trop parlé. Elle eut le sentiment qu'une trappe s'ouvrait sous ses pieds et qu'elle était happée par un monstre tapi dans l'obscurité glauque pour l'avaler. Elle ne répondit pas, sidérée.

Orsini insista.

— Madame Torelli qui vous a dit que votre fille avait pris la défense d'Élisa Valinco ?

Les secondes qui avaient l'air de minutes passèrent dans le silence.

— Madame Torelli, entrave à la justice... Il vaut mieux répondre vous savez ! Qui vous a dit que votre fille a défendu Élisa ?

— Elle, Élisa ! Quand elle m'a rendu les affaires de Lætitia.

— Alors vous a-t-elle dit comment Lætitia est morte ?

Madame Torelli fit un signe affirmatif de la tête. Orsini ne lâcha pas sa proie.

— Que vous a-t-elle dit ?

— Que le cardinal avait tué ma fille.

Elle sanglota et Olivier Vuccino lui tendit un nouveau mouchoir.

— Comment l'a-t-il tuée ? Hasarda Orsini.

— Un coup de revolver, comme on abat les animaux !

— Tout ça parce qu'elle défendait Élisa ? C'est cher payé, vous ne trouvez vous pas ?

— Elle était devenue folle après le viol ! Élisa m'a dit qu'elle s'était précipitée sur le cardinal brandissant un couteau à la main. Il lui a tiré dessus !

— Les 200 000€ étaient le prix de la mort de Lætitia ?

Madame Torelli fit encore un signe affirmatif de la tête en rajoutant :

— Contre le revolver aussi.

Tout le monde se regarda, saisi par les derniers mots de madame Torelli.

Le suicide de Le Feucheur apparaissait alors comme une petite possibilité. Voir la mère de sa victime, devant lui face au chœur de la cathédrale, avait dû le déstabiliser, avait dû faire remonter en lui le poids du remords dans son âme de chrétien.

AJACCIO — 10 heures 30.
Rue Fesch.

L'OPJ Jean-Pierre Pasquale avait trouvé judicieux, avant de placer ses hommes, d'envoyer l'un d'eux en planque dans le magasin de chaussures face à la boutique de vêtements au rideau de fer fermé. Il avait placé les policiers en civil avec précaution dans un périmètre assez vaste pour n'éveiller aucun soupçon. À cette heure-là, les passants se rendant essentiellement au marché place de la mairie, ne prêtaient aucune attention à la mise en place de la souricière policière.

Aussi, lentement le cercle des policiers se refermait de façon naturelle et chaque homme, chaque femme du groupe convergeait vers l'adresse de la planque. Des faux couples regardaient les robes légères de la saison d'été exposées sur les portants devant les boutiques et quelques hommes s'étaient attablés au café voisin discutant des problèmes récurrents du tri des ordures ménagères.

Trois policiers commencèrent une discussion devant le rideau de fer fermé puis Pasquale et deux hommes s'engouffrèrent sous le porche pour tambouriner violemment sur la porte de service du magasin.

— Monsieur Antoine Peglia ouvrez, c'est la police ! Si vous n'ouvrez pas, nous serons dans l'obligation d'ouvrir nous même cette porte.

Trente secondes passèrent puis il y eut un grand fracas de bois cassé. Les policiers entrèrent dans la boutique vide où restaient encore plusieurs présentoirs de tee-shirts, des jupes et robes pendues à des cintres. Ils appelèrent encore à haute voix Antoine Peglia sans réponse de celui-ci. L'OPJ Jean-Pierre Pasquale appela les renforts extérieurs qui ne tardèrent pas à envahir l'espace pour fouiller tous les recoins de la boutique, mais ils durent se rendre à l'évidence : Antoine Peglia n'était pas dans les lieux. Ils trouvèrent des restes de repas moisis ou secs, une couche spartiate aménagée dans un espace réduit. Ils allaient appeler la scientifique pour relever les éléments laissés sur place par Peglia et mettre les scellés quand un des agents crut entendre un bruit sourd. Il fit signe à tous ses collègues de faire silence et de ne pas bouger. Il se dirigea vers le fond du magasin où s'empilaient des cartons d'emballage. Là, il tendit l'oreille, le bruit semblait venir de derrière les cartons. Il commença à les ôter un par un, aidé par ses collègues venus l'aider. Il fallut quelques secondes pour faire place nette et découvrir une petite porte d'environ un mètre de hauteur. Il plaqua son oreille contre la porte... Trois secondes... Cinq secondes... Tous entendirent les bruits suspects. Il ouvrit la porte d'un coup sec, rapidement, d'un coup.

Un homme, bâillonné, pieds et mains liés, gémissait à même le sol.

C'était bien Antoine Peglia qui se trouvait là.

AJACCIO — 10 heures 30.
Route de l'aéroport.

Les voitures de la gendarmerie de l'unité de recherche et du commissariat se garèrent au fond du parking de l'entrée de la route de l'aéroport. Les forces de l'ordre délimitèrent rapidement la zone d'investigation avec les rubans en plastique jaune de périmètre de scène de crime, et pénétrèrent dans ce qui pourrait ressembler à une zone marécageuse des pays tropicaux avec de grands roseaux collés les uns aux autres. Ils aperçurent rapidement un chemin frayé à travers la densité des tiges vertes de la végétation luxuriante. Il était évident que les plantes de trois mètres de haut avaient été couchées, certaines cassées ou arrachées laissant sur le sol une grande traînée. En étudiant le sol meuble et les traces de passage, les policiers eurent la certitude qu'on avait tiré un objet lourd ou un corps. Ils mirent alors les chiens à contribution. Ceux-ci ne tardèrent pas à tirer sur leur laisse. Le groupe s'enfonça alors entre les tiges sur le chemin déjà tracé, parfois avec difficulté, des végétaux s'étant relevés en bloquant le passage.

Au bout de dix minutes d'une lente progression, le plus grand des malinois se mit à l'arrêt. Le groupe stoppa sa marche. Le brigadier Demine s'avança prudemment. Un bourdonnement important de mouches troubla la quiétude du matin. Demine fit deux pas de plus et baissa les yeux vers le bruit produit par le bourdonnement. Il aperçut tout d'abord une paire de chaussures pleines de terre, puis après un pas supplémentaire, il vit un pantalon sale puis une chemise et enfin une tête éclatée, pleine de sang et de mouches voraces. Il fit signe aux autres membres du groupe. Ils avaient retrouvé Luiggi Forzati, camionneur de son état.

Les légistes et scientifiques qui avaient accompagné le brigadier commencèrent leurs photos, relevés d'indices et des traces de pas entourant le corps ainsi que des prélèvements cutanés pouvant identifier l'agresseur du camionneur italien.

Rapidement Denime envoya trois photos du mort sur le portable de sa collègue Marie-Annick Baracé à Interpol à Rome, puis informa sa hiérarchie des résultats de la recherche.

Orsini fut généreux en encouragements et félicitations.

Quand les scientifiques eurent fini leurs investigations et relevés avec un nombre impressionnant de photos à l'appui, l'équipe repartit toutes sirènes hurlantes.

Voilà longtemps qu'Orsini ne croyait plus au Père Noël et pourtant il commençait à changer d'opinion. Il entrevoyait enfin le sourire du vieux barbu vêtu de rouge cher aux enfants. Les dernières nouvelles toutes chaudes qui venaient de tomber le mettaient dans un état euphorique qu'il n'avait pas ressenti depuis longtemps. Il se demanda si c'était l'effet des médocs qui le mettait dans cet état jubilatoire, mais il convint rapidement qu'il était normal que les derniers résultats des recherches le mettent d'excellente humeur.

Comble de sa satisfaction, sa responsable administrative avait dégoté dans une des boutiques de fripes du Cours Napoléon des habits proches de ceux portés par le jeune inconnu photographe. Il s'empressa de demander à Marie-Agnès Juliani d'avoir l'amabilité de les revêtir, ce qu'elle fit de mauvaise grâce, après avoir longuement discutaillé. Mais le résultat fut on ne peut plus probant. Effectivement la silhouette du jeune homme ressemblait étrangement à celle de Marie-Agnès dans les mêmes positions. Plusieurs clichés furent réalisés par l'identification judiciaire, et la conclusion était qu'il était probable à 85% que le jeune photographe et Marie-Agnès fussent la même personne. Élément important mais non déterminant, mais au moins il y avait une réponse à cette interrogation. La cerise sur le gâteau serait que miss Juliani avoue avoir voulu les égarer en conjectures insolubles.

Soudain un brouhaha monta du rez-de-chaussée pour emplir tout le premier étage. L'escorte de Pasquale arrivait avec Antoine Peglia menottes aux mains. On le fit asseoir devant le bureau du capitaine Vuccino sous bonne garde, et l'équipe se replia promptement dans le bureau du commissaire Orsini.

BOCOGNANO — *11 heure.*
Villa des Constantini

— Ça pue ici ! Puttana ! Ça pue !

Ce furent les premières paroles d'Ange Constantini à 7 heures du matin quand il se réveilla. Il se leva d'un bond du lit, sans ménagement pour son épouse qui dormait encore profondément. Une odeur pestilentielle envahissait l'air et la chaleur du matin n'arrangeait pas les choses. Dehors la même infection nauséeuse de charogne. Fou de rage, il avait fait pièce par pièce, puis n'ayant rien trouvé à l'intérieur, il était sorti dans son jardin dont l'air était aussi irrespirable. Il se dirigea rapidement vers le regard de la fosse septique plus bas dans le terrain, et plus il s'en approchait, plus il lui semblait se noyer dans les égouts de Calcutta. Comme un flash puant, les impressions de son voyage dans la ville indienne lui explosèrent aux narines. Cela faisait neuf ans maintenant qu'ils avaient fait ce voyage, lui, son épouse et sa fille, et pourtant les souvenirs olfactifs restaient aussi présents que lorsqu'ils foulaient les rues boueuses et insalubres de la ville basse sur la rive gauche du fleuve Hooghly. L'air devint tellement suffoquant qu'il dut s'arrêter à plusieurs mètres du regard de la fosse septique qui débordait d'une eau noirâtre. Il pesta contre la mairie, le département, la région et bien sûr l'État qui n'avaient pas pu lui installer le tout à l'égout et qui laissaient la Corse s'enfoncer dans la merde.

Il téléphona à l'entreprise qui entretenait sa fosse depuis douze ans mais il eut un répondeur comme interlocuteur et ne put laisser qu'un message de détresse. Il réalisa alors que c'était samedi et il en profita pour pester contre les entreprises qui ne travaillaient pas 24 heures sur 24 et sept jours sur sept.

Dix minutes s'étaient écoulées et on le rappela pour lui promettre d'intervenir dans la journée.

Cela faisait trois jours que sa femme et lui étaient revenus du continent où ils avaient marié leur fille à un jeune pinzutu de La Rochelle à l'avenir brillant. Il en profita pour jurer contre ces continentaux qui venaient enlever les plus belles filles de Corse. Et surtout la sienne. Ils avaient dû quitter leur village quinze jours plus tôt pour faire toutes les préparations du mariage avec les parents du gendre, puis le mariage lui-même. Il avait eu beau discuter et argumenter sur le fait qu'en principe les mariages se font dans la commune de la mariée, rien ne put empêcher ce dénouement tragique pour lui: le mariage se ferait en Charente, le père du marié étant Conseiller Général, il n'était pas question que la cérémonie eut lieu autre part. Pour preuve de sa mauvaise humeur, il n'avait cessé d'appeler son gendre « Monsieur le diplômé », avec tout le mépris que cela lui inspirait, et non par son prénom. Sa femme avait beau essayer de le calmer, rien n'y faisait, tellement la hargne et la rancœur lui étaient chevillées au cœur. « De toute façon, dans trois ans, ils vont divorcer ! » avait-il dit en jubilant la veille du mariage. Il passa les quinze jours sur le continent à bougonner contre le ciel, la terre et les godelureaux du continent. Seule l'évocation des châtaigniers de la route de Bastellica pouvait lui ramener un soupçon de sourire et lui faire oublier qu'il ne verrait plus Amélie, sa fille chérie. Ou si peu, ou trop peu. En tout cas pas assez.

Il se fit donc un troisième café pour passer le temps et attendre l'entreprise d'entretien d'assainissement. Il le but sans plaisir, en se bouchant presque le nez.

AJACCIO — 11 heures 30.
Hôtel de Police.

Il y a des jours chauds où l'on aimerait que des orages éclatent, pour se rincer, se laver la tête. Je me sentais sale, avec cette odeur de transpiration qui colle aux vêtements et à la peau. J'avais beau me dire que cela faisait 24 heures que je ne m'étais pas douché, le fait est que je puais et que je n'avais toujours pas pris de douche malgré la promesse d'Orsini. Il ouvrit la porte en même temps que je me faisais cette réflexion.

— Tu avais raison ! Clama t-il en m'envoyant un paquet de photos.

320

Un rapide coup d'œil me montra qu'il s'agissait de Marie-Agnès Juliani habillée en jeune homme. J'eus le triomphe modeste.

— Je m'en doutais un peu, surtout quand elle affirma qu'elle n'avait aperçu aucun jeune homme... bon, mais à part qu'elle nous ait menti, cela n'infirme en rien le suicide du prélat.

Il me toisa de son mauvais regard, le regard du flic insatisfait des conclusions de l'enquête.

— De toute façon, ajouta-t-il, je vais me faire un plaisir de la cuisiner un peu !

Il décrocha son téléphone énervé.

— Capitaine Vuccino ? On n'a toujours pas reçu le rapport de la balistique au sujet du Walther rendu par le curé ?

— Non toujours pas ! On est samedi, chef !

— Et alors ? Les assassins ont le droit de passer week-end de tranquillité maintenant ? Essaie de leur bouger un peu le cul !

Le téléphone sonna juste quand il raccrocha le combiné.

— Allo, oui ?

— Chef, c'est la Sauterelle !

— Oui major ? dit il pour la contrarier.

— Chef, on a récupéré les fadettes du cardinal et les derniers numéros qu'il a faits ou reçus.

ROME — *Midi.*
Interpol.

Marie-Annick Baracé finissait, avec l'aide du sergent Bellini, de remplir le dossier de transfert de Gianni Matera aux autorités françaises pour le meurtre de Luiggi Forzati, bien que les résultats des analyses des éléments prélevés sur la scène de crime et le corps du conducteur, ne soient pas encore connus. Mais elle avait la certitude qu'elle tenait bien l'assassin de Luiggi.

Soudain le sergent Colona apparut dans l'encadrement de la porte en gesticulant.

— Ça y est !!! On a le dossier du cardinal !

Tous les analystes et hackers du bureau d'Interpol avaient exploré toutes les pistes et solutions possibles pour ouvrir le cloud de Le Feucheur. Le miracle, si on peut le nommer ainsi, eut lieu à 11 heures 56.

Marie-Annick et le sergent Bellini coururent jusqu'à la salle informatique où les cyberflics avaient planché depuis la veille au soir sur les possibles identifiants et mots de passe du cloud.

Pour être plus efficace, la cellule avait fait appel à un expert en linguistique, à une profileuse introduite à la curie romaine et une psychologue symbologiste en ésotérisme. Tout ce beau monde avait phosphoré dur avec la participation éphémère du père Martrois qui avait pu dormir par intermittence sur un canapé situé dans le couloir attenant et que l'on réveillait régulièrement pour lui soutirer une information.

Ils avaient trituré, renversé, secoué les mots, les dates, les références bibliques, les prières à Pierre, Paul, Jacques sans grand succès. C'est dans une tentative ludique avant que sonnent les douze coups de midi, que le sergent Colona inscrivit comme identifiant : Deutéronome, et comme password : Verset26.

Il pressa sur la touche « validation » et là, miracle des béotiens par lequel le profane accomplit des actes incompréhensibles, les portes du coffre-fort du cardinal s'ouvrirent sans faire de bruit. « Heureux les simples d'esprit... ». L'écran afficha une liste de dossiers dans lesquels il en repéra un au titre évocateur: « Rapport confidentiel des pratiques inavouables de certaines Éminences. »

Le sergent Colona indiqua à Marie-Annick et au sergent Bellini le dossier tant recherché dans la liste. Le lieutenant Baracé prit alors la souris qu'elle pointa sur celui-ci. Et couac ! A la place d'ouvrir le dossier une nouvelle page apparut où était inscrit: « Dossier à l'attention du Colonel d'Istria, commandant de la Garde Suisse », et sous cette inscription un nouveau mot de passe était demandé.

Fin de l'explosion de satisfactions.

Les uns et les autres surent tout de suite qu'ils ne pouvaient aller plus loin. Le cardinal était formel, le dossier était destiné au commandant des Gardes Suisses. La décision ne fut pas longue à prendre. Dès qu'il fut informé de la découverte, le patron du bureau d'Interpol appela immédiatement le colonel d'Istria qu'il fréquentait régulièrement et professionnellement pour lui faire part de la dernière trouvaille. Ce dernier décida de venir sans attendre dans les locaux d'Interpol.

AJACCIO — 12 heures 30.
Hôtel de Police.

Vu l'heure, je commençais à avoir faim. Surtout que le petit déjeuner promis par Orsini avait été oublié, comme la douche d'ailleurs. Je serais bien sorti prendre une collation au Grand Café, mais je doutais que l'agent qui me servait de garde du corps, me laisse aller de l'autre côté du Cours Napoléon pour me restaurer.

Enfin Orsini entra dans son bureau.

— J'ai faim, lui dis-je.

— Moi aussi, répondit-il, pas plus bavard.

— Tu veux me garder longtemps ? Parce que je pourrais aller me prendre un encas au Napoléon.

— Rigolo !!!

Il s'arrêta pour me dévisager.

— Dis donc, entre nous, tu étais au courant que ta sœur avait fourni l'arme du crime à madame Torelli ?

— Non, fis-je hypocrite. C'est quoi cette histoire ?

— Basta ! On réglera ça plus tard.

Voyant qu'il n'était pas dans de bonnes dispositions, je trouvais plus sage de ne pas insister. D'ailleurs l'aurais-je voulu que c'eut été peine perdue, une fille de son groupe entra en bondissant et mit fin par là même à ce début de discussion fort mal engagée. Elle lui mit sous le nez quelques feuilles de papier.

— Chef la liste des numéros du portable du cardinal et les noms des contacts !

Orsini attrapa les feuillets et les consulta en diagonale.

323

— Parfait, vous pouvez demander à Pasquale d'amener le dénommé Peglia dans la salle d'interrogatoire ?

— Yes chef, fit la fille qui sortit presque en courant.

Il allait la suivre quand il se retourna vers moi.

— Dis-moi, on a retrouvé le dénommé Antoine Peglia dans sa planque comme l'ont dit tes frangins, mais complètement ligoté. Tu n'aurais pas une petite idée sur qui aurait pu faire ça?

— Tu rigoles j'espère ! Comment aurais-je pu savoir ?

Il me regarda l'air sombre.

— Toi, tu ne bouges pas de là !

Adieu repas, douche et douceur de vivre.

— Est-ce qu'au moins je peux appeler mon service pour les prévenir que je suis retenu ici ?

— Mais bien sûr mon vieux, tu n'es qu'un simple témoin qui aide la police, pas un prévenu !

— Merci, c'est très aimable à toi ! Lui répondis-je avec un grand sourire.

Et il sortit de la pièce, le dossier de Peglia sous le bras.

Quand le commissaire entra dans la salle d'interrogatoire, l'OPJ Pasquale et Antoine Peglia étaient déjà installés de part et d'autre de la table.

— Je veux mon avocat ! Commença à brailler le prévenu.

— Oui, il n'y a pas le feu... C'est qui déjà ?

— Maître Albert Castillo, vous le savez très bien !

Orsini fit l'idiot comme parfois il savait si bien le faire.

— Ah oui excusez-moi, j'avais oublié que vous aviez les moyens de vous payer un as du barreau. Je m'en occupe !

Orsini sortit du bureau pour aller dans la salle d'observation où se trouvaient le capitaine Vuccino et le major Julie Finot.

— Appelez le cabinet de Maître Castillo pour savoir s'il est présent, mais je pense qu'il est certainement absent pour le week-end. De toute façon je ne veux pas qu'il se pointe avant une bonne heure. Si je change d'avis, je vous préviendrai.

Et il retourna à son interrogatoire.

— On s'occupe de votre avocat, mais ça va être difficile vous savez, on est samedi... Ça ne nous empêche pas de bavarder un peu, non ? Dites donc, quelqu'un vous voulait du mal pour vous ficeler comme ça dans votre planque !

Il vit l'autre qui faisait la gueule. Qui regardait droit devant lui, ne voulant rien laisser paraître.

— Vous avez tort vous auriez pu nous aider !

— Vous aider pour quoi ? Et à quoi ?

— Nous aider à savoir qui vous a fait ça... C'est un préjudice sur votre personne. Tenez, vous devriez même porter plainte !

— Je n'ai pas besoin de vos conseils, j'ai un avocat pour ça !

— Je suis déçu ! Terriblement déçu ! Un élu du peuple qui ne veut pas aider la justice... Je trouve ça louche ! Vous avez des choses à cacher ?

L'autre haussa les épaules avec son air renfrogné.

— Je n'ai rien à cacher, moi !

Orsini se leva et sortit de la salle pour se rendre à côté.

— Vous avez des nouvelles de son avocat ? Demanda-t-il par acquit de conscience.

— Oui, Maître Albert Castillo plaide à Marseille lundi, et il est sur le continent pour le week-end, répondit Olivier.

— Super, dit Orsini avec un large sourire de satisfaction. Rappelez le cabinet dans une heure, ils enverront certainement le premier baveux disponible.

De retour face à Peglia, il prit la mine contrite.

— Je suis désolé, mon équipe vient de m'apprendre que Maître Albert Castillo est occupé à Marseille jusqu'à lundi soir au moins. Mais nous avons fait le nécessaire avec son cabinet pour qu'ils vous envoient quelqu'un ! Pour une affaire mineure, n'importe qui pourra vous assister.

L'autre haussa de nouveau les épaules.

— Depuis combien de temps étiez vous ligoté dans votre planque ?

— Ce n'est pas une planque !

— Allons bon ? Un élu du peuple qui dort sur un vieux matelas dans un magasin à l'abandon, on ne peut pas appeler ça une résidence secondaire, non ? Ni un hôtel

325

recommandable, non ? Figurez-vous, si on vous a trouvé là, c'est qu'on nous a tuyautés, vous ne croyez pas ?

— Et qui vous aurait tuyautés, hein ?

— Vous savez que votre portrait a été diffusé à la télé en prime time, comme on dit ! Vous avez certainement des amis qui voulaient votre bien ! Les voix du seigneur sont parfois impénétrables... Tenez, en parlant de seigneur, vous connaissiez bien le cardinal Le Feucheur?

— Celui qui est mort ?

— Je n'en connais pas d'autre, oui !

— Comment je pourrais le connaître ?

— Oui, c'est vrai, je suis un peu con. C'est ce que je me suis dit en voyant la photo ! Je me suis dit : « Non Orsini, ce n'est pas possible ! »

— Quelle photo ?

Benoîtement le commissaire sortit la photo du dossier, et la mit à l'envers sur la table pour la faire glisser jusqu'à Peglia.

— Celle-ci... On vous reconnaît bien, non ?

Peglia retourna la photo comme un joueur invétéré de poker qui espère tirer une carte maîtresse, mais celle-ci valait beaucoup d'ennuis. Il blêmit à la vue de la pire des mains. Il resta les yeux fixés sur la photo.

Orsini fut satisfait de son effet.

— C'est qui le vieux qui tient l'enfant à côté de vous ?

L'autre resta muet.

— Mais bien sûr, j'oubliais, vous ne le connaissez pas ! Eh bien je vous présente le cardinal Le Feucheur ! Lui-même !

Orsini sortit une autre photo. Celle où Peglia passait un sac plastique au cardinal.

— Et dans ce sac plastique, il se trouve quoi ?

— Je veux mon avocat tout de suite ! Brailla Peglia de plus en plus livide.

— Bien sûr, bien sûr ! Je vous comprends... Fin de la discussion...

Les deux policiers se levèrent et sortirent de la salle.

BOCOGNANO — 13 heures 30.
Villa des Constantini

Les Constantini n'avaient pas pu déjeuner, tellement l'air ambiant était putride. Enfin les vidangeurs de fosses septiques arrivèrent. Dès qu'ils s'approchèrent du regard, ils mirent des masques pour ne pas suffoquer ou vomir. Constantini, qui était resté à quelques dizaines de mètres de l'opération, se consola en pensant que le premier voisin était à 500 mètres et que l'odeur pestilentielle ne l'atteignait pas.

Ce ne fut pas long. Il vit les deux techniciens se concerter puis prendre leur téléphone portable.

Ce fut même rapide. Cinq minutes ne s'étaient pas écoulées que la gendarmerie arrivait toutes sirènes hurlantes. Le plus gradé des gendarmes discuta avec les techniciens qui lui passèrent un masque et il s'approcha du regard. Un des hommes fit des grands gestes en montrant Constantini qui s'approchait. Le gendarme courut au-devant de lui pour lui barrer la route et lui demander de se replier dans sa maison, ce qu'il fit en maudissant ce mariage qui l'avait longuement éloigné de son domicile.

Ce fut tragique. Un cordon de scène de crime fut promptement tendu autour de la fosse.

Ce fut pénible. Trois gendarmes entrèrent dans la maison et posèrent difficilement des tas de questions insidieuses, en sous-entendus.

Le corps du petit Enzo venait d'être retrouvé.

Les gendarmes se dirent qu'il fallait être bien pervers pour mettre un corps d'enfant dans cet endroit.

ROME — 13 heures 45.
Interpol.

Le commandant des Gardes Suisses ne mit pas longtemps pour arriver au bureau local d'Interpol. Il ne mit pas longtemps non plus pour faire comprendre à ses collègues romains que le dossier du cardinal Le Feucheur lui était destiné et qu'il n'était pas question que quelqu'un

327

d'autre puisse le lire ou le parcourir, ni même avoir l'intention d'y mettre son nez. Si certaines informations concernaient la contrebande d'armes, alors il se ferait un plaisir d'en donner les meilleures pages à Interpol et aux Français. La messe était dite et les hommes qui l'accompagnaient, prirent soin de vérifier qu'aucune copie ne restait dans le fin fond d'une mémoire cachée de l'ordinateur.

Ce dossier concernait les mœurs de la curie et il n'était pas question que des informations brûlantes circulent dans les cénacles internationaux.

Marie-Annick, appuyée par le directeur du bureau d'Interpol, eut beau argumenter que le dossier contenait sûrement les noms des commanditaires de l'assassinat du cardinal, le commandant ne voulut rien savoir. Pour l'instant il était, par la volonté du cardinal Le Feucheur, le seul destinataire de ses secrets.

Les policiers du Vatican repartirent aussi vite qu'ils étaient arrivés.

Marie-Annick Baracé fut très affectée par ce comportement cavalier privant Interpol des résultats de leurs recherches, et elle eut beaucoup de difficultés à cacher sa colère et sa frustration. Il ne lui restait plus qu'à prévenir son supérieur et régler les problèmes administratifs pour les transferts à la justice française des dénommés Giovanni Cabrini et Gianni Matera. Ce dernier avait fini par lâcher le morceau: Il ne devait rester aucun acteur de ce trafic d'armes à destination de la Centrafrique. Surtout après la mort de son Éminence. Les ordres venaient du Vatican, peut-être du gouvernement français. Mais qui ? Mystère. Il ne savait rien. Pas de nom. Pas de numéros. Des téléphones sécurisés. Intraçables.

Pour consoler Marie-Annick, Orsini l'informa que le capitaine Franju de la DCRI avait déjà fait une copie des documents du prélat.

Pierre-Charles Orsini félicita par téléphone le lieutenant Baracé pour les résultats obtenus à Rome, même si les dossiers du cardinal restaient peut-être enfouis à jamais au Vatican et à la DCRI. Il promit néanmoins qu'il mettrait tout en oeuvre pour récupérer une copie de ce précieux fichier, mais intérieurement, il doutait maintenant que ce soit la main d'un tueur qui avait appuyé sur la gâchette du Walther. En évoquant l'arme du crime il se rendit compte qu'il n'avait toujours pas les résultats balistiques et cela l'agaça profondément.

Aussitôt la communication terminée, le téléphone sonna de nouveau. C'était le commandant de Pontivy, le patron de la section de recherche de la gendarmerie qui lui apprit la terrible nouvelle concernant le petit Enzo. Apprenant les conditions dans lesquelles il fut retrouvé, Orsini se retint de ne pas aller casser la gueule, d'une façon immédiate et brutale, à son meurtrier.

Il prit le temps de respirer longuement quelques minutes pour évacuer la colère et la haine qui l'avaient envahi et appela ensuite le capitaine Olivier Vuccino qui lui annonça les résultats tant attendus de la balistique. Le commissaire, soulagé, enregistra les informations mais ne fit aucun commentaire.

Ainsi il espérait mettre le point final à cette affaire ou tout au moins de s'approcher avec certitude de la vérité.

Il avait dû reculer l'heure de la confrontation des acteurs et figurants de cette mort énigmatique et il convoqua son équipe ainsi que la juge d'instruction Maria Martinetti et le capitaine Franju qui était toujours présent dans le commissariat.

Une semaine pour résoudre cette affaire, ce n'était pas si mal, et beaucoup de ses collègues du continent aimeraient avoir ce genre de résultat.

AJACCIO – 15 heures.
Cathédrale Notre-Dame de l'Assomption

Le bon curé Batiano ouvrit les portes de la cathédrale dans un bruit de grincement devant le groupe de policiers, de témoins et de suspects de l'affaire et bien sûr, je faisais partie du lot.

Heureusement aucun de mes collègues de la presse locale, nationale et même étrangère ne planquaient dans les environs. Peut-être s'étaient-ils contentés des quelques informations lâchées à la conférence de presse que le procureur leur avait servies la veille au soir.

Nous entrâmes dans l'antre sombre de la scène de crime la plus mémorable d'Ajaccio, la tête basse et l'air sombre, chacun faisant son examen de conscience. Élisa marchait à mes côtés, la mine défaite. Nous n'échangeâmes aucune parole, aucun regard.

Le procureur et Maria Martinetti qui étaient déjà présents à notre arrivée, nous emboîtèrent le pas.

Orsini nous fit asseoir sans ordre de préférence mais par ordre d'entrée. Au premier rang étaient assises les dames du musée Fesch dont j'avais oublié le nom, ainsi que Marie-Agnès Juliani, moi-même et Élisa. De l'autre côté se trouvaient Antoine Peglia, madame Torelli, Jean-Baptiste Zanetti et sa protectrice la veuve Fulioni, le petit Zittu et le vieux gardien de l'entreprise de transport, la secrétaire de la mairie de Peri ainsi que le père Batiano. De l'autre côté du transept, nous faisant face, Orsini avait le même air goguenard que lorsqu'il jouait à la belotte des atouts plein les mains. Il avait fait asseoir, à ses côtés, Olivier Vuccino, le procureur, la juge Maria Martinetti, le commandant de gendarmerie de Pontivy et les capitaines de Sarrola et de Bocognano ainsi que le capitaine Franju.

— Mes amis commença-t-il, je peux encore vous appeler mes amis, car pour l'instant aucun de vous n'est officiellement le meurtrier de son Éminence, le cardinal Le Feucheur. D'ailleurs y en a-t-il un ou une selon les préférences ou pas du tout ? Alors je tiens à vous mettre à l'aise tout de suite, et c'est pour cela que nous sommes ici,

Officiellement et selon les aveux du père Batiano, ici présent, le cardinal s'est donné la mort, lui-même, comme un grand garçon. Pourquoi me direz-vous ? Nous savons tous que l'église catholique condamne fermement le suicide. C'est un péché grave même, et cela contrevient aux vertus théologales, à savoir la foi en Dieu, l'espérance et la charité envers soi-même ! Et le paradis est fermé à tout jamais à l'âme du suicidé ! D'ailleurs c'est pour cela que le bon père Batiano a retiré le revolver que tenait en sa main le cardinal qui gisait ici... Là, où je me trouve actuellement ! Ici même, je vous le dis ! N'est-ce pas monsieur le curé ? Levez-vous, je vous en prie et dites— nous tout...

Le bon curé se leva, rougi par la honte que lui infligeait le commissaire Orsini.

— Quand je suis rentré de Vico, à quatre heures du matin, j'ai constaté que la porte de la rue Saint Charles était ouverte. Je me suis avancé et j'ai vu des lueurs dans la cathédrale. Il n'y avait que des bougies qui brûlaient et éclairaient le choeur et l'autel. En principe, nous les éteignons le soir. Je suis entré un peu plus jusqu'à l'allée centrale et j'ai aperçu une masse sombre au bas des marches de l'autel. Un homme vêtu de l'habit pourpre de cardinal gisait sur le ventre, une arme à la main.

Il s'arrêta dans son élan, revivant cette nuit dramatique à laquelle il n'était pas préparé. Avec agacement, le commissaire lui fit signe de continuer.

— J'ai prié pour interroger Dieu. Mais je n'ai reçus aucun signe ! Alors je pris la décision d'éviter l'opprobre sur cet homme de foi, car sans le connaître, je ne doutais pas qu'il fût ce qu'il paraissait être. Je savais ce qu'il encourait par rapport à la doctrine de la religion. J'ai pris alors la décision de retirer l'arme de sa main en la prenant avec un grand mouchoir que j'avais sur moi. J'ai aperçu ensuite sa valise au milieu de l'allée centrale et j'ai décidé de l'emmener avec moi, chez moi. Ce n'est qu'hier que j'ai pris conscience de la situation, avec le tapage médiatique et quand j'ai compris que sûrement un innocent serait inculpé à ma place. J'ai décidé de tout vous avouer hier soir, monsieur le commissaire,

— Merci mon père, vous pouvez vous rasseoir... vous n'êtes pas un grand criminel pour autant. Vous avez seulement entravé la justice et sûrement vous devrez rendre des comptes à monsieur le procureur ici présent. Je dois dire que vous nous avez bien menés en bateau, le dimanche matin, quand nous nous sommes tous retrouvés, ici, devant la dépouille de feu le cardinal.

Pour une fois j'admirais l'aisance de Pierre-Charles Orsini en animateur de jeu policier. Il se révélait soudain alerte presque léger. Lui, toujours anxieux, presque renfermé, je le découvrais exultant presque, devant son auditoire. Il reprit de plus belle.

— Nous connaissons la suite. Le lendemain matin, le dimanche, madame Fulioni, venant comme chaque dimanche matin vérifier la propreté du lieu et placer quelques fleurs de son jardin, découvre elle aussi avec stupéfaction le corps de Monseigneur Le Feucheur. Est-ce exact ?

Elle se gratta la gorge pour répondre.

— Oui, monsieur le commissaire.

— Alors, avant cette découverte tragique que s'est-il donc passé ? C'est cela que nous aimerions savoir, nous les représentants de l'ordre et de la loi, ici, devant vous ! Aussi, je vous demande à tous, quels sont ceux qui ont parlé avec le cardinal, ou l'ont vu, ou même croisé le samedi... Levez la main je vous prie, je ne le demanderai pas deux fois.

Je m'empressais de lever la main pour ne pas être l'objet de quelques remontrances ou même quolibets de la part de mon vieux copain. Puis Marie-Annick Juliani, suivie des deux dames témoins du musée Fesch. Madame Torelli mit quelques temps à lever la sienne. Alexandre Peglia le fit à son tour. Pierre-Charles fit le tour de l'assistance du regard, puis s'attarda sur ma soeur.

Un frisson la parcourut

— Élisa ? Non ? Définitivement non ?

Les mots restèrent coincés dans sa gorge. Elle fit non de la tête en tortillant sa mèche de cheveux. Orsini continua.

— Très bien, c'est noté... Alors, si vous en êtes d'accord prenons la journée du samedi. Dès le début de la mâtinée. Il y a une personne ici qui n'a pas quitté le cardinal des yeux, je serais tenté de dire, et c'est...?

Marie-Agnès Juliani leva la main comme une écolière appliquée.

— Moi monsieur !

— Merci, mademoiselle Juliani, merci pour votre prompte coopération ! En effet vous pistiez le cardinal depuis longtemps, grâce à votre statut de journaliste. Ainsi vous suiviez le cardinal depuis Rome en ce beau samedi 27 mai au matin. Pour cela vous avez dû vous lever tôt. Peut-être avez-vous planqué toute la nuit devant l'entreprise Strada Libera Cie en attendant que le Volvo FM500 que conduisait Luiggi Forzati prenne la route. Vous avez certainement vu le cardinal Le Feucheur monter dans le semi-remorque avant qu'il ne parte. Et il était ?

— 3 heures du matin, monsieur le commissaire.

— Exactement ! 3 heures du matin, c'est ce que dit l'ordre de mission de monsieur Forzati établi par la société de monsieur Matera, que m'a fait parvenir le lieutenant Baracé. A votre avis, mademoiselle Juliani, le camionneur savait-il qu'il transportait le cardinal ?

— Non, à Rome, le cardinal était monté dans la remorque avant l'arrivée du conducteur et arrivé à Bocognano, le camionneur s'est garé sur un parking et est sorti de son véhicule sans s'occuper de quoi que ce soit. Ce n'est que quelques minutes après, deux ou trois, que le cardinal est sorti par une porte latérale en vérifiant que le lieu était désert. Un pick-up l'attendait et il est monté à la place du passager. Ils sont partis vers l'église et le cimetière.

— Merci mademoiselle, vous êtes d'une aide précieuse.

A ce moment-là, je me suis demandé à quel jeu jouaient ces deux là. On pouvait croire qu'ils avaient mis leur petit numéro au point.

— Et vous savez à qui appartenait ce pick-up qui attendait notre cardinal ?

Elle pointa du doigt Antoine Peglia.

— À cet homme-là !

Il se leva d'un bond, furieux.

— C'est une folle !!! Elle dit n'importe quoi !

Orsini fit virevolter des photos dans sa main droite.

— Mon cher Peglia, vous oubliez les photos en notre possession. Pour qu'il y ait photo, il faut qu'il y ait photographe. Et qui est notre photographe ?

— C'est moi, monsieur le commissaire ! Répondit sur le champ Marie-Agnès Juliani.

— Vous voyez monsieur le maire, nous avons même un témoin.

— Je veux mon avocat, cria Peglia.

— Je vous informe que votre avocat, comme je vous l'ai déjà dit, est indisponible jusqu'à lundi soir. Les avocats prennent aussi des week-ends. Son cabinet va certainement dépêcher un de ses collaborateurs. Mais de toute façon avocat ou pas vous étiez bien à Bocognano avec le cardinal. Mademoiselle Juliani, pouvez-vous continuer ?

— Monsieur Peglia a donc emmené le cardinal à l'église. Là, il en est ressorti avec un gros sac plastique comme on en voit dans les commerces et le donna au cardinal. Ils ont repris le pick-up mais alors qu'il faisait une marche arrière rapide il renversa violemment un enfant qui sortait d'on ne sait où. Le bruit fut effroyable. Le cardinal sortit de la voiture pour aller à l'arrière. Il se pencha et prit l'enfant inerte dans ses bras. Il vérifia s'il était en vie, d'après ce que je crus voir, et il déposa l'enfant à l'arrière du pick-up. Le temps que je fasse demi-tour avec ma voiture et je les ai perdus jusqu'à...

Orsini leva la main pour l'interrompre.

— Merci mademoiselle Juliani. Monsieur Peglia auriez-vous le courage de continuer ? .

L'autre resta enfermé dans son mutisme.

— Je vous comprends, c'est très difficile à dire devant tous ces gens. C'est même impensable. Inimaginable et inhumain. Vous vous êtes déchargés du corps du petit Enzo dans le pire endroit que l'on puisse imaginer. Et que cet accident que, vous et le cardinal, avez transformé en crime abject, sera difficilement pardonné par une cour d'assises. Le corps de l'enfant a été retrouvé dans la propriété de monsieur et madame Constantini qui sont encore sous le choc. Ce que vous avez fait, vous, un élu du peuple et un cardinal, est absolument monstrueux. Vous êtes tous les deux des criminels.

— Le cardinal à perdu soudain son self-contrôle, voulut se défendre Antoine Peglia. Il était ici incognito. Personne ne devait savoir qu'il était en Corse. Il relevait des fonds pour faire sa guerre sainte en Centrafrique. Il devait constituer une armée aux portes du Soudan et acheter des armes pour combattre les islamistes qui veulent s'emparer du pouvoir à Bangui. Il n'était pas question d'aller à la police et je ne voulais pas porter le chapeau tout seul. Je lui ai proposé la solution des Constantini. Je savais qu'ils étaient absents de chez eux et sur le continent pour un moment.

Orsini se retourna vers le procureur et Maria Martinetti.

— Monsieur le procureur, madame le juge, vous avez les aveux de monsieur Antoine Peglia... Maintenant mademoiselle Juliani, si vous voulez bien continuer...

— Ne les ayant pas rattrapés, je me suis arrêtée au pont d'Ucciani. A la vitesse où j'avais roulé, cela me semblait impossible de ne pas les avoir rejoints. Au bout de dix bonnes minutes, j'ai décidé de descendre sur Ajaccio. Au moment où je démarrais, le pick-up de monsieur Peglia est passé rapidement. Je les ai suivis jusqu'à l'hôtel du Golfe. Là le cardinal est descendu pour entrer dans l'hôtel et monsieur Peglia est reparti. J'ai attendu plusieurs minutes. Quinze exactement.

— Alors, c'est là que vous avez eu le temps de vous changer ?

Tout le monde se demanda ce que voulait dire Orsini et regarda Marie-Agnès, sauf moi qui compris immédiatement ce que cela voulait dire.

— Oui, j'ai alors enfilé un bermuda sous ma jupe que j'ai remontée et j'ai mis une chemise de garçon. Ces habits étaient dans un sac à côté de moi dans la voiture. Plus un chapeau informe et j'étais changée.

Ce que venait de déclarer Marie-Agnès me donna raison.

Elle admettait qu'elle était le photographe inconnu, longtemps pris pour un adolescent, qu'elle m'avait fait parvenir la photo de ma rencontre avec le cardinal, qu'elle m'avait téléphoné avec une voix déformée.

Orsini enchaîna.

— Ainsi, c'est bien vous qui avez photographié notre ami Julien Valinco avec le cardinal dans la rue Fesch et qui avez été aperçue par ces deux dames ici présentes ?

Marie-Agnès se retourna vers elles.

— Oui c'est moi. J'ai attendu le cardinal, surveillant son entrée, l'entrée de chaque personne et les sorties.

— Et le cardinal est sorti seul ?

— Oui, il s'est arrêté dans la cour du palais puis il est sorti. Il a regardé la petite église jaune de l'autre côté de la rue Fesch, il a monté les quelques marches puis il a essayé d'entrer, mais l'église était close. Il est redescendu et c'est à ce moment-là que monsieur Valinco l'a abordé.

Je fus amusé qu'elle me donne à présent du « monsieur Valinco », mais aussi toujours surpris d'une telle coopération de sa part avec la police. Elle continua sur sa lancée.

— Le cardinal parut surpris et monsieur Valinco avait un air peu avenant, hostile même.

Sympa comme remarque... C'est à ce moment-là que Pierre-Charles se souvint de ma présence.

— Mon cher Julien, pourrais-tu nous faire partager ta discussion « hostile » avec Le Feucheur.

— Parfaitement. C'est un homme que j'ai connu quand j'étais adolescent et à qui je faisais entièrement confiance. Et c'est pour cela que j'ai conseillé à Élisa de le contacter pour rejoindre son ONG quand elle a voulu partir en Afrique sub-saharienne. Pour moi, c'était un homme de Dieu, droit, irréprochable, presque intransigeant. D'une redoutable exigence. Aussi quand j'ai vu ma soeur revenir plusieurs années après, dévastée, presque haineuse envers Le Feucheur, avec un très jeune enfant de peau noire sur les bras, j'en fus plus que surpris. J'ai eu beau interroger ma soeur, elle n'a jamais voulu rien dire. Alors, j'étais rue Fesch cet après midi là, je cherchais un disque, mais quand j'ai vu le cardinal planté devant le musée, à quelques mètres devant moi, mon sang n'a fait qu'un tour. J'allai lui demander, sur le coup, des explications. Bien sûr, il n'a pas voulu me répondre. Je l'ai menacé de faire sortir un papier s'il ne me disait rien. Il resta campé sur sa position.

— Et ça s'est arrêté comme ça ? Il ne te dit rien et tu ne mets même pas tes menaces à exécution.

— J'étais sur le coup de la colère, qui est mauvaise conseillère comme tout le monde le sait. Donc je n'ai pas réagi immédiatement et sa mort a arrêté toute velléité de vengeance.

Orsini se retourna alors vers Marie-Agnès.

— Mademoiselle Juliani, vous n'avez donc pas vu arriver madame Torelli ici présente ?

— Non, ni entrer, ni sortir !

Orsini se tourna vers cette dernière.

— Madame Torelli, vous avez une explication ?

— Je suis arrivée bien dix minutes en avance au musée Fesch et j'ai attendu dans une autre salle que le cardinal arrive. Et je suis allée aux toilettes quand nous avons eu fini de parler. Pour pleurer. J'ai dû sortir après lui.

— Et vous avez parlé de quoi avec le cardinal ?

— De ma fille Lætitia.

— Et ?

— De sa mort, dit-elle des sanglots dans la voix.

— Et c'est tout ?

Elle fit non de la tête.

— Du prix de son...

— De son ?

— Crime, avoua-t-elle la voix basse.

— Et quel était le prix de son crime ?

— 200 000€.

— Où et quand devait-il payer ?

— Le soir même, à 21 heures, à la cathédrale. Il m'a dit qu'elle serait ouverte.

— Ensuite ?

— Je suis arrivée en avance, la porte était déjà ouverte.

— Chez vous une habitude d'être en avance !

— Exactement.

— Et ensuite ?

— Je suis entrée et il n'y avait personne, alors j'ai prié. Le cardinal est arrivé un peu après 21 heures. Nous avons parlé de la mort de ma fille.

— Oui et ?

— Comme je vous l'ai déjà dit, je lui ai rendu l'arme avec laquelle il l'a tuée.

— Contre ?

— Contre 200 000€ en espèces. Dans un sac plastique ! Et je suis partie.

— Tout de suite ?

— Presque... Il a voulu prier pour demander pardon au Seigneur, il s'est allongé sur le sol. Dégoûtée, je suis partie.

— Et ensuite, Monsieur Peglia est arrivé... Enchaîna Orsini. Vous êtes-vous rencontrés tous les deux ? Croisés dans la rue ?

Tous les deux dire « non » dans un parfait ensemble.

— Monsieur Peglia, avec vous, nous ne sommes pas dans les suppositions, mais dans les certitudes. Vous savez, le téléphone portable est le pire ennemi des criminels ! Souvenez-vous de l'affaire du préfet Erignac ! Il existe les fameuses fadettes des opérateurs téléphoniques ! Et nous savons, grâce au texto qu'il vous a envoyé après sa sortie du musée, qu'il vous donnait rendez-vous à la cathédrale à 21 heures pour réclamer une nouvelle contribution dirons-nous. Vous lui avez répondu par la même voie que vous seriez en retard. N'est-ce pas ?

— Oui c'est vrai, mais il était déjà mort quand je suis arrivé. Il avait l'arme à la main, par terre, à plat ventre, la tête en sang. Je le jure !

— J'aimerais bien savoir si cela est vrai, ironisa Orsini.

Antoine Peglia se retourna soudainement vers Marie-Agnès. Alors elle se leva et prit la parole.

— Monsieur le commissaire, j'aimerais parler quelques minutes en privé, avec le capitaine Franju, si c'était possible.

Rupture. Orsini fut désarçonné, surpris comme nous tous par cette intervention soudaine. Orsini regarda Franju, Franju regarda Orsini puis le procureur qui interrogea des yeux Orsini. Il acquiesça. Fin du jeu de regards.

— Vous avez dix minutes pas plus, mademoiselle, pas une de plus ! Pour tout le monde, suspension de séance comme on dit, mais je vous demande de ne pas communiquer entre vous.

Temps mort, moments suspendus... Chacun devait, comme moi, se demander ce que cela signifiait. Marie-Agnès et le capitaine Franju s'étaient éloignés au fond de la cathédrale, derrière nous, près de la porte principale, et nous ne pouvions ni les voir, ni les entendre.

Peglia regardait ses chaussures, madame Torelli semblait prier, Élisa paraissait stressée et les autres semblaient à l'entracte d'un spectacle. Moi je cogitais dur et je dois dire que je ne comprenais plus rien à ce qui se passait.

Je vis Pierre-Charles discuter avec le procureur et Maria à voix basse. Ils devaient se poser les mêmes questions que moi. Je crus comprendre un moment que Franju parlait au téléphone avec quelqu'un, puis Marie-Agnès en italien. Quelques bribes, pas plus, sans que je comprenne quoique ce soit. Avant que les dix minutes ne se soient écoulées, Franju et Marie-Agnès revinrent du fond de la cathédrale et rejoignirent Orsini et les autres. Franju les entraînèrent dans la sacristie, tandis que trois policiers restèrent à nous surveiller. Leur conciliabule dura une bonne quinzaine de minutes. Le temps passe lentement quand on n'a rien a faire, sinon se perdre en suppositions, toutes aussi vaines les unes que les autres. Alors je me repassai ce que je venais d'apprendre sur le cardinal. Je n'arrivais pas à comprendre comment un homme comme lui pouvait être l'assassin de Lætitia Torelli et complice d'une fin atroce comme celle du petit Enzo. Lui, qui cherchait inlassablement les chemins de Dieu, il s'était trompé de route à un certain moment et avait pris la direction opposée. Je me souvins alors que lorsque j'étais en colonie sous son autorité, à chaque fois que nous tentions de nous justifier d'une petite bêtise, il nous répétait : « L'enfer est pavé de bonnes intentions ! ». Parle pour toi mon bonhomme !

Enfin, ils revinrent et il fut demandé à Marie-Agnès de s'asseoir à l'écart de nous tous.

— Reprenons le fil... Monsieur Peglia, levez-vous je vous prie... Je vous annonce une bonne nouvelle. En ce qui concerne la mort du cardinal, je vous crois ! Cela ne vous étonne pas, je sais. Car vous avez votre alibi ici, en la personne de mademoiselle Juliani, qui comme vous le savez, pistait le cardinal depuis le matin très tôt. Elle peut témoigner que Le Feucheur était déjà mort à votre arrivée dans la cathédrale. Vous avez sur ce coup-là, beaucoup de chance, non?

Orsini prit une courte pause et s'adressa à nous tous.

— Mesdames et messieurs, je vous remercie de votre contribution à la révélation de la vérité et de votre patience. Pour ma part, l'enquête est close malgré ses zones d'ombres, le suicide du cardinal ne faisant plus débat.

Le commandant de Pontivy prit alors la parole.

— Monsieur Antoine Peglia je vous arrête pour le meurtre du petit Enzo. Monsieur le procureur ici présent désignera un juge d'instruction pour instruire votre affaire.

Le procureur alla de son petit couplet.

— Merci à tous d'avoir aidé la justice, vous êtes libre de rentrer chez vous, auprès des vôtres. Il nous est apparu au fil des auditions et de la confrontation d'aujourd'hui que le suicide de son Éminence Le Feucheur ne fait pas de doute. Le remords l'a certainement entraîné vers cette fin inéluctable. La résurgence de l'assassinat de Lætitia Torelli et la mort dramatique et horrible du petit Enzo ont certainement eu raison de sa détermination. Nous verrons comment traiter cette fin bien triste avec les autorités du Vatican. Nous vous demandons à ce sujet la plus grande discrétion, nous comptons sur vous. Afin de clore définitivement l'enquête, la juge d'instruction, mademoiselle Maria Martinetti, sera amenée à vous questionner de nouveau, dans peu de temps.

ÉPILOGUE

Marie-Agnès Juliani avait disparu dès notre sortie de la cathédrale ce 3 juin. J'avais pourtant plusieurs questions importantes à lui poser, mais il semblait qu'elle bénéficiât de la bénédiction des autorités présentes pour s'envoler immédiatement vers d'autres cieux. Les questions que je voulais lui poser resteraient donc sans réponses et j'avais un fort vent de frustration qui soufflait dans mes neurones qui tournaient à vide avec des supputations multiples et vaines.

J'avais pu revoir rapidement madame Torelli qui ne tarissait pas d'éloges sur Marie-Agnès. Pour la mettre en confiance, j'avais décidé Élisa de m'accompagner à ce rendez-vous. Cela fut extrêmement bénéfique et je ne le regrettai pas. Au détour d'une question banale, la brave dame nous confia que c'était Marie-Agnès qui lui avait promis d'écrire la lettre signée des Innocenti. « Quand ? » lui demandai-je. Quand vous êtes-vous rencontrées ? Elle parut très décontenancée par cette simple question, regarda rapidement Élisa, mais ne voulut pas me répondre. Décidemment, cette demoiselle Juliani était une personne pleine de ressources et qui cachait bien son jeu. J'en étais de plus en plus frustré de ne pas pouvoir ne serait-ce que la joindre.

D'autre part, ce fut très long et laborieux de renouer les liens de connivences avec Pierre-Charles Orsini. Il m'en voulait beaucoup de lui avoir caché mon entrevue avec le cardinal et ne comprenait pas bien pourquoi j'avais eu cette attitude coupable. J'ai eu beau lui expliquer que j'avais considéré, à tort, que cela n'avait rien à voir avec l'enquête, que j'étais loin de m'imaginer que tout cela était lié. Il n'en démordait pas, je n'avais pas à lui mentir.

Jour après jour, je lui montrai des signes d'amitié et de considération, et après maintes tentatives de réconciliation, il mit moins d'obstacles entre nous.

Parallèlement, le dialogue avec Maria Martinetti ne fut pas plus simple à reprendre. Comme Pierre-Charles, elle m'en voulait beaucoup d'avoir passé sous silence ma rencontre inopinée avec Le Feucheur et surtout mon flirt avorté avec Marie-Agnès. C'était toujours difficile d'aborder le sujet avec le commissaire et la juge sur le rôle joué par cette fille.

Un dimanche de mai, un an plus tard, je les invitai tous les deux au restaurant Pesch, pour recréer ce qui nous avait échappé, une certaine entente cordiale entre la police, la justice et la presse.

La journée était paisible et le soleil pas trop violent, ce qui nous permit de déjeuner sur la terrasse du restaurant au bord de la mer.

Je ne leur avais pas caché que je désirais parler de l'enquête, même si le secret demandé par le Vatican était toujours en vigueur.

Les deux représentants de l'État avaient vécu cet épisode comme un grave échec. Orsini et Martinetti n'avaient même pas pu clore l'affaire officiellement. Pour tout le monde, son Éminence avait été assassiné pour des raisons obscures et le ou les assassins couraient toujours. Cela donnait une mauvaise image de la police et de la justice locale, et Pierre-Charles et Maria en étaient les acteurs principaux.

— Mais quel était le rôle exact de Juliani, demandai-je pour la troisième fois. Que vous a-t-elle raconté ?

La juge Martinetti prit enfin la parole.

— Ce que je vais te dire relève du secret et tu es tenu de le respecter comme si nous étions sous couvert. Juliani était protégée par le Vatican.

Je m'attendais à tout, mais pas à ça, cependant je ne l'interrompis pas, et c'est Orsini qui continua.

— C'est pour cela, quand j'allais cuisiner Antoine Peglia, qu'elle demanda à parler au capitaine Franju. Ils faisaient partie du même monde... Les services secrets. Elle était en mission pour le Vatican et avait ordre de protéger le cardinal et éliminer un tueur présumé mandaté par des cardinaux pédophiles.

— Ce ne fut pas réussi, dis-je dans un demi sourire.

— Le Vatican avait découvert qu'un certain nombre de cardinaux de la curie voulaient se débarrasser de Le Feucheur pensant qu'il allait révéler leurs turpitudes de pédophiles. Le commandant des Gardes Suisses avait eu vent de la chose et un piège leur avait été tendu. Il a missionné Marie-Agnès Juliani pour être l'Ange Gardien de Le Feucheur. Ta chère Marie-Agnès n'est autre qu'un agent secret de la Sainte Alliance ou du Sodalitium Pianum, dite la Sapinière, qui est une branche du contre-espionnage de la cité Papale. Ce que le Vatican a toujours refusé d'admettre. C'est pour cela qu'elle te collait aux basques, pour avoir le plus de renseignements possibles.

— Je croyais que ces officines papales avaient été closes il y a longtemps. Qu'elles avaient été dissoutes.

— Il faut croire que non, répondit laconiquement Orsini.

— Et Juliani ferait partie de ce mouvement occulte ?

— C'est bien ce que nous a confirmé le commandant des Gardes Suisses. Elle travaillait pour lui.

— Et que voulait-elle dire à Franju quand tu as voulu questionner Peglia ?

— Elle pouvait confirmer que Peglia n'avait pas buté le cardinal. Elle était sur les lieux, dans la cathédrale à ce moment-là... Elle guettait le cardinal de l'autre côté de l'avenue. Elle a cru voir à un certain moment une bousculade près de la porte de la rue Saint Charles. Ne voyant pas Le Feucheur sortir, cela l'inquiéta. Elle entra alors dans l'édifice. À ce moment-là un coup de feu claqua. Elle découvrit Le Feucheur baignant dans son sang au pied de l'autel l'arme encore chaude dans la main... C'est à ce moment-là qu'entra Antoine Peglia.

— Elle ne l'a jamais mentionné, dis-je sans trop paraître offusqué. Elle n'a jamais dit qu'elle était entrée dans la cathédrale !

— Chacun a ses secrets, n'est-ce pas ? Plaisanta Orsini.

Je haussai les épaules, ne voulant pas polémiquer. Pour moi, il manquait une pièce du puzzle.

8 MARS 2015 — 11h30
CENTRAFRIQUE, BIRAO, Province de la Vakaga.

Après l'épisode douloureux du printemps 2010, Jérémy avait quitté le Darfour et s'était installé à Biroa et œuvrait avec le CICR pour apporter de l'aide à la population d'environ dix mille habitants, privés de tout. Plus de services publics, des infrastructures à l'abandon et peu d'aides du pouvoir central de Bangui situé à plus de mille kilomètres. A chaque fois qu'il avait dû se déplacer dans la capitale, Jérémy avait fait le trajet en hélicoptère, ce qui lui avait épargné un voyage trop long, fatigant et périlleux et à chaque fois il en remerciait Dieu et tous les Saints, bien qu'il sentait sa foi vaciller légèrement au cours de ces dernières années.

Souvent il voyait Ange Gabriel, le moine soldat. Celui-ci avait participé, à la mesure de ses faibles moyens et des hommes motivés qui lui étaient restés fidèles, aux batailles de fin 2010 dans la région. Le 24 novembre de cette année-là, il combattit les attaques du CPJP aux côtés des forces gouvernementales. Dans cette attaque, Ange Gabriel vit quelques-uns de ses hommes tomber sous les balles des rebelles. Il en fut profondément désespéré et décida de déposer les armes.

Souvent le grand noir évoquait l'esprit du cardinal Le Feucheur et sa vision prophétique de ce que deviendrait la Centrafrique. Le cours des choses aurait pu être changé si les aides en matériel militaire promises par Paris et le Vatican étaient arrivées à destination. Mais Jérémy n'était pas sûr du tout que si cette aide était arrivée début juin 2010, la victoire eut été possible contre les forces du CPJP. Il a fallu batailler des mois difficiles contre les rebelles et attendre l'intervention de l'armée tchadienne en décembre 2010 pour reprendre la ville au nom du gouvernement centrafricain.

— Enfin, ce qui est fait est fait, conclut Ange Gabriel. Nous avons tout perdu et la Séléka règne en maître dans le pays.

Jérémy n'épilogua pas mais il était contraint de penser que si le gouvernement français avait donné les moyens matériels au printemps 2010, les Français auraient au moins été exonérés d'envoyer des troupes à Bangui en décembre 2013 pour rétablir l'ordre parmi la population avec l'opération Sangaris.

29 NOVEMBRE 2015 — 17h30
CENTRAFRIQUE Bangui, Cathédrale

La foule n'avait jamais été aussi dense sur cette putain de place de la cathédrale Notre Dame de l'Immaculée Conception ainsi que les terre-pleins entre la rue Joseph et l'avenue de l'indépendance. Ça grouillait d'une foule avide de voir le pape François en personne. J'avais été envoyé en Centrafrique pour couvrir la visite du pontife malgré ma réticence à quitter la Corse. Mais les ordres étaient les ordres. Heureusement, faisant partie de la presse officielle française, mon statut me permettait d'être à l'écart de la foule qui restait contenue derrière de simples barrières blanches et de bénéficier d'une place VIP avec mes confrères. Patiemment, nous attendions tous le Saint Père.

J'étais arrivé deux jours auparavant et j'avais remarqué dans le hall de l'hôtel Ledger Plaza un homme encore jeune, à la peau burinée, qui parlait de son engagement auprès de la Croix Rouge Internationale pour soutenir et aider les populations de la Vakaga. Il était accompagné d'un grand noir aux allures nobles qui restait muré dans un silence absolu. Le jeune homme blanc insistait sur le manque de parole de la France qui aurait dû armer les milices chrétiennes de Birao. En m'approchant je compris qu'il faisait allusion aux événements que nous avions connus en juin 2010. Cette affaire était loin de moi maintenant, et je m'étais investi quelque temps dans la politique internationale qui m'avait fait oublier l'ombre du cardinal Le Feucheur.

Enfin, le pape arriva. Un nuage de poussière enveloppait son convoi, et les soldats des Casques Bleus, du contingent français et les policiers centrafricains redoublèrent d'attention, se méfiant des infiltrations possibles des Selekas.

Un périmètre de sécurité avait été établi pour que la cérémonie d'ouverture des portes saintes de la cathédrale se déroule dans la plus grande sérénité. Le Pape François gravit lentement les marches de l'édifice religieux vêtu d'une aube blanche recouverte d'une chasuble violette. Il posa théâtralement les mains sur les deux battants de la lourde porte en bois à la hauteur de son visage, et d'un geste contrôlé et large, il les poussa lentement.

C'est à ce moment-là, que je sentis une main s'appuyer doucement sur mon dos. Une main insistante. Surpris, je me suis retourné, surpris, j'ai ouvert la bouche, mais les mots restèrent dans mon palais. Marie-Agnès Juliani était là, derrière moi.

— Bonjour, fit-elle simplement.

J'ai dû bafouiller quelque chose comme « Aaaahhh, dis-donc, ça fait un bail !

— Tu comptes rester là ? Il va déclamer son prêche, si tu veux, je t'en laisserai une copie ! Je suis ici au nom des services de sécurité du Vatican.

Je compris que c'était une invitation à quitter ce lieu saint et je saisis l'occasion de partir.

Tous les deux attablés au bar de l'hôtel, je restais silencieux un moment, puis je me suis jeté à l'eau.

— Je t'ai couru après longtemps, très longtemps !

— Je sais...

— J'ai beaucoup de questions à te poser... Orsini m'a fait comprendre que tu faisais partie des services secrets du Vatican !

— Vrai, dit-elle simplement. Et ?

— Tu penses bien qu'il y a beaucoup de choses que je voudrais savoir.

— Je n'en doute pas !

— Tu pourrais peut-être m'aider ?

346

— Si je le peux, je le ferai avec un très grand plaisir.

Du coup je ne savais plus par où commencer. Alors je fus direct.

— Le cardinal s'est-il réellement suicidé ?

— Non !

— Tu sais certainement qui l'a tué ?

— Oui.

Blanc. Silence. Panique. Merde !

— Pourtant personne n'a été arrêté... Était-ce un tueur payé par les pédophiles ?

— Pas du tout, les cardinaux n'ont pas trouvé la bonne personne. Ils ont cru avoir trouvé quelqu'un, ils ont même versé l'argent, mais c'était un piège.

— Ils ont été arrêtés au moins ?

— Deux jours après notre petite réunion à la cathédrale d'Ajaccio. Grâce au lieutenant Marie-Annick Baracé qui a remis le dossier du cardinal au commandant des Gardes Suisses.

— Alors qui a tué Le Feucheur ?

SAMEDI 27 MAI 2010 — 21 heures 13.
AJACCIO – Cathédrale notre-Dame-de-L'assomption

Nimu avança tout doucement son PPK armé de son silencieux. Voyant le cardinal allongé sur le sol, Nimu vit qu'il priait. Nimu retint sa respiration pour rester indécelable. Nimu allait ranger son arme de poing quand soudain une voix de femme s'éleva dans la pénombre.

— Relevez-vous ! Avouez-moi tout maintenant !

Le cardinal se releva lentement.

— Prenez votre argent, je vous en prie et partez... Nous sommes quittes maintenant ! J'ai souvent et beaucoup prié pour votre fille Lætitia.

Nimu se risqua à avancer la tête. Entre les deux rangées de bancs, se tenait une femme d'une cinquantaine d'années, droite, toute de noire vêtue.

— Demandez pardon à Dieu et à moi, ici et maintenant !

— Madame, je vous en prie... Partez maintenant ! C'est un ordre, j'ai encore beaucoup de choses à faire. Des choses que vous ne pouvez pas imaginer. Des choses qui nous dépassent. Plus grandes que nous !

— Je ne partirai pas tant que vous n'aurez pas fait votre contrition. Je vous conjure de me dire la vérité et de demander pardon ! Vous avez tué ma fille et vous le savez ! Je le sais aussi et toutes les personnes du camp le savent. Vous n'avez donc aucun remords ? C'est avec cette arme que vous l'avez tué ! C'est pour cela que vous payez si cher, pas pour ma fille !

— Ne faites pas cette erreur ! Je vous jure...

Elle s'approcha de lui et pointa l'arme sur sa tempe. Nissinu retint son souffle. Son esprit tournait à deux mille tours. Fallait-il abattre cette femme hystérique ?

— Jurez que ce n'est pas vous qui l'avez tuée ?

Mais au lieu de jurer, le cardinal explosa.

— Votre fille devenait folle. Elle allait tuer son bébé !

— Quel bébé ?

Il ne répondit pas à la question et cria de plus belle. Sa voix grave résonnait sous les voûtes de la cathédrale.

— Elle a saisi un couteau et l'a levé sur l'enfant. Sur son enfant ! On ne pouvait plus l'arrêter dans son délire ! Alors oui, j'ai pris mon arme et j'ai tiré en désespoir de cause, pour épargner un enfant !

Il tenta de la désarmer en lui saisissant la main tenant le Walther, mais l'arme tomba à terre. Alors une autre silhouette sortit de l'ombre du transept. Nimu dut reculer encore plus pour se fondre dans le manteau noir de la cathédrale. La nouvelle silhouette sortie de l'ombre s'empara du Walther tombé à terre et se colla face à face au cardinal. Tout contre lui, elle lui pointa l'arme sur son crâne. Alors une nouvelle voix de femme résonna dans l'espace.

— Regarde-moi ! Tu me reconnais maintenant ? Ose dire le contraire à cette femme ! Tu n'en as même pas le courage ! N'oublie pas que je t'ai vu lever ton arme sur Lætitia ! Tu me dégoûtes et tu n'es pas digne de vivre !

Le cardinal tenta une nouvelle fois de se dégager. Le coup partit et le corps du cardinal s'affaissa sur le sol, face contre terre. La nouvelle venue, prise d'effroi, lâcha le revolver qui tomba à terre. Nimu sortit alors de l'ombre, son arme à la main.

Les femmes sursautèrent en criant de peur en voyant cette silhouette apparaître comme un fantôme armé jusqu'aux dents.

Nimu mit sa main sur sa bouche.

— Chuuut ! Ne craignez rien ! J'ai tout entendu ! Ne criez pas ! Ne bougez plus et restez tranquilles...

Nimu ramassa l'arme, la nettoya à l'aide d'un tissu qui se trouvait dans son sac et la plaça dans la main gauche du cardinal, car Nimu savait qu'il était gaucher.

La femme en noir, reprenant ses esprits, raconta alors l'histoire de sa fille. La jeune femme sortie de l'ombre corrobora ses affirmations. Elle lui parla des Innocenti, du Tchad, du viol de Lætitia Torelli, et de ce qu'elle appelait son meurtre, sa mise à mort par le cardinal.

Nimu était en proie au plus grand des dilemmes. Nimu qui était chargée de veiller sur l'ecclésiastique avait failli à sa tâche, mais la situation inattendue avait bouleversé l'ordre des choses. Nimu s'était soudainement sentie proche des deux femmes et elle leur promit d'essayer de faire connaître leur histoire sans savoir encore comment.

— Maintenant, rentrez chez vous ! Vous serez peut-être interrogées par la police, à tous les coups ils arriveront jusqu'à vous... Mais surtout, quoique disent les flics, quoique qu'ils fassent, surtout n'avouez jamais ! Jamais ! Vous ne m'avez jamais vu ! N'oubliez pas !

Les deux femmes sortirent silencieusement, pleines de l'horreur de ce qu'elles venaient de faire.

Nimu essuya certaines traces pour éviter de laisser des indices. Elle connaissait très bien les procédures et les façons de faire de la police. Elle venait de finir la mise en place de la scène de crime quand le bruit la porte de la rue grinça.

Nimu s'immobilisa, puis se cacha derrière un pilier, retenant sa respiration.

Un homme apparut et toussa trois fois. Il sembla attendre une réponse mais comme rien ne vint, il entra un peu plus vers l'autel et scruta la pénombre. C'est alors qu'il vit le corps sans vie du cardinal sur le sol ensanglanté. Il s'approcha un peu plus près du cadavre et donna un léger coup de pied au mort qui bien sûr ne répondit pas. Sidéré de voir le cardinal ainsi, il s'assit quelques minutes en proie à tous les tourments de l'âme.

Nimu en profita pour sortir de la cathédrale sur la pointe des pieds, en faisant le tour de la nef centrale pour attendre que l'homme sorte dans la rue Saint Charles. Quelques minutes plus tard, celui-ci sortit enfin et prit le chemin de la vieille ville et descendit jusqu'à la place de la mairie puis la rue Fesch. La nuit profita à Nimu qui put ainsi le suivre sans trop de difficultés. Ses pas les conduisirent jusqu'à un magasin de vêtements pour femmes mis en liquidation. Il poussa une porte cochère voisine et entra. Nimu se tenait juste derrière lui, comme sa propre ombre. Invisible. L'homme sortit un jeu de clef et ouvrit la première porte de gauche du rez-de-chaussée, sans bruit. C'est alors que Nimu lui sauta dessus et le prit à la gorge en le poussant dans le magasin abandonné. L'homme fut promptement assommé, bâillonné, ligoté. Nimu était sûre que c'était l'homme qui avait écrasé le gamin à l'église de Bocognano. Il aurait le châtiment qu'il méritait : rendre des comptes à la justice française. Nimu se promit d'avertir les autorités policières une fois sur le territoire italien.

Nimu ferma la porte avec le trousseau de clef et disparut dans la nuit de mai.

CENTRAFRIQUE — 17h30
Bangui, Hôtel Ledger Palace.

Je restai abasourdi par ces révélations. Le ciel me tombait sur la tête ici, à Bangui, tandis que le pape François bénissait les foules à quelques centaines de mètres.

Au cours du récit de Marie-Agnès, et sans que cela ne soit jamais dit, je compris que la meurtrière du cardinal Le Feucheur était Élisa, ma sœur.

Cette vérité me terrorisa et m'anéantit. Jamais je n'aurais pu imaginer ce dénouement impensable. Mon esprit s'y serait refusé. Ainsi je sus que mes élucubrations au matin de ma détention du 3 juin 2010 concernant Marie-Agnès, alias Nimu étaient justes. Grâce à elle, Élisa ne serait jamais inquiétée, ni punie. Trois femmes vivraient maintenant avec un terrible secret.

Au fond de moi, j'approuvais Marie-Agnès d'avoir agi comme cela. C'est certainement ce que j'aurais fait moi-même. Sans aucun doute. Le bien... le mal... La justice et la morale ne sont pas deux sœurs siamoises. L'une contredit parfois l'autre.

Ces réflexions faites, encore sous le coup de ces révélations, je relevai la tête pour dire à Marie-Agnès qu'elle avait bien agi et combien je lui étais redevable d'avoir protégé ma sœur, éternellement...

— Merci beaucoup, merci pour Élisa...

Elle me fit un grand sourire et me pressa la main.

— Je reviens, dit-elle.

Elle se leva gracieusement pour se diriger vers le bureau d'accueil de l'hôtel et disparaître dans le hall.

Et elle ne revint pas.

Date de publication 30 mars 2018
Code ISBN : 9781980635581

Printed in Great Britain
by Amazon